Volker Neuhaus, Per Øhrgaard,
Jörg-Philipp Thomsa (Hg.)

Freipass

Volker Neuhaus, Per Øhrgaard,
Jörg-Philipp Thomsa (Hg.)

Freipass

Schriften der Günter und Ute Grass Stiftung

Band 1

Redaktion:
Dieter Stolz

Ch. Links Verlag, Berlin

Editorische Notiz

Die Texte von Günter Grass (S. 12–24), Gerhard Wolf (S. 82–87) und Christa Wolf (S. 88–92) folgen der alten Rechtschreibung.

Die Deutsche Nationalbibliothek verzeichnet diese Publikation in der Deutschen Nationalbibliografie; detaillierte bibliografische Daten sind im Internet über www.dnb.de abrufbar.

1. Auflage, März 2015

Schönhauser Allee 36, 10435 Berlin, Tel.: (030) 44 02 32-0
www.christoph-links-verlag.de; mail@christoph-links-verlag.de
Umschlaggestaltung unter Verwendung einer Radierung von Günter Grass: »Des Schreibers Hand«, 1979, © Steidl Verlag
Satz: Marina Siegemund, Berlin
Druck und Bindung: Druckerei F. Pustet, Regensburg

ISBN 978-3-86153-827-1

Inhalt

»Germany's Günter Grass«: Zur Grass-Rezeption im In- und Ausland

Zur Diskussion gestellt: Beiträge zur Grass-Forschung

Vorwort

»... der Sprache den Freipaß geben, damit sie laufe, wie sie gewachsen sei: grob und leisgestimmt, heil und verletzt, hier angewelscht, dort maulhenckolisch, immer aber dem Leben und seinen Fässern abgezapft.«

Unter dem Motto und dem Namen, mit denen der Grass'sche Christoffel Gelnhausen im *Treffen in Telgte* seinen großen Roman ankündigt, veröffentlicht die Günter und Ute Grass Stiftung ein Periodikum. Es soll Raum bieten für die Betrachtung und Behandlung zentraler Gestalten und Fragen der Literatur und Kultur des 20. und 21. Jahrhunderts. Dafür werden wechselnde Themenschwerpunkte gebildet – in unserem ersten Band steht die Schriftstellerin Irmtraud Morgner zentral: Morgner hat ihrer die Autoritäten jeglicher Couleur verlachenden Sprache und Formkunst immer wieder den Freipass gegeben, sich wortwörtlich Freipässe erkämpft oder gar selbst ausgestellt, um mit ihrer jede Ideologie karnevalisierenden Contrebande ein Land der Verbote, der Sprachregelungen und der geistigen, strukturellen und bisweilen offenen Gewalt passieren zu können. Wir nehmen ihren 25. Todestag zum Anlass, diese vielleicht größte deutsche Epikerin verstärkt ins Bewusstsein zu rufen, und versuchen deutlich zu machen, dass ihre Bedeutung weit über die einstige DDR und die in die Jahre gekommene Frauenbewegung hinausragt. Der zweite »Freipass« soll in ähnlicher Form Heinrich Böll gewidmet sein und an Otto Pankoks außergewöhnliche Verbindung von künstlerischem, gesellschaftlichem und sozialem Engagement erinnern.

Einen weiteren Schwerpunkt bildet das Lebenswerk des anhaltend produktiven Dichters, Schriftstellers, Bildhauers und politisch aktiven Bürgers Günter Grass. Ihm tragen die Präsentation grundlegender Untersuchungen zu seinem gesamten Werk und Wirken Rechnung sowie die Veröffentlichungen von Fundsachen für Grass-Leser aus den Archiven, die sich primär dem Lebenswerk des vielseitigen Künstlers verschrieben haben. Auf diese Weise will die Reihe ein Forum für die internationale Grass-Forschung sein, sie vorantreiben und ihre Ergebnisse präsentieren, wobei ein besonderes Augenmerk auf der Einbettung der Grass-Werke in die Weltliteratur und auf ihrer weltweiten Rezeption liegt, in diesem Band insbesondere im Hinblick auf den englischsprachigen Raum. In einer weiteren Rubrik werden Zufallsfunde »aus der Werkstatt« herausragender Autoren veröffentlicht, diesmal neben einem Text des Alfred-Döblin-Preisträgers Saša Stanišić auch eine Probe aus Grass' jüngstem Arbeitsvorhaben.

Bei all dem streben wir nach der bunten Stimmenvielfalt, die Gelnhausen in unserem Motto für seinen Roman verhieß, nach produktiv irritierenden Perspektiven auf scheinbar Vertrautes und nach neuen Impulsen für immer wieder aktuelle Debatten. Gezielt solchen Streitfragen, die weit über den Tag hinausweisen, gilt unsere Rubrik »Zunge zeigen«, in deren Rahmen wir im vorliegenden Band Schlaglichter auf den »NSA-Skandal« werfen. Für weitere Anregungen in diese oder jene Richtung bleiben wir programmatisch offen. Denn einen »Freipaß« benötigte man in früheren Zeiten für den möglichst ungehinderten Grenz- und Warenverkehr zwischen Territorien, Ländern und Kontinenten; deshalb soll auch unser »Freipass« dem Überschreiten von Grenzen dienen: den Grenzen zwischen den Künsten, den Medien, den Kulturen, den Grenzen zwischen Autor und Öffentlichkeit, Werk und Gesellschaft, Literatur und Politik, den Grenzen zwischen den Ländern, Kontinenten und Sprachen und immer wieder den Grenzen zwischen dem Gewohnten und dem Überraschenden.

Volker Neuhaus
Per Øhrgaard
Jörg-Philipp Thomsa
Dieter Stolz

Aus der Werkstatt

Günter Grass

Was nicht geschrieben wurde

Zu zweit, dann zu dritt waren wir Tag nach Tag unterwegs. Daud Haider, ein seßhaft gewordener Flüchtling aus Bangladesh, lenkte uns in Calcuttas verzweigteste Viertel, auch dorthin, wo weitläufig Slums entlang Bahngleisen oder versumpften Kanälen wuchsen.

Was ich sah, fügte sich nicht in Sätze. Also zeichnete ich, wohin ich auch kam: zu Bergen gehäufte Kokosnußschalen, verfallene, grün überwucherte Paläste, die Notdurft zerbrechlicher Hütten, Schläfer längs Mauern gereiht. Und mit dem Zeichnen kamen die Wörter. Dem Tagebuch folgte ein langes Gedicht, dessen Strophenfall die schwarze Göttin Kali diktierte. Sie, die vielarmig Schreckliche, die einen Gürtel aus Köpfen enthaupteter Männer trägt, ist überall gegenwärtig und gilt als Schutzheilige der Stadt. Der Legende nach soll sie, blindlings aus Wut, beinahe Shiva, ihrem Gottgemahl, den Kopf abgesichelt haben. Deshalb streckt sie auf allen Bildnissen, selbst solchen aus bunt bemaltem Gips, die Zunge heraus, was Scham bedeuten soll.

Auch auf einem der drei Blätter in Plakatgröße, die wir in einem Laden, vollgestopft mit Indiens Devotionalien, kauften, zeigt sie die Zunge. Auf dem zweiten Blatt blickt Stalin streng geradeaus. Ihm ist die Stadt, besonders an Streiktagen untertan. Das dritte Plakat bildet militärisch gekleidet Subhas Chandra Bose ab. Er ist Bengalens unsterblicher Held.

Wir sahen ihn hoch zu Roß als in Bronze gegossenes Denkmal inmitten eines Platzes, umlärmt von Rikschas, Bussen, Fuhrwerken aller Art. Zärtlich nennen ihn die Bengalen »Netaji«, was »Führerlein« heißen soll. Das Haus seiner Familie ist heute Museum. Alle Stationen seiner nachweislichen Existenz und auch seinen Fluchtweg bebildern Fotos. Seine Wiederkehr wird erwartet.

Schon damals, vor bald dreißig Jahren, wollte ich ihn zur Hauptperson eines Theaterstücks machen, das von Slumbewohnern gespielt wird. Pläne gab es für einen verzweigten Roman, auch Entwürfe für die Folge kurzer, den Stoff raffender Szenen. Daraus wurde nichts. Doch immer noch tickt, was nie zu Papier kam. Jetzt erst, seitdem mein Alter mich lehrt, daß die Zeit zu knapp ist für den episch wuchernden Roman oder das abendfüllende Drama, will ich eine Ballade wagen:

Netajis Weltreise

Vor langer Zeit, die heut noch Schatten wirft,
und nicht vergehen will,
die Massengräber ungeöffnet birgt
und neugekleidet Wiederkehr verspricht,
vor lang verstrichner Zeit, als überall
die Mächte neue Waffen probten
und Deutschland seinen Führer suchte, fand,
worauf ihn Jubel tränkte, schäumend braun,
als Japan, schon zum Sprung geduckt,
nach Beute gierte mit verengtem Blick,
und Großbritanniens imperialer Griff
ganz Indien, Birma und noch mehr bedrückte,
wuchs, rings umsorgt von zahlreicher Familie,
ein junger Mann auf,
stets in Weiß gekleidet,
der zur bengalischen Elite zählte,
weshalb in Cambridge er mal dies mal das studierte
und früh schon eine rundgefaßte Brille trug.
Um sich noch mehr zu bilden, reiste er europaweit,
sah Dublin, Wien, Paris und später,
nur der Gesundheit wegen, Bad Gastein,
kam auch nach Rom, wo er,
in schwarzes Tuch gepreßt,
von der Empore weg den Duce reden hörte,
worauf er dessen Gesten übte: als Spiegelbild
und frei stehend auf Tribünen.
So nährte sich sein jugendlicher Wahn
nur probeweise und noch ohne Plan.

Zuhause in Calcuttas feuchter Hitze,
litt er wie viele,
die weißgewandet seines Alters waren,
in Worten heftig unter kolonialer Tyrannei,
die aus Gewohnheit und bewährter Tradition

mit Knüppeln und Dumdum-Geschossen
jedweden Aufstand rot zu färben wußte.
Doch die in Khaki uniforme Macht
bemühte sich vergebens,
jenen besondren Widerstand zu brechen,
den landesweit ein spindeldürrer Guru lehrte,
auf daß sein Volk
– ob Hindu, Moslem oder Sikh –
schnell lernte, jegliche Gewalt zu meiden
und stumm zu leiden, was bald Wirkung zeigte:
Die Massen machten Schwäche offenbar.
Dies Breitwandbild, das damals neu,
wird weltweit nachgeahmt, ist Film geworden,
zeigt Leichenfelder nach vollstreckten Morden.

Das aber war dem jungen Mann
weil allzu passiv, nicht genug,
weshalb er mit dem Guru, der ihn liebte, stritt
mit schroffer Rede, in der Waffen klirrten,
bis ihn die khakifarbnen Herrn
weit abseits ins Gefängnis sperrten,
das er vom Hungerstreik geschwächt verließ.
Worauf man ihn nach langem Hin und Her,
nach neuer Haft, nach Krankheit, kaum genesen,
der Wörter wegen,
die frontal auf Feinde zielten,
mit streng bewachtem Hausarrest bestrafte.
Und das geschah, als in Europa Mal auf Mal
der Zweite Weltkrieg Land nach Land erfaßte,
raumgreifend herrisch und brutal.

Der dürre Guru aber lehrte alle,
ob Moslem oder Hindu, alle,
in für Britannien schwerer Zeit –
auf Coventry, auf London fielen Bomben –
stumm stillzuhalten, mit Geduld –

der Armen zinsenträchtig Kapital –
der Unterdrückung Last zu tragen
und keinen Aufstand, gar Gewalt zu wagen.

Da saß er nun, noch immer weißgewandet,
der nicht mehr ganz so junge Mann,
in seines Vaters Haus gefangen
und plante Flucht,
was ihm, obgleich bewacht,
im Morgengraun gelang.
Im Januar des Jahres einundvierzig
fuhr ihn ein Neffe, seines Bruders Sohn,
mit einem Auto, Marke Wanderer,
in Richtung Norden – Pannen, Reifenwechsel –
bis hin nach Peshawar, wo heutzutag die Taliban
den jüngsten Zulauf lehren,
höchst explosiv leibhaftig ihren Gott zu ehren.

Von dort ging es – doch unbekannt womit –
Afghanistan durcheilend nach Kabul.
Danach hieß nicht Iran sein Reiseziel,
vielmehr trieb ihn sein vorbedachter Wahn
mit einem Visum der Sowjetunion
und schlau getarnt dank Diplomatenpaß,
in dem er italienisch hieß, nach Moskau,
wo er kurz nur weilte;
so schnell war ihm erlaubt, direkt per Bahn
in Richtung Westen, nach Berlin zu reisen.
Dort in der Hauptstadt des Großdeutschen Reiches
bezog er eine ufernahe Villa
mit Garten, weitem Wannseeblick;
wer ihn bezahlte, blieb verdeckt, wie jene,
die das Haus bei Tag und nachts bewachten
und insgeheim den Herrn im Maßanzug verlachten.

Nicht einsam wohnte er, bald teilte eine Frau,
aus Wien weißblond herbeigeeilt, sein Bett,
in dem sie eine Tochter zeugten.
Doch außer Haus blieb emsig er bemüht,
sein festgeschriebnes Ziel,
die Rache Indiens ins Gespräch zu bringen.
Er machte sich mit uniformen Größen
der herrschenden Partei bekannt,
so daß ihm nach nur kurzer Zeit
erlaubt war, Kriegsgefangene zu werben,
die auf Dünkirchens ebbenassen Stränden,
als Frankreich fiel,
gleich Streugut eingesammelt wurden
und sich als Inder – Hindu, Moslem oder Sikh –
entschlossen zeigten,
ihr angepaßtes englisch Tuch zu färben
und nur noch feldgrau Uniform zu tragen.
Sie alle leisteten auf ihn, nun Netaji,
das Führerlein genannt,
und auf Großdeutschlands Führer
den feierlichen Fahneneid.
So sproß aus eines Samens Gran
des Freiheitshelden Größenwahn.

Kaum war es eine Kompanie, die auf Befehl
in Reih und Glied marschierte,
schon hoffte er,
demnächst ein Bataillon zu kommandieren,
das »Indische Legion« genannt sein sollte,
doch auf der Stelle treten mußte,
als im August mit Panzern schnell
Armeen der deutschen Wehrmacht
und auch solche, die mit ihr verbündet,
vom Norden Finnlands
bis zur Schwarzmeerküste
raumgreifend unaufhaltsam in die Weite

der Sowjetrepubliken drangen,
worauf der Kesselschlachten Beute
mit Zahlen, satt an Nullen
– aus jedem Radio schwoll heroische Musik –,
verkündet wurde, Sieg nach Sieg.

Und als im Jahr darauf, nach hartem Winter
der Vormarsch wieder nicht zu stoppen war,
die Krim besetzt, der Kaukasus
bis ins Gebirge hoch erobert wurde,
sah Netaji der Hoffnung Knospe
sich zur Blüte öffnen,
das heißt, ihm träumte weitgeschwungen eine Brücke,
die seiner winzigen Legion – wie Alexander einst –
den Weg nach Indien, »Auf, nach Delhi!« wies.
Denn spätestens ab Peshawar – kaum war
der Chaiberpaß bezwungen – sah er an seiner Seite
vieltausend Moslems, Hindus, Sikhs,
die alle kastenfrei – und unberührbar keiner –
entschlossen waren, Mann für Mann,
den kolonialen Kettenzwang zu brechen
und sichelscharf die lange Schmach zu rächen.

Ein Traum, den Netaji in seiner Villa
mit Wannseeblick oft seiner Frau,
gleich Ikarus beflügelt,
mit Taten reich bebildert hatte,
bis er zu nichts zerfiel,
als in den Trümmern Stalingrads
das Ende seinen Anfang nahm.
Rückläufig alle Fronten, Materialverlust.
Gehäufte Leichen frosterstarrt.
Der Kaukasus, die Krim geräumt.
Die Nachschubwege kappten Partisanen.
Und als längs Libyens weitentlegner Küste
die deutschen Panzer nur

als brandgeschwärzte Wracks,
den zweiten Weg nach Indien säumten,
war auch die Hoffnung hin, Gefangene zu machen,
zu denen Inder hätten zählen können, auch Bengalen;
verendet war des Planes Tigersprung,
erlahmt des Wahnes Flügelschwung.

Da saß er nun und blickte nüchtern
von der Terrasse seiner Villa
auf den vom Regen grauen See,
besuchte dann und wann sein Häuflein Legionäre
und ließ sie strammstehn, paradieren;
auch hielt er Reden reich an Worten, starken Gesten.
Weil aber nun des Tennos Inselreich,
gleich nach Pearl Harbour, als Amerika
erschreckt vom harten Schlag erwachte,
den Krieg weit in den Pacific
mit Landungsschiffen trug,
die Philippinen, Hollands Indonesien,
sogar der Briten Flottenstützpunkt Singapur,
als sei das Kinderspiel, erobert hatte,
und Japan sich nach jedem Sieg
als Asiens Retter sah –
Banzai! – hieß allerorts ihr Ruf: Banzai! –
begann aus Netajis geplatztem Plan
ein neuer Traum zu keimen sprießen wachsen,
bis hell sein Grün, wenn nicht die ganze,
dann halb die Welt umrankte;
nur seine Frau, die ihm zu lauschen schien,
war in Gedanken anderswo, weit weg in Wien.

Er aber sprach mit den bekannten Größen,
er bat, fiel lästig, ließ nicht locker,
bis er vom Führer des Großdeutschen Reiches,
dem alles Indische von mindrer Rasse war,
zwar angehört, doch allenfalls vertröstet wurde.

Weil aber seines Willens Drang
nicht abzuweisen war,
gelang es ihm, für sich und seinen Adjutanten
Erlaubnis auszuhandeln, als zivile Passagiere
in einem U-Boot, das für Fernfahrt tauglich,
von deutschem Hafen aus in See zu stechen.
Zurück blieb, außer Frau und Kind,
ein Häuflein Inder, die geschwind –
gleich Zeitvertreib – vergessen waren und noch sind.

Nicht unter Wasser, nur bei Überwasserfahrt,
vor Spaniens sturmbehauster Küste
sah man ihn oft vom Turm weg kotzen.
Sonst aber suchte er mit kühnem Blick
rundum die Horizonte ab.
Auf Fotos wurde festgehalten,
wie gern er mit dem Kommandanten sprach,
der jung, doch, wie auf Feindfahrt üblich,
den Bart sich hatte wachsen lassen.
Der hielt, trotz vieler Fragen wortkarg Kurs,
weshalb es nie gelang bei Turmgesprächen,
das Reiseziel der wochenlangen Fahrt zu raten.
Nur weil das Boot entlang
gebauchter Flanke Afrikas
gen Süden fuhr, war zu erahnen,
was insgeheim geplant sein mochte
und in der Brust des Reisenden
als wunschgetriebner Herzschlag pochte.

Erst als das Boot in Madagaskars Nähe
auftauchte, Mannschaft, Flagge zeigte,
und mit gedrosseltem Motor
im Kreis fuhr, auf Befehl im Kreis,
schien ihm zu dämmern, was geschehen sollte:
Bald tauchte auf ein Unterwasserboot –
viel größer als das deutsche –

und zeigte gleichfalls Flagge: Rot inmitten Weiß.
Worauf Signale grüßten hin und her.
Jetzt hieß es Abschied nehmen: schnell, sofort!
Man sah, wovon ein weitres Foto zeugt,
im Schlauchboot Netaji und seinen Adjutanten
auf kurzer Wechselfahrt von Schiff zu Schiff.
So lenkte ihn nach Klopsen zu Kartoffelbrei
nun reisgenährter Wahn
von einem auf den andren Kahn.

Zuerst Kurs Sumatra, sodann war er umgeben
von Japans Offizieren, die nach Tokio flogen,
wo man ihn ehrte wie auf Staatsbesuch.
Danach trug ihn ein Bomber zweimotorig
gen Singapur, wo Nippons Fahne wehte.
Erwartet wurde er von einem halben Regiment
aus Hindus, Moslems, Sikhs,
das ihn empfing, um sich mit feierlichem Eid
des Netajis Befehlsgewalt zu unterstellen,
wenngleich das letzte Wort
des Tennos Generäle hatten.
Er nahm das hin mit unbewegter Miene Stolz
geschnitzt aus tropisch hartem Holz.

Denn nun erfüllte sich sein Traum:
Beschenkt wie aus der Wundertüte
wuchs rasch das Heer der INA,
weil hier in Singapur,
umgeben von Chinesen und Malaien,
die Inder zahlreich und geschäftig waren.
Bald kamen sie zu Tausenden, auch Frauen,
zwei Bataillone stark, dann drei,
geschult, gedrillt zu zielgerechtem Schuß
aus Japans Waffenarsenal,
so daß nun Netaji,
beschirmt von seiner Schutzmacht Schatten,

Paraden salutieren konnte, was er gerne tat.
So sieht man ihn, stets fotogen,
auf einer Andamaneninsel,
die britisch einst, doch jetzt in Nippons Hand,
mit langem Arm in Richtung Festland weisen.
Dort mag der Ganges münden, sich Bengalen weiten.
Sein Traum erweitert sich, faßt Raum.

Noch aber wollte er nichts Wirkliches
als Ruhmestat datieren,
da wirklich Schreckliches geschah,
wovon die Welt noch heute abgewendet schweigt.
Denn als japanische Armeen in Birma,
das noch Englands Waffen unterstand,
eindrangen längs den Flüssen,
durch Dschungel, breitgefächert durch Plantagen,
beschloß in London der Premierminister – weitbekannt,
in Ost- und Westbengalen alle Reisvorräte,
auch den Ertrag der nächsten Ernte
vom Halm weg ohne Schonung in Beschlag zu nehmen,
um frisch erstellte Regimenter zu ernähren,
worauf im Jahre dreiundvierzig
entsetzlich Mangel herrschte, der von Dauer war,
bis grob geschätzt zwei, drei Millionen Inder,
die zumeist Bengalen, verhungert waren:
Alte, Frauen, Kinder –
weil heilig, überlebten einzig Rinder.

Weshalb ein lang beschwiegenes Verbrechen
als kalkulierter Mord benannt sein muß.
Der Krieg ging drüber weg,
als wäre nichts geschehen,
wenngleich die Hungerleichen
in allen Straßen Dakkas und Calcuttas
und landesweit in Dörfern, überall
zu sehen und zu zählen waren.

Verdeckt vom Schweigen litt Bengalen,
nur Krähen, Geier gaben Laut,
mit Fliegen stritten sie um dürre Beute.
Die Welt hatte mit sich zu tun,
an allen Fronten, ob zu Lande,
in tiefen Wassern, in der Luft.
Es war, als hätte fiebergleiche Sucht
sich breitgemacht gleich Irrsinn,
der sich selbst verlacht.

Denn während noch der Hunger seine Ernte barg,
kam endlich Netajis Armee zum Zug.
Gemeinsam mit des Tennos todgeweihten Regimentern
trug er den Krieg aus Birmas nördlichster Provinz
ins Nagaland, eroberte die Stadt Imphal.
Schon schwärmten landeskundige Agenten
mit hellgestimmter Botschaft aus: Triumph
auf Indiens leidgewohnter Erde.
Von Chittagong nach Dakka nur ein Sprung.
Schon lag geträumt die Gangesmündung nah.
Und Netaji, vom Siegesrausch getrieben,
rief, was auf Flugblättern geschrieben,
nach Delhi, rief er, auf, nach Delhi!

Schon erstem Andrang
widerstand die koloniale Macht
mit wohlgenährten Bataillonen, übermächtig,
zu denen Sikhs und Gurkhas zählten.
Vorbei der Traum: Nach Delhi! Auf, nach Delhi!
Nur Rückzug noch, den kein Befehl
zum Stehen brachte.
Selbst Netaji, der Wörter wußte,
die Sturm entfesseln, Mauern stürzen konnten,
gelang es nicht, den Resten seiner INA
die Flucht zu hindern: Viele desertierten,
ergaben sich dem Feind, den heiß verhaßten Briten,

verlockt von nimmermüder Dudelsackmusik.
Nichts blieb ihm, als mit seinen Koffern –
der eine war gefüllt mit Gold und Schmuck –,
begleitet von nur wenig Offizieren
der nicht mehr existierenden Armee,
in einem Bomber Platz zu finden,
der überlastet war, weshalb er ohne Koffer
die Flucht ergreifen mußte; nur sein Wahn
flog mit ihm, nun nach letztem Plan.

Als er am siebzehnten August
des Jahres fünfundvierzig
von Saigon weg direkt zu einer Insel flog,
die damals noch Formosa hieß,
war Japans Sonne schon im Pazifik versunken,
weil atomare Pilze, zwei,
bewiesen hatten, wie total
der Zukunft Zukunft heißen wird.
Doch er, der nun kein Netaji mehr war,
stieg abermals in jenen Bomber,
mit dem er in die Mandschurei, noch weiter weg
ins Reich der Sowjets flüchten wollte.
Dort hätte er dem übergroßen Führer
der siegreich roten Macht
von seinem lebenslangen Traum erzählen können,
um nunmehr mit sowjetischen Armeen
nach Delhi, auf, nach Delhi …
Doch kaum gestartet,
stürzte Japans letztes Flugzeug ab,
ging auf in Flammen; nur ein amtliches Papier
bestätigte mit zweier Ärzte Unterschrift
die Ursache für seines Todes Qual:
Verbrennung dritten Grades.
So endete auf die für Hindus vorgesehne Weise
in Flammen seine weitverzweigte Reise.

Doch heut noch lebt er in Bengalen als Legende.
Erzählt und auch besungen wird
das Wunder seiner Wiederkehr.
Denn frisch geblieben ist der Wahn,
der ihn weltweit getrieben,
stets sucht er Auslauf, findet neue Bahn.

Saša Stanišić

»Viele Grüße aus Russland!«[1]

»Ich wünsche Ihnen alles Gute, Glück und beste Gesundheit und ein langes Leben. Ich, Aleksandar Todorowitsch Krolow, Veteran des Großen Vaterländischen Krieges von 1941–45, habe vom 1.7. bis 28.7.1942 an Kampfhandlungen außerhalb Stalingrad teilgenommen. Viele Soldaten fielen in dieser Zeit, doch wir hielten unsere Stellungen weitgehend. Am 28.7. starteten wir einen Gegenangriff, wurden aber zurückgedrängt. Auf dem nächtlichen Rückzug verlor ich den Anschluss und geriet in Gefangenschaft. Drei Soldaten mit Maschinenpistolen kamen zu mir, durchsuchten meinen Armeesack, dann meine Taschen. In der Jackentasche hatte ich 200 Rubel und ein Foto von meinen Eltern. Der deutsche Soldat nahm mein Geld und warf das Foto auf den Boden. Als ich mich bückte, um das Foto aufzuheben, bekam ich mit dem Gewehrkolben einen Schlag auf den Rücken, so musste ich das Foto dort liegen lassen. Am nächsten Tag wurde ich mit anderen Gefangenen in das Lager in Millerowo [Dulag 125] gebracht. Dort lebten wir unter freiem Himmel in einer umzäunten Schlucht. Ein Mal täglich gab es verbranntes Getreide aus dem Silo zum Essen. Etwa zwei Wochen später wurde unsere Kolonne von einer Wachmannschaft mit Hunden übernommen. Wir marschierten zum Bahnhof, wurden mit 400 Mann in einen Waggon geladen und in das Arbeitslager nach Rossosch gebracht. Dort mussten wir etwa zwei Monate lang Erdarbeiten ausführen und Panzer und Geschütze tarnen. Am 8. November wurden wir wieder in einen Waggon gesteckt, bekamen Zuckerrüben und einen Liter Wasser und wurden in das Arbeitslager der Firma Karpathen-Öl AG in Drohobycz nahe Lemberg verlegt. Die Reise dauerte sechs Tage. Hier waren auch viele Juden im Einsatz. Wir hatten an den Ölförderungsanlagen zu tun. Wir mussten zum Beispiel Gruben von fünf Meter Länge und vier Meter Breite ausheben, dann von innen mit Ziegelsteinen ausmauern. Die fertigen Gruben füllten wir mit Erdöl. Das Erdöl war wichtig für die Deutschen. Ohne Benzin kein Krieg. Ein Jahr später, im November 1943, wurden wir geröntgt. Ich bekam die Nummer 26782 auf einer Metallmarke und einen Ausweis als gefangener russischer Soldat. Wir wurden abgezählt und zum Bahnhof gebracht. Die Waggons warteten schon. Diesmal dauerte die Reise etliche Tage länger, ich habe nicht gezählt. Mehrmals hielt der Zug auf offener Strecke an und bewegte sich Tag und Nacht nicht. Einige Ältere haben es nicht geschafft, wir konnten nichts für sie tun. Jetzt waren wir in Deutschland, keiner wusste, wo genau. Da waren Baracken in einer weiten Landschaft. Sie verteilten uns in die Baracken, acht oder zehn Mann auf vier Betten. In der ersten Nacht konnte niemand einschlafen. Am Morgen stellten wir uns in einer Reihe auf und eine Dolmetscherin fragte uns einzeln nach unserem Beruf. Sie suchten Drechsler, Zimmerleute, Schweißer, Kranführer, Stahlarbeiter.

Als ich an der Reihe war, sagte ich: »Künstler.«

Und ich schwöre bei Gott, die Dolmetscherin hat gelächelt.

Es stimmte ja auch nicht. Ich war kein Künstler. Ich konnte gut kleine Holzfiguren schnitzen, das ist keine Kunst, das kann jeder mit einem Messer und etwas Holz. Muss gutes Messer sein und gutes Holz. Ich hatte keinen Beruf gelernt, der Krieg kam dazwischen.

Die Dolmetscherin hat aber gelächelt, und ich musste jeden Tag die Schlacke aus den Schmelzöfen herausholen. Das war in Fünfeichen bei Neubrandenburg, Stalag II A.

Am 17. März 1944 wurde ein Transport mit Altmetall angeliefert. Beim Ausladen verletzte ich mir den linken Arm und die Zehen. So wurde ich Invalide, Tausende Kilometer von Zuhause. Die Jahre in der Kriegsgefangenschaft zählen nicht als Arbeitsjahre und die Invalidität wird nicht anerkannt, da es sich nicht um eine Frontverletzung handelt. Ich würde also gerne wissen, ob ich ein Recht darauf habe, aus Deutschland eine Entschädigung zu bekommen, denn unsere Soldaten bekommen Entschädigungen für ihre Verletzungen. Bitte beantworten Sie mir diese Frage.

Ich habe in dem Werk bis zum 20. Januar 1945 gearbeitet. In der Nacht vom 21. Januar 1945 mussten wir uns auf dem Appellplatz aufstellen. Jeder bekam ein Stück Brot und dann ging es in einer Kolonne raus aus dem Lager. Wir liefen Tage lang, erst auf der Straße, dann quer über das Land, über Schnee und Eis. Es war sehr kalt, ich band mir die Reste eines alten Zementsacks um die Füße. Die Kapos und die SS-Leute sagten nicht, wohin es ging. Sie hatten Angst, alle hatten Angst. Der Krieg war nicht weit, wir konnten ihn hören. Bald brachen die Ersten zusammen vor Erschöpfung oder Kälte oder Hunger oder von allem zusammen. Einige wurden erschossen, viele ließ man einfach im Schnee zurück, ich weiß nicht, ob sie es geschafft haben. Wir liefen und liefen. Ich stieg über Tote. Wir hinterließen eine Fährte aus Leichen. Einer war in eine Decke eingewickelt, die brauchte er nicht, ich wollte sie nehmen, aber nur, wenn ich ihn nicht kenne. Doch ich war mir nicht sicher, ob ich ihn kenne. Sie hatten ihm ins Gesicht geschossen, zwei, drei Mal. Ich dachte nach, was mach ich jetzt? Hinter mir fielen Schüsse, ich hörte auf nachzudenken, nahm die Decke und lief weiter.

Eines Abends sollten wir an einem See übernachten. Es war so kalt, dass ich keinen Hunger mehr fühlte. Mein Hunger war gefroren. Die Wachleute machten Feuer, und die Flammen gefroren. Ich wollte sie darum bitten, mich zu erschießen, aber die Worte gefroren, bevor sie gehört werden konnten.

Neben mir blieb Marek stehen, ein lustiger Pole, ich kannte ihn, er hatte Russisch gelernt im Lager, warum? Weil er verliebt war, nur das hatte er verraten, er wolle Russisch können, um besser lieben zu können. Ich rief seinen Namen, komm, Marek, legen wir uns zueinander, halten wir uns warm. Marek regte sich nicht. Marek war im Stehen eingefroren oder hatte sich im Stehen aufgegeben. Da dachte ich zum ersten Mal: Ich überlebe das alles nicht. Wenn der lustige, verliebte Marek es nicht schaffte, wird niemand es schaffen.

Auf der anderen Seite vom See, da waren Lichter. Gerade ein paar, drei vielleicht, mehr nicht. Ich bin ans Wasser. Die Eisbrocken in der Nähe des Ufers klackten wie ein Windspiel mit tausend Stäben. Ich sang dazu, sang leise. Sehen Sie, das Lied gefror nicht. Ich lief weiter, am Ufer entlang. Die Wachleute folgten mir oder folgten mir nicht. Ein Häuschen war da. Ein Häuschen aus nicht mehr als aus Brettern und Fenstern. Eine Fähre, ein Fährhäuschen war das. Vielleicht konnte ich mich drinnen aufwärmen. Vielleicht war ich aber auch schon tot und nur deswegen an diesem Ort, damit meine Seele über den Styx gebracht wurde.

Die Tür ging auf, und da war jemand. Ein Mann, der Fährmann, vielleicht der Fährmann. Er sah nicht aus wie ein Fährmann und auch nicht, wie ich mir Charon vorstellte. Als ob ich wusste, wie Charon aussah! Er war jung, ein junger Mann, jünger als ich, eine Mütze über die Ohren gezogen, was hätte ich da gegeben für die Mütze! Ein pickliges Gesicht, nicht hübsch, das machte mich traurig. Ich wollte, dass er ein hübscher Mann war und klug sprach. Ich hätte, ein bisschen was hätte ich verstanden. Auch wollte ich ihn gern begrüßen, einfach, wie es Männer tun, aber schon wie wir uns die Hand gegeben hätten, ich mit meinen gefrorenen Fingern, hätte mich verraten. Entweder die Hände oder die Zunge. Die Sprache ist ein Verräter, die paar Brocken Deutsch, die ich mir angeeignet hatte. Ich gab ihm nicht die Hand und ich sagte auch nichts. Was hätten Sie gesagt? Es gab nur eins zu sagen. Ich sagte es so, indem ich auf die Lichter deutete, auf der anderen Seite vom See. Der Fährmann rührte sich nicht. Mein Richter in der Dunkelheit. Warum war er nicht in den Waffen?

Er räusperte sich, sagte etwas, eine jungenhafte, helle Stimme. Ich zuckte mit den Schultern, er wiederholte es und zeigte diesmal in die Richtung, aus der ich gekommen war, beschrieb dabei einen Kreis mit der Hand in der Luft. Ich sollte außen herum laufen, wenn ich rüberwollte.

Ich schüttelte den Kopf und zeigte auf die Fähre.

Er schüttelte den Kopf und zeigte auf den Himmel.

Ich schüttelte den Kopf und zeigte auf meine Füße, zeigte auf meinem Mund, meine Hände, mein Herz, zeigte in die Richtung, in die er gerade gezeigt hatte, und hielt mir Finger an die Schläfe und drückte ab und da knallte gleichzeitig irgendwo ein Schuss, wir zuckten zusammen zusammen. Also, ich zuckte zusammen. Ich weiß nicht, ob der Fährmann zusammenzuckte, ich hätte es mir gewünscht. Dass wir etwas teilten, sei es auch nur eine Angst. Ohne mich aus den Augen zu lassen, reichte er hinter sich. Er hob einen Knüppel auf. Ich trat einen Schritt zurück. Es war wie tanzen, wir beide, ohne Musik. Es war kein Knüppel, es war eine Fackel. Er bestieg die Fähre. Das mit der Fackel gefiel mir nicht, und daran merkte ich, dass es mir nicht egal war, was mit mir geschehen würde. Daran merkte ich, dass ich auf der Flucht war.

Mein Körper schmerzte und schmerzte gleichzeitig nicht.

Mein Gleichgewicht war da und war nicht da.

Ich wollte auf die Fähre, ich schaffte den einen ausladenden Schritt nicht. Fiel, robbte. Der Fährmann stand auf der Fähre, breitbeinig, fest, größer als gerade noch, das war seine Fähre, er war der Fährmann, er half mir nicht. Reichte mir nicht die Hand, und das ist auch besser so, denn ich glaube, heute glaube ich das, es hätte nichts gebracht. Ich glaube, da wäre nur Luft gewesen. Ich rollte einfach runter auf die Fähre, plumpste hinein und blieb gleich liegen.

Die Fackel brannte weiß. Der Fährmann stieß uns vom Ufer ab. Nur am Ufer war der See nicht gefroren. Aber das Eis machte diesem Fährmann nichts aus. Vor der Fähre, vor der weißen Fackel an ihrer Front, schmolz und verschwand das Eis, als glitten wir vom Höllenfeuer umgeben dahin. Oder was das bei Charon wäre. Unterweltfeuer. Weiß ich doch nicht!

Die Überfahrt dauerte wenige Minuten oder viele Stunden. Ich schloss die Augen. Artilleriefeuer weckte mich. Das bedeutete, dass die deutsche Niederlage nicht weit war und ich nicht tot. Ich konnte mir nicht vorstellen, dass auch die Hölle oder der Hades Kriegsschauplätze waren. Der Krieg ist schon die Hölle, die wahre Hölle muss sich etwas anderes einfallen lassen.

Ich schleppte mich ans Land. Ein Dorf gab es hier. Die Lichter, die ich gesehen hatte, waren jetzt gelöscht. Es schneite. Der Fährmann hantierte mit einem Seil auf dem Ufer. Ich konnte ihm nichts geben für die Überfahrt. Ich sagte »Danke«. Das ist so ein Wort, das lernt man in der Gefangenschaft als erstes.

Wenn der Fährmann noch lebt und das Dorf nicht verlassen hat, dann werden Sie von ihm vielleicht wissen. Wenn er noch lebt, sagen Sie ihm, sagen Sie ihm bitte, Aleksandar Todorowitsch Krolow hätte sich damals gern ehrlicher verabschiedet, als mit nur einem Wort. Ich konnte ihm nichts geben für die Überfahrt.

Ich schlich ziellos durch die Straßen. Nicht ziellos. Ich schlich von Hausmauer zu Hausmauer. Dahinter ahnte ich Wärme. Wärme war die Beute, auf die ich es abgesehen hatte, der Dieb. An einigen Häusern waren die Fenster verriegelt. Eines schloss sich an einen ummauerten Hof an. Mit letzter Kraft kletterte ich über die Mauer. Es gab einen Ofen, Werkzeug lag herum, unfertige Wagenreifen, ein Amboss, so was. Eine Schmiede war dies, ich kannte die Gerätschaften von Zuhause, mein Onkel war Schmied gewesen, meine ganze Kindheit habe ich diesen Mann niemals in sauberer Weste und Hose und Kittel gesehen, er war meine Ausrede, in jede Pfütze zu treten, ich hoffe, er ist zumindest mit einer Waffe in der Hand gestorben.

Eine Katze saß im Schnee vor dem Ofen, schwarz im Schnee. Es schien, dass sie auf mich gewartet hatte, so war das vielleicht, so eine Nacht war das, alles Symbol, alles einer übertragenen Bedeutung näher, als unübertragbarem Glauben, dass es weiterging mit diesem Leben. Ein Apfelgarten und ein Häuschen. Alle Türen waren verriegelt, aber nicht gut genug. Ich fand etwas Mehl und etwas Weizen. Und Äpfel, viele Äpfel, viele alte, verschrumpelte Äpfel, welch ein Glück! Die Katze folgte mir oder sie gehörte hierher, wurde zurückgelassen, aber ein Katzentier findet sich überall zurecht, wir waren allein, die Katze und ich. Wir waren allein, und im Apfelgarten eine Schaukel, das war wiederum fast so, als gebe es noch ein Kind hier.

Auf dem Dachboden quartierte ich mich ein, in einem alten Kleiderschrank schlief ich auf alter Kleidung, Knie angezogen, am Morgen tat alles weh, seit Jahren hatte ich nicht so gut geschlafen.

Wir fingen Spatzen und Amseln, die Katze und ich. Im Hof und im Apfelgarten, ich briet sie in einer Pfanne, fragen Sie nicht, wie ich Feuer machte, ich weiß es nicht mehr, vielleicht aß ich sie roh. Ich trank Schnee, das Wasser im Brunnen war gefroren.

Die Katze war ein besserer Jäger als ich. Mir fehlte der Köder, und wenn ich sage: Spatzen und Amseln gegessen, dann meine ich: jeden dritten oder vierten Tag. Wenn ich den Apfelgarten aufsuchte, dachte ich mir Namen für das Kind aus, das dort geschaukelt haben mochte, deutsche Jungennamen, ich dachte: »Franz« und »Friedrich« und »Ernst«. Nein, das dachte ich damals wahrscheinlich nicht, aber heute, heute denke ich das, »Erwin« und »Werner«. Damals dachte ich an den im Stehen gestorbenen Marek, und ich verfluchte mich, ihn niemals gefragt zu haben, in wen, in wen, Marek, warst du verliebt?

Das Artilleriefeuer war jetzt in den Nächten zu sehen, und die Nächte waren hell, und die Wände bebten, und eines Morgens wachte ich auf, und es war so still, es war Frühling, ich wachte auf und war der letzte Mensch. So etwas ist dir sofort klar, dass du der Letzte bist irgendwo. Du spürst, dass dir etwas fehlt, so sind wir, ungern allein, nicht jeder vielleicht, aber die Mehrheit schon, im Krieg zeigt sich das am ehesten, allein bist du im Krieg meistens verloren.

Ich war allein und nicht verloren. Ich lag auf fremden Kleidungsstücken, die einer großen Frau gehört haben müssen, ja, ich habe sie anprobiert, und ich dachte: Wartet doch auf mich. Auf der Straße war niemand. Geräusche gab es keine. Ein Mann mit Hut und dünnem Oberlippenbart ging jeden Morgen um diese Zeit die Straße unter meinem Fenster auf und ab, sehen Sie, ich sage schon »mein Fenster«, aber er fehlte jetzt. Ich hatte mich an ihn gewöhnt, ich hatte mir damals vorstellen können, dass wir uns gut verstanden hätten, wenn wir miteinander gesprochen hätten, auch ich mochte es, mit Armen hinter dem Rücken verschränkt zu spazieren, nachzudenken, und oft reicht das aus für eine Freundschaft – eine Geste, die man miteinander teilt.

Ich stieg in den Innenhof, lauschte – nichts. Ich kletterte auf die Mauer, sah mich um – nichts. Und ich sprang auf die Straße. Es war ganz leicht, ich war der letzte Mensch. Ich machte es meinem deutschen Bekannten gleich, lief auf und ab unter meinem Fenster, die Straße steigt leicht an, ganz oben ein schönes kleines Haus, so eines hätte ich gern gehabt, auch später im Leben, ein Hahn aus Metall auf dem Gartentor, gibt es das Tor noch?

Ich begegnete niemandem. Ich lugte durch das Fenster von der Backstube. Ich klopfte. Ich war mutig geworden, aber auch nur, weil ich mir meiner Letztheit so sicher war. Was erzähle ich Ihnen hier eigentlich? Es stimmt doch nichts! Es stimmt ja nicht, dass ich nichts sah oder hörte! Hier glitt ein Schatten in einem der Häuser am Fenster vorbei, dort war eine Säge zu hören, die das tat, was Sägen tun, drüben weinte ein Kind, 24. April 1945, hinten schlitzte sich Justizinspektor a. D. Herbert Döbel die Pulsadern auf, am 27. April 1945 erhängte sich seine Frau, die Apothekerin Grete Hühn schoss sich in die Brust, ich kannte niemanden von ihnen, ich kannte ihre Namen und ihre Berufe nicht, und in der Backstube antwortete niemand, also lugte ich durch das Fenster, und der Bäcker warf gerade den Strick über den Querbalken, und ich vergaß die Katze zu erwähnen, dass sie mir auch auf diesem

Spaziergang treu folgte, die Menschen waren also doch noch einige wenige da, ich hatte doch vom Dachboden auch beobachtet, wie das Dorf in den letzten Tagen sich zu retten versuchte oder sich aufgab. Die Menschen erinnerten mich an mich selbst, in der Nacht mit dem Eis und mit dem Fährmann, ihn sah ich nicht mehr, ich hoffe, er hat die schreckliche Zeit überlebt, und keine Soldaten sah ich, der Kampfkommandant hatte sich erschossen, die den Ort verteidigenden Truppen waren auseinandergelaufen, die sowjetische 70. Armee nahm das Dorf am 29. April 1945 ein.

Ich begrüßte meine Brüder und Schwestern vorsichtig. Sie trauten mir nicht. Sie trauten meiner Geschichte nicht, meinem Russisch nicht. Dokumente, die mir eine Identität gegeben hätten, besaß ich nicht. Ich fragte, ob ich mit darf, ich könne kämpfen, aber die Soldaten hörten nur zu, wenn sie selbst Fragen stellten. Wo hier alle seien, fragten sie. Ich wusste es, aber ich wusste nicht, wie ich es sagen sollte. Ich sagte, ich hätte mich versteckt gehalten die ganze Zeit mit einer Katze und einer Schaukel und ich hätte Äpfel und Vögel gegessen und nichts gesehen und nichts gehört. Sie glaubten es mir oder auch nicht.

Am 31.7.1945 verließ ich Deutschland. In Lemberg half ich bei Aufräumarbeiten. Am 14.12.1945 ging es weiter nach Jenakiewo im Gebiet Stalin (heute Donezk, Ukraine). Dort arbeitete ich beim Wiederaufbau der Bergwerke. In einer Sonderüberprüfung wurde für jeden eine Akte angelegt, die bis heute existiert. Da ist alles festgehalten und nachgewiesen. Nach meiner Entlassung am 28.7.1952 kehrte ich in mein Heimatgebiet Rostow zurück und arbeitete als Wachmann. Am 25.1.1955 habe ich geheiratet. Am 22.9.1982 bin ich in Rente gegangen, nachdem ich einen Schlaganfall hatte.

Ihre humanitäre Hilfe in Höhe von 300 Euro habe ich bekommen. Ich habe das Geld für die Beerdigung meiner Frau ausgegeben. Ich habe zwei Söhne und eine Tochter, alle haben Familie und leben nicht hier. Ich bin Ihrer Bitte nachgekommen und habe mein Leben während der Kriegsjahre 1941–45 beschrieben. Mein Name ist Aleksandar Todorowitsch Krolow. Ich warte auf Ihre Antwort.

Anmerkung

1 Der für diese Publikation überarbeitete Brief war ursprünglich Teil des Romans *Vor dem Fest*, der Text wurde aber aus dramaturgischen Gründen aus der Druckfassung herausgenommen. Als Quelle für die Geschichte des ehemaligen sowjetischen Kriegsgefangenen diente dem Autor: http://www.kontakte-kontakty.de/deutsch/ns-opfer/freitagsbriefe/index.php

Irmtraud Morgner

(1933–1990)

Volker Neuhaus

»Die ganze Welt auf fünf Pfund Papier« – Das Große Welttheater der Irmtraud Morgner und die Gefahr seiner Schließung

»Die ganze Welt auf fünf Pfund Papier«[1] – die deutschsprachige Literatur hat nicht gerade einen Überfluss an Romanen solchen Anspruchs, man kann sie an den Fingern abzählen. Da steht in jeder Hinsicht an erster Stelle Grimmelshausens *Abenteuerlicher Simplicissimus* (1668/69) als gewaltiges Panorama des Dreißigjährigen Kriegs. Ihm an die Seite stellen kann man die monumentalen Zeitbilder aus der Zeit unmittelbar vor dem Ersten Weltkrieg in Manns *Zauberberg* und Musils *Mann ohne Eigenschaften* und die Panoramen der 1920er bis 1960er Jahre in Grass' *Hundejahren* (1963) und in Johnsons *Jahrestagen* (1970–1983).

Diese Panoramen kontrastieren die großen diachronen Emanzipationsromane, beginnend mit dem Aufstieg des Bürgertums und seinem Ausgleich mit dem Adel durch Bildung und Erziehung in Goethes *Wilhelm Meisters Lehrjahre* (1795/96) und Jean Pauls *Titan* (1800–1803) – beides sehr deutsche Antworten auf die Französische Revolution. Fast 200 Jahre später gestaltet Peter Weiss in seiner *Ästhetik des Widerstands* (1975–1981) die Aufstiegskämpfe des vierten Standes im 20. Jahrhundert in Form eines solchen idealisierten Entwicklungsromans, während zur selben Zeit zwei Monumentalromane zum Emanzipationskampf der Frauen entstehen – Irmtraud Morgners *Trobadora*-Trilogie (1974/1983/1998) und Grass' *Der Butt* (1977).

Zehn Finger haben genügt. Sicherlich könnte der eine oder andere noch den einen oder anderen Finger zusätzlich brauchen. Ich persönlich hätte gern noch einen elften für Immermanns *Epigonen* als schlechthin wundervolles Zeitgemälde aus dem Vormärz oder gar einen zwölften für meinen ganz besonderen Liebling, Erik Regers *Union der festen Hand* (1931), aber diese zwei sind im populären Bewusstsein kaum noch präsent, wie zur Zeit wohl auch Irmtraud Morgners Zyklus, und im Ganzen gesehen ist die deutsche Literatur weiß Gott keineswegs reich genug, um auch nur eines dieser gewaltigen Werke aus dem Gedächtnis zu verlieren.

»Zu Laura: Er weiß: Das ist eine Schriftstellerin, die out ist«[2] – Morgners Rezeptionsschicksal nach 1990

Diese Gefahr eines solchen und dann in der Regel irreparablen kanonischen Verlusts droht uns im Falle der *Trobadora*-Trilogie von Irmtraud Morgner. Wie stets bei solchen Kanonfragen sind die Gründe überwiegend literatursoziologischer Art und im Falle Irmtraud Morgners liegen sie leider auf der Hand. Ihr früher Tod mit nur 56 Jahren am 6. Mai 1990 fiel zusammen mit dem Ende der DDR – Morgner war fortan als Person nicht mehr präsent und zugleich verlor ihr fortdauerndes Werk seinen originalen Hall- und Echoraum. Als in der Wolle gefärbte Sozialistin war Morgner »ihrem« Land auf eine spielerische Art ganz selbstverständlich verbunden, wie noch zu zeigen sein wird. Der äußerst knappe *Wikipedia*-Eintrag – er umfasst weniger als ein Zehntel des Christa Wolf-Artikels, was nun den wahren Bedeutungsverhältnissen keineswegs entspricht – nennt die Gründe von Morgners drohendem Vergessenwerden in nuce: Ihr »gelang 1968 mit ihrem Roman *Hochzeit in Konstantinopel* der Durchbruch beim Lesepublikum der DDR. Die hier erstmals erzeugte virtuose Mischung aus Phantastik und realistischer Alltagsbeschreibung aus feministischer Perspektive wurde zu ihrem Markenzeichen, und mit dem ungewöhnlich breit angelegten Roman *Leben und Abenteuer der Trobadora Beatriz* sowie der Fortsetzung *Amanda* erzielte sie ab 1974 sowohl bei den Leserinnen der DDR als auch denen der Bundesrepublik Deutschland große Erfolge.«[3] In diesen positiv gemeinten Worten sind bereits alle Gründe für Morgners drohendes Vergessen vereinigt: Ihre»realistische Alltagsbeschreibung« wie ihr erstes »Lesepublikum« gehören der DDR an und die »feministische Perspektive« den 1970er und 1980er Jahren; entsprechend werden auch der *Trobadora Beatriz* sowie der Fortsetzung *Amanda* »ab 1974 sowohl bei den Leser**innen** der DDR als auch denen der Bundesrepublik Deutschland große Erfolge« attestiert – und die drohen jetzt mit dem Verschwinden einer frauenspezifischen Literaturszene Ende des vorigen Jahrtausends ebenfalls in den Abgrund des Vergessens zu wandern. Natürlich wird es weiterhin Morgner-Fans und Morgner-Beflissene geben, wie sie es jetzt schon gibt und wie ich sie in meinen Ausführungen dankbar benutzen und zitieren werde, aber zum selbstverständlichen *mental make up* des literaturbeflissenen Deutschen gehört Morgner schon jetzt nicht mehr.

Eine neue Lesart

Offensichtlich ist eine neue, umfassendere Lesart des Morgner'schen Hauptwerkes zu seiner Rettung im öffentlichen Bewusstsein erforderlich: Diese Lesart darf eben nicht DDR-spezifisch sein, nicht 70er/80er-Jahre-feministisch und nicht leserinnen-exklusiv. Denn Morgner war natürlich all das, was der hier zum Exempel genommene *Wikipedia*-Artikel herausstellt – sie war in der Tat eine der weiblichen Causa und deren potenzieller Änderung leidenschaftlich verpflichtete DDR-Autorin. Aber so wenig Heinrich Manns *Untertan* obsolet geworden ist, nur weil der Wilhelminismus seit fast einhundert Jahren untergegangen ist, oder Peter Weiss' *Ästhetik des Widerstands* durch das Ende einer marxistisch bestimmten Arbeiterbewegung plötzlich antiquiert wäre, so wenig schmälert das Ende der DDR vor einem Vierteljahrhundert und das momentane öffentliche Desinteresse an einem kämpferischen Feminismus den Rang des Morgner'schen Werks.

»Große« Werke von der attischen Tragödie über Shakespeares Dramen und Cervantes' *Don Quijote* bis zu Manns *Untertan* und Weiss' *Ästhetik des Widerstands* heben die in ihnen gestalteten Probleme bis hinunter zu Tagesaktualitäten im Hegel'schen Sinne auf: Sie negieren sie für ihre Zeit, indem sie sie auf eine höhere Stufe elevieren und zugleich für alle Zeiten konservieren. Sophokles hat dies für Kreons Staatsräson getan, Cervantes für die Amadis-Romane und das Spanien seiner Zeit gleichermaßen, Heinrich Mann für den Wilhelminismus, Weiss für die Ästhetik der Revolte und der Revolution gegen jegliche Unterdrückung und Morgner für den Emanzipationskampf der Frauen, seit die erste Frau angeblich aus der Rippe eines Mannes geschneidert wurde. Und, wie nebenbei, hat Morgner dabei in einem 40 Jahre Geschichte des zweiten deutschen Staates, die im »Westen« längst vergessen wurde, im »Osten« bisweilen verklärt oder schlicht verdrängt wird, für immer konserviert. Es ist gewiss kein Zufall, dass Morgner auf den allerletzten Seiten der *Amanda* ihre Heldin Laura, die eigentliche Protagonistin des unabgeschlossenen Riesenwerks, »Barockmusik vom Plattenspieler« hören lässt, »Buxtehude, Bach, Händel«. Dabei artikuliert Laura den Zeiten überdauernden Wert solcher Werke, ein Wunsch, den wohl auch Morgner für ihren Zyklus hegte: »Die lange Lebensdauer solcher Musik und aller großen Kunst erklärte sich Laura aus der Vielsinnigkeit: Von jeder Generation ließen sich diese Werke aufs neue mit Gehalt beladen«[4] – unabhängig davon, ob sie in erster Linie für Sonn- und Festtagsgottesdienste einer Lübecker oder Leipziger Kirchengemeinde, für den britischen Hof oder für ein DDR-Lesepublikum bestimmt waren.

Irmtraud Morgner und der real existierende Sozialismus

Gerade ihr grundsätzliches Einverständnis mit der DDR als »ihrem« Staat erlaubte Morgner ihren spezifischen literarischen Umgang mit diesem Staat, auch wenn dieser »Umgang« in seinem praktischen Teil seit der Unterdrückung von *Rumba auf einen Herbst* 1965 bis zum Tod der Autorin und dem Ende des Staatsgebildes aus einem ständigen zermürbenden Kampf mit dessen verwickelter Zensurpraxis bestand. In völliger Identifikation mit ihrer Heldin Laura als Alter Ego preist sie in *Amanda,* »Schwein gehabt« zu haben, »dass ich 1945 nicht älter als zwölf gewesen bin und auch nicht jünger, Dusel gehabt, unbeschreibliches Glück. Denn älter wäre ich so oder so schon in die Scheiße reingetreten, und jünger hätte ich sie noch nicht begriffen und meine Chance folglich auch nicht. Einmalige Chance« (A, S. 21).

Anders als der NS-indoktrinierte Landser Franz Fühmann, der junge SS-Panzerschütze Günter Grass, der HJ-Ortsführer Wellershoff, der reichsweit beste Marine-HJler Walser und die fanatische BDM-Führerin Christa Wolf hatte Irmtraud Morgner kein Bekehrungserlebnis, hatte nie ein Braunhemd ausziehen müssen, um ein Blauhemd tragen zu können – Laura/Irmtraud haben den 8. Mai 1945 ideologiefrei und doch als »Tag der Befreiung« erlebt[5] – und zwar als Einleitung einer kurzen Phase der Anarchie, wie sie der DDR-Dramatiker Stefan Schütz 1976 in seinem Stück *Kohlhaas* (Uraufführung Leipzig 1978) gestaltet, wenn Wittenberg zu Bergwitten verkehrt wird. Genau dieses Bild verwendet Morgner, die umgedrehte Gesellschaftspyramide: »›die Bettler werden die Könige sein‹«, wie es »der Pfarrer vom Himmelreich im Himmel behauptet« (A, S. 21), aber »auf Erden« »natürlich nicht für möglich gehalten hatte« (A, S. 21). »1945 wurde Lauras Welt durch den Sieg der sowjetischen Armee und ihrer Verbündeten auf den Kopf gestellt« (A, S. 23) –, alle Erwachsenen haben »Butter auf dem Kopf« und die Kinder sind oben.[6]

> »Die ersten Tage nach dem 8. Mai – schlaraffig«, behauptete Laura. »Rundweg schlaraffig – natürlich nicht fürn Bauch. Der knurrte. Aber der Kopf und die anderen **Schamteile** (Hervorhebung V. N.)[7] der Art. Wer sich die in seinem Leben mal hat wirklich füllen können, bleibt für Dressuren ungeeignet. Weil ich nämlich eine Pause erlebte: Die Welt stand dir sage und schreibe ein Weilchen auf dem Kopf. Kennstdudas?« (A, S. 15 f.)

Auf diesem Bloch'schen »›Verhelfen zu aufrechtem Gang‹« (A, S. 21) beruht Beatriz'/Lauras/Morgners entspanntes Verhältnis zum Sozialismus, an den sie nicht einmal sozusagen protestantisch angestrengt »glaubte« – der Glaube als Werk –, sondern der ihr schlicht selbstverständlich war. Er erschien der Leipziger Bloch-Schülerin gegenüber dem Kapitalismus als die unabdingbare emanzipatorische Vorstufe auf dem entwicklungsgeschichtlichen Weg des *homo sapiens* zum *homo humanus* und dem gesellschaftlichen vom Sozialismus zum Kommunismus, die beide nur über die noch ausstehende vollständige Emanzipation der Frau zu erreichen sind. Erst darin würde sich die Herrschaftsfreiheit verwirklichen, deren Prolepse die 14 Tage nach Kriegsende waren, in der die Bettler Könige und die Könige Bettler waren. Morgner müsste nicht Morgner sein, wenn diese vorangestellte Prolepse nicht wieder ihrerseits eine nachgestellte Pro-Prolepse gehabt hätte: Die vierjährige Laura hatte einst für eine einzige glückliche Stunde die Großmutter, die ihr im Garten alles, aber auch einfach alles immer, aber auch immer restlos verbot, ins Plumpsklo eingeschlossen und hatte für diese eine Stunde der Anarchie und des grenzenlosen Glücks gern die folgenden Strafen in Kauf genommen (A, S. 25–27).

Eva Kaufmann hat darauf hingewiesen, dass Beatriz, die Erzählerin der *Amanda*, die Episode vom 8. Mai 1945 gegen die Chronologie der Ereignisse markiert an den Beginn ihres »Lebenswerks« stellt, als das sie nach über 800 Jahren Leben und »sieben Jahre nach meinem Tod« (A, S. 14) ihre *Amanda* empfindet: Die herrschaftsfreie Zeitspanne ist »die größte und schönste aller Utopien« und »entfaltet ihre Triebkraft vom ›Griechischen Vorspiel‹«[8] bis zum offenen Schluss des Romans, um dann erst im *Heroischen Testament* als Utopie im Wortsinn, als für immer »ortlos« – *Kein Ort. Nirgends*, wie Christa Wolf einst »Utopie« übersetzte – entmarxisiert zu werden. »Das Ende der Gesellschaftsutopien (für Mitläufer vom Dienst geschrieben) heißt nicht: das Ende der Utopie überhaupt. Die schwierigere Utopie (im Vergleich zur Gesellschaftsutopie) ist die ›Privat‹-Utopie (keine Mitläufer).« (HT, S. 124)[9]

Nie kritisiert Morgner in ihrer sozialistischen Phase den real existierenden Sozialismus von einem strengeren und idealeren Sozialismus her, wie etwa Christa Wolf, Volker Braun, Wolf Biermann oder Heiner Müller das jahrzehntelang taten, sondern ausnahmslos von seinen die Frauen betreffenden Sitten[10] und Bräuchen aus, die man verändern, ja, umkehren kann, ohne am Sozialismus zu rühren. Worte wie das Christa Wolfs vom »Druck des härteren, strengeren Lebens«, dem es für ihre Heldin Rita Seidel »standzuhalten«[11] gilt, sucht man auf den weit über tausend Seiten Morgners vergebens, wie ihr auch Hass und Verachtung für die »Anderen«

oder die Gegner und Feinde fehlen – Irmtraud Morgner hat das Kennzeichnen aller großen Epiker, ihre Gestalten ausnahmslos zu lieben.

Uneinnehmbare Bastion für ihr Beharren auf der Emanzipationsthematik gegen alles offizielle und offiziöse Dreinreden ist ihr das Marx-Wort: »Der gesellschaftliche Fortschritt läßt sich exakt messen an der gesellschaftlichen Stellung des schönen Geschlechts«.[12] Durch diese unangreifbare Mauer geschützt, begegnet Morgner dem real existierenden Sozialismus statt mit strengerem Fanatismus oder steilerem Glauben mit liebevoller oder, um es im Parteijargon zu sagen, nicht-antagonistischer Ironie – seine Überlegenheit über den Kapitalismus steht für sie außerhalb jeglicher Frage. Im Gespräch mit der bundesdeutschen Journalistin Ursula Krechel sagt sie dazu: »Wenn ich hier bin [in der BRD – V. N.] oder in einem anderen kapitalistischen Land, verstehe ich die Frauen sehr gut, die rabiat sind. Ich spüre auch regelmäßig, dass ich hier rabiat werde. Täglich spürt man das [...] man spürt ein Gefälle, daß man als Frau auf dem Markt liegt, das spürt man bei uns nicht mehr, und ich glaube, daß ich das Buch mit einer gewissen Heiterkeit schreiben konnte – hätte ich hier nicht schreiben können. Ich wäre grimmig geworden.« In der DDR könne »man einigermaßen in Ruhe, schon heiter sein«[13], dort »rage« für die Frauen, die »in der Vergangenheit fast nur schwarze Kapitel finden«, »die Geschichte ihrer Zukunft« bereits jetzt »etwas in unseren Alltag«[14].

Morgner umgibt ihr Riesenwerk von vornherein mit dieser Aura der »Heiterkeit« in Form einer gelassenen Ironie: »Natürlich ist dies Land ein Ort des Wunderbaren.« lauten der erste und der letzte Satz der *Trobadora,* beim ersten Mal gesprochen von Laura gegenüber der Irmtraud Morgner des Romans (TB, S. 7), am Ende des Werks vom »neuen Mann« Benno (TB, S. 447) und dazwischen noch zwei weitere Male von Laura (TB, S. 108, 167). Einzig bei Günter de Bruyn, der, anders als Morgner, dem System kein Wort glaubte, aber seiner Heimat Brandenburg in der DDR dennoch loyal anhing, ist mir eine vergleichbare heitere wie gelassene Ironie begegnet. Aus der Wurzel von de Bruyns Humor – des Humors des Busch'schen »Vogels auf dem Leim« – wächst oft auch Morgners Heiterkeit und Gelassenheit, vor allem in den späteren Werken. So lautet das E.T.A. Hoffmann entnommene Motto zur *Amanda* »Das Lachen ist nur der Schmerzenslaut der Sehnsucht nach der Heimat, die im Innern sich regt«, und im *Heroischen Testament* heißt es: »Am letzten Kongreßtag würgte mich der Ernst derart, daß ich mit Scherzen nach Luft rang« (HT, S. 189). Dort notiert sie auch: »Der beste Überlebensmechanismus: Humor = Aggressionen im Spiel abbauen, ohne zu verbittern. In einem Militärstaat gibt es allerdings keinen Humor« (HT, S. 284).

Ebenso selbstverständlich und konsequent, wie Irmtraud Morgner seit 1945 von der Überlegenheit des Sozialismus überzeugt war, verabschiedete sie sich von ihm, als er sich, wie so vielen vor ihr, als *The God that failed*[15] erwies. Eine Überzeugung wie die Morgners kann durch Erfahrung und Fakten widerlegt werden, nicht aber ein Glaube wie der Christa Wolfs als »gewisse Zuversicht des, das man hofft, und ein Nichtzweifeln an dem, das man nicht sieht« (Hebräerbrief 11,1). Morgner wäre wohl nie 1992 mit ihrem alten DDR-Pass in die USA eingereist, was Christa Wolf gelungen ist. Zwei Dinge waren es vor allem, die Morgner in der Phase des Wartens auf die 1984 endlich erteilte Druckgenehmigung für *Amanda* 1983[16] das Projekt »Trobadora/Laura/Amanda« abbrechen ließen. Zum einen war es das Abhandenkommen von Zukunft für die Menschheit durch die akute Kriegsgefahr in einer gespaltenen Welt, auf der jede der beiden Seiten zum zigfachen Overkill gerüstet ist. Damit ist Irmtraud Morgner die Zeit abhanden gekommen, die ihr evolutionäres Konzept vom *homo sapiens* zum *homo humanus*, vom Sozialismus zum Kommunismus in großen Dimensionen braucht – nahezu alle Textfragmente des *Heroischen Testaments* zeugen davon. In dieser Situation konzipierte und schrieb Christa Wolf zur selben Zeit *Kassandra* (1983), in der sie gegen das Selbstbild der sozialistischen Staaten als »Friedenslager« die Friedensunfähigkeit beider Seiten konstatiert und geißelt, und Grass verstummte zunächst wie Morgner, um erst ab 1982 mit ersten zaghaften Skizzen zur *Rättin* (1986) mit einer veritablen Apokalypse, die die Vernichtung der Menschheit miterzählt, zur Literatur zurückzufinden.

Die Parallelen zwischen Morgner und Grass, die nicht in direktem Kontakt miteinander standen, sind ein deutlicher Beleg für Korrespondenzen, die die unbestechliche Beobachtung und Analyse von Weltzuständen, egal von welchem Lager aus sie geschieht, hervorrufen. In den frühen siebziger Jahren wenden sich Morgner und Grass der historischen Frauenrolle zu und beide verwenden historisch belegte Frauen – Grass Dorothea von Montau, die sich im Roman lieber einmauern lässt, als länger als Frau im 14. Jahrhundert zu leben, und Beatriz de Dia, die bei Morgner einen jahrhundertelangen Dornröschenschlaf ihrem Leben im 12. Jahrhundert vorzieht. Flankiert werden die historischen Frauen von zahlreichen anderen Frauenschicksalen, bei Morgner eher synchron, bei Grass meist diachron. Als beiden die Zeit für ihr evolutionäres Konzept (einmal demokratisch, einmal sozialistisch/kommunistisch) abhanden kommt, verstummen sie. Grass wendet sich wieder der einst erlernten Bildhauerei zu, während Morgner Collagen fertigt,[17] bis es bei beiden zur anti-evolutionären, anti-marxistischen, nämlich apokalyptischen Wende kommt.

Der zweite Punkt, an dem Irmtraud Morgner das radikale Scheitern des Sozialismus deutlich geworden ist, war wiederum ein Klassikerzitat, diesmal sogar von Marx und Engels gemeinsam aus dem *Kommunistischen Manifest*: »An die Stelle der alten bürgerlichen Gesellschaft mit ihren Klassen und Klassengegensätzen tritt eine Assoziation, worin die freie Entwicklung eines jeden die Bedingung für die freie Entwicklung aller ist.« Die reale Entwicklung hat stattdessen geradezu das Gegenteil bewirkt: Wollte einst Marx Hegel vom Kopf auf die Füße gestellt haben, so »kann heute von der Praxis gesagt werden, dass sie eine entscheidende Maxime der kommunistischen Gesellschaftstheorie von den Füßen auf den Kopf stellt. Folge: Anbetung des Kollektivs« (HT, S. 141). Diese ungeheuerliche Verkehrung eines zentralen sozialistischen Anliegens trifft Morgner in ihrem »Amt«, denn gerade der »Schriftsteller muß Anwalt des Individuums sein«.[18] Ihr letztes Wort zur marxistischen Utopie ist ein nüchterner Nachruf auf die beiden von ihr exakt parallel gesehenen großen Ideologien des Westens:

> »Vor etwa 2000 Jahren haben Ahnungsvolle einen ethisch-moralischen Rettungsversuch angeregt, der so gut gemeint war, daß auch heute noch viele an ihn glauben und in dessen Namen ungeheuerliche Verbrechen begangen werden. Vor etwa 150 Jahren hat ein Rationalist einen ökonomisch-philosophischen Rettungsversuch angeregt, der so gut gemeint war, daß auch heute noch etliche an ihn glauben und in dessen Namen nicht minder ungeheuerliche Verbrechen begangen werden.« (HT, S. 299)

Die Zeit des liebevoll ironischen Umgangs mit dem letztlich allein Zukunft verheißenden Sozialismus ist nach dem doppeldeutigen Ende des Romans *Amanda* zum Jahreswechsel 1980/81 endgültig vorbei, sie endet im »Totlachen«. Belustigt beobachten die endlich befreiten Hexen in Berlin das Geböller der Silvesternacht, das im Aberglauben ihrer Vertreibung gelten soll:

> »Als der Austreibungskrach sich zu infernalischem Lärm steigerte, brachen meine Besucherinnen in Gelächter aus. Am unflätigsten lachte Girgana (i. e. die ehemalige Schlosswächterin des Hexengefängnisses Hörselberg – V.N.). Und sie hörte nicht auf, bis sie sich totgelacht hatte.« (A, S. 533)

Morgners romantisches Konzept

Natürlich ist die *Trobadora* als Roman einer *poetria docta* über einen weiblichen Troubadour aus dem hohen Mittelalter in jeder Hinsicht bis in den ursprünglichen Wortsinn hinein ein »romantisches«, d. h. »romanisch mittelalterliches« Buch, und selbstverständlich ist auch Morgners Ironie eine romantische, wie sie früh Friedrich Schlegel im 42. Lyceums-Fragment definiert hat:

> »Die Philosophie ist die eigentliche Heimat der Ironie, welche man logische Schönheit definieren möchte: [...] Die Poesie allein kann sich auch von dieser Seite bis zur Höhe der Philosophie erheben, und ist nicht auf ironische Stellen begründet, wie die Rhetorik. Es gibt alte und moderne Gedichte, die **durchgängig im Ganzen und überall den göttlichen Hauch der Ironie** atmen. Es lebt in ihnen eine wirklich transzendentale Buffonerie. **Im Innern, die Stimmung, welche alles übersieht, und sich über alles Bedingte unendlich erhebt,** auch über eigne Kunst, Tugend, oder Genialität: im Äußern**, in der Ausführung die mimische Manier eines gewöhnlichen guten italiänischen Buffo.**«

Zusammen mit Schlegels ebenso bekannter Vision einer »romantische[n] Poesie« als »eine[r] progressive[n] Universalpoesie« im 116. Athenäums-Fragment, das der große Theoretiker der Romantik einst zentral an Goethes *Wilhelm Meisters Lehrjahren* entwickelt hat, sind diese Schlegel'schen Konzepte, die für den gesamten modernen Roman in deutscher Sprache grundlegend wurden, lückenlos auf die Trilogie der Diplomgermanistin Irmtraud Morgner anzuwenden:

> »Ihre Bestimmung ist nicht bloß, **alle getrennte Gattungen der Poesie wieder zu vereinigen, und die Poesie mit der Philosophie und Rhetorik in Berührung zu setzen.** Sie will, und soll auch **Poesie und Prosa, Genialität und Kritik, Kunstpoesie und Naturpoesie bald mischen, bald verschmelzen,** die Poesie lebendig und gesellig, und das Leben und die Gesellschaft poetisch machen, den Witz poetisieren, und **die Formen der Kunst mit gediegnem Bildungsstoff jeder Art anfüllen** und sättigen, und durch die Schwingungen des Humors beseelen. **Sie umfaßt alles, was nur poetisch ist, vom größten wieder mehrere Systeme in sich enthaltenden Systeme der Kunst, bis zu dem Seufzer, dem Kuß,** den das dichtende Kind aushaucht in kunstlosen Gesang. Sie kann sich so in das Dargestellte verlieren, daß man glauben möchte, poeti-

sche Individuen jeder Art zu charakterisieren, sei ihr eins und alles; und doch gibt es noch keine Form, die dazu gemacht wäre, den Geist des Autors vollständig auszudrücken: so daß manche Künstler, die nur auch einen Roman schreiben wollten, von ungefähr sich selbst dargestellt haben. **Nur sie kann gleich dem Epos ein Spiegel der ganzen umgebenden Welt, ein Bild des Zeitalters werden.** Und doch kann auch sie am meisten zwischen dem Dargestellten und dem Darstellenden, frei von allem realen und idealen Interesse auf den Flügeln der poetischen Reflexion in der Mitte schweben, **diese Reflexion immer wieder potenzieren und wie in einer endlosen Reihe von Spiegeln vervielfachen.** Sie ist der höchsten und der allseitigsten Bildung fähig; nicht bloß von innen heraus, sondern auch von außen hinein; indem sie **jedem, was ein Ganzes in ihren Produkten sein soll, alle Teile ähnlich organisiert, wodurch ihr die Aussicht auf eine grenzenlos wachsende Klassizität eröffnet wird.** Die romantische Poesie ist unter den Künsten was der Witz der Philosophie, und die Gesellschaft, Umgang, Freundschaft und Liebe im Leben ist. Andre Dichtarten sind fertig, und können nun vollständig zergliedert werden. **Die romantische Dichtart ist noch im Werden; ja das ist ihr eigentliches Wesen, daß sie ewig nur werden, nie vollendet sein kann.** Sie kann durch keine Theorie erschöpft werden, und nur eine divinatorische Kritik dürfte es wagen, ihr Ideal charakterisieren zu wollen. Sie allein ist unendlich, wie sie allein frei ist, und das als **ihr erstes Gesetz anerkennt, daß die Willkür des Dichters kein Gesetz über sich leide.** Die romantische Dichtart ist die einzige, die mehr als Art, und gleichsam die Dichtkunst selbst ist: denn in einem gewissen Sinn ist oder soll alle Poesie romantisch sein.«

Nehmen wir Schlegel daher beim Wort – zu diesem Zweck wurden die zentralen Bestimmungen seiner Fragmente von mir im Druckbild hervorgehoben, um uns im Folgenden als Ariadnefäden durch Morgners Riesenlabyrinth zu dienen. Morgners Werk atmet »durchgängig im Ganzen und überall den göttlichen Hauch der Ironie«, »eine wirklich transzendentale Buffonerie. Im Innern, die Stimmung, welche alles übersieht, und sich über alles Bedingte unendlich erhebt, in der Ausführung die mimische Manier eines gewöhnlichen guten italiänischen Buffo.«

Trobadora und Spielfrau

Besser als mit diesen Worten Friedrich Schlegels kann man den Stil und »die Stimmung, welche alles übersieht, und sich über alles Bedingte unendlich erhebt«, im *Trobadora*-Zyklus nicht charakterisieren. Und was käme im weiblichen Bereich einem »gewöhnlichen guten italiänischen Buffo« näher als eine veritable provenzalische Trobadora rediviva im Gespann mit »ihrer Spielfrau Laura« mit dem Spielmanns-Namen »Salman«[19]? Beide zusammen bilden sozusagen die weibliche Spielart des »gewöhnlichen guten italiänischen Buffo.«

Laura Salman, in Leipzig diplomierte Germanistin, alleinerziehende Mutter eines Sohnes und S-Bahn-Fahrerin in »Berlin – Hauptstadt der DDR«, wurde von Morgner zuerst konzipiert und danach suchte sie nach einer Gefährtin für sie.[20] Sie fand sie in der provenzalischen Trobadora Beatritz de Dia. Diese außergewöhnliche Gestalt einer historisch bezeugten Minnesängerin, noch dazu mit überlieferten Gedichten – eine im deutschen Minnesang völlig unbekannte Spezies – begegnete ihr in einem Band der Leipziger Sammlung Dieterich, *Die Trobadors. Leben und Lieder,*[21] worin Beatritz de Dia ausgerechnet mit einer *Kanzone von verratener Liebe* vertreten ist. Dort heißt es weiter:

> »Die *vida* der Gräfin Beatritz de Dia läßt an bündiger Kürze nichts zu wünschen übrig: *Die Gräfin von Dia war die Gattin Herrn Wilhelms von Poitiers, eine schöne und edle Dame; sie verliebte sich in Herrn Raimbaut von Orange und dichtete auf ihn viele gute und schöne Lieder.*«[22]

Gerade diese Mischung aus Dürftigkeit und Brisanz der Fakten zu einer hochgestellten Dame »um 1160« mit Ehemann und Geliebtem und reichem dichterischem Werk reizte Morgner als belastbares Gerüst aus lauter Leerstellen, zumal Hans Gerd Tuchels Edition auch eine Verbindung zur zuvor konzipierten Laura bereitstellte. In seinem Vorwort heißt es: »Der Trobador ist zugleich sein eigner Komponist, wobei die Lieder auch durch einen von ihm abhängigen *joglar* (ioculator) vorgetragen werden konnten.«[23] »Neben den *trobairitz* gab es als Gegenstück zu den *joglars* (Spielleuten) auch weibliche *joglaresas*, die als Tänzerinnen, Sängerinnen und Musikerinnen auftraten, wohl auch sonst einige Gefälligkeiten erwiesen (! – V.N.), aber nur in den seltensten Fällen Verfasserinnen ihrer Lieder waren. […] Die wirklichen Dichterinnen jedoch gehörten, wie schon aus ihren meist adligen Namen hervorgeht, nicht zu dieser stark verrufenen Gilde der ›Spielfrauen‹«.[24]

Indem Morgner ihre Beatriz aus dem 13. Jahrhundert im sozialistischen Berlin Ende der 1960er Jahre eine solche »Spielfrau« per Annonce suchen lässt und die diplomierte Germanistin und Triebwagenfahrerin Laura Salman, die schon »in der Schule [...] eulenspiegelhaft« war (A, S. 491), sich meldet, steht das Personal für die beiden dickleibigen Romane *Trobadora* und *Amanda* fest: die hochadlige, aus einem 800-jährigen Schlaf erwachte provenzalische Trobadora und ihre »Spielfrau« aus der Jetztzeit – Don Quijote und Sancho Pansa und ihre Kollegen und Kolleginnen aus der Weltliteratur lassen grüßen.[25] Den Kanevas für ihre Improvisationen bilden teils das Mittelalter, überwiegend die Moderne, stets ihr Kontrast, das Frauenleben in allen Systemen und zu allen Zeiten, dazu der Gegensatz zwischen Kapitalismus und Sozialismus, die aktuelle Welt- und DDR-Politik und vor allem der Literaturbetrieb der DDR, dazu wie nebenbei noch: Gott und die Welt.

Ihr Weg führt die Trobadora aus der Mitte des 12. Jahrhunderts über einen aus Verzweiflung über die Stellung der Frau in dieser Zeit angetretenen 800-jährigen Dornröschenschlaf, aus dem sie 1968 von einer Straßenbaukolonne geweckt wird, direkt ins Paris des 68er Nachfrühlings[26] und von dort in die DDR. Sie hat in Paris den Journalisten Uwe Parnitzke kennengelernt und sich in den zweimal Geschiedenen erstmals seit der Katastrophe mit Raimbaut d'Aurenga unsterblich verliebt – was muss die DDR für ein Paradies für Frauen sein, wenn solche Männer dort gleich zweimal verlassen werden können? Sie versucht in der DDR als Sängerin und Trobadora Fuß zu fassen und endet nach vielen Abenteuern als schlichte Hausfrau durch einen tödlichen Sturz beim Fensterputzen. Die durchgängige Ironisierung und Karnevalisierung der in der Regel – etwa in Christa Wolfs Werk – gar nicht als komisch empfundenen DDR-Wirklichkeit ergibt sich wie von selbst durch diesen Erzählansatz: Es ist die uralte episch aufklärerische Technik des so naiven wie fremden Blicks auf die scheinbaren Selbstverständlichkeiten der eigenen und so vertrauten Kultur, etwa in Montesquieus *Lettres Persanes* von 1721 oder Voltaires *L'Ingénu* von 1765 über die Frankreicherfahrungen eines kanadischen Huronen, nach denen man das ganze Verfahren geradezu »ingenu«-Technik genannt hat. So ergreift Beatriz bei der »Ankunft der Trobadora im gelobten Land« – so die Kapitelüberschrift (TB, S. 90) – bei der Einreisekontrolle im Bahnhof Friedrichstraße die Hand des Polizisten, die gerade nach ihren Papieren greifen will, schüttelt sie »und gratulierte zur Befreiung. Der erschreckte Polizist dankte mit dem Hinweis, daß der Tag der Befreiung am 8. Mai begangen würde.« Auch der Einreisegrund »›Ansiedlung im Paradies‹« »weckte sein »Misstrauen erneut [...] die Deutsche Demokratische Republik wäre kein Paradies, sondern ein sozialistischer Staat. ›Gott sei

Dank‹, sagte Beatriz und erhob die rechte Hand zum Gruß, ›hier werd ich endlich Arbeit kriegen.‹« (alles TB, S. 90), was natürlich keineswegs der Fall sein wird. Das »Ankunft der Trobadora« in der Überschrift parodiert die eine Zeitlang blühende »Ankunftsliteratur« des Bitterfelder Wegs, bei dem Schriftsteller in die Produktion geschickt wurden und darüber schrieben. Namenstiftend dafür war Brigitte Reimanns Erzählung *Ankunft im Alltag* (1961), worin sie über ihre Arbeit im Kombinat Schwarze Pumpe berichtete.

Dieser den Zyklus prägende Kontrast des Fremden und des Eigenen, des 12. und des 20. Jahrhunderts, des Ideals und der Wirklichkeit erweist sich bis zum Schluss der *Amanda* als unerschöpfliche Quelle des Komischen, die noch dadurch vermehrt wird, dass auch die vom Schlaf erstandene Beatriz ihre romantische Versippung mit dem Phantastischen und dem Numinosen behält, immerhin ist Marie von Lusignan, »allgemein bekannt unter dem Namen ›schöne Melusine‹« (TB, S. 14) und Ahnherrin aller literarischen Wasserfrauen, ihre Schwägerin, so dass Beatriz, wie einst Faust »die Geisterwelt [...] nicht verschlossen« ist, sondern im Gegenteil immer wieder in die sie umgebende materialistische und sozusagen geistlose DDR-Wirklichkeit einbricht.

Durch weitere Techniken wie Dokumentarsatire, Texte aus der Topik der Verkehrten Welt usw. vermehrt, wird die burleske Komik des Ganzen noch potenziert durch die ausführlich miterzählte Manuskriptfiktion: Nach Beatriz' Unfalltod verkauft Laura Salman die von ihr als Spielfrau mit dem Schwank- und Spielmannsnamen gesammelten und geschriebenen Materialien zu Beatriz an die Autorin Irmtraud Morgner zur Endredaktion, um vom Kaufpreis einen Gedenkstein für die Trobadora zu finanzieren, zu dem dann das Buch selbst wird. Lauras Biografie gehört so keineswegs zum Standardtyp des Genres, sondern als Sammlung von »Zeugnissen« zu Beatriz' »Leben und Abenteuern« zur stets überwiegend aus Dokumenten bestehenden Gattung der »Denkwürdigkeiten«, so dass dem Salman'schen Werk die Multiperspektivik inhärent und immanent ist.[27]

Laura und Amanda: Die gespaltene Frau

Nun ist die Trobadora aber gar nicht endgültig tot, sondern lebt als Homer'sche Sirene weiter, nur um wegen ihres Vogelkörpers im Ostberliner Tierpark zu landen und durch ein Attentat der Zunge beraubt zu werden – weibliche Warn-Sirenen werden in den siebziger Jahren ebenso wenig gern gehört wie zu Odysseus' Zeiten.

So schreibt sie dann in einer Voliere, besucht von anderen weiblichen Geistern, ein Buch über Laura und deren alter ego, die Hexe Amanda: Unangepasste und kreative Frauen können im nach wie vor ungebrochenen Patriarchat nur durch Spaltung in eine handzahme und eine hexische Hälfte überleben, so dass Beatriz Lauras Doppelleben zu beschreiben hat: einerseits die alleinerziehende Laura Salman privat in einem Wohnsilo und beruflich als Triebwagenfahrerin bei der Berliner S-Bahn und andererseits die abgespaltene Hexe Amanda, die im Hörselberg stationiert ist und von dort aus freien Umgang mit Hexen und anderen Geisterwesen und ihrer verstümmelten Hälfte Laura führt.

Als deren Biografin hat Beatriz endlich die Möglichkeit, ihre eigene von Laura geschriebene und von Morgner bearbeitete, redigierte und edierte Biografie zu lesen und kritisch zu kommentieren – ein Verfahren, das einst Cervantes erfunden hat, wenn im zweiten Teil von 1615 Don Quijote und sein Knappe Sancho Pansa Leuten begegnen, die den 1605 erschienenen ersten Teil gelesen haben und mit ihnen darüber kritisch diskutieren. Aber den von ihr jetzt im Tierpark verfassten »Beatrischen Bericht« hat auch wieder, wie wir im *Heroischen Testament* (S. 132) aus einem »Brief Laura an Amanda« erfahren, »eine gewisse Morgner zum Druck befördert« – das Spiegelkabinett perpetuiert sich permanent selbst. Die von Bachtin einst an Rabelais demonstrierte Lachkultur, die kirchliche Autorität und scholastische Gelehrsamkeit verspottet, wird mit diesen Verfahren bis hin zu einer ständigen Desavouierung der Authentizität sogar eigener Texte gut 400 Jahre später in einem so aktuellen wie brisanten Riesenwerk neu belebt, um ein ähnlich unfehlbares und doktrinäres System ad absurdum zu führen.

Diese durchgehende Karnevalisierung wird aber nicht nur mit einem ausführlichen, in den *Zyklus* eingelegten Zitat des Sowjetrussen Michail Bachtin gerechtfertigt (A, S. 412 f.), sondern wiederum auch mit dem nun wirklich unangreifbaren Karl Marx. Laura will es einer »Marx-Ausgabe, die zuzüglich Bett, Tisch, Stuhl, Waschschüssel und Wasserkanne zur Ausstattung von Lauras Hotelzimmer gehörte« (A, S. 485), gefunden haben – die Parodie auf die Gideon-Bibeln westlicher Hotels ist unverkennbar: »Die Geschichte ist gründlich und macht viele Phasen durch, wenn sie eine alte Gestalt zu Grabe trägt. Die letzte Phase einer weltgeschichtlichen Gestalt ist ihre Komödie [...] Warum dieser Gang der Geschichte? Damit die Menschheit heiter von ihrer Vergangenheit scheide.« (A, S. 485) In der *Amanda* wird dieses Klassikerwort von Laura konkret auf Don Juan bezogen, im Horizont der gesamten Trilogie sind sicherlich aber auch die kapitalistische wie die im Sozialismus zunächst noch unbehindert blühende patriarchalische »Vergangenheit« gemeint. So spät in der *Amanda* platziert, umfängt Morgners generelle »Aura der Heiterkeit« des Erzählens auch den Abschied vom Sozialismus.

… gleich dem Epos ein Spiegel der ganzen umgebenden Welt, ein Bild des Zeitalters …

Mit den Worten »›Die ganze Welt auf fünf Pfund Papier‹« bietet Laura Salman Anfang April 1973 auf den ersten Seiten der *Trobadora* der Schriftstellerin Irmtraud Morgner ein in Packpapier verschnürtes Bündel Dokumente an, die Morgner dann zu dem Roman ordnet und bearbeitet, den der Leser gerade in der Hand hält. Liest man Rudolf Bussmanns Beschreibung der Morgner'schen Nachlassmappen unter dem Titel *Amanda II*, »fünfzehn Kartonmappen prall gefüllt mit Texten, Entwürfen, Exzerpten, Zeitungsausschnitten, die sie aufeinander stapelte und verschnürte« – in diesem Fall zu einem Paket »über acht Kilo schwer« (HT, S. 311) –, so ist Morgners Arbeitsweise von der ihrer Laura nicht weit entfernt. Dies Verfahren war es, das letztlich Lauras Anspruch von einer »ganzen Welt auf fünf Pfund Papier« einlöste; im Kaleidoskop des Eigen- und Fremdmaterials, das Laura zu ihrer Freundin Beatriz verfasste, sammelte und in einem eigenen Archiv vereinigte, wird das Buch »gleich dem Epos zu ein[em] Spiegel der ganzen umgebenden Welt«, zu einem »Bild des Zeitalters«.

Als Schlegel diesen Anspruch an den »romantischen« – das hieß damals: an den »modernen« – Roman stellte, war seine Poetik ausgesprochen zukunftsweisend, denn noch Goethe und Schiller stellten damals das Epos über den Roman, nannten den Romancier einen »Halbbruder des Dichters« und zogen *Hermann und Dorothea* dem *Wilhelm Meister* vor. Zu riesig war der klassische Schatten, den die *Aeneis* als Gründungsmythos Roms, Begründung der Erzfeindschaft zu Karthago plus dem mythologischen Apparat und der Vision von Roms zukünftiger Größe von jeher über die europäische Literatur warf. Und seit dem Sturm und Drang bzw. der gesamten europäischen Vor- und Frühromantik waren noch Homers Epen zur Entstehung der griechischen Nation unter Ausschreiten des bekannten *orbis terrarum* bis an seine Grenzen unter Einschluss von Olymp und Hades hinzugekommen. Im Grunde war erst das 20. Jahrhundert so weit, Joyce's *Ulysses* Homers *Odyssee* an die Seite zu stellen.

Allein schon die Zentralgestalt der Trobadora verklammert das Mittelalter mit der Gegenwart, die Romania mit Deutschland, Paris mit Berlin, kontrastiert Feudalismus, Kapitalismus und Sozialismus; Reisen erlauben regelmäßig eingestreute »Nachrichten von der großen weiten Welt« – »Reiseersatz, Hausfrauenentschädigung, Trostpflaster für stationäre Tätigkeit« (TB, S. 185), bis hin zum Zustand des Mittelmeers in Luftaufnahme (A, S. 475 ff.). Eine als Dokument eingefügte »Zwischenbilanz des Vietnamkriegs […] angefertigt von einem Mitglied des Stockholmer Instituts für internationale Angelegenheiten« (TB, S. 385–388) holt auch diese zeitgenössische Wirklichkeit ins Buch und Beatriz' und Lauras Alltag bringen die Tristesse der DDR ein, vom Plattenbau über die Wirtschaftspolitik mit den allerneuesten Neuerungen des »Ökulei« bis zur Kulturpolitik mit Brigadepartnerschaften, Zensur, Verlagsgutachten und dem Bitterfelder Weg.

Zu diesem »Spiegel der ganzen umgebenden Welt« tritt das »Bild des Zeitalters«, worauf Morgner selbst hingewiesen hat, wenn sie im Gespräch mit Ursula Krechel den Erfolg der zunächst 1974 nur im Osten erschienenen *Trobadora* im Westen damit erklärte, dass das Buch nachgerade einen »Epochestoff« behandle – »sowohl der Sozialismus als auch die Frauenbefreiung ist auf der Tagesordnung.«[28]

Gerade bei dem Thema »Frauenbefreiung« wird ein weiteres Element des romantischen Epos-Vergleichs deutlich: die bewusste Hineinnahme von mythischen und mythologischen Dimensionen, wie ja die Götterwelt selbstverständlicher Bestandteil antiker Epen war. Der aktuelle Stand der feministischen Fraktionsbildung in den siebziger Jahren wird in *Trobadora* und *Amanda* auf Fraktionen in der Hexenresidenz Hörselberg projiziert, wo es den gewalttätigen Persephone-Flügel[29], den biologistischen Frau Holle-Flügel und die Fraktion gibt, die Männer und Frauen gemeinsam zu einem »Dritten« befreien wollen – das ist die nicht weibliche und nicht männliche, sondern menschliche Emanzipationspolitik, der durchgängig die Sympathie Morgners und ihrer Heldinnen gehört und wie sie in Grass' gleichzeitigem *Butt* (1977) dem zentralen Motiv des »Dritten« zugrunde liegt. Genauso, wie es halbierte Frauen gibt, gibt es auch geteilte Männer, etwa Heinrich Fakal (A, S. 494 ff.), und bei Morgner bedarf sogar »Herr Gott« – wie es in einem weiteren Morgner'schen »Spiel mit unbedeutenden Bedeutungen« ausnahmslos im Zyklus heißt – dringend weiblicher Unterstützung und generell der Emanzipation von seiner welterhaltenden Rolle.

»So etwas wie eine Bibel aktueller Frauenemanzipation«

Neben dem Anspruch des Morgner'schen Werks, mit dem antiken Epos zu wetteifern, bietet sich noch ein weiterer Vergleich an: den mit der seit Johann Gottfried Herders Zeit auch schlicht als Literatur eingestuften Bibel. Die westdeutsche Ausgabe der *Trobadora* warb auf dem Umschlag mit einem Schlagwort aus der *Frankfurter Rundschau*: »So etwas wie eine Bibel aktueller Frauenemanzipation«.[30] Der Vergleich ist sehr fruchtbar, bildet die Bibel – deshalb der ursprüngliche Plural im griechischen Namen: Biblia, d. h. »Bücher« – eine Sammlung höchst heterogener Textsorten aus über tausend Jahren, mit ganz unterschiedlichen Verfassern und höchst diversen »Sitzen im Leben«, wie der Fachausdruck für den ursprünglichen Entstehungszusammenhang ihrer kleinsten Einheiten lautet. Das Bild von der »Bibel« ist dabei keineswegs von außen an Morgners Werk herangetragen, diese Vorstellung muss vielmehr die Autorin selbst gehegt haben, hat sie doch einen wichtigen Textabschnitt zu ihrem Ideal des Androgynen geradezu »Evangelium« genannt: *Gute Botschaft der Valeska, die Laura am Begräbnistag der Trobadora als Offenbarung liest.* Sie bildet das vollständige »Zwölfte Buch« (TB, S. 421–444) und schließt mit Valeskas Bemühung um Christusförmigkeit, von den Wundern bis zur Kreuzigung, um so mit ihrer »Lehre« »Glauben« zu erwecken (TB, S. 444).

Diese biblischen Züge vermehren sich in den Nachlassfragmenten. Dort heißt es geradezu: »Die Zeit der Prophetie ist vorbei. Wir befinden uns mitten in der Katastrophe« (HT, S. 151). Wie das späte Israel und das frühe Christentum reagiert Morgner auf die aktuelle Erfahrung einer »Katastrophe« – aktuell der Umweltvernichtung und atomaren Bedrohung, biblisch: die letzten Regungen jüdischer Staatlichkeit und die ersten römischen Christenverfolgungen – mit der Entwicklung der Apokalyptik. Die Prophetie wird für das Judentum um 200 v. Chr. als erloschen erklärt und die Apokalyptik tritt an ihre Stelle. Der Prophet verkündete den Willen Gottes, der dynamisch und wandelbar war – das berühmteste Beispiel hat in leichter Veränderung als »Flaschenpostlegende« und eigenständiges »Drittes Buch« Eingang in die *Trobadora*-Bibel gefunden (TB, S. 81–88): Der Prophet Jona verkündet den Untergang Ninives, der dann nicht eintritt, weil Ninive Buße tut, wodurch sich Jona von Gott desavouiert fühlt. In der Apokalyptik hingegen ist der »alte Äon«, das erste Weltalter, so rettungslos heruntergekommen, dass ein radikaler Neuanfang nötig ist, eine regelrechte neue Schöpfung, ein »neuer Äon«. Das meint Paulus im 2. Korintherbrief, wenn es im 5. Kapitel heißt: »Ist jemand in Christo, so ist er eine neue Kreatur; das Alte ist vergangen. Siehe, es ist alles neu geworden.« Was Luther mit »Kreatur« übersetzt, ist bei Paulus ganz konkret eine neue *ktisis*, eine komplett neue »Schöpfung« wie einst die in 1. Mose 1 und 2 berichtete. Das »Alte«, das vergangen ist, ist qualifiziert der »alte Äon«, dem gegenüber im »neuen Äon« wirklich »alles neu« geschaffen wurde. Es geht nicht um das »neugeboren« oder den »neuen Menschen« im Wellnessbereich, sondern um die Neuschöpfung eines neuen Adams und einer neuen Eva in einem neuen Schöpfungsakt.

Das ist das einzige durchgehende Thema, das die von Rudolf Bussmann so einfühlsam wie philologisch vorbildlich edierten Morgner'schen Nachlassfragmente des *Heroischen Testaments* in etwa zusammenhält: die Schöpfung des neuen Menschen aus der Rippe einer Frau.[31] Eine solche Utopie ist natürlich dem berühmten sozialistischen »Neuen Menschen«, der durch die veränderte Ökonomie sozusagen automatisch erzeugt wird, radikal entgegengesetzt – der im apokalyptischen Sinne »neue Mensch« des Äonenumbruchs ist aus der Bemerkung einer Sachbearbeiterin der »Kommunalen Wohnungsverwaltung Berlin/Karlshorst« hervorgegangen, als sie einer alleinstehenden Frau eine Zweizimmerwohnung »für die Frau in mir und für den Mann in mir« verweigert: »›Wennse keen Mann ham, müssense sich embd een ausn Rippen schneidn.‹« (HT, S. 43 f.) Gemäß Morgners/Beatriz' poetologischem Bekenntnis »Ich mag das Spiel mit unbedeutenden Bedeutungen, zumal im Ernst« (HT, S. 189), schlägt sie sogleich die Brücke von dieser drastischen Alltagswendung zum älteren biblischen Schöpfungsbericht von 1. Mose 2, 21–25, nach dem die Frau aus einer Rippe des Mannes geschaffen wurde: Der neue androgyne Mensch, um den es in der *Trobadora*-Trilogie im »Epochestoff [...] Frauenbefreiung« ausnahmslos geht, ist nur in einem neuen Schöpfungsakt zu schaffen, in dem »sich die Frau etwas herausnimmt« – wieder ein Morgner'sches »Spiel mit unbedeutenden Bedeutungen«, nämlich sich in immer wechselnden Rollen und Verwandlungen eine(n) Mann/Frau »aus den Rippen zu schneiden«. Die großen Themen der Trilogie enden somit gut biblisch in einer Apokalypse: Hero ist die erste Frau, von der dieses »sich Herausnehmen« erzählt wird, und »Hero: schneidet sich Zukunft/Hoffnung/Liebe – die Insel, auf der sie steht – aus den Rippen« (HT, S. 125). Ihr Vermächtnis ist das dritte, das letzte, das apokalyptische Buch der Trilogie, eben *Das heroische Testament*.

… alle getrennten Gattungen der Poesie wieder zu vereinigen, und die Poesie mit der Philosophie und Rhetorik in Berührung zu setzen …

Das Zusammenführen der Gattungen hatte Schlegel an Goethes *Wilhelm Meister* vor allem bewundert. In dessen breitem epischen Erzählen findet mit Shakespeares *Hamlet* sogar ein komplettes Drama von der dramaturgischen Exegese über die Aufführung bis zur Wirkung auf die Zuschauer seinen Platz, während die Handlung sich an ihren inneren Höhepunkten zur Lyrik von Mignons und des Harfners Liedern aufgipfelt. Bereitwillig folgt Morgner der Goethe/Schlegel'schen Rezeptur – die Montagetechnik erlaubt es immer wieder, dramatische Dialoge in den Text einzufügen, in der *Trobadora* deren eigene originale wie ihr zugeschriebene neue Strophen sowie ein erotisches Lied ihres Kollegen und zeitweiligen Ehemanns Paul Wiens und Volker Brauns Hymne auf den Kommunismus erklingen zu lassen und in *Amanda* Goethes Walpurgisnacht aus dem *Faust* als Theater auf dem Theater einer Fernsehübertragung stattfinden zu lassen, wie der *Hamlet* im *Wilhelm Meister* flankiert von einer langen theoretischen und erzählerischen Auseinandersetzung mit Satanskult, Hexensabbat und der Brockenmythologie.

Schlegels Bestimmungen der »progressiven Universalpoesie«, die wir hier zur Erschließung des Morgner'schen Werks verwenden, sind wie Morgners Praxis nicht linear oder hierarchisch zu verstehen, sondern zyklisch, eigentlich sogar sphärisch angeordnet – alle liegen gleichberechtigt auf derselben Oberfläche und alle sind gleich nahe zum Mittelpunkt, nur der Diskurs im *modus dicendi* muss sie reihen und ausbreiten. Morgner selbst verwendet für Vielfalt und Buntheit, für die hier Schlegels »Epos«-Vergleich herangezogen wurde, außer den eigenen Bibel-Anspielungen noch ein weiteres sehr eindrückliches Bild für Totalität – das vom Teppich. Auf den ersten Seiten des Buches erläutert Laura Salman diese Teppichmetapher an der »berühmten Wandteppichfolge ›Die Dame mit dem Einhorn‹« (TB, S. 27) und am Ende begegnet es uns erneut (TB, S. 400); der sechste Teppich war auf dem Umschlag der Originalausgabe des Aufbau Verlags und der Luchterhand-Taschenbuchausgabe abgebildet:

> »Das blaugoldene Zelt nämlich, das vom Löwen und vom Einhorn offengehalten wird, damit die mittelalterliche Dame ans Licht kommt, trägt die Inschrift ›À mon seul désir‹. Was soviel heißt wie ›Meinem einzigen Verlangen‹. Ich will das von den Wissenschaftlern entschlüsselte scholastische Sujet nicht in Zweifel ziehen, Jean Paul war auch das erste beste Sujet gerade recht. Seine Kunst

> entfaltete sich in der Abschweifung. Da nun aber Kunst nur mit Leben bezahlt wird und in den Teppichen unzählige Frauenleben aufgehoben sind, die Leben der Knüpferinnen nämlich, musste die Allegorie so eindrucksvoll verblassen. Zugunsten einer exzessiven Friedlichkeit, der selbst Raubtiere unterliegen. Nie ist mir ein sanfteres Ideal weltlicher Harmonie vor die Augen gekommen, nie die Sehnsucht nach unkriegerischen Zuständen so rein und radikal: Die männliche Variante ist unterschlagen. Ein aus Verzweiflung gewachsenes Sehnsuchtsbild also – extreme Zustände bringen extreme Utopien hervor. Wer von uns hat nicht in zornigen Augenblicken oder Jahren sich verweigert, wer ist nicht als Schiffbrüchige des egoistischen Meeres, seinem einzigen Verlangen folgend, an dieses sanfte Land gegangen, darin Pflanzen, Getier und eine Menschenart schwesterlich hausen [...].«

Die Kunst der Tapisserie selbst und der überraschend auftauchende Jean Paul schlagen die Brücke zur Epik und einer Ästhetik der Vielfalt und Abschweifung, die Erinnerung an die namenlosen Knüpferinnen und die Deutung von Bild und Zeltinschrift an die Inhalte einer dazu passenden spezifisch weiblichen Ästhetik. Nimmt man hinzu, dass es in der Spätantike die Literaturgattung der Stromateis gab, Schriften vielfältig vermischten Inhalts, die ihren Namen von der Buntheit und Vielfalt der Muster von Teppichen (stromata) hatte, wird deutlich, dass uns hier Morgners Romanpoetik einer inhaltlichen Einheit, eines *seul désir* in der bunten Vielfalt nahezu zahlloser Frauenleben in nuce vorliegt.[32] Wie in den *Stromateis* Clemens von Alexandrias (ca. 150 bis ca. 215 n. Chr.) kann hier schlechthin alles mit allem verwoben und verknüpft und zu einer höheren Einheit zusammengefügt werden, denn, wie es in einem ähnlichen Bild für die neue Gattung des Montageromans heißt: »Das Mosaik ist mehr als die Summe seiner Steine« (TB, S. 170).

... Poesie und Prosa, Genialität und Kritik, Kunstpoesie und Naturpoesie bald mischen, bald verschmelzen ...

Grundlage all dessen ist der von Morgner programmatisch in die Literatur eingeführte »Montageroman« (TB, S. 169)[33], dessen »Kritik«[34], d. h. dessen Theorie, im Roman selbst offiziell mitgeliefert wird, und zwar in Form eines Protokolls des »Verhandlungsgesprächs zwischen der Cheflektorin des Aufbau-Verlages (AV) und Laura (L) über das zum Kauf gebotene Projekt eines Montageromans« (TB, S. 169–171).

So werden im Roman selbst dessen programmatische Ästhetik und dazu die Bedingungen seiner Entstehung und Veröffentlichung ironisch miterzählt, mithin genau das etabliert, was Schlegel im Lyceums-Fragment »Transcendentale Buffonerie« nennt. Ein »Ensemble kurzer Prosa« tritt an die Stelle »der orthodoxen Romanform« (TB, S. 170) – natürlich eine Spitze gegen die Große Dame des Sozialistischen Realismus, Anna Seghers, mit ihren späten voluminösen Epochenromanen *Die Entscheidung* (1959) und *Das Vertrauen* (1968). Bei solchen Projekten arbeitet ein Autor jahrelang das aus, was er dem Verlag am Anfang in Kurzform schon unterbreitet hatte – »Tonnenideologie« nennt Laura das, ein inzwischen verpöntes Verfahren der frühen DDR, bei dem die Brigaden proportional zur Menge des verbauten Materials bezahlt wurden – nicht zufällig hat sich Beatriz in »Fachbücher[n] über Montagebauweise« (TB, S. 394) informiert. Diese Bewertung nach produzierten Tonnen hindert die Autoren geradezu, über der jahrelangen Arbeit klüger zu werden, während die Montage kleiner Teile höchste Flexibilität gegenüber Reifungsprozessen beim Autor wie – wichtig bei der hochentwickelten Zensurpraxis der DDR – in Hinsicht auf die Tagespolitik und etwaige ideologische Veränderungen bei Verlagen und Behörden. Sogar Selbstkritik kann hier geübt und miterzählt werden, etwa wenn die Trobadora in der *Amanda* ihr Leben von Lauras Hand in Morgners Bearbeitung liest (S. 14 und passim).

Montage und weibliches Schreiben

Zudem wird die Montage kurzer Einheiten überzeugend zur Ästhetik weiblichen Schreibens, wie sie damals heiß diskutiert wurde, in Beziehung gesetzt. Morgner stellt die oft wild wuchernden Spekulationen dazu sozusagen von der Gebärmutter auf die Füße, indem sie eventuelle weibliche Spezifika ausschließlich soziologisch begründet. Schon der klassische Text hierfür, Virginia Woolfs Langessay *A Room of Your Own* von 1928, stellt die Frage, ob die bisherigen Romane nicht einer von Männern aufgestellten Ästhetik gehorchen – das große, geschlossene, in kontinuierlicher, den Schöpfer völlig absorbierender Arbeit geschaffene Werk. Eine Frau hat demgegenüber einen anderen Lebensrhythmus, da sie in der Regel im Alltag als Leiterin ihres Haushalts oder gar als Mutter von Kindern schlicht häufiger Unterbrechungen ausgesetzt ist. Diese Tatsache greift Irmtraud Morgner auf und stellt sie in den Mittelpunkt ihrer Überlegungen zum weiblichen Schreiben. Sie stützt sie mit ihren Beobachtungen zu zwei deutschen Schriftstellerinnen der Goethezeit,

Sophie von La Roche und ihrer Enkelin Bettina von Arnim geb. Brentano. Beide waren Mittelpunkt großer Familien und beide pflegten epische Großformen, die sie aus Kleinteilen zusammensetzen konnten: Der Briefroman der Großmutter, *Geschichte des Fräuleins von Sternheim,* ist noch bekannt, weniger das späte zweibändige Werk *Mein Schreibetisch* (1799), eine Morgner vergleichbare, nur noch lockerere Assemblage kurzer Texte, deren »wenig narrative Struktur« ihre »Lesbarkeit sowohl als poetischen Almanach, ›Frauenzimmerbibliothek‹, Briefedition, moralisch-philosophische Sentenzensammlung wie auch als historische und kulturhistorische oder biographische Quellensammlung« gestattet.[35] Ihre Enkelin Bettina entwickelte vergleichbar ihre eigene Spezialität, die halb fiktiven Briefwerke über ihren Bruder Clemens Brentano, über Karoline von Günderrode und das lange Zeit äußerst populäre *Goethes Briefwechsel mit einem Kinde.* Wie diese Vorbilder erlaubt auch die Montagetechnik ein Schreiben wie »Preßluft, heftig und sehr angestrengt gearbeitet«, kurze Arbeitszeiten »zwingen zu schnellen Würfen ohne mähliche Einstimmung, ich kann nur voll ansetzen oder gar nicht.« (TB, S. 170)

Und gerade die kurze Form ist der Totalität näher als die Segher'sche Großform, die diesen Anspruch eigentlich erhebt. Auf die Frage der Aufbau-Lektorin: »›Welche Aussagefähigkeit über die Wirklichkeit billigen Sie der kurzen Prosa zu?‹«, antwortet Laura mit der Fragmente-Poetik der Moderne:

> »Unsere Gesellschaft hat einen Hang zum Totalen: alle Revolutionen haben eine solche Vorliebe. Kurzgeschichten kann man nur im Einverständnis mit dem Leser schreiben. Ihm ist aufgetragen, die Totale zu ergänzen. Das Genre baut auf die Produktivität des Lesers. Kurze Prosa gibt den Ausschnitt, das Detail. Genau. Genauigkeit des Details wiegt schwerer als Kolossalität, wenn sie verwaschen ist. Und sie muß verwaschen sein, weil das Epos nicht zu erzwingen ist. Es muß allmählich wachsen. In der Kunst läßt sich nichts erzwingen. Sie ist was Lebendiges. Ich billige der kurzen Prosa eine größere Aussagefähigkeit zu als der langen, weil in diesem Fall weniger mehr ist.« (TB S. 170 f.)[36]

Weibliches Schreiben und »A Room of Your Own«

Eine andere Überlegung Virginia Woolfs zu den Bedingungen weiblicher Autorschaft nimmt bei Morgner ebenfalls einen breiten Raum ein: der Fluchtraum des »eigenen Zimmers« als unabdingbare Privatsphäre für die schöpferisch tätige Frau.

Die bescheidene materielle Unabhängigkeit eines Jahreseinkommens von 500 britischen Pfund, das sich Woolf wohl ihrer Klassenlage nach als eigene Einkünfte aus Vermögen vorstellte, schien in der DDR durch die allgemeine und gerecht entlohnte Berufstätigkeit aller Frauen längst verwirklicht. Der Fluchtraum des »eigenen Zimmers« aber ist eine Utopie geblieben. In der *Amanda* erwächst sie aus dem als Hommage an die Frauen ausgebrachten Trinkspruch eines alten Widerstandskämpfers und hochdekorierten Offiziers: »›Die Frau ist das Hinterland des Soldaten‹« (A, S. 112). Laura, als Freundin des Sohnes anwesend, wirft daraufhin ihr gefülltes Cognacglas aus dem Fenster und verlässt die Feier. Seitdem sucht sie nach dem »Hinterland« der Frau, der Insel Orplid oder verwandten Sehnsuchtsinseln der Menschheit, auch mit magischen Mitteln, da die gesellschaftlichen samt und sonders versagen und sie »Laura Ohneland« (A, S. 499) bleibt. Diese Inselutopie durchzieht zusammen mit der des sie herbeizaubernden »Trinksilbers« leitmotivisch den ganzen Hexenroman, bis Hero sich schließlich im letzten Band »Zukunft/Hoffnung/Liebe – die Insel, auf der sie steht – aus den Rippen« schneidet (HT, S. 125, ähnlich, diesmal von Laura, S. 306).

… die Formen der Kunst mit gediegnem Bildungsstoff jeder Art anfüllen und sättigen, und durch die Schwingungen des Humors beseelen. Sie umfaßt alles, was nur poetisch ist, vom größten wieder mehrere Systeme in sich enthaltenden Systeme der Kunst, bis zu dem Seufzer, dem Kuß …

Der Thomas Mann-Forscher Ruprecht Wimmer hat einmal im Zusammenhang mit dem zwar unterschiedlich bedingten, aber sonst erstaunlich verwandten Schulschicksal von Thomas Mann und Günter Grass spontan den schönen Ausdruck von beider »Alexandrinismus aus abgebrochenem Pennälertum« geprägt. Bei Irmtraud Morgner ist der diese beiden Autoren fast noch überbietende Alexandrinismus aus dem Zusammenprall traditioneller und institutionalisierter Gelehrsamkeit mit dem Lese- und Bildungshunger eines höchstbegabten Kindes aus völlig illiterater Familie in einem ebensolchen Milieu entstanden. Irmtraud Morgner entstammt ja wie alle anderen bedeutenden Erzähler der deutschen Nachkriegsliteratur, Heinrich Böll, Siegfried Lenz, Martin Walser, Günter Grass oder Christa Wolf, dem Kleinbürgertum. Mit diesen Autoren tritt offensichtlich eine bis dahin kulturferne und sprachlose soziologische Schicht erstmals in die Literatur ein, um sogleich darin eine Vorreiterrolle zu spielen. Irmtraud Morgner hat in ihren Werken wie in Nebentexten oft beschrieben, ja beschworen, wie der Zwölfjährigen als grenzenlos offener, aber rein potenzieller Leserin, in praxi eine völlige Tabula rasa, ein ganzer Koffer randvoll mit Reclamheften deutscher »Klassiker« im weitesten und losesten bildungsbürgerlichen Sinne buchstäblich in die Hände fällt. Der erste Ganztext, wie das im Jargon der Lesedidaktiker heute heißt, den die Zwölfjährige liest, ist Goethes *Faust*!

Wenige Jahre später trifft dann eine immer noch wie ein Schwamm alles in sich aufsaugende Abiturientin auf das Angebot der Leipziger Universität in ihrer sozialistischen Blütezeit von Hans Mayer bis – vor allen andern – Ernst Bloch, in dessen Vorlesungen sie sich wegen ihrer anderen Studienausrichtung gleichsam stehlen muss: Ein Universalspender wie Ernst Bloch, der gerade die 1600 Druckseiten von *Das Prinzip Hoffnung* ausarbeitet, hat eine Universalempfängerin wie Irmtraud Morgner zur Hörerin. Niemand kann das Ergebnis besser schildern als Morgner selbst – ihre Rollenprosa erlaubt hier wieder einmal eine ungebrochen autobiografische Lesart:

> »Pflichtveranstaltungen hinderten mich oft hinzugehen. Ich konnte Ernst Bloch nur selten erleben. Aber er war mein Lehrer. In höchstem Sinne. SO etwas kann einem nur einmal im Leben zufallen, wenn man sehr großes Glück hat. Ich hatte es – und es ist mir nicht sofort bewußt geworden. Intensiv erleben und reflektieren gleichzeitig – dazu hat man kaum die Kraft. Zumal in jungen Jahren.
> Bloch erlebte ich wie ein Naturereignis.
> Ein Dichter auf dem Katheder! – der die Geschichte der Philosophie wie ein zaubrisches, erregendes, spannendes, hinreißendes Epos ausbreitete. Vor uns: die der Krieg übrig gelassen hatte; arm, ja hungrig. Heißhungrig nach Schönheit, Wahrheit, Hoffnung, Enthusiasmus, Erstaunen. Tatendurstig.
> In diesen Hunger, in diesen Durst hinein Blochs Persönlichkeit!
> Impulsiv – scharfsinnig, zart, drastisch, träumerisch, expressiv-pathetisch, mitreißend feurig.
> Das Feuer eines fast Siebzigjährigen! [...]
> Bloch Persönlichkeit zündete. Entzündete. [...]
> Das ungeheure Wissen, das Bloch vor uns ausbreitete, hinwarf, hinstreute wie Blumen – unsere kleinen Köpfe waren nur fähig, einen winzigen Teil des Reichtums aufzunehmen. Eine Ahnung eigentlich nur davon. Aber die reichte. Mir zum Beispiel reichte sie und reicht sie.

Als Wegzehrung fürs Leben.
Die mir auch geholfen hat, immer wieder aufzustehen, ohne zu verbittern: immun zu bleiben gegen die Pest des Zynismus, die alle kreativen Kräfte frißt.«

Nicht zufällig fällt ausgerechnet hier das Stichwort »Epos«: Es ist das Bloch'sche Feuer, das Morgners nahezu endlos langen Weg bis zu den letzten Seiten der *Amanda* erhellte, es ist der Bloch'sche Geist, der wie einst bei der Schöpfung der Geist Gottes über dem Morgner'schen Prosameer »braust«. Die Folge davon ist ein direkt von Bloch inspirierter Polyhistorismus – so wie Bloch die gesamte Überlieferung der Menschheit seit der Bibel, Lao Tse und Homers Epen auf Artikulationen der ewigen menschlichen Sehnsucht nach dem Besseren, Gerechteren und Volleren hin durchsucht hat, durchsucht Morgner von der biblischen und griechischen Mythologie bis hin zu einer provenzalischen Minnesängerin die Überlieferung nach spärlichen Zeugnissen weiblichen Emanzipations- und Freiheitsverlangens und gräbt es unter den Entstellungen einer mehrtausendjährigen, von Männern geprägten Kultur und Geschichte hervor.

Um nur ein extremes Beispiel zu nennen: Durch die *Amanda* geistert – im Wortsinne – eine mir bislang völlig unbekannte geflügelte Schlange namens »Arke« – ihr verdanken wir beispielsweise die erwähnte Luftaufnahme von den Küsten des Mittelmeers (A, S. 476). *Wikipedia* hilft uns weiter, wo selbst mythologische Standardlexika versagen: Arke war die Zwillingsschwester der Iris. Aber während Iris sich im Titanenkampf als Götterbotin auf die Seite der Olympier stellte, arbeitete Arke als geflügelte Botin der unterlegenen Titanenpartei und wurde nach der Niederlage von Zeus zusammen mit den Titanen in den Tartaros geworfen – eine vergewaltigte Frau mehr für Lauras/Morgners Kosmos unterdrückter Frauen, die jetzt, selbst wieder befreit, im Verein mit allen mythischen und sagenhaften Frauen von Persephone bis Melusine für die Befreiung ihrer irdischen Schwestern kämpft.

Der »andre« Faust

Ein besonderes Beispiel für das »Anfüllen« der künstlerischen Formen mit »gediegenem Bildungsstoff« ist Morgners breite Goethe-Rezeption, die zu ihrer adäquaten Erfassung einer kompletten Dissertation bedürfte. Neben den zu suchenden Resten einer genuin weiblichen Mythologie auf Blochs Spuren ist Goethe die zweite Dominante des Morgner'schen Trobadora-Projektes. Die so breite wie tiefe Rezeption der Goethe'schen Walpurgisnacht samt kompletter Brockenmythologie mit Hexen und Teufeln wurde schon erwähnt, aber die Goethe-Rezeption geht viel weiter: Wie sich einst Gerhart Hauptmann auf Goethe hin kleidete und sogar frisierte, so wird jetzt Laura Salman auf Goethe getrimmt. Ihre Biografie hat sie zwar exakt von der ihrer Schöpferin Irmtraud Morgner selbst übernommen, aber deren Geburtstag, der 22.8.1933, wird um sechs Tage verlegt – auf den 28. August, den Geburtstag Goethes:

> »Die Mutter lag elf Stunden in Wehen. Ein Arzt, Melzer mit Namen, der zur Hilfe herbeigeholt worden war und während dieser Zeit sieben Flaschen Bier trank, bezeugte, Laura Salman am 28. August 1933 mittags beim Glockenschlag zwölf auf die Welt geholt zu haben. Melzer beschäftigte sich hauptsächlich mit Astrologie. Später erinnerte er die Geburtsstunde so: ›Die Konstellation war glücklich: die Sonne stand im Zeichen der Jungfrau und kulminierte für den Tag; Jupiter und Venus blickten sie freundlich an, Merkur nicht widerwärtig, Saturn und Mars verhielten sich gleichgültig; nur der Mond, der soeben voll wurde, übte die Kraft seines Gegenscheins um so mehr, als zugleich seine Planetenstunde eingetreten war. Er widersetzte sich daher Lauras Geburt, die nicht eher erfolgen konnte, als bis diese Stunde vorüber war.« (A, S. 33)

Diese für jeden Bildungsbürger nun wirklich nicht verdeckte intertextuelle Anspielung lässt Laura direkt in Goethes Fußstapfen treten; denn sie wird es sein, der die Abfassung eines weiblichen *Faust* anvertraut wird, sie muss »sich überzeugen, die größte Spielfrauendichtung der Welt herzustellen« (TB, S. 178). Morgner hat diesen über den gesamten Zyklus hinweg immer wieder erhobenen Anspruch am deutlichsten in einem Nebentext, dem Gespräch mit Eva Kaufmann anlässlich des Erscheinens von *Amanda*, ausgeführt.[37] Am Anfang stand Laura Salman als alter ego der Autorin, diplomierte Germanistin und Literaturwissenschaftlerin mit gescheiterten Ehen und Beziehungen und einem Sohn, aus privaten Gründen Triebwagenfahrerin bei der Berliner S-Bahn. Sie stand sozusagen als Erzählerin bereit und wartete auf ihren Stoff: »Ich habe lange gesucht, bis ich eine historisch-legendäre Ergänzungsfigur für Laura gefunden hatte.« »Beatriz ist eine Grenzüberschreiterin, eine Ketzerin von der Größenordnung eines Faust, Faust und Beatriz sind historische Figuren [...] Beatriz ist weniger mit Legenden ausgestattet; aber die winzige Vita, die überliefert ist, bietet genug Freiräume.«[38] Vielleicht sollte in Morgners ursprünglichem Konzept einfach ein weiblicher Faust dem Anspruch des anderen Geschlechts auf Gleichberechtigung historisch aufhelfen, keineswegs sollte die Trobadora von Anfang an Goethes Faust korrigieren: »Faust war für mich die jugendliche Identifikationsfigur. Die Faszination für die Ketzerin Beatriz de Dia hat ihren Grund in der Faszination, die von der Faustfigur ausging und ausgeht.« »Erst während der Arbeit an meiner Trilogie und in Korrespondenz mit den weltpolitischen Eskalationen« habe sie »Goethes Distanz zur Faustfigur, die Ambivalenz dieser Figur, ihre finstere Seite, die Perversionen möglich macht, gewaltige Perversionen sogar [...] nach und nach begriffen«.[39] Noch vor den Fachwissenschaftlern und ganz gewiss vor denen der DDR, wo noch 1982 anlässlich von Goethes 150. Todestag der Faust des 5. Akts in allen Festreden als Prophet des »Arbeiter-und-Bauern-Staates« gefeiert wurde, nimmt Morgner in der *Trobadora* eine systematische Demontage Fausts vor, die mittlerweile *opinio communis* der Forschung ist, entlarvt ihn als gewalttätigen Kolonisator, rücksichtslosen Technikfetischisten und gewalttätigen Globalisierer, der mit *hostile takeovers* sein Imperium arrondiert, auch wenn Anstand, Pietät, Legalität und Menschenleben dabei draufgehen, darunter Philemon und Baucis mitsamt ihrem göttlichen Gast. An die Stelle des so diskreditierten 5. Aktes von *Faust II* tritt Goethes *Pandora. Ein Festspiel* von 1809.

> »Hier stellt Goethe Prometheus, eine Idealgestalt, die ihn lange nur enthusiasmierte und die Faust verwandt ist, ins geschichtliche Abseits: In dem Stück *Pandoras Wiederkehr* steht Pandora in der Apotheose mit Epimetheus. Goethe hat die patriarchalische Schicht des Mythos abgetragen, für ihn ist Pandora nicht mehr die Verderberin wie bei Hesiod und anderen misogynen griechischen Überlieferungen, sondern wieder ›Allgeberin‹, wie der griechische Name sagt. Nicht Prometheus, sondern Epimetheus und Pandora gemeinsam werden als Zukunftshoffnung gesetzt. [...] Kein Dichter hat so weit gedacht wie Goethe, dem die Erreichung des Homo humanus in ferner Zukunft nur dann möglich erschien, wenn das weibliche Potential, mit dem die Geschichte bisher wenig hat anfangen können, eingebracht wird als schöpferische Kraft. Das ist ein gigantischer Vorgriff Goethes, einen den wir erst langsam begreifen: Der Homo humanus ist nicht erreichbar ohne die Freisetzung und harmonische Verbindung der kreativen Potenzen beider Geschlechter.«[40]

Nun erst soll in Beatriz kein zweiter, jetzt weiblicher Faust, sondern ein neuer, ein besserer Faust geschaffen werden. Jetzt erst kann Morgner ein angebliches Wort der Titelheldin als Motto der *Trobadora Beatriz* voranstellen und damit noch vor dessen Beginn Beatriz' Anspruch als Fausta nova bekräftigen: »Am Anfang war die andre Tat.«

Eine realistische Lesart des phantastischen Romans

Dieser Einblick in die Genese – Laura als Autorin und Zentralgestalt, für die erst im Nachhinein eine zu beschreibende Heldin namens Trobadora Beatriz de Dia in der Geschichte gefunden wurde – eröffnet ganz nebenbei eine realistische Lesart der gesamten Trilogie: Laura ist auch in der Fiktion ihre alleinige Autorin. Dieser Verdacht, der der »Cheflektorin des Aufbau-Verlags« im Gespräch mit Laura immer wieder kommt, wird im dritten Teil bestätigt. Dort heißt es in Notizen, denen der Herausgeber den Titel *Die Aussteigerin* gegeben hat:

> »Vorstufen der Blindheit (Träume von Beatriz und Amanda. Die Nacht kennt keine Zensur):
> 1. Zunehmendes Unwohlsein, Gefühl innerer Leere vor den ausgefahrenen Gleisen.
> Jahrelang die Gespräche der Kollegen: Warten auf Rente. Und Laura musste sich sagen: Sie wartet auch darauf. Zumal: Ihr Berufsweg war ja schon fragwürdig: Abitur –Studium – Aspirantur – Abbruch – Bauarbeiter – Triebwagenfahrerin – Spielfrau (mit Alibi).
> D. h. ihre Kaderakte, die jeden DDR-Bürger begleitet, obgleich er sie nicht kennt: sah sicher schlecht aus (schlechte Beurteilung). Da half auch nicht ihre totale Diszipliniertheit (um es ›wett zu machen‹, diese Schande = Verinnerung der gesellschaftlichen Norm).
> Mit Disziplin niedergerungen. Aber die Träume verrieten sie. Die Träume vom Spielfrauendasein. D. h. träumte von Beatriz und Amanda.« (HT, S. 142)
> »Angesichts unvorstellbarer Gefahren kann ich mich nur mit unvorstellbaren Wandlungshoffnungen behaupten und so weit erhalten, daß ich arbeitsfähig bleibe und meine S-Bahn-Züge zuverlässig durch die Hauptstadt Berlin fahre. Das Tuttiregister der Poesie ersehne ich als Beistand. Ihre zarten und gewaltigen Stimmen, ja Prophetendonner.« (HT, S. 203)

Als »Aussteigerin« ist sie erblindet und daher als Triebwagenfahrerin in jedem Sinne »ausgestiegen«. In diesem umfassenden Sinn ist auch ihre Absage an den Sozialismus zu verstehen – sie wurde blind, weil sie endlich sehend wurde; »Blindheit macht sehend« (HT, S. 144). Mit »den ausgefahrenen Gleisen« (HT, S. 132), die sie jetzt zwangsläufig verlassen muss, legt sie auch endlich die bisherige Fiktion offen: Nicht erst Morgner als Autorin, sondern schon Laura als ihr Geschöpf hat aus der unerträglichen Leere und Öde ihres Alltags heraus Beatriz als mögliches Objekt ihrer Sehnsuchtsprojektionen ge- und ihr Spielfrauendasein und das Leben ihrer besseren, weil hexischen Hälfte Amanda erfunden. Das hat ihr ausgerechnet die Irmtraud Morgner des Romans bereits im einleitenden Gespräch auf den Kopf zugesagt:

> »I. M. Kurz und gut: Beatriz de Dia ist ein Wunschbild.
> L. S. Eine historische Erscheinung.
> I. M. Also ein typischer Fall von Legendenbildung mittels Geschichtskorrektur.« (TB, S. 28)

Laura war immer schon im gesamten Projekt die Schriftstellerin, im letzten Band ist sie »eine Schriftstellerin, die out ist« (HT, S. 259). Was der Leser gelesen hat, waren Lauras Tag- und Wachträume, die Arno Schmidt'schen »Längeren Gedankenspiele« von einem bunteren, weiblicheren, besseren, reicheren, freieren, aufmüpfigen Leben, die Beschwörung eines anderen, eines weiblichen Fausts und mit ihm die Bloch'sche Vision einer befreiten, nicht männlichen und nicht weiblichen, sondern menschlichen Zukunft. Die Phantastik dieser Träume – und mit ihr der gesamten Trilogie – zeigt »das Mögliche von übermorgen« (A, S. 528):

> »Rehabilitierung des Traums/Imagination.
> Traum – Wirklichkeit. Die Tatsache, daß der Mensch ideal träumen kann, ist ein Zeichen, dass er solche Idealität = Vollkommenheit in sich hat.
> Dieses Träumen spricht für den Menschen, ist die einzige Hoffnung für Zukunft […]«, heißt es im Nachlass. (HT, S. 145)

Dass dieses »übermorgen« in den vorliegenden ausgeführten Bänden der Trilogie nicht real erreicht und gestaltet werden kann, zeigt ironisierend der echt Faust'sche Schluss der *Amanda* (S. 529), auf den nur noch das schon erwähnte hexische *Silvesternachspiel* (TB, S. 530–533) folgt:

»Heinrich«, jammerte Laura.
Stimme aus dem Hintergrund: »Er ist gerichtet«.

Dass neben dem »gediegnen Bildungsgut« auch der andere Schlegel'sche Extrempunkt »bis zum Seufzer, zum Kuß« nicht etwa unterschlagen werde, dafür sei die Nachlass-Utopie zitiert, die der Liebe:

»Wiedervereinigung zwischen Laura und Amanda punktuell in der Ekstase durch den Tanz.
= Utopie: punktuell real. Vergleichbar dem Orgasmus (Höchstform), wo das Ich sich auflöst, beide Ich lösen sich auf und werden eins mit der Natur« (HT, S. 148).

»Laura/Amanda als Utopie ist in den Augenblicken der Liebe mit Jean-Marie wirklich. Blitzartige Wirklichkeit tritt da aus der Möglichkeit (Utopie)« (HT, S. 232).

... diese Reflexion immer wieder potenzieren und wie in einer endlosen Reihe von Spiegeln vervielfachen.

... jedem, was ein Ganzes in ihren Produkten sein soll, alle Teile ähnlich organisiert, wodurch ihr die Aussicht auf eine grenzenlos wachsende Klassizität eröffnet wird.

Für ihr gewagtes Projekt eines neuen, weil androgynen Fausts, ihr *seul désir* der »andren Tat« wählen Morgner/Laura die Form des Goethe'schen Altersromans *Wilhelm Meisters Wanderjahre.* Noch Friedrich Gundolf galt er lediglich als »Weisheitsbuch«, Thomas Mann gar 1945 in einem Brief an Hesse als »ein hoch-müdes, würdevoll sklerotisches Sammelsurium«. Erst 1968 wurde die sorgfältige Komposition entschlüsselt,[41] mit der Goethe sein Material fiktiv und real geordnet hat: Der fiktive Erzähler ist in die Rolle eines Redaktors geschlüpft, der zwei ihm vorliegende Archive zu einem Roman redigiert, von der selbständigen Novelle über Aphorismensammlungen bis hin zu einem realen Tagebuch, das Goethes Freund Meyer für den Autor bei einer Schweizer Reise geführt hatte und in dem in Goethes Bearbeitung der erste Ingenieur der deutschen Literatur auftaucht.[42]

Goethe war bei seinen optischen Studien auf das Prinzip der »Wiederholten Spiegelungen« gestoßen und hatte es, ähnlich den chemischen Affinitäten alias »Wahlverwandtschaften«, als Metapher für sein Schaffen benutzt: »Da sich gar manches unserer Erfahrungen nicht rund aussprechen und direct mittheilen lässt, so habe ich seit langem das Mittel gewählt, durch einander gegenüber gestellte und sich gleichsam ineinander abspiegelnde Gebilde den geheimeren Sinn dem Aufmerkenden zu offenbaren« (Brief an C.J.L. Iken vom 27.9.1827). Diese Montage des Heterogenen und sich doch in mannigfachen Brechungen Spiegelnden wurde für Hermann Broch geradezu zum Grundstein des neuen Romans Joyce'scher Prägung.

Die Archivfiktion, wie sie ja auch Laura Salman in ihrem Gedenkbuch für Beatriz de Dia verwendet, stellt ein bequemes Gefäß bereit, um Heterogenstes darin zu versammeln. Goethe hat beispielsweise dies Verfahren dazu benutzt, so viele verstreut an unterschiedlichsten Orten und zu verschiedensten Gelegenheiten veröffentlichte Texte zu versammeln, und das in einem solchen Umfang, dass die *Wanderjahre* lange als schlichter »Novellenkranz« galten, und Morgner ist ihm auch hierin gefolgt. Gabriela Scherer hat eine eindrucksvolle Liste Morgner'scher Texte aus *Trobadora* und *Amanda* zusammengestellt, die zuvor oder später separat erschienen sind.[43] Am krassesten ist das wohl mit erheblichem Mut den Genehmigungsinstanzen abgetrotzte Vorgehen, große Teile des 1965 vor dem fest angekündigtem Erscheinen von der Zensur zurückgezogenen Romans *Rumba auf einen Herbst* fragmentarisch und ohne chronologische Ordnung als völlig separate *Melusinische Bücher* in den Roman einzulegen[44] – ein Verfahren, das sein Vorbild in den Biografiefragmenten Kreislers in E.T.A. Hoffmanns *Lebensansichten des Katers Murr nebst fragmentarischer Biographie des Kapellmeisters Johannes Kreisler in zufälligen Makulaturblättern. Herausgegeben von E.T.A.Hoffmann* (1819/1821) hat, wie generell der »verwilderte Roman« der Romantik die nächste Verwandtschaft zum *Trobadora*-Corpus aufzuweisen hat, Jean Pauls *Hesperus oder 45 Hundsposttage* (1795 – ein Spitz überbringt in einer Kürbisflasche am Halsband in 45 Lieferungen die Materialien für den Roman), Brentanos *Godwi oder Das steinerne Bild der Mutter. Ein verwilderter Roman von Maria* (1802) oder *Nachtwachen. Von Bonaventura* (1804). Morgners massive und durchgehende Romantik-Rezeption war allein schon für die offiziellen Stellen ein Ärgernis, ähnlich wie Christa Wolfs Rückbezug auf Bettina von Arnim oder Caroline von Günderrode. Schließlich galt die Romantik doch als feudalistisch, dekadent, reaktionär und formalistisch und war damit kein legitimer Teil des von Georg Lukács hegelianisch konstruierten »Erbes«.

Einen kurzen Blick verdienen die drei separat eingelegten »Bitterfelder Früchte«, eine Gruppe von Texten, die sich mit der 1959 in Bitterfeld propagierten Überwindung der Kopf-Hand-Dichotomie durch schreibende Arbeiter und arbeitende Schriftsteller auseinandersetzen und bei Morgner natürlich die direkten und indirekten Probleme weiblicher Berufstätigkeit reflektieren. Der erste, »Legende von der Genossin Martha in Zeugnissen« (TB, S. 347–356), ist eine bitterböse Parodie auf die linientreuen Texte angeblich schreibender Arbeiter. Bei Morgners Variante handelt es sich um die mit der »Formulierungshilfe« eines zynischen Journalisten auf Zetteln aus dem Alltag zu Papier gebrachten Köhlerglaubensbekenntnisse einer alten Kommunistin, die als Frau das Denken anderen überlässt. Im Spott ist der Text vergleichbar dem Agitationsspruch, der in die *Trobadora* aus *Rumba auf einen Herbst* übernommen wird: »Jeder Ziegel ein Sargnagel im Schwert des Imperialismus« (TB, S. 159). Der zweite, »Abschied von Pauline« (TB, S. 359–378), ist der Bericht der Trobadora von Johann Salmans – Lauras Vater – letzter Fahrt auf seiner geliebten Stammlokomotive, die er zärtlich Pauline getauft hat. Es ist das ruhige Loblied auf die nicht entfremdete Arbeit im Dienst am Verkehr unter den Menschen, vergleichbar der Utopie der Arbeit von Uwe Johnsons Fahrdienstleiter Jakob Abs im Dienst des »freundlichen Reisens«, den der Ungarnaufstand dann verunmöglicht. Aber der Preis wird miterzählt: die lebenslang gebückte Existenz der Ehefrau eines mit seiner Lokomotive verheirateten Mannes – wie einst Beatriz kauft auch sie 800 Jahre später bei Persephone ein Schlafelixier, um aus der Gegenwart auszusteigen und »wie vormals Beatriz schlafweis auf bessere Zeiten fürs Frauendasein« zu warten (A, S. 474). Der dritte, »Das Seil« (TB, S. 388–394), ist dann utopisch und symbolisch zugleich: Eine junge Wissenschaftlerin stürzt vom Drahtseil, das sie quer über Berlin gespannt hat, um möglichst reibungslos von der »ersten Schicht« an ihrem Arbeitsplatz zur zweiten in ihrem Haushalt zu kommen.

Die Archivfiktion erlaubte ja schon bei Goethe das Einschalten fremden Materials. Die Gedichte von Paul Wiens und Volker Braun wurden schon erwähnt, vergleichbare Höhepunkte bilden, wenn auch unfreiwillig, die Dokumente, die Laura in ihr Material eingefügt hat und die als herausragende Beispiele für Dokumentarsatiren funktionieren – etwa die Rede des DDR-Gesundheitsministers zur Abtreibungsreform (TB, S. 329–335), das Originalzitat aus einem Ehebuch *Mann und Frau intim* zum weiblichen Orgasmus (TB, S. 399) und die kaum zu glaubende »Belehrung der Urlauber über das Verhalten im Grenzgebiet« (A, S. 188–190), die jeder im Harz Erholung Suchende zu unterschreiben hatte.

Es ist wirklich unmöglich, auch nur annähernd einen Eindruck des von Laura/ Morgner hier in Kontrast und Zusammenspiel, Parallele und Widerspruch, Bruchstück und Ergänzung, Heterogenem und Verwandtem aus den eigentlichen Handlungssträngen des Zyklus, aus der wegzensierten *Rumba* und aus Literatur, Presse und Alltag Zusammengetragenem zu geben, geschweige denn von ihrem Zusammenspiel in Dissonanz und polyphoner Harmonie.

Was die Dichtung als ihr erstes Gesetz anerkennt, ist, daß die Willkür des Dichters kein Gesetz über sich leide ...

Die letzten Bestimmungen Schlegels kehren gleichsam an den Anfang zurück und deuten noch einmal Morgners gesamtes Konzept: Ihre generelle Unbotmäßigkeit konnte nicht anders als in solch Schlegel'scher »progressiver Universalpoesie« Gestalt annehmen. Was diese Dichterin einzig **als ihr erstes Gesetz anerkennt,** ist, **daß die Willkür des Dichters kein Gesetz über sich leide.** Für diese grenzenlose Offenheit musste Morgner die implizierte Unabschließbarkeit in Kauf nehmen – **die romantische Dichtart ist noch im Werden; ja das ist ihr eigentliches Wesen, daß sie ewig nur werden, nie vollendet sein kann** – und sei es in ständig sich wandelndem Dialog mit immer neuen Generationen von Lesern.

In diesem Sinne hoffe ich, dass eines wirklich deutlich geworden ist: Über diese Bücher kann man nicht nur in einem Essay reden – man muss sie lesen. Wie die Briten sagen: Die Güte des Puddings erweist sich beim Essen. Also genießen Sie das von der Trobadora Beatriz und ihrer Spielfrau Laura/Amanda inszenierte durch und durch lukullische Große Welttheater. Es wird Ihnen munden. Irmtraud Morgner fällt auf einer Seite mehr ein als manch momentan berühmterer Kollegin in einem ganzen Buch. Versprochen.

Anmerkungen

1 Irmtraud Morgner: Leben und Abenteuer der Trobadora Beatriz nach Zeugnissen ihrer Spielfrau Laura. Roman in dreizehn Büchern und sieben Intermezzos, Darmstadt und Neuwied 1977, S. 8. Nach dieser Ausgabe wird die *Trobadora* im Folgenden unter der Sigle TB zusammen mit der Seitenangabe in Klammern im Text zitiert.

2 Irmtraud Morgner: Das heroische Testament. Roman in Fragmenten. Aus nachgelassenen Papieren zusammengestellt, kommentierend begleitet und herausgegeben von Rudolf Bussmann, Mün-

chen 1998, S. 259. Nach dieser Ausgabe wird *Das heroische Testament* im Folgenden unter der Sigle HT zusammen mit der Seitenangabe in Klammern im Text zitiert.

3 Abgerufen am 21. 9. 2014.

4 Irmtraud Morgner: Amanda. Ein Hexenroman, Darmstadt und Neuwied 1983, S. 518 f. Nach dieser Ausgabe wird im Folgenden unter der Sigle A mit beigefügter Seitenzahl in Klammern im Text zitiert.

5 Zum »Einschnitt« 1945 und zur Bedeutung des Geburtsjahrgangs s. auch Christa Wolfs Essay in diesem Band.

6 »Alle Erwachsenen hatten Nazidreck am Stecken, mehr oder weniger, alle hatten Butter auf dem Kopf. [...] Die Vorstellung von zerlaufender Butter auf den Köpfen der Pyramidenspitze empfand ich entspannend.« (A, S. 20)

7 »Schamteile« sind in der Terminologie der *Amanda* bei Frauen Kopf, Verstand etc., weil sie sich derer vor den Männern schämen müssen. Die in den Hörselberg verbannten Hexen, die dort den Teufeln vom Blocksberg als Lustobjekte dienen, sind nackt, müssen aber ihre Köpfe verhüllen.

8 Eva Kaufmann: Der Hölle die Zunge rausstrecken. Der Weg der Erzählerin Irmtraud Morgner. In: Irmtraud Morgner: Texte, Daten, Bilder, hg. v. Marlis Gerhardt, Frankfurt a. M. 1990 (im Folgenden zitiert als Texte, Daten, Bilder), S. 172–195, hier S. 191.

9 Vgl. dazu Christa Wolfs Frage am Ende ihres Essays in diesem Band: »Wo gibt es Entwürfe über den Tag hinaus? Wo eine produktive Sehnsucht nach einer Freiheit, die nicht nur Freizügigkeit und ›Freiheit‹ zum Konsum ist, sondern Freiheit, verantwortlich zu handeln?«

10 Ihren »Sitten«-Begriff erläutert Morgner im Gespräch mit Ursula Krechel. Vgl. Texte Daten Bilder, S. 30.

11 Christa Wolf: Der geteilte Himmel, München 1973, S. 181.

12 Zitiert von Morgner in: Der weibliche Ketzer heißt Hexe. Gespräch mit Eva Kaufmann. In: Texte, Daten, Bilder, S. 53.

13 Die täglichen Zerstückelungen. Gespräch mit Ursula Krechel. In: Texte, Daten, Bilder, S. 24–33, hier S. 32.

14 Ebd., S. 26.

15 *The God That Failed* war der Titel einer von Richard Crossman herausgegebenen Sammlung von Essays, in denen die ehemaligen Kommunisten Louis Fischer, André Gide, Arthur Koestler, Ignazio Silone, Stephen Spender und Richard Wright 1949 ihren früheren Überzeugungen öffentlich abschworen.

16 »Auch für *Amanda* hatte Irmtraud Morgner drei Jahre zu kämpfen, bis die Druckgenehmigung der Hauptverwaltung Buchhandel und Verlage endlich vorlag.« Vgl. Rudolf Bussmann: Fliegen ohne Flügel. Zur Entstehungsgeschichte des Romans, in: HT, S. 311–324, hier S. 313; S. 311–315 generell zum weiteren Fortgang und Abbruch des Projekts.

17 Vgl. dazu den Text von Rudolf Bussmann und die Abbildungen in diesem Band.

18 Irmtraud Morgner: Der weibliche Ketzer heißt Hexe. Gespräch mit Eva Kaufmann. In: Texte, Daten, Bilder, S. 56.

19 Zum sog. Spielmannsepos »Salman und Morolf« s. etwa Alfred Karnein: Salman und Morolf. In: Literaturlexikon, hg. v. Walther Killy, Band 10, München 1991, S. 120 f. Auch der Name »Morolf« begegnet im Zyklus. Die möglichen Bezüge dieser markierten Intertextualität bedürfen m. W. noch der Untersuchung.

20 Irmtraud Morgner: Der weibliche Ketzer heißt Hexe. Gespräch mit Eva Kaufmann. In: Texte, Daten, Bilder, S. 48.

21 Die Trobadors. Leben und Lieder. Deutsch von Franz Wellner. Neu herausgegeben von Hans Gerd Tuchel, Leipzig 2. Aufl. 1966. Die erste Ausgabe, hg. von Franz Wellner, erschien in derselben Reihe und mit derselben Bandnummer 1942.

22 Ebd., S. 77.

23 Hans Gerd Tuchel: Die Dichtung der Provenzalen, ebd., S. XIII–XL, hier S. XXIV.

24 Die Trobadors, S. 81.

25 Vgl. dazu Gabriela Schreiber: Zwischen »Bitterfeld« und »Orplid«. Zum literarischen Werk Irmtraud Morgners, Bern/Berlin/Frankfurt a. M./New York u. a. 1992, S. 92.

26 Zu Beatriz' Pariser Zeit und weiteren politischen Realien s. Katharina Wagners Essay in diesem Band.

27 Eine minutiöse Aufschlüsselung dieser komplex heterogenen Text- wie Autorfiktion findet sich für die *Trobadora* in: Gabriela Scherer: Zwischen »Bitterfeld« und »Orplid«, S. 86–89.

28 Irmtraud Morgner: Der weibliche Ketzer heißt Hexe. Gespräch mit Eva Kaufmann. In: Texte, Daten, Bilder, S. 24.

29 »Männer aufgepaßt! Kastration ist erst der Anfang!«, stand im letzten Drittel des vorigen Jahrhunderts als riesige Sprühinschrift und Menetekel jahrzehntelang am Hörsaalgebäude der Kölner Universität.

30 Nikolaus Marggraf (Wolfram Schütte): Die Feministin der DDR: Irmtraud Morgners »Leben und Abenteuer der Trobadora Beatriz«. In: Frankfurter Rundschau, 24. Mai 1975.

31 Parallel zu diesem apokalyptischen Thema wird eine ähnliche eschatologische Vorstellung angeführt, Kleists erneuter Biss in den Apfel vom Schluss des *Marionettentheaters*. Morgner zitiert: »Das Paradies ist verriegelt und der Cherub hinter uns; wir müssen die Reise um die Welt machen und sehen, ob es vielleicht von hinten irgendwo wieder offen ist.« (HT, S. 34)

32 Sicherlich war ihr auch Heines Bild von Firdusis Epos in *Der Dichter Firdusi* vertraut: »Unterdessen saß der Dichter / An dem Webstuhl des Gedankens, / Tag und Nacht, und webte emsig / Seines Liedes Riesenteppich – // Riesenteppich, wo der Dichter / Wunderbar hineingewebt / Seiner Heimat Fabelchronik, / Farsistans uralte Kön'ge, // Lieblingshelden seines Volkes, Rittertaten, Aventüren, / Zauberwesen und Dämonen, / Keck umrankt von Märchenblumen – / Alles blühend und lebendig, / Farbenglänzend, glühend, brennend, / Und wie himmlisch angestrahlt / Von dem heil'gen Lichte Irans, // Von dem göttlich reinen Urlicht [...].« Thomas Mann hat sich mit diesen Versen bei der Arbeit am *Zauberberg* getröstet. Siehe dazu Klaus Harpprecht: Thomas Mann. Eine Biographie, Reinbek 1996, S. 528.

33 Vgl. dazu auch Gerhard Wolfs schöne Charakteristik des Genres in diesem Band.

34 Was im damaligen Gebrauch so viel wie »Theorie« hieß; das Grimmsche Wörterbuch definiert: »eigentlich die kunst des fachmäszigen urtheilens oder beurtheilens in sachen der künste und wissenschaften.

a) als fähigkeit oder fertigkeit: dasz er (Lange) weder kenntnis der sprache noch critik [...] besitze. Lessing 4, 461; es fehlt ihm an kritik, das werk läszt scharfe kritik vermissen [Bd. 11, Sp. 2335]; Lessings bekanntes wort über seine dichterkraft läszt sich hierher stellen: was in den neueren (dichtungen) erträgliches ist, davon bin ich mir sehr bewuszt, dasz ich es einzig und allein der critik zu verdanken habe«.

35 Gudrun Loster-Schneider: Sophie La Roche. Paradoxien weiblichen Schreibens im 18. Jahrhundert, Tübingen 1995, S. 293.

36 Beatriz bestärkt sie ausdrücklich darin und beruft sich allgemein auf Goethe, allerdings ohne das folgende lange, nicht markierte Zitat zur »täglichen Auffassung der Gegenstände« als dessen Eigentum auszuweisen. Sie hat es einem Gespräch Eckermanns mit Goethe am 18. September 1823 entnommen.

37 Irmtraud Morgner: Der weibliche Ketzer heißt Hexe. Gespräch mit Eva Kaufmann. In: Texte, Daten, Bilder, S. 42–69.

38 Ebd., S. 48.

39 Ebd., S. 55.

40 Ebd., S. 54.

41 Volker Neuhaus: Die Archivfiktion in *Wilhelm Meisters Wanderjahren:* In Euphorion 62, 1968, S. 13–27.

42 Vgl. dazu Volker Neuhaus: »Hauptsache mein Profil ist akzeptiert«: Hybris und Tragik Hauke Haiens und seiner Ingenieurskollegen bei Goethe, Fontane und Max Eyth. In: Storm-Blätter aus Heiligenstadt, Heiligenstadt 2013, S. 6–26.

43 Vgl. Zwischen »Bitterfeld« und »Orplid«, S. 83.

44 Der in seiner Endfassung lange als verschollen geltende Roman wurde 1992 postum von Rudolf Bussmann mit ausführlichen Informationen zur Editionsgeschichte herausgegeben.

Katharina Wagner

Polyphonie der Leerstellen. Zu »68«, Kaltem Krieg und Zensur in Irmtraud Morgners *Trobadora*-Roman

»Der operative Montageroman ist ein unverwüstliches Genre. […] Ein geradezu ideales Genre zum Reinreden.«[1] Mit diesen Worten lässt Irmtraud Morgner ihre Protagonistin Laura im *Trobadora*-Roman dem Aufbau-Verlag ein Romanprojekt zum Kauf anpreisen. Dass es sich dabei um eben jenen Montageroman mit dem Titel *Leben und Abenteuer der Trobadora Beatriz nach Zeugnissen ihrer Spielfrau Laura* aus dem Jahr 1974 handelt, den die Lesenden gerade in der Hand halten, ist eine mögliche Lesart.

Der Begriff der Polyphonie[2] beschreibt treffend Morgners Verfahren, das durch Vielstimmigkeit und zahllose intertextuelle Bezüge geprägt ist. Außer- und innerliterarische Wirklichkeit sind häufig so stark miteinander verschränkt, dass der Nutzen beziehungsweise das definitorische Vermögen dieser Kategorien auf dem Spiel zu stehen scheinen. Für das Ministerium für Kultur (MfK) der DDR jedoch war diese Opposition stabil. Besonderen Wert legte es auf die Relevanz von Literatur für die außerliterarische Wirklichkeit. War diese in den Augen des Ministeriums nicht gegeben, wurde versucht auf die/den AutorIn einzuwirken. Bei geschätzten Literatinnen und Literaten, deren Bücher man gern veröffentlicht sehen wollte und die sich gut verkauften, fand häufig ein ideologisches Tauziehen statt. Heraus kam dabei gelegentlich ein »literarischer Kompromiss«. In diesen Prozess waren auch die Verlage intensiv verstrickt.[3] Diese Praxis wird in dem Kapitel des *Trobadora*-Romans, aus dem das Eingangszitat entnommen ist, satirisch kommentiert, wobei die verschiedenen Fiktionsebenen auf gleichermaßen komische wie phantastische Weise ineinander montiert sind. War der Verhandlungsweg, den Morgner hier beschreibt, erfolgreich zu Ende gegangen und eine Autorin oder ein Autor hatten einen Verlag gefunden, traten jedoch noch die Lektorinnen und Lektoren des MfK auf den Plan. Fanden sie im Manuskript zu wenig Grundlagen für Diskussionen mit dem/der SchriftstellerIn oder zeigte sich der/die nicht »kooperativ« genug, stand zudem das Mittel der Zensur zur Verfügung – auch wenn es eine solche laut Verfassung der

DDR offiziell überhaupt nicht gab. Die Tatsache, dass die Freigabe zum Druck verweigert oder wieder entzogen werden konnte, stellte jedoch zweifelsfrei einen Akt der Zensur dar. So musste Morgner im Jahr 1965 selbst erleben, dass eine vorläufig erteilte Druckgenehmigung einen noch nicht beruhigt auf die tatsächliche Publikation seines Werkes warten lassen konnte. Ihr Roman *Rumba auf einen Herbst* war zunächst freigegeben worden, wenig später wurde die Freigabe jedoch revidiert.[4] Durch das Verfahren um die Druckgenehmigung von *Rumba auf einen Herbst* wird eindringlich belegt, dass die Einschätzungen verschiedener LektorInnen darüber, welches Buch freigegeben werden sollte und welches nicht, durchaus stark variieren konnten. Zudem war Zensur in der DDR ein »Alltagsphänomen«[5], das weit mehr Ebenen umfasste als den Prozess, der zur Publikation eines Buches nötig war. AkteurInnen unterschieden sich spürbar in ihren Einschätzungen und in ihrem Grad an »Toleranz«.

Im Folgenden soll es aber nicht Ziel dieses Artikels sein, am Beispiel Irmtraud Morgners die Praxis der Zensur in der DDR nachzuzeichnen.[6] Vielmehr möchte ich an einigen Lektüren der *Trobadora Beatriz* auf textimmanenter Ebene zeigen, wie der Roman das Phänomen der Zensur literarisch inszeniert. Auf den ausufernden Umfang und die große Zahl der Erzählstränge wurde eingangs bereits hingewiesen und so empfiehlt es sich, den Fokus auf einige wenige Episoden und Themenkomplexe zu richten. So werde ich mein Augenmerk neben dem Umgang mit Zensur auf die Ambivalenz der Darstellung von West und Ost legen und fragen, wie der Roman mit Ereignissen und Akteurinnen und Akteuren rund um »68« verfährt.

Zunächst werde ich zur Orientierung eine kurze Zusammenfassung geben: Die Handlung hebt im Südfrankreich des Jahres 1968 an. Dort erwacht Beatriz aus ihrem Dornröschenschlaf, in den sie sich 800 Jahre zuvor mit Hilfe von Magie versetzen ließ, da die Zeit für eine weibliche Liebessängerin[7] damals noch nicht gekommen zu sein schien. Beatriz' pikareske[8] Reise beginnt. Bevor sie im Sommer in Paris eintrifft, also gewissermaßen verspätet, denn der Höhepunkt dessen, was heute als »68« bezeichnet wird, ist in der französischen Metropole im Mai 1968 erreicht, hat die Trobadora schon so manches erlebt. Sie nimmt LSD, hat einen Auftritt vor einer Touristengruppe, wird Opfer einer Vergewaltigung und ihres gesamten Geldes beraubt, lässt sich von einem Liebhaber aushalten und wird in die Psychiatrie eingeliefert. Bei ihrer Entlassung aus der Anstalt wird sie von einer Krankenschwester mit falschen Papieren ausgestattet – nach denen sie nun »glaubwürdige« 36 Jahre alt ist. Endlich in der Hauptstadt angekommen, stellt sie fest, dass sich sogar in der dortigen Politszene in puncto weiblicher Emanzipation in den letzten acht Centennien sehr wenig getan hat, und sie bricht daraufhin ins »gelobte Land« (TB, S. 132), sprich die DDR, auf. Bereits bei der Einreise muss sich Beatriz jedoch von einem Grenzbeamten darüber belehren lassen, dass »die Deutsche Demokratische Republik [...] kein Paradies [sei], sondern ein sozialistischer Staat« (TB, S. 133). Ihre Hoffnung, in dieser Gesellschaft endlich einen Platz als weiblicher Trobador zu finden, bleibt vergebens.

In Ostberlin lernt Beatriz Laura kennen, die Vertreterin eines ganz anderen Typus Frau ist. Laura hat als berufstätige Mutter im DDR-Alltag mit der Doppelbelastung zu kämpfen. Hier treffen exaltierte Möchtegern-Adlige[9] und der Prototyp der fleißigen Proletarierin, die stets bereit zu jeglicher Form von Kritik und Selbstkritik ist, aufeinander. Wird zu Beginn des *Trobadora*-Romans gerade die Gegensätzlichkeit der weiblichen Hauptfiguren inszeniert, beginnen die Figuren im Fortgang der Handlung mehr und mehr ineinander zu verschwimmen. Dadurch, dass immer häufiger nicht klar ist, ob die Fokalisierung der Geschehnisse durch Beatriz oder durch Laura geschieht, ist immer weniger eindeutig zu entscheiden, welche Verhaltens- und Sprechweisen welcher Figur zugeordnet werden müssen. Die Frage, wer hier eigentlich die pikareske Erzählinstanz ist bzw. ob es davon eine oder zwei gibt, drängt sich auf.

Von einer Aventüre zurückgekehrt, findet Beatriz immer mehr Gefallen am Hausfrauen-Dasein. Das Problem, dass ihre Subjektwerdung als Trobadora somit gescheitert ist, löst Morgner auf gleichermaßen komische wie drastische Weise: Beatriz stirbt in actu ihres neuen ›Berufes‹, sie stürzt beim Putzen aus dem Fenster. Soweit nur die kurze Zusammenfassung *eines* Erzählstrangs. Hinzu kommen eine Herausgeberfiktion, in den Roman montierte Ausschnitte wissenschaftlicher Artikel, Auszüge aus *Rumba auf einen Herbst* und zahlreiche weitere Handlungen, die schwerlich als Nebenstränge zu bezeichnen sind, so gut ausgearbeitet sie sind und so autonom sie funktionieren.

Beatriz bewegt sich pikara-typisch auf horizontaler Ebene durch den Raum und auf vertikaler Ebene durch die Gesellschaft. Ihrer Sicht auf die Welt ist die zahlreicher weiterer Protagonistinnen und Protagonisten zur Seite gestellt. Es gibt keine übergeordnete Erzählinstanz, die die einzelnen Figurenperspektiven zurecht rücken würde. Den gesamten Roman hindurch wird der Finger immer wieder dorthin gelegt, wo etwas in verschiedenen Gesellschaften bzw. gesellschaftlichen Kreisen nicht funktioniert. Eine entscheidende Rolle spielt hierbei das Zusammenleben von Männern und Frauen. Während der kapitalistische Westen als ein für Frauen überwiegend feindlicher Lebensraum gezeichnet ist, werden die Fortschritte der DDR in puncto Geschlechtergerechtigkeit zwar durchaus betont, zugleich wird aber immer wieder vorgeführt, dass diese (noch) gering sind. Die weiblichen Figuren des Romans, die in der DDR leben, wirken zwar überwiegend selbstbewusst und selbstbestimmt, reiben sich jedoch zwischen Kindererziehung, Haushaltsführung und Beruf auf.

Auf ihrer Reise trifft die Trobadora immer wieder auf Menschen, die sich mit den Umständen nicht zufrieden geben und die versuchen, ihr Leben jenseits der geltenden Normen zu gestalten. Doch schnell wird klar, dass soziale Ausschlussmechanismen auch in Umfeldern wirksam sein können, die sich selbst als überaus liberal empfinden – so auch im politisierten StudentInnenmilieu, auf das Beatriz in Paris trifft. Ihr Beruf der Hausfrau – Beatriz muss sich auf Grund materieller Zwänge vorübergehend von einem Ehemann aushalten lassen – und ihr Alter bringen sie hier in die Position einer Außenseiterin.[10] Dennoch hegt Beatriz zunächst große Sympathien für dieses Milieu, und besonders schwärmt sie für den Aktivisten Alain, den sie in seiner Wohngemeinschaft besuchen will.

> »Der Salat sollte als Vorwand dienen: sie wollte behaupten, Alain hätte das Gemüse bei seinem letzten Einkauf bezahlt und vergessen. Die Wohnungstür wurde von einem etwa fünfjährigen Mädchen geöffnet. Die Mansardenräume waren mit Matratzen und Bücherstapeln möbliert. An den unverstellten Wänden klebten Plakate mit Figuren und Worten. Beatriz las: »Geh auf die Straße und schlage dem ersten Menschen, der dir begegnet und über dreißig ist, ins Gesicht. Es wird in jedem Fall richtig sein.« – »Fickt den Kulturminister in den Mund.« – »Schlagt die Professoren, wo ihr sie trefft.« – »Die Lust an der Zerstörung ist eine schöpferische Lust.« – »Der Imperialismus und alle Reaktionäre sind Papiertiger.« [...] In der Ecke gegenüber redeten zwei rauchende Männer. [...] Beatriz hörte fasziniert zu. Weshalb sie zu spät bemerkte, daß ihr das kleine Mädchen den eingewickelten Endiviensalat abgenommen hatte. Das Mädchen warf ihn in die Küche und schob Beatriz hinterher. »Die Typen haben diese Nacht geklebt«, flüsterte die Kleine leise, »kannst inzwischen den Abwasch machen. Oder was kochen, wenn du was findest. Sind eure Professoren auch Scheißer?« – »Nein, ich bin Hausfrau«, sagte Beatriz. – »Und ich bin Michèle«, sagte das Mädchen. »Hausfrauen haben in unserer Küche nichts zu suchen.« Beatriz wurde wieder aus der Küche hinausgeschoben und mit dem Rat, sich inzwischen zu emanzipieren, an einen Stapel geführt, der auch Melusinische Bücher enthielt.« (TB, S. 89 f.)

Der Raum, der sich beim Eintritt in die Kommune vor Beatriz entfaltet, ist geprägt von zahlreichen grotesken Elementen. So werden Figuren und Worte auf den Plakaten in keinen geordneten Sinnzusammenhang gebracht, sondern bilden Stückwerk. Dass die Slogans eine starke Betonung auf das Leibliche legen, ist ebenso typisch für ein groteskes Szenario. Auf die wichtige Rolle, die Essen für das Groteske spielt, ist immer wieder hingewiesen worden,[11] und so bringt Beatriz komischer- und folgerichtigerweise Salat mit, um einen Vorwand zu haben, die Schwelle der Wohngemeinschaft zu überschreiten. Peter Fuß liest das Groteske als »Grenzphänomen«, das die »synchronen und diachronen Grenzen einer Kulturformation«[12] markiert. Die Bewohnerinnen und Bewohner der Kommune sind Teil der Pariser Gesellschaft und loten zugleich deren (Toleranz-)Grenzen aus. In diesem Sinne kann die Wohngemeinschaft als synchrone Grenze der Gesellschaft gesehen werden. Nur am Rande sei bemerkt, dass sie aus heutiger Sicht auch eine diachrone Grenze markiert, denn dass Studentinnen und Studenten in Wohngemeinschaften leben, birgt längst kein Aufregepotenzial mehr, sondern hat sich als Norm etabliert. Dass mit dem Eintritt in die Kommune für Beatriz dennoch kein Eintritt in eine Welt erfolgt, in der sie endlich so sein darf, wie sie will und in der sie restlos anerkannt ist, wird schnell klar.

Gleich zu Beginn ihres Besuchs begegnet Beatriz eine etwas radikalere oder vielmehr handfestere Variante des Slogans »Trau keinem über 30«. Komisch ist dies vor allem, wenn man Beatriz' »wahres« Alter in Rechnung stellt. Als 840-jährige Frau fällt Beatriz unbestreitbar in die Gruppe der über Dreißigjährigen: Die Prügel wären ihr somit wohl sicher. Die Rede von der Gnade der späten Geburt war 1968 noch nicht zum geflügelten Wort geworden, trotzdem könnte sich Beatriz in Analogie hierzu vielleicht auf die Gnade der viel zu frühen Geburt berufen. Möglicherweise würde sie sich hiermit aber auch nur noch klarer disqualifizieren, denn sie hätte sich letztlich viel mehr Verbrechen der Menschheit und gegen die Menschlichkeit schuldig gemacht. Kann der Umstand, dass Beatriz 800 Jahre ihres Lebens verschlafen hat, in den Augen der Wohngemeinschaft strafmildernd wirken? Und wo überhaupt ist eine 840-Jährige in einem Generationenkonflikt des 20. Jahrhunderts zu verorten? Durch das biblische Alter der Trobadora scheint eine Aufteilung der Menschheit in Ü- und U-30-Gruppen ad absurdum geführt. Oder sollten die WG-Bewohnerinnen und -Bewohner Beatriz' Altersangabe schlicht als Lüge abtun? Dann würde sich ausgerechnet ein Umfeld, das vom Misstrauen gegenüber kalter Wissenschaftlichkeit und staatlichen Institutionen geprägt ist, auf Beatriz' gefälschte, aber behördlich anerkannte Papiere berufen. Mit vergleichsweise süßen

36 Jahren, die die Trobadora laut ihrem Ausweis auf dem Buckel hat, hätte sie die kritische Altersgrenze trotzdem schon überschritten. Zum Glück begegnet Beatriz den Kommunebewohnerinnen und -bewohnern jedoch gar nicht auf der Straße, sondern in deren eigener Wohnung, und die Gefahr, tätlich angegriffen zu werden, ist vielleicht auch deshalb von Anfang an gebannt – ironischerweise der Trennung in öffentlichen und privaten Raum geschuldet. Der Eintritt in die Kommune geht ohne Fragen zu Beatriz' Person vonstatten. Anders als in der DDR, deren Bürokratismus Morgner beispielsweise vorführt, indem in der phantastischen Welt des *Trobadora*-Romans dort sogar ein menschenköpfiger Drache nach seiner Aufenthaltsgenehmigung gefragt wird (vgl. TB, S. 267), scheint eine solche in der Wohngemeinschaft nicht verlangt. Der Salat, den die Trobadora extra zum Zwecke, eine Daseinsberechtigung vorweisen zu können, mitgebracht hat, wird von Michèle achtlos in die Küche geworfen. In die Kommune darf Beatriz eintreten, ohne sich hierfür rechtfertigen zu müssen. Der Raum, den die Wohngemeinschaft bietet, erscheint zwar nach außen recht durchlässig, keinesfalls jedoch frei von Hierarchien im Inneren. Denn liest man wenige Zeilen weiter, wird deutlich, dass nicht nur ihr Alter, sondern auch ihr Dasein als Hausfrau Beatriz in eine Außenseiterrolle bringt. Das Mädchen Michèle weiß, worauf es im Kommunenleben ankommt: den Schlaf derer zu respektieren, denen wichtige Aufgaben zukommen. So flüstert es nicht nur, sondern es tut dies auch noch betont leise. Während die Besucherin auf das Erwachen der »Typen« wartet, soll sie sich nützlich machen. Hier wird eine, dem Anspruch der Kommune nach abzulehnende, bürgerliche Struktur wiederholt: Der Mann bewegt sich draußen, in der öffentlichen Sphäre der Produktion – wobei es sich in diesem Falle wohl um die Produktion von richtigem Bewusstsein in den Straßen von Paris handelt. Der Frau kommt dagegen die häusliche Sphäre der Reproduktion zu. Sie hält ihm den Rücken frei, damit er seinen wichtigen Aufgaben nachkommen kann. Komisch wird die Stelle zudem durch den performativen Widerspruch, in den Michèle gerät. Trägt sie, mit autoritärem Gestus, Beatriz gerade noch die klassische Arbeit einer Hausfrau auf, entzieht sie ihr diese mit ebenso autoritärem Gestus in dem Moment, als Beatriz sich als »echte« Hausfrau zu erkennen gibt. Während bürgerliche Strukturen in der Kommune offensichtlich auf struktureller Ebene weiterexistieren, werden sie per Sprachregelung ausgeschlossen. In die Passivität, die im bürgerlichen Kontext mit dem Weiblichen assoziiert wird, wird Beatriz von Michèle gerade dadurch gedrängt, dass diese sie mit der Aufforderung sich zu emanzipieren der Küche verweist. Wohl kaum etwas ist so paradox wie der Zwang zur Emanzipation.

Der gerade angebotenen Lesart läuft jedoch entgegen, dass es sich bei Michèle um ein überaus selbstbewusstes kleines *Mädchen* handelt, das in der Kommune offensichtlich sehr viel Raum zur Entfaltung der eigenen Persönlichkeit gefunden hat. Zu dieser gehört augenscheinlich eine gehörige Portion »Mackertum«: Michèle legt einen Habitus an den Tag, den die Zweite Frauenbewegung wenig später massiv an den männlichen Protagonisten von 68 kritisieren wird. Verhaltensweisen werden hier als nicht biologisch determiniert, sondern als sozial tradiert vorgeführt. Darüber hinaus ist das Kind mit größter Selbstverständlichkeit davon ausgegangen, dass es sich bei Beatriz um eine Studentin handeln muss. Erwachsene scheinen sich in Michèles Welt also zunächst nicht in Arbeiter und Hausfrauen aufzuteilen, sondern üben geschlechterübergreifend den Beruf des Studenten aus. Ob Erwachsene für Michèle grundsätzlich keine Namen haben, oder ob dieser nur bei einer Hausfrau, des Subjektstatus nicht würdig, keine Rolle spielt, erfahren wir nicht.

Auch der Weg, über den die Melusinischen Bücher Eingang in die Wohngemeinschaft gefunden haben, bleibt unbekannt. Sie haben sich in den Bücherstapel ebenso eingeschlichen, wie sich mit ihnen ein anderer Roman von Irmtraud Morgner in den *Trobadora*-Roman eingeschlichen hat: Die Melusinischen Bücher sind Bestandteil der *Trobadora Beatriz* und enthalten Auszüge aus *Rumba auf einen Herbst*, dem Roman Morgners also, der 1965 der DDR-Zensur zum Opfer gefallen war. Die Selbstzitation wird von Morgner alles andere als heimlich vorgenommen, sondern explizit kenntlich gemacht. Gerade der Fakt, dass *Rumba auf einen Herbst* für die LeserInnen des *Trobadora*-Romans lange nicht zugänglich ist, verhilft Morgner in ihrer Funktion als Autorin zu besonderer Autorität. Über das Wissen, was oder wie viel in den Melusinischen Büchern nämlich tatsächlich mit dem beschlagnahmten Roman übereinstimmt, verfügt lange Zeit nur Morgner selbst – sehen wir einmal von der Behörde ab, die das Manuskript damals unter Verschluss hielt![13] Neben der Frage nach der Kontrolle der Autorin und des Autors über ihr bzw. sein Werk scheint hier die nach Fiktionalität und Faktizität besonders eminent. Wie ist der Status eines Romans zu bewerten, den es offensichtlich in der außerliterarischen Wirklichkeit zu geben scheint, auf den es gleichzeitig jedoch keinen Zugriff gibt? Auch wenn *Rumba auf einen Herbst* seit 1992[14] zu erwerben ist und somit inzwischen nachprüfbar ist, was mit den Einträgen in den Melusinischen Büchern deckungsgleich ist, verliert die Frage nach dem Status bzw. dem Verhältnis von Fiktionalität und Faktizität freilich nicht an Relevanz.

Durch die freie Zugänglichkeit ihres Romans kann Morgner als Autorin mehr

Gehör finden, büßt jedoch im gleichen Atemzug mit Verlust des Wissensvorsprungs ein Stück Autorität ein. Erscheint Morgners Komik dem DDR-System zumindest im Jahr 1965 noch als so bedrohlich, dass ihrem Roman die Freigabe verweigert wird, verliert diese, schließen wir uns Slavoj Žižeks These aus *The Sublime Object of Ideology*[15] an, spätestens nach dem Zusammenbruch des Ostblocks jegliches subversive Potential. Denn, so lautet Žižeks These, nach 1989 gehe es keinem bestehenden System mehr darum, ernst genommen zu werden. Vielmehr seien *irony* und *cynical distance* selbst zur herrschenden Ideologie geworden. Die Mächtigkeit von Staaten beweise sich in ihrem Fortbestehen, nicht in ihrer Überzeugungskraft.

Zur Entstehungszeit von Morgners Romanen ist die Welt jedoch noch klar in zwei Blöcke aufgeteilt und die Systeme kämpfen um – auch ideologische – Vorherrschaft. Der *Trobadora*-Roman jedoch vermag es, sich permanent einer eindeutigen Positionierung zu entziehen und die Welt gerade in ihren Ambivalenzen darzustellen, wie eben in der Lektüre gezeigt wurde. Zahlreiche Leerstellen müssen von den Rezipierenden ergänzt werden und werfen Fragen auf. Bedeutet der Fakt, dass sich in der Pariser Kommune Melusinische Bücher befinden, dass Morgners zensierter Roman im Westen ungestört kursieren kann? Ist dies ein Indikator dafür, dass es dort tatsächlich mehr (künstlerische) Freiheit gibt? Oder hat sich die schöne Melusine wieder einmal der Zauberei bedient und die Bücher fanden nur durch Magie einen Weg in die Kommune? Findet Morgners Roman in der Wohngemeinschaft überhaupt eine Leserinnen- und Leserschaft oder liegt er unbeachtet einfach auf einem der vielen Bücherstapel herum?

Bemerkenswert ist, dass die Auszüge aus *Rumba auf einen Herbst* nicht nur in Morgners fiktionaler Welt von 1968 in Frankreich gelesen werden können, sondern mit Erscheinen des *Trobadora*-Romans im Jahr 1974 auch in der real existierenden DDR. Spricht dies für Tauwetter in der Hauptverwaltung Verlage und Buchhandel des MfK, für liberale Lektorinnen und Lektoren oder nur für Schlampigkeit beim Lektorieren? Was auch immer der Grund gewesen sein mag, die Druckgenehmigung wurde erteilt, das Zensursystem erweist sich an dieser Stelle als durchlässig. Einigen Leserinnen und Lesern war 1974 vermutlich überhaupt nicht bekannt, dass *Rumba auf einen Herbst* bisher gar nicht veröffentlicht worden war, denn in zeitgenössischen Lexikon-Artikeln zu Irmtraud Morgner fand sich die Fehlinformation, dass der Roman 1965 erschienen sei.[16] Dass mit der Montage der Textauszüge implizit auch das Thema der Zensur verhandelt wurde, konnte also möglicherweise übersehen werden. Schwer zu übersehen ist die Thematisierung jedoch an einer anderen Stelle des Romans, an der Morgner ihre Protagonistin Beatriz gewissermaßen selbst zur »Zensorin« werden lässt. Beatriz weilt zu diesem Zeitpunkt noch in Paris und lernt den DDR-Bürger Uwe Parnitzke kennen, der auf »einem öffentlichen Diskussionsabend der Freundschaftsgesellschaft, die für die diplomatische Anerkennung der DDR werben sollte« (TB, S. 95), von den Errungenschaften seiner Heimatrepublik erzählt. Beatriz ist begeistert von Parnitzke und seinem Bericht »von idealen Zuständen« (TB, S. 96) in der DDR. Nicht teilen kann diese Begeisterung ein französischer Journalist, der die Schilderungen für überzogen hält. Und als der »Pressevertreter versuchte, Parnitzke lächerlich zu machen, schnitt Beatriz das Mikrophonkabel durch«. (TB, S. 96) Typisch für die Darstellung von Beatriz ist hier, dass sie nicht etwa nur ein stets unschuldiges und untätiges Opfer der Umstände ist, sondern aktiv in die Welt eingreift. Mit diesem Handeln macht sie sich bisweilen selbst zur Schuldigen. Ihr Versuch, den Journalisten mundtot zu machen, führt dazu, dass der gesamte Diskussionsabend nicht weitergeführt werden kann. Mit der Freundschaftsgesellschaft hatte Parnitzke eine Plattform gefunden, auf der er zu einem überwiegend wohlgesinnten Publikum sprechen konnte. Beatriz' Form von »Presse-Zensur« führt jedoch dazu, dass jeglicher Dialog erstirbt. Der literarische Kniff, dass ausgerechnet die Sympathieträgerin Beatriz zur »Zensorin« wird, ist typisch für Morgners vielschichtige Schreibweise. Durch diesen Kniff wird hier zum einen ein komischer Effekt erzielt: Die übertriebene Verteidigungshaltung gegenüber Parnitzke, den Beatriz zu diesem Zeitpunkt kaum kennt, lässt die Trobadora naiv erscheinen und ihr beherztes Eingreifen verleitet in seiner Übertriebenheit und Unangemessenheit zum Lachen. Zum anderen kann dadurch, dass Beatriz nicht Patiens, sondern Agens des »Zensuraktes« ist, die Passage als klares grundsätzliches Statement gegen jegliche Form der Zensur gelesen werden. Verhinge ein unsympathischer Antipode ein Sprechverbot über die Trobadora, wäre die Illegitimität der Zensur lediglich auf den konkreten Einzelfall reduziert. Im *Trobadora*-Roman wird Zensur somit nicht als Mittel der Repression vorgeführt, das lediglich die anderen ausüben, sondern vielmehr als eine die gesamte Gesellschaft durchziehende Verhaltensweise, vor deren Ausübung man sich selbst stets hüten muss. Niemals kann es das Ziel sein, unliebsame Meinungen einfach zu ignorieren oder gar zu eliminieren. So verleiht Morgner durch das Sprachrohr der unterschiedlichen Protagonistinnen und Protagonisten zahlreichen kontroversen Meinungen eine Stimme. Wenn auch nicht gegnerische, so doch alles andere als deckungsgleiche Positionen nehmen beispielsweise der bereits erwähnte Alain und Uwe Parnitzke ein. Im Zentrum des Sozialismus, der beiden als beste Art menschlichen Zusammenlebens vorschwebt, scheinen unterschiedliche Aspekte dieser

Gesellschaftsform zu stehen. Während Alain der kulturpolitische Aufbruch der Pariser Studentinnen und Studenten reizt, scheint dieser Aufbruch Parnitzke völlig kalt zu lassen. Relevant und lobenswert sind für Letzteren allein materielle Errungenschaften, die den Arbeitenden zugutekommen. Aufgebrochen wird die Opposition, die zunächst zwischen dem Apparatschick Parnitzke und dem französischen Lebemann Alain aufgemacht wird, jedoch spätestens dann, wenn Alain Parnitzkes Zahlen zu sozialen Errungenschaften trocken zu widerlegen weiß (vgl. TB, S. 99). Was von 68 indes bleibt, wenn es nicht höhere Löhne sind, muss an dieser Stelle wieder einmal von der Rezipientin bzw. dem Rezipienten selbst ergänzt werden.

Eine Leerstelle anderer Art hinterlässt im Roman der Prager Frühling. Ein gewichtiger Teil der *Trobadora Beatriz* spielt im Jahre 1968. An vielen Ereignissen nimmt Beatriz zwar nicht selbst teil, sie hält sich jedoch durch das Hören von Radiobeiträgen auf dem Laufenden. Verschiedene politische Geschehnisse sind zudem auf andere Weise in den Roman montiert. So findet beispielsweise der Vietnamkrieg über wissenschaftliche Artikel zu Agent Orange Eingang in die *Trobadora*. Und mit den Auszügen aus *Rumba auf einen Herbst* finden verspätet auch die Kubakrise und das Problem des Stalinismus einen literarischen Ort. Der Prager Frühling jedoch wird mit keiner Zeile erwähnt. Selbstverständlich kann es verschiedenste Gründe haben, warum einem bestimmten Thema in einem Roman keine Beachtung geschenkt wird. Ein Grund kann schlicht darin liegen, dass auch ein knapp 700 Seiten umfassender Montageroman einmal zu einem Ende kommen muss. Dass sich jedoch im *Trobadora*-Roman ausgerechnet über eine Bewegung, aus der heraus um eine demokratischere und offenere Form des Sozialismus gekämpft wurde, um ein Projekt also ganz in Morgners Sinne, nicht ein Absatz finden lässt, muss Erstaunen provozieren. Waren die Geschehnisse, deren Auswirkungen längst nicht auf die Nachbarrepublik beschränkt blieben, tatsächlich nicht der Beschäftigung wert? Oder hat sich Morgner hier am Ende doch selbst einen Maulkorb verpasst, womöglich um einer Lektorin oder einem Lektor zuvorzukommen? Oder hatte es Einspruch gegeben, auf den Morgner sodann reagierte? Der Montageroman ist schließlich »das ideale Genre zum Reinreden« (TB, S. 249). Die Gründe dieser Leerstelle sind auf textinterner Ebene des Romans nicht zu klären.

Ich komme zum offenen Schluss: Der *Trobadora*-Roman hebt an mit dem Satz: »Natürlich ist das Land ein Ort des Wunderbaren.« (TB, S. 9) Er endet mit: »Denn natürlich war das Land ein Ort des Wunderbaren.« (TB, S. 666) Dass der Satz, der zu Beginn des Romans in präsentischer Form gesetzt ist, am Ende im Imperfekt wiederholt wird, scheint ihn zur gleichen Zeit zu affirmieren wie zu subvertieren, ein Beispiel mehr für die große Kunstfertigkeit, mit der Morgner Ambivalenz inszeniert. Subtiler noch, denn das gesamte letzte Kapitel ist im Imperfekt verfasst und so scheint es nur konsequent, auch im letzten Satz nicht von dieser Form abzuweichen. Somit würde mit der letzten Zeile schlicht bestätigt, was bereits seit der ersten Zeile feststand. Es bietet sich jedoch noch (mindestens) eine weitere Lesart an. Im letzten Kapitel erzählt der Protagonist Benno noch einmal aus dem Leben der gerade verstorbenen Beatriz. Das Imperfekt ist hier nicht zwingend notwendig, denn von einem abgeschlossenen Leben ließe sich problemlos auch im Modus des historischen Präsens berichten. Der zitierte Satz könnte dann ohne Weiteres im Präsens stehen. Dadurch aber, dass er ins Imperfekt gesetzt ist, bietet sich die Möglichkeit, die Beschreibung des Landes als Beschreibung von etwas Vergangenem bzw. Verlorengegangenem zu lesen. Mit dem Tod von Beatriz wäre somit nicht nur deren Leben zu Ende gegangen, sondern zugleich auch »das Land« als »Ort des Wunderbaren« an sein Ende gekommen. Wo es für phantastische Gestalten keinen Ort mehr gibt, da gibt es auch für das Wunderbare in anderer Gestalt kein Refugium mehr.[17]

Ob das Land, in dem und über das Morgner schrieb, je ein Ort des Wunderbaren gewesen ist oder nicht, sei dahingestellt. Neben vielem anderen macht der *Trobadora*-Roman eines deutlich: Geschichte ist nicht eine große Erzählung. Geschichte sind mannigfaltige Erzählungen, die nach vielen unterschiedlichen Zeugnissen, Zeuginnen und Zeugen verlangen.

Anmerkungen

1 Irmtraud Morgner: Leben und Abenteuer der Trobadora Beatriz nach Zeugnissen ihrer Spielfrau Laura, München 2010, S. 249. Im Folgenden werden Zitate mit der Sigle TB im Text belegt.

2 Polyphonie oder auch Dialogizität bezeichnet mit und in Anschluss an Michail Bachtin ein Strukturprinzip eines literarischen Werkes, bei dem die Sichtweise der Autorin oder des Autors hinter die der Figuren zurücktritt. In einem polyphonen Roman brechen und ergänzen sich eine Vielzahl von divergenten Stimmen und Weltanschauungen. Vgl. Laurenz Volkmann: Dialogizität. In: Ansgar Nünning (Hg.): Metzler Lexikon Literatur- und Kulturtheorie, Stuttgart/Weimar 2001, S. 111 f.

3 Einen sehr guten und zugleich unterhaltsamen Überblick über die Praxis der Zensur in der DDR bietet: Simone Barck/Siegfried Lokatis (Hg.): Zensurspiele. Heimliche Literaturgeschichten aus der DDR, Halle/Saale 2008.

4 Die Geschichte des Druckgenehmigungsverfahrens von *Rumba auf einen Herbst* ist dokumentiert in: Simone Barck/Martina Langermann/Siegfried Lokatis: »Jedes Buch ein Abenteuer«. Zensur-System und literarische Öffentlichkeit in der DDR bis Ende der sechziger Jahre, Berlin 1997 (= Zeithistorische Studien Bd. 9), S. 274–285.

5 Ebd., S. 10.

6 Wer sich gerne selbst Einblick in die Arbeit der LektorInnen des MfK verschaffen will, muss hierfür noch nicht einmal nach Berlin reisen. Das Bundesarchiv in Berlin-Lichterfelde hat weite Teile der Druckgenehmigungen digitalisiert; auch die Druckgenehmigung zum *Trobadora*-Roman ist online einsehbar: http://www.argus.bundesarchiv.de/dr1_druck/index.htm (Stand: Juli 2014).

7 Das historische Vorbild der Trobadora ist Beatriz de Día, die im 12. Jahrhundert lebte und deren provenzalische Lieder die höfische Liebe aus Sicht einer Frau schildern. Eine zweisprachige Ausgabe der überlieferten Liedtexte findet sich in: Dietmar Rieger (Hg.): Mittelalterliche Lyrik Frankreichs, Stuttgart 1980.

8 Der *Trobadora*-Roman ist ein Montageroman, der zahlreiche literarische Genres zitiert. Besonders stark sind Reminiszenzen an den Pikaro- bzw. Pikara-Roman spürbar. Einen guten einführenden Überblick über dieses Genre bietet z. B.: Matthias Bauer: Der Schelmenroman, Stuttgart 1994 (= Sammlung Metzler 282).

9 Die Komik, dass Beatriz ausgerechnet im Arbeiter-und-Bauern-Staat einer zutiefst aristokratischen Beschäftigung nachgehen will, ist unschwer zu übersehen.

10 Nach Claudio Guillén ist die Position des halben Außenseiters typisch für den Pikaro. Vgl.: Claudio Guillén: Zur Frage der Begriffsbestimmung des Pikaresken. In: Helmut Heidenreich (Hg.): Pikarische Welt. Schriften zum europäischen Schelmenroman, Darmstadt 1969 (= Wege der Forschung Bd. CLXIII), S. 375–396.

11 So z. B. von: Manuela Günther: Mund-Art. Grotesker Realismus in Wilhelm Raabes *Stopfkuchen*. In: Christof Hamann/Jürgen Link/Rolf Parr (Hg.): kultuRRevolution Nr. 48, Dezember 2004, S. 11–19.

12 Peter Fuß: Das Groteske. Ein Medium des kulturellen Wandels, Köln u. a. 2001 (= Kölner Germanistische Studien, Neue Folge Bd. 1), S. 12.

13 Morgner selbst besaß nur einen Durchschlag des Manuskripts.

14 Irmtraud Morgner: Rumba auf einen Herbst, Hamburg u. a. 1992.

15 Slavoj Žižek: The Sublime Object of Ideology, London u. a. 1989.

16 Vgl.: Barck/Langermann/Lokatis: »Jedes Buch ein Abenteuer«, S. 283.

17 Auch Gabriela Scherer nimmt Bezug auf die leicht veränderte Selbstzitation. Sie liest das »ist« am Romananfang als gnomisches Präsens und das »war« am Romanende als episches Präterium. Nach dieser Lesart werde die geltende Wahrheit, die am Beginn des *Trobadora*-Romans stehe, durch einen starken Verweis auf die Fiktionsebene, der durch den temporalen Wechsel erzielt werde, relativiert, vgl. Gabriela Scherer: Zwischen »Bitterfeld« und »Orplid«. Zum literarischen Werk Irmtraud Morgners, Bern u. a. 1992, S. 152.

Gerhard Wolf
Worte zum Abschied

»Man ist für das Leben nicht eingerichtet.«

Vor knapp einem Jahr kam eines Abends unvermittelt ein Anruf, der nicht, wie anzunehmen war, Christa galt (denn man weiß, daß ich ungern telefoniere), ein Anruf, der mich betraf; mir mit etwas umständlicher Erklärung, dann um so deutlicher – in diesem seltsamen Diskant bei gutturalem Unterton – ein Anliegen vortrug, das ich nicht abweisen konnte, weil es nicht mißzuverstehen war; denn wie entzieht man sich einer Anfrage, die einem als letzter Wille vorgetragen wird.

Ich habe seitdem auf meine Weise damit gelebt, immer diese Stimme im Ohr, die um ihr Ende wußte, stockend, aber bestimmt, waghalsig und hellsichtig, zupackend und arabesk – dieser plötzlich ausbrechende heitere Diskant bei untergründig dunklem Guttural –, wie es im Reden, wie es anders im Schreiben ihre Art war.

Ich konnte mir danach keine Rede ausdenken, und wir haben, nach einer letzten Begegnung in ihrer Wohnung, es war ein überheißer Junitag, beide nie mehr über diese Abmachung gesprochen. Wir waren nicht dafür eingerichtet. Ich habe seitdem manchmal in einem ihrer Bücher ein paar Seiten wiedergelesen, habe absichtlich empfindungslos oder mit lautlosem, bösem Lachen das Buch beiseite gelegt, hilflos, keine Notizen. Ich wußte, wenn es soweit sein würde, ihre Bücher würden schon die rechten Stichworte geben, die ich brauchte, um, wie sie es nun einmal wünschte, etwas sagen zu können. Ich weiß jetzt nicht mehr, ob das stimmt, und muß es auf diesen Versuch ankommen lassen. Aber ich sehe mich dabei nicht allein, sondern mit anderen hier in einer durch sie wie insgeheim vereinbarten Gemeinsamkeit. Sie, die, wie ich auf meine Weise, an diesen letzten Jahren Irmtraud Morgners Anteil nahmen, Sie werden, besser, als ich es vermag, auf Ihre Weise das Bild von ihr ergänzen, es reicher, farbiger, gültiger machen. Ich aber hoffe mit meinem aus dieser Situation entstandenen Vorgehen vielleicht einen Zug ihrer Arbeitsweise zu treffen, die sie beklagt und zugleich als ihre ureigene Arbeitsmethode verteidigt hat: sich an Kerngedanken und Grundideen zu orientieren, die man frisch der Ausführung vorauswirft, um sie im Schreiben selbst möglichst einzuholen und einzulösen: Einfälle, Inspirationen, schöne Entwürfe für einen »unendlicheren Zusammenhang«, den man – ja, man weiß es sicher, nie erreicht, aber immer anstrebt. Vorhaben, das man deshalb in bemessene Szenen, Stücke oder Kapitel einteilt, die man überblickt und schafft, Zitate aus den ältesten, Dokumente aus jüngsten Quellen dazu, poetische Geschichtsschreibung aus der Lage und Sicht einer heutigen Frau, wie es Walter Jens in seiner Rede auf die Tausendsassa Morgner so beschrieben hat: »... einmal im Simplizissimus-Stil, volkstümlich und archaisierend, ein zweites Mal in der Weise des wahren sozialistischen Realismus, wirklichkeitsgesättigt also und plastisch, und ein drittes Mal anspielungsreich und hermetisch, mit Dialogen von verweisender Kraft und Beschreibung, die ein langes In-Spuren-Gehen verraten ...« Sie hat es damit zu einiger Meisterschaft gebracht, nannte die Bände ihrer »Salman-Trilogie« Montage-Romane, »die Prosa der Zukunft«, Montage freilich nur eine unzureichende Bezeichnung für dieses kaum nachbeschreibbare bizarre, bunte Gewebe aus Tatsächlichem und Phantastischem, ich sehe es als aufgezeichnete, sich fortschreibende große Applikation auf die Welt, Gesuch, sie zu durchschauen, Heilmittel als Vision, sie zu ändern. Sie sagt: »Die Menschen glauben große Wahrheiten eher in ungewöhnlichen Gewändern«, und man wünscht, sie hätte damit recht. Sie verwandelt sich aus solchen Gründen ja vor unseren Augen ständig in verschiedenste, reale und zauberhafte, Gestalten, spricht eben noch ganz gegenwärtig als berufstätige Frau und Mutter ihres Sohnes und ist im Nu auch deren Wunschbild, gewitzte Gauklerin, Spielfrau oder fabelhafte Sirene, redet mit Weiber-, Schlangen- und Hexenzungen – und ist doch immer die Morgner, Scheherezade aus Sachsen, die weiß, daß sie erzählen muß, es geht ihr ans Leben, täte oder könnte sie es nicht. Eine widersetzliche Trobadora mit höchster Stimmlage, um den in der Kehle gebrochenen Laut hervorzubringen, moderne Poetessa mitten in dieser von Männern geprägten und dirigierten Gesellschaft.

Denn wie sie auch an dieses Gemeinwesen gebunden war, das für sich den Anspruch auf Sozialismus erhoben hatte, verstrickt in seine uneingelösten Maximen und real existierenden Miseren – wie jeder von uns auf seine Weise –, den Grundwiderspruch dieser Zeit sah sie schließlich in den modernen Industriegesellschaften des Patriarchats angelegt, welcher Herrschaftssysteme und -strukturen es sich auch bediente.

Und um nichts Geringeres ging es ihr als um die Umwertung aller herrschenden Werte – und sei es nur mit Mitteln der erfinderischen Poesie, die ja Gleichnisse und Utopien erlaubt.

Sie hatte für diese Projekte kaum zeitgenössische Vorbilder und mußte sich aus Wissenschaft und Kunst, aus Theorie und Praxis alternativ lebender Frauen ihre Figuren und Muster entwerfen, den patriarchalischen Helden matriarchalische Menschen entgegensetzen, um humane Verhältnisse ins Bild zu bringen: unter den berühmten männlichen Trobadouren, die eine kaum noch bekannte Trobadoura entdecken, die alten Mythen und Mythologien aufgreifen und neu deuten, zum Beispiel der Allgeberin Pandora endlich wieder den ihr zukommenden Platz neben dem populären Menschenbildner Prometheus einräumen, Pandora, die in ihrer Büchse nicht das Verderben, sondern die Zukunftsbilder trägt.

»Die Geschöpfe des Prometheus«, heißt es im Amanda-Roman, »haschten nach den Luftgestalten. Als Pandora sah, daß die Güter mit Fittichen – Erdenliebe zum Beispiel, Sinn für Harmonie ... Kompromißfähigkeit, Frieden – davonflogen und niemand ihnen nachsetzte, keiner sie einfangen wollte, warf sie schnell den Deckel zu.«

Irmtraud Morgner hat Goethe für die profunde Umdeutung des patriarchalischen Mythos gedankt, weil er Pandora aus ihrer Rolle als Unheilbringerin erlöste, sie erklärt und gibt uns ein Zeichen, wie man ihre Bücher wirklich verstehen kann: »Nicht Prometheus, sondern Epimetheus und Pandora gemeinsam werden als Zukunftshoffnung gesetzt. Epimetheus heißt ›nachbedacht‹ ... Der Mensch muß nachdenken bei vielen Entscheidungen. Vor der Gefahr der Selbstausrottung bewahrt ihn nicht Instinktregulierung ... Der Homo humanus ist nicht erreichbar ohne die Freisetzung und harmonische Verbindung der kreativen Potenzen beider Geschlechter.«

Wie muß es sie gefreut haben, in der sächsischen Nonne aus dem 10. Jahrhundert Hrotswitha von Gandersheim eine Vorläuferin zu finden, die das erste Drama der Faustsage in Deutschland verfaßte, wo es doch immer hieß, »daß Frauen die Fähigkeiten zum Stückeschreiben fehlen«.

Dem »Cherubinischen Wandersmann« des Angelus Silesius, Sinnbild des ewig Suchenden, nach Wahrheit sich sehnenden Geistes aus dem Barock, hätte sie gern die »Cherubinische Wandersfrau« folgen lassen, zugesellt als Antipodin und Partnerin; fand die Idee für sie vorgedacht in Betrachtungen Jakob Böhmes, die sie sich anzuverwandeln suchte in praktikable Philosophie »über täglich zu bewältigende, unabweisbare, elementare Lebensereignisse, als da sind Tod, Krankheit, Zufall, Glück, Unglück« – die ewigen, immer unbeantworteten Fragen unserer Existenz, auf die sie weder in der Praxis ihrer Gesellschaft noch in der dort praktizierten Ideologie Antworten oder auch nur Handreichungen erhalten konnte. Antworten, nach denen sie selbst forschte, ungeschützt, ziemlich auf sich selbst gestellt, unabgeschirmt, weil, wie sie weiß, weibliche Forscher leben unabgeschirmt, nicht mehr der traditionellen weiblichen Rolle verhaftet, wie sie auch das Bücherschreiben immer intensiver als Forscherarbeit betreibt – und dabei Federn läßt.

Sie spricht von »Denktrieb«, sagt, daß ein poetischer Text, so verstanden, nur »strahlt wegen der Intensität, mit der das ganze Potential einer Persönlichkeit einer Sache nachdenkt und -fühlt, zwanghaft, mit perfektionistischem Suchtrieb nach dem optimalen Ausdruck für eine Vorstellung, die logisch allein nicht ausdrückbar ist. Diese Intensität bei der Suche, auch das Engagement ist sicher mit ein Grund dafür, weshalb ein literarischer Text einen Denk-, Such- und Gefühlsimpuls bei einem Leser auslösen kann.«

In dieser Arbeit ist sie ganz aufgegangen. Ihre Leser, natürlich vor allem Frauen in den beiden Deutschländern, haben sie als Sprecherin für ihre souveränen Rechte und Möglichkeiten auf allen Gebieten ihres Daseins empfunden.

Für die ständige Überanstrengung, die sie diese Arbeit unter den gegebenen Umständen kostete, einer ganz anders ausgerichteten Umwelt solche Freiheiten abzutrotzen, hat sie mit ihrer Gesundheit bezahlt. Sie sagte, als wir uns damals zuletzt sahen, daß sie nicht zufällig an dem empfindlichsten Organ getroffen worden sei, mit dem sie als Frau voll und ganz gelebt habe, und wies auf ihren Leib. Alle, die sie kannten, haben ihren eigensinnigen Mut gespürt, mit dem sie der zerstörenden Krankheit wieder und wieder Widerstand leistete; eine Berufskrankheit, denkt man an Franz Fühmann und Erich Fried, an die Gefährtinnen Brigitte Reimann und Maxie Wander.

»Schreiben war meine Art, Ängsten zu trotzen«, sagt sie und hält die Ängste mit Gelächter nieder. »Je dreckiger es mir geht, desto stärker bin ich zur Possenreißerei aufgelegt. Humor ist bei mir Auflehnung des Lebenstriebes gegen Depression, Melancholie.« Sie hat, glaube ich, daran ziemlich bis zuletzt festgehalten, Verstörungen nur den Nächsten anvertraut, plötzliche Zusammenbrüche immer mit diesem diskanten Gelächter in der Stimme überspielt, auf späten Fotos, die es gibt, läßt sie nicht davon ab, über Schmerzen maskenhaft zu lächeln. Fensterstürze überließ sie ihren umhergeisternden Hexen, die ohnehin nicht totzukriegen waren. Nicht den selbstbestimmten Entschluß, auf Flügeln, eines Tages, den kühnen Harpyien gleich, davonzufliegen, sie sprach ganz ernsthaft davon, und glaubte längst an eine außerirdische Existenz.

Den geplanten dritten Band ihrer Salman-Trilogie gibt es nur in Fragmenten, in ihnen unsterbliche Sätze, Sie werden sie hören.

»Schmerzensschreie gehören heute zum guten Ton oder zu einem, an den man sich gewöhnt hat. Freudenschreie erwecken mitunter selbst von Toten. Ihnen fühlte ich mich zugehörig, obgleich der gegenwärtige Weltzustand mich ausgetrieben hatte …«

Als Vermächtnis dachte sie sich ein Buch mit dem Titel »Das hero(i)sche Testament«, in dem sie noch einmal alle Seiten ihres Talents aufspielen lassen wollte. Sie hat es nur in Motiven und Skizzen, mit ironischen Aperçus und trefflichen Paradoxen notieren können. Es ist in der Struktur eines Promotionsverfahrens entworfen, eines nicht ganz geheuren Verfahrens, in dessen sonderbarem Verlauf sich Herta Kowalczik (Frau aus dem Volk der DDR) durch Philosophie der Tat verkörpert, verwandelt zu Hero, die sich ihren idealen Mann Leander (griechisch: Mann aus dem Volk), wie einst Adam die Eva, in einem geistigen Akt, der sich sofort als lebendige Schöpfung zeigt, aus den Rippen schneidet. »Frisch geschnitten – ganz gewonnen«. Das Werk ist als spektakuläre Apotheose auf die Menschheitsgeschichte angelegt.

»Indem der Mensch aus seiner Natur fiel, fiel er aus aller Natur – und begann Geschichte zu machen … Eine Voraussetzung fürs Geschichtemachen nennt Friedrich Engels ›weltgeschichtliche Niederlage des weiblichen Geschlechts‹.« Und diese gilt es, läßt die Morgner ihre Hero planen, endlich aufzuheben. Also ist auch eine Liebesgeschichte zu erwarten.

Nach der antiken Sage schwamm Leander seiner Geliebten Hero allnächtlich über den Hellespont entgegen und ertrank, als ein Sturm die ihn leitende Fackel verlöschte, in den Fluten. Hero stürzte sich verzweifelt vom Turm ihm nach in den Tod.

Irmtraud Morgners Herta Kowalczik aus Reichenbach im Vogtland, Hero genannt, erfindet sich ihren Geliebten vermittels ihrer heroschen Philosophie, wörtlich dem spitzen Verweis der Beamtin des Wohnungsamtes, die ihr als Einzelwesen die Wohnung verweigert, stante pede folgend: »Wennse keen Mann ham, müssense sich embd een ausn Rippen schneiden.«

Das herosche Testament, lesen wir aus den Bruchstücken dieses grandiosen Exposés eines nicht mehr ausgeführten Romans, »das heroische Testament Leander ist ein Mann zum Herauslesen«.

Ich mußte so ausführlich von ihrem unvollendeten Buch sprechen, weil ich, weil wir alle es nun nicht mehr zu lesen kriegen. Hier leuchten noch einmal alle Facetten ihrer genuinen Fabulierlust auf, ihr großes experimentum mundi einer Selbsthelferin sondergleichen, der mitten im schreibenden Entwurf – bleiben wir getrost bei der archaischen Wendung – die Feder aus der Hand genommen wurde.

Weil ich es seit langem wußte, gelang es mir nicht mehr, ohne bösen Schmerz in ihren Büchern zu lesen. Ich bin ihrer Bitte nachgekommen und habe ihr diese Rede gehalten, aber ich bin dafür nicht eigentlich eingerichtet. Und ich weiß, daß ich so nicht enden kann, und suche mir bei ihr den besseren Schluß, lasse sie mit ihrer Stimme sagen:

»Hexisches Gelächter ... erscheint mir in finsteren Zeiten hilfreich, um die Lähmung angesichts der übergroßen Aufgabe, die Depression aus Überforderung zu überwinden. Riesige Autoritäten – die riesigste: der Tod – können nur mit einem weinenden und einem lachenden Auge angegangen werden ...«

(Erschienen in: neue deutsche literatur 8, 1990, S. 58–64.)

Christa Wolf
»Entwürfe über den Tag hinaus«

»Die Utopie Mensch muß entziffert werden« – Irmtraud Morgner schreibt das, wir können es als ihr Vermächtnis lesen; der Satz steht im »Hero(i)schen Testament«, ihrem letzten, Fragment gebliebenen Buch. Ich will ihn als Motto für das Lebenswerk aller vier Autorinnen gelten lassen, die ich Ihnen nahebringen möchte. Erst während der Arbeit ging mir auf: Drei von ihnen haben das gleiche Geburtsjahr, 1933. Alle drei starben jung an Krebs – Brigitte Reimann 1973, Maxie Wander 1977, Irmtraud Morgner 1990. Die vierte, älteste, Inge Müller, wurde 1925 geboren und setzte ihrem Leben 1966 selbst ein Ende. Mein Geburtsjahr, 1929, stellt mich genau zwischen Inge Müller und die drei um vier Jahre jüngeren Kolleginnen. Vier Jahre, gar acht Jahre früher oder später geboren sein, machte damals viel aus: Der Einschnitt war das Jahr 1945. Wie alt man da war, das entschied darüber, welche oft traumatischen Erfahrungen man gemacht hatte, für welche Grunderlebnisse man prädestiniert war, wie man weiterlebte und auch, welche Vorstellungen man verwirklichen wollte.

Nach diesem Krieg noch am Leben zu sein, mußte doch einen Sinn haben. Der Sinn erschloß sich zwanglos und zwangsläufig aus dem Experiment einer neuen Gesellschaft, an dem man teilhatte. Die Rede ist vom Leben im Osten Deutschlands, in der DDR. Die Rede ist von der Mitarbeit an einem großen Entwurf, der sich »Sozialismus« nannte und kreative Kräfte freisetzte, eine Anschub-Energie, eine Hoffnung, die nachwirkte, auch über die Jahre hinaus, in denen ihre Voraussetzungen sich als unhaltbar erwiesen, ihre Grundlagen immer mehr zerstört wurden; diesen Prozeß haben die Autorinnen, die heute abend zu Wort kommen sollen, stark anteilnehmend miterlebt und in ihren Büchern beschrieben: Den Anspruch, von dem sie ausgingen und ohne den man ihre Arbeiten nicht verstehen kann, die manchmal zerreißenden Konflikte, in die sie getrieben wurden durch die zunehmend unproduktiven Widersprüche in ihrer Gesellschaft. Die im Leben zu bewältigen und sie schreibend zu bearbeiten, das konnte manchmal über die Kraft des und der einzelnen gehen.

Was sie, in dieser Dauerspannung stehend, geleistet haben, ist zum Staunen. Sie haben sich Mut und Ausdauer und Zähigkeit abverlangt, der Versuchung, sich nicht zu engagieren, sondern zu resignieren, haben sie widerstanden, denn es ging ja um nichts Geringes: Sie, wir alle zielten auf den »homo humanus«, auf nicht mehr und nicht weniger. Auf endlich menschenwürdige Verhältnisse, in denen der Mensch – Frau und Mann – das Potential an Möglichkeiten, das in ihm steckt, hervorbringen könnte. »Als wir antraten«, sagt die Morgner, »dachten wir: Einfache Sache. Sieht jeder vernünftige Mensch ein ... Nun stellt sich heraus, die einfache Sache ist ungeheuer langwierig.« Doch besteht Hoffnung auf Veränderung, so lange die Verhältnisse noch in Bewegung sind. So lange, und das heißt: bis zu ihrem Ende, halten diese vier Autorinnen, selbst schwer krank, an ihrer Arbeit fest, folgen ihrer Passion, und schreiben. Verzweifelt sind sie oft gewesen; aufzugeben haben sie sich nicht erlaubt. Einige wichtige Bücher sind unvollendet geblieben, andere konnten gar nicht geschrieben werden, ein bedeutendes lyrisches Werk, das von Inge Müller, wurde abgebrochen und verfiel für Jahre nahezu dem Vergessen. Die Gefahr, daß das wieder, daß es auch mit den Prosawerken der anderen geschehen könnte, erscheint mir groß in einem Kulturbetrieb, der Beliebiges aufbläst und um- und umwälzt. Dieser Gefahr möchte ich, auch mit diesem Abend, entgegenarbeiten.

Die unentwickelten deutschen Verhältnisse haben in der Vergangenheit so manchen revolutionären Ansatz in der deutschen Geschichte, auch in der deutschen Literatur erstickt, unterdrückt, zerschlagen. Dieses Schicksal traf auch die Autoren, die auf ihre Weise, mit ihren Mitteln aufbegehrten: im günstigsten Fall nicht beachtet, ins Abseits gedrängt, der Nachwelt unterschlagen, wurden sie oft direkt denunziert, verboten, verfolgt, eingekerkert, ins Irrenhaus geworfen, in den Tod getrieben oder ins Exil. Meist fehlte ihnen das Hinterland, eine widerständige Bewegung, deren Sprecher sie hätten sein können und die sie gestützt hätte – denken wir an die Zeit des Sturm und Drang, der Romantik, in der zum ersten Mal auch Frauen ihren Lebensanspruch formulieren. Ihr Werk blieb meist Fragment.

Dieses Verdikt wollte die Generation der Schreiberinnen, von denen ich spreche und denen ich eine Reihe anderer, selbstverständlich auch männlicher Namen hinzufügen könnte, nicht annehmen, mehr noch: Sie zogen es für sich gar nicht in Betracht. Die »deutsche Misere« sollte ein Ende haben, das »unglückliche Bewußtsein« der Deutschen, nicht zuletzt der deutschen Literaten, sollte ihnen nicht zustoßen. Die von Grund auf veränderten Besitzverhältnisse würden ein neues gesellschaftliches Bewußtsein, neue Umgangsformen und Sitten schaffen: An denen wollten sie mitwirken. Mit einer unbändigen Lebensgier und Arbeitslust brachen sie auf in eine historische Etappe, die ihnen eine reale Reibungsfläche zu bieten schien für ihre Utopie: Daß es menschenmöglich ist, die höchst mangelhaften gesellschaftlichen Zustände zu verändern und dabei sich selbst hervorzubringen; daß dies, endlich, auch Frauen möglich sein sollte.

Wie klingen solche Sätze heute? Lächerlich? Realitätsfern? Anachronistisch: das ganz bestimmt. Doch diese vier Autorinnen waren alles andere als wirklichkeitsfremd. Keine von ihnen gehörte je zu den oberflächlichen Lobhudlern und Schönfärbern, welche ihre Zeit in nicht geringer Zahl auch hervorbrachte. Eben weil sie sich, neugierig auf alle Facetten des Lebens, ihren scharfen, unbestechlichen Blick auf die Realität nicht trüben ließen, gerieten sie in existenzielle Konflikte: Jede von ihnen erlebte ihren Kampf mit der Bürokratie der herrschenden Ideologie und hatte sich zu entscheiden zwischen Anpassung und Wahrheitsmut. Der Staat, in nachkriegsbedingter Abhängigkeit, im Kalten Krieg zu einer Art Frontstaat geworden und ökonomisch dem anderen deutschen Staat hoffnungslos unterlegen, glaubte sich keine kritischen Stimmen mehr leisten zu können und unterdrückte mit der Kritik kreative Ansätze bis zu fast völliger Erstarrung. Gesellschaftliche Bewegungen konnten am Ende nur noch abseits, im Untergrund oder eben – in der Literatur stattfinden. Das alte verfluchte Muster.

Doch ich habe vorgegriffen. Dieses Ende war nicht vorprogrammiert. Nicht zufällig war es eine Phalanx begabter Frauen, die, in Kontakt miteinander, im Gespräch, oft in Freundschaft verbunden, ungleich in ihren Lebensumständen, sehr verschieden in der Art ihrer Talente, sehr begabt, sensibel, intelligent, mutig, wißbegierig, liebesfähig, bewußt neues Gelände erkundeten; durchaus sahen sie sich als Forscherinnen, Irmtraud Morgner spricht es am deutlichsten aus; aber natürlich war es auch Neuland in jedem Sinn, das Brigitte Reimann beschritt, als sie in der neuen Stadt Hoyerswerda in der Produktion mitarbeitete, sich die Kentnnisse für ihren Roman einer Architektin holte. Vor ihr hatte Inge Müller in ihrer »Weiberbrigade«, einem Produktionsstück, Verhaltensweisen selbstbewußter, selbständiger Frauen beschrieben. Und Maxie Wander sprach mit einer großen Anzahl von Frauen ungezwungen über ihr Leben, über ihre Träume, über ihre Sexualität, über ihre Beziehung zu Männern und publizierte diese Protokolle, die sie einfühlsam bearbeitet hatte. Man kann sich heute kaum mehr vorstellen, was für einen Widerhall diese Veröffentlichung – besonders natürlich unter Frauen – fand. Das Angebot, das Maxie Wander machte, kam einem starken Identifikationsbedürfnis unter den Frauen entgegen, die, alle eingebunden in die neuen Verhältnisse, tätig in ihren Betrieben und Institutionen, konfrontiert mit neuen und alten Konflikten zwischen den Geschlechtern, sich auf direkte Weise an- und ausgesprochen sahen. Übrigens – ein bedeutsames Übrigens – war das Echo der Leserinnen, das vom

Westen herüberschallte, zumindest auf die Bücher von Irmtraud Morgner und Maxie Wander, ebenfalls stark. Inge Müller starb dafür zu früh, die wichtigsten Bücher von Brigitte Reimann erschienen vollständig erst nach 1990.

Die neuen Stoffe weckten Einfallsreichtum für vielfältige, teils neue Formen, darunter sehr subjektive, die man früher »typisch weiblich« genannt hätte. Tagebücher, Briefe, Protokolle, Alltagsnotizen – bis ins Gedicht hinein –, und auch die Romane – zum erstenmal groß angelegte Gesellschaftsromane, von Frauen geschrieben, mit weiblichen Hauptfiguren – sind formal nicht konventionell: assoziativ, den inneren Monolog nutzend, die Chronologie verlassend beschreibt die Reimann in »Franziska Linkerhand« den Kampf einer jungen Architektin um menschenwürdiges Wohnen in einer neuen Stadt und um die Liebe zu Männern, die den Ansprüchen dieser selbstbewußten Frauen oft nicht gewachsen sind: unglückliche Liebesgeschichten einer neuen Art.

Irmtraud Morgner erfindet den »operativen Montageroman«, der alles in sich aufnehmen kann: rücksichtslos autobiografisches Material sowieso, originelle scharfe Diagnosen, philosophische Erörterungen, Zeitungsausschnitte, Reden, Artikel, freche Geschichtsklitterungen, politische Notate, geistreiche Aperçus aus der Sicht einer klugen Frau – mit kühnsten Phantasiegeschichten märchenhafter Figuren und den konkretesten Alltagsgeschichten gewöhnlicher Leute führt uns die Autorin unverfroren vom Himmel durch die Welt zur Hölle, Zeugnis der radikalen Hybris, die Morgners Entwürfe durchzieht. Ein weiblicher Faust – aber warum denn nicht?

Der geschichtliche Augenblick, der solche Frauen und ihr Selbstbewußtsein hervortrieb, ist für diesmal vorbei, ein Ansatz wiederum gescheitert, nachträglich verhöhnt und als illusionär abgetan. Kompendien aufmüpfigen aufrührerischen Denkens wie diese Bücher – wo können wir die heute noch finden? Wo in der gegenwärtigen Literatur gibt es eine radikale Kritik an Verhältnissen, die das Sich-Bescheiden in kleinen, wenn auch komfortablen Umständen antrainieren? Wo den Versuch, aus der allzu anspruchslosen Ich-Bezogenheit auszubrechen, die mit Subjektivität verwechselt wird und in der Realität und in der Literatur zur hundertsten Variation der immer gleichen sogenannten Beziehungskonflikte führt? Wo gibt es Entwürfe über den Tag hinaus? Wo eine produktive Sehnsucht nach einer Freiheit, die nicht nur Freizügigkeit und »Freiheit« zum Konsum ist, sondern Freiheit, verantwortlich zu handeln?

Ich frage und weiß doch: Es kann nicht sein. Die Verhältnisse, sie sind nicht so, daß sie eine wirklichkeitsgesättigte Utopie – nicht als illusionäre Phantasterei, sondern als Energiereservoir – hervorbringen und ertragen könnten. Die Versäumnisse, Verfehlungen, Irrtümer, Enttäuschungen der vorangegangenen Generationen lasten auf den heute Jungen. Auch um ihretwillen, um zu ermutigen, werden jetzt zwei Schauspielerinnen, die die Autorinnen, um die es heute geht, seit langem kennen, die sich mit ihren Arbeiten auseinandergesetzt haben, Ausschnitte aus ihren Werken lesen.

(Zu den Salzburger Festspielen im August 2003 gestaltete Christa Wolf einen Abend für Inge Müller, Brigitte Reimann, Maxie Wander und Irmtraud Morgner. Nach Christa Wolfs Einleitung, die wir hier unter der Überschrift »Entwürfe über den Tag hinaus« dokumentieren, lasen Jutta Hoffmann und Johanna Schall ausgewählte Texte der verstorbenen Autorinnen.)

Irmtraud Morgner, Oktober 1986.

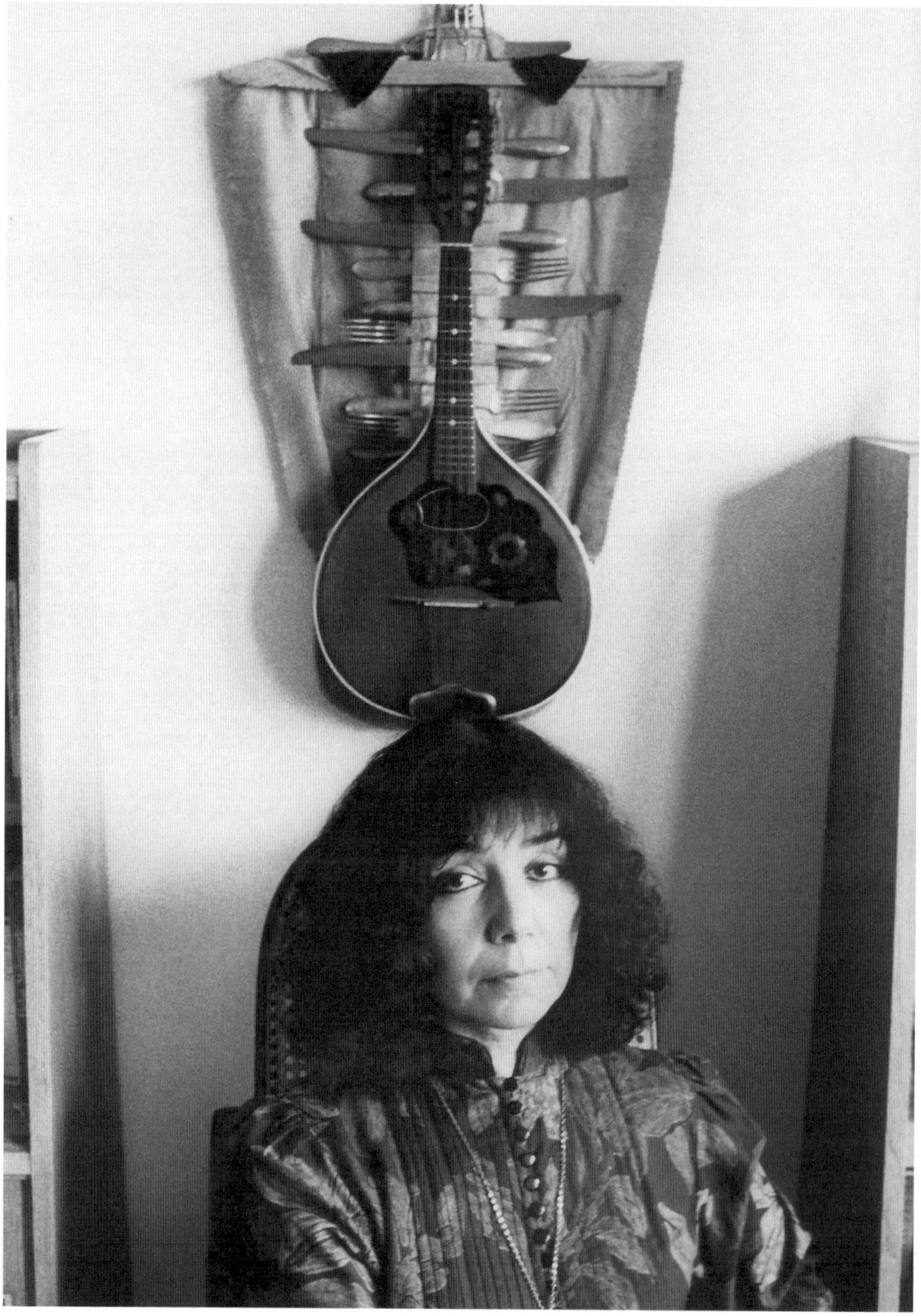

Irmtraud Morgner, Oktober 1986.

Irmtraud Morgner, Oktober 1986.

Irmtraud Morgner, Oktober 1986.

Irmtraud Morgner, Oktober 1986.

Rudolf Bussmann

Im Spiel mit den Dingen

Irmtraud Morgners künstlerische Objekte

»Nach dem Aufstehen sofort Objekte gemacht«, notierte Irmtraud Morgner am 30. Juli 1986 in ihr Tagebuch. »Ein völlig neuer Zugang zur Welt.« Drei Tage zuvor hatte die Autorin unerwartet – auch für sie selbst überraschend – den Schreibstift beiseitegelegt und zu Schere und Leim gegriffen. Zwei Collagen waren innerhalb von zwei Tagen entstanden. In der Nacht vom 28. zum 29. Juli fand sie kaum Schlaf. Ideen zu dreidimensionalen Objekten gingen ihr durch den Kopf. Am Morgen machte sie sich umgehend ans Werk, arbeitete »wie im Rausch«, am Abend waren weitere drei Objekte fertig. Mit Objekten meinte sie aus verschiedenen Materialien bestehende Kunstwerke, die an die Wand zu hängen waren, teils montiert in Rahmen, teils rahmenlos. Innerhalb von wenigen Wochen vollendete sie im kräftezehrenden Zustand einer anhaltenden Euphorie eine dichte Folge weiterer Objekte. Sie registrierte mit der ihr eigenen Wachheit, was mit ihr geschah, versuchte ihren Durchbruch zur bildenden Kunst zu deuten und in einen Bezug zu ihrem Schreiben zu bringen.

Auslöser dieser Explosion gestalterischen Schaffens mochte die schwache Dosis Psychopharmaka sein, die Irmtraud Morgner seit Kurzem einnahm und welche auf sie, die daran nicht gewöhnt war, relativ stark wirkte. Als unmittelbare Folge veränderten sich ihre Träume. Sie träume nun regelmäßig, intensiv und farbig, hielt sie in einem Heft fest, das sie als »Traumbuch« am 26. Juli neu in Gebrauch nahm. »Ich habe das Gefühl, dass ich mir jetzt zum Träumen Zeit nehme, in mich hineinsinke, zu mir komme, mich nicht mehr auch noch im Schlaf von der Pflichtmaschinerie fressen lasse, die meine zweite Natur geworden ist.« Das Objektemachen war so etwas wie ein in den Tag hinein sich fortsetzendes Traumgeschehen. Während die Schlafphasen sich verkürzten und nur noch in der Erschöpfung stattfanden, wurde die Autorin »von den Dingen, die sich im Schlaf sozusagen konstituiert haben, aus dem Bett getrieben.« Das rauschhafte Schaffen war aufreibend, sie empfand es als »noch viel anstrengender als Schreiben«. Es war abzusehen, dass sich eine derart intensive Schaffensperiode nicht beliebig lange hinziehen konnte. Zumal die Schriftstellerin, als diese einsetzte, nicht in der besten gesundheitlichen Verfassung war. Mit dem Wort »Pflichtmaschinerie« deutete sie selber eine der Ursachen ihrer inneren und äußeren Ermattung an. Seit Jahren lastete die Doppelbelastung von Schreiben und Haushalt auf ihr als alleinerziehender Mutter, und das in einem Land, dessen Alltag in vielerlei Hinsicht beschwerlich, dessen Bürokratie schleppend war. Dazu kam, dass sie von Seiten des Staats auf keinerlei Rückendeckung hoffen konnte. Als Verfasserin von Büchern, welche die Standards des sozialistischen Realismus beständig unterliefen und mit den literarischen Erzähltraditionen brachen, stieß sie im Gegenteil auf Widerstand, Missbilligung und Zurückweisung. Ihr jahrelanger Kleinkrieg mit den Zensurbehörden um die Publikation des 1983 erschienenen Hexenromans *Amanda* hatte sie stark mitgenommen. Dennoch hatte sie sich, kaum war der Konflikt ausgestanden, daran gemacht, die *Salman*-Trilogie mit einem Roman zu beenden, der in Sachen Umfang, Komplexität und Aberwitz den beiden vorausgehenden Bänden in nichts nachstehen sollte. Ein Jahr schrieb sie an diesem Buch, dann legte sie Manuskriptstücke und Entwürfe zur Seite und rührte sie nicht mehr an. Sie hatte sich eingestehen müssen, dass die Geschichten um die Hexe Amanda eine allzu optimistische Zukunftsperspektive entwarfen. Ernüchtert durch die ideologische Verhärtung im Ost-West-Konflikt, den zunehmenden Raubbau an den natürlichen Ressourcen und die weltweite Zurückdrängung der Emanzipationsbewegungen, suchte sie nach einem radikal anderen Erzählmodell. Sie begann von Neuem, nicht weniger ambitioniert als zuvor, mit einem Projekt, das anstelle eines dritten Bandes eine ganze Reihe von Fortsetzungen bereithalten sollte. Das Konzept dieser Fortsetzungen, die sie als »apokryph« bezeichnete, bedeutete eine entscheidende Wende in ihrem Schaffen, leitete es doch eine Ästhetik des Mutmaßens, des Unabgeschlossenen, Ungesicherten ein. Mehr und mehr war ihr jedoch auch diese Arbeit ins Stocken geraten. Die Reaktorkatastrophe von Tschernobyl am 26. April 1986 lähmte alle ihre Energie. Dazu kam eine an sich erfreuliche Entwicklung in ihrem persönlichen Leben: eine Liebeserfahrung, die ihr Auftrieb gab und sie beflügelte. Diese Erfahrung hatte sie im Sommer 1984 zum Text »Der Schöne und das Tier« animiert. Weitere Versuche einer literarischen Verarbeitung scheiterten. Ihr wurde bewusst, dass ihr die notwendige Distanz für die Umsetzung dieses Stoffes fehlte.

Die Verlegung ihres Tuns auf das Gestalten von Objekten gab ihr die Möglichkeit, im Schreiben eine Pause einzulegen, ohne auf eine Aussage, auf den künstlerischen Ausdruck verzichten zu müssen. Die andere Kunstsparte erlaubte eine veränderte Sichtweise auf die eigene Befindlichkeit und die eigene Geschichte. Es war

»nicht nur ein Gesundungsprozess (…), sondern auch eine Möglichkeit anders künstlerisch sich zu verhalten. Zu lauschen, ob da Wichtiges in mir ist, das ich bisher überhörte.« Logische Stringenz und Kontrolliertheit, die mit sprachlichen Prozessen einhergehen, machten der unmittelbaren Sinnlichkeit des Sammelns und Komponierens von Gegenständen Platz. Der Formtrieb konnte, durfte sich frei entfalten. Irmtraud Morgner gewann über die Arbeit an den Objekten die Phantasie und Gestaltungslust zurück, jene Antriebskräfte, die für ihr Schreiben seit je zentral waren. »Jetzt auf einem Gebiet, in dem ich nicht Fachfrau bin, kann ich unbelastet von dem, was ich schon gemacht und gesagt habe, auch wie ein Kind, wo ich nicht als Profi einen Leistungsdruck spüre – gar nicht –, kann ich auch wieder spielen«, bemerkte sie auf einem Tonband, das sie damals an Briefes statt besprach: »Es hatte mir richtig den Mund verschlossen.« Sie hatte einen Weg gefunden zu sprechen, sich auszusprechen, ohne die menschliche Sprache dafür einsetzen zu müssen, ein Reden in einem andern Medium, das die Themen, die sie beschäftigten, aufnahm und sie in anderem Licht zurückwarf.

Die Objekte bekamen alle einen Titel, zum Teil nach ihrer Vollendung, zum Teil schon bevor sie entstanden. Die Titel klingen für Kenner des fiktiven Universums, das die Autorin in der *Salman*-Trilogie erstehen ließ, nicht ganz fremd: *Centaur, geflügelt*, heißt einer, *Cherub* ein anderer. Wesen aus der Mythologie treten, genau wie in den Romanen, Seite an Seite mit Figuren aus der kruden Realität auf. Das Objekt *Die graue Maus* etwa weist halb ironisch auf einen Aspekt der Frau in der männerdominierten Gesellschaft hin. Auch jene für Morgners Vorstellungswelt typischen Halbwesen, die beide Sphären in sich tragen, fehlen nicht. Eines der ersten Objekte, das im einsetzenden Gestaltungsprozess entstand, ist *Die cherubinische Wanderfrau.* Zumindest der Bezeichnung nach geht es um eine Sterbliche, die Teile eines Cherubs in sich bewahrt hat. Der Name ist kein Zufall. Seit 1985 geistert die cherubinische Wanderfrau durch die handschriftlichen Notizen zum ersten apokryphen Folgeroman; sie taucht bei verschiedenen Gelegenheiten als Titelfigur auf (und wird dann später, Ende der achtziger Jahre, fallengelassen). Dass diese Figur einem Objekt den Namen gibt, ist von besonderem Interesse. Das Attribut »cherubinisch« nimmt Bezug auf Heinrich von Kleists Schrift *Über das Marionettentheater:* »Doch das Paradies ist versiegelt und der Cherub hinter uns; wir müssen die Reise um die Welt machen, und sehen, ob es vielleicht von hinten irgendwo offen ist.« Kleists Aufsatz berührt ein Thema, das Irmtraud Morgner im Sommer 1986 sehr nahe ist, nämlich, »dass dem Menschen die Fähigkeit, den Regungen seiner Seele in kindlich-spontaner Art Ausdruck zu geben, abhandengekommen ist, dass seine Wahrheit, ›seitdem wir von dem Baum der Erkenntnis gegessen haben‹, nur indirekt, in Annäherungen, darstellbar ist«.[1] Eine solche Annäherung machte das Objektemachen nun möglich; dieses wurde zum Zufluchtsort, an dem sich die Autorin ihren Themen in der Unmittelbarkeit des schöpferischen Impulses nähern konnte. Sie selber war in die Rolle der cherubinischen Wandersfrau geschlüpft und von der Dichtung weg in das Gebiet der Schönen Künste gewandert.

Der Weg, den sie dazu in der pragmatischen Wirklichkeit zu gehen hatte, war denkbar kurz – sie wechselte von ihrem Schreibzimmer in ein anderes, in dem eine Künstlerin bereits auf sie wartete, nämlich die mexikanische Malerin Frida Kahlo, von der dort ein Poster an der Wand hing. Das Zimmer wurde vorübergehend als Atelier eingerichtet. Und die Wohnung diente als Fundgrube für die materiellen Bestandteile, aus denen Objekte werden sollten. »Ich finde ununterbrochen etwas, aus dem man etwas machen könnte«, berichtet die zur bildenden Künstlerin Gewordene in einem Tonbandbrief und bestätigt im Tagebuch: »Laufe in der Wohnung herum und kann fast alles gebrauchen.« Die Gegenstände, die sie um sich erblickte, präsentierten sich ihr in den gewohnten Formen, Farben und Funktionen, gaben darüber hinaus aber eine metaphorische Essenz preis, die ein suchendes Auge aus ihnen herauslas. Zwei Kastagnetten, an einem Wollfaden in den Rahmen eines ehemaligen Spiegels oder Bildes gehängt, werden zum Liebespaar in der umfassenden Einheit des Runds (aus dem die eine der beiden Kastagnetten gefallen ist und die Gefährdung der Einheit andeutet?). Eine Nippfigur, die einem Nagetier ähnlich sieht, wird zum Abbild der unterdrückten Frau als grauer Maus. Ein Set von Messern und Gabeln markiert den Gegensatz der Küchentätigkeit zur Kunst, die in einer Mandoline versinnbildlicht ist. Die entsprechende Komposition besteht neben den alten Besteckstücken aus einem Kochlöffel und dem Henkel eines Teekrugs, denen, in der Senkrechten angeordnet, die Mandoline, ein stilisiertes Einhorn und die Spitze einer Pfauenfeder entgegenstehen. In ihrer Gesamtheit stellt sie ein Bild für die Zerrissenheit der Frau zwischen Künstlerin und Hausfrau dar (integriert ist ein Schild mit dem Nachnamen Morgner); einer Zerrissenheit, der, wie der Titel *Rollenkostüm* suggeriert, nur schwer zu entkommen ist.[2] – Oft genügen wenige Dinge für eine Aussage, da sie sich in ihrer gezielten Kombination gleichsam von selbst mit Bedeutung aufladen. Ein in die Reproduktion einer Marienikone hineinragender Stiefel, mit dieser verbunden durch einen Eimerhenkel: Das braucht kaum lange Erklärungen, zumal der Titel *Die drei erlaubten weiblichen Varianten* deutlich genug auf die Reduktion der Frau auf ihre Funktionen als Domina, Hausfrau und Heilige anspielt. Nachzudenken wäre indes darüber, was Bild und Titel bewusst aussparen: Wohin das weibliche Geschlecht sich entwickeln würde, wenn es sich jenseits der gesellschaftlich sanktionierten Varianten frei entfalten könnte.

Die Gegenstände, welche die Autorin von überallher ansprangen, wurden ihrem bisherigen Umfeld entnommen und ohne lange Bearbeitung in ein Gesamtbild einmontiert. Zurechtgeschnittene und über einen Karton gespannte Stoffe geben da und dort den Hintergrund eines Bildes ab.

So auch in der Komposition, der vermutlich der Titel *Hölderlin* zuzuordnen ist. Da die Objekte weder mit Titel noch mit Daten versehen sind, ist die Zuordnung zu den in den Notizen auftauchenden Bezeichnungen nicht immer eindeutig. Im Fall von *Hölderlin* spricht neben der Bildaussage auch die Tatsache für diesen Titel, dass das Objekt neben einem Poster des Dichters hing. Was ist auf ihm zu sehen? Als Erstes fällt ein Gesicht auf, zwei Augen, ein Mund. Vom stilisierten Haar (oder Hirn) aus führt eine aus einem grauen Stoffband bestehende Verbindung nach oben zu zwei Gegenständen, einer Schraubzwinge und einem Zwicker: hier Intellekt, Belesenheit, Denken, dort Gewalt und Folter. Eine unheimlich anmutende Bedrohung beherrscht das Bild. Den Kopf des Dichters bildet ein hölzerner Stickrahmen, dessen Schraubzwinge direkt am Schädel sitzt und, so der Eindruck, bei Bedarf angezogen werden kann. Der Mund ist zugenäht; das Stück grünes Leder, aus dem er besteht, endet auf jeder Seite wiederum in Schrauben. Ist es ein Zufall, dass die Augen je aus einem durchlöcherten Stein bestehen? Und dass dieselbe Art Stein in der Schraubzwinge oben links steckt?

Einer Auslegung des Bildes, wollte man sie vornehmen, blieben zahlreiche Wege offen, ausgehend von den Assoziationen, die sich mit den Paarungen Sehen – Folter, Denken – Gewalt, Sprechen – Verstummen (resp. zum Verstummen gebracht werden) einstellen. Je nachdem, wie man das Gesicht zeitlich verortet, wird es sich in einer anderen Ansicht zeigen, als historischer Hölderlin, als Intellektueller in einem Land des Totalitarismus, als Ausdruck der Situation einer Schriftstellerin, die von den DDR-Behörden am liebsten zum Schweigen gebracht würde. Der Bolzen aus einem Luftgewehr, einmontiert zwischen Schraubzwinge und Brille, mag ein Hinweis darauf sein, dass es weniger um Tod oder Leben geht als darum, einen lebendigen Menschen zu verletzen, seine Widerstandskraft zu brechen und ihn gefügig zu machen. Die Glasscherbe, die den unteren linken Teil des Bildes bedeckt (auf der Reproduktion ist sie nicht zu erkennen) deutet darauf hin, dass etwas oder jemand definitiv zerbrochen und in seiner Ganzheit nicht mehr wiederherzustellen ist.

Schwer zu sagen, wie lange Irmtraud Morgners Sommer des kreativen Gestaltens dauerte. Vieles deutet darauf hin, dass die euphorische Schaffensphase nach ungefähr einem Monat auslief. Mitte August sprach sie davon, es seien 28 Ensembles entstanden; viele weitere dürften nach diesem Zeitpunkt nicht mehr entstanden sein. Einige verschenkte sie an Freundinnen und Bekannte, manche hängte sie in ihrer Wohnung auf und gruppierte sie um, bis sie ihren Platz gefunden hatten. Die Kapazität ihrer Wände war jedoch bald erschöpft. Wohin mit noch mehr Kunstwerken? Sie war keine Malerin, hatte keinen Stauraum, um die Objekte zu lagern, und sie arbeitete nicht auf eine Ausstellung hin, in der sie das Geschaffene am Schluss zeigen konnte. Die Objekte, zumindest jene, die nicht fest in einen Rahmen einmontiert waren, erhielten ihre Existenz erst mit der Montage an der Wand. Ohne diese blieben es Einzelteile ohne künstlerische Form. Sie brauchten den Platz an der Wand nicht primär zu Präsentationszwecken, sondern um überhaupt in Erscheinung treten zu können. Das unterscheidet sie, nebenbei gesagt, von den literarischen Einzelstücken der *Salman*-Trilogie, die zwar ebenfalls als buntes Nebeneinander und Nacheinander in einer Synthese münden, aber als Einzeltexte durchaus Bestand haben und in manchem Fall vor ihrer Aufnahme in den Gesamtzusammenhang auch einzeln veröffentlicht wurden.

Irmtraud Morgner musste sich in ihrem Schwung bremsen, wenn sie ihre Wohnung nicht in eine Lagerstätte für Einzelteile verwandelt sehen wollte. Das Objektemachen hatte seinen Zweck erreicht, es hatte sie aus der Festgefahrenheit des Schreibens herausgeholt und ihr ermöglicht, sich den Themen, die sie umtrieben, aus einer andern Perspektive und mit andern Mitteln zu nähern. Den Durchbruch zu einem leichteren Schreiben, wie sie das insgeheim wohl erhofft hatte, brachte es nicht, zumindest nicht gleich. Aber sie bewegte sich in den darauffolgenden Monaten doch entschiedener als zuvor auf die größeren Manuskriptstücke des »apokryphen« Bandes zu, der sich in Umrissen allmählich abzeichnete. Ihre auf ein Blatt hingeworfene Bemerkung vom 26. 8. 1986 könnte den Schluss des Aufbruchs markieren. »Die Depression kommt wieder. Fühle mich gefesselt. Grund: ständige Unterbrechung der Kreativität. Der Stimmung. Kein Tag gehört ganz mir. Immer in der Spannung, daß jemand kommt und die Unterbrechung macht.« Die Verpflichtungen und Störungen des Alltags hatten sie wieder eingeholt. Nicht ausgeschlossen, dass sich in der wiedereinbrechenden Depression bereits auch die Krebskrankheit ankündigte, die keine zwei Jahre später mit großer Aggressivität zum Ausbruch kam.

Die Wochen des Sommers 1986 waren nicht die letzten, in denen sich ihre

Lebenskräfte wie zum Trotz noch einmal bündelten und die Autorin in einer Woge aus schöpferischer Hochgestimmtheit dahintrugen, aber es war vielleicht die stärkste der manischen Phasen. In ihr sind so viele Objekte entstanden, dass kaum zu fassen ist, in welch kurzer Zeit sie geschaffen wurden.

Anmerkungen

1 Rudolf Bussmann: Fliegen ohne Flügel. Nachwort zu Irmtraud Morgner: Das heroische Testament. München 1998, S. 322.

2 Es ist anzunehmen, dass das am Rand der entsprechenden Tagebuchnotiz isoliert in Anführungszeichen stehende Wort »Rollenkostüm« den Titel angibt.

MORGNER
BIBLIOTHECA
PALATINA

»Germany's Günter Grass«:

Zur Grass-Rezeption im In- und Ausland

»Hier ist er auf dem Album-Deckel, wie jedermann ihn kennt, der im letzten Jahrzehnt die deutsche Presse oder die übrige Weltpresse verfolgt hat. [...] Hier wird er von der Weltpresse ausgefragt: GERMANY'S GÜNTER GRASS, er antwortet nicht als Sprecher der Regierung, aber auch nicht als Privat-Schriftsteller, sondern als Staatsbürger mit besonderer Reputation. [...] Seine zähe Allergie gegen deutsche Verstiegenheit stiftet Vertrauen gegenüber Deutschland.«
Max Frisch: *Die Tagebücher* (1966–1971)

Günter Grass in Gdańsk, Juni 2005.

Dieter Stolz

Mein Grass – ein ganz persönlicher Erfahrungsbericht

Antrittsvorlesung als Honorarprofessor für Neuere Deutsche Literaturwissenschaft an der Universität zu Lübeck

Prolog: Heran an das Leben! Dichter! Dichter?

»Jede Autobiografie, jede Erzählung von uns selbst, egal, welche Form und Sprache sie wählt, egal, welches Drama sie aufrollt, ist und bleibt ein Versuch der Formgebung, versuchte Gestaltung, selbst da, wo es um Vernichtung geht«, behauptet die Georg-Büchner-Preisträgerin Felicitas Hoppe in ihrer Poetikvorlesung »Der Schatz bin ich« unter der bezeichnenden Zwischenüberschrift »Märchen meines Lebens«. Damit gibt sie auch meinem Vortrag, mit dem ich heute das Lübecker Literarische Colloquium (LLC) zum Themenkomplex »Autofiktionen« eröffne, die Richtung vor. Denn es geht uns in diesem Semester um die Beschreibung (graphia) des Lebens (bios) eines Einzelnen durch diesen selbst (auto). Es geht in sechs Seminaren um Kindheitsmuster, Erinnerungsbilder und angemessene Erzählstrategien, das heißt, um literarische Verfahren der Selbstkonstruktion (»Wie nah kann oder will ein Schriftsteller, eine Schriftstellerin dem gelebten Leben überhaupt kommen?«) und dementsprechend um die Problematisierung dessen, was man den autobiografischen Pakt nennt, sprich: die fragwürdige Identität von Autor, Erzähler und Figur. Denn ICH kann bekanntlich jeder sagen und ist dann doch (nicht erst seit Rimbaud) ein ganz anderer.

Sie kennen diese Situation: Die Dichterlesung ist vorbei, es können noch Fragen gestellt werden. Eine Publikumsfrage fehlt selten: Sagen Sie mal, ist das alles eigentlich autobiografisch? Der eine antwortet: Natürlich, ich habe ja alles selbst erfunden. Die andere antwortet: Selbstverständlich, das einzig Fiktive an meinem Buch ist die Sprache. Wenn Sie mich fragen: Wer das eine oder das andere glaubt, verkennt die Spielregeln, denn Dichter lügen seit anno dazumal am liebsten gedruckt, besonders glaubhaft übrigens spiegelverkehrt, so auch Günter Grass in seinem Gedicht »Spiegelbild«:

Als er sich sattgesehen hatte,
warf Narziß
einen Stein in den Teich.

Doch Hand aufs Herz: Vielleicht erzählen ja auch Sie bestimmte Geschichten im Spannungsfeld von Dichtung und Wahrheit bisweilen so oft, dass Sie schließlich fest davon überzeugt sind, all das tatsächlich genau so erlebt oder zumindest wortwörtlich irgendwo gelesen zu haben. Mir passiert das ständig, bevorzugt im Wonnemonat Mai. Denn Literatur kommt nicht zuletzt von Literatur und Erinnerungen fußen auf längst beschönigten oder dramatisierten Erinnerungen, die allzu gerne mit Erzählungen verwechselt werden, die wir vielleicht nur vom Hörensagen kennen und – auch davon wusste schon Goethe ein Lied zu singen – gar nicht aus eigener Anschauung besitzen. Fest steht: Ich erinnere mich immer wieder an eine bildhübsche Französin namens Madeleine, die mich bereits wiederholt zum Genuss von Lindenblütentee verführen wollte; manchmal schon vormittags.

Aber lassen wir das, kommen wir gleich zur Sache: »*Ich* ist eine Fiktion, bei der wir bestenfalls Miturheber sind«, so lautet das diesjährige Colloquiumsmotto, ein ins Deutsche übertragenes Zitat des Nobelpreisträgers Imre Kertész, und es führt den Quotator direkt zum eigentlichen Thema seiner unverantwortlich subjektiven Vorlesung über prägende Lese- und Lebenserfahrungen von dieser Welt.

Zugegeben: Ich bin nicht Eckermann, mein Deckname sei –, ach, nennen Sie mich einfach »Stolzi«, das passt, denn was nun folgt, will vieles nicht sein: kein Bekenntnis, keine Hofgeschichtsschreibung und schon gar keine Apologie, die hat »mein« Grass nicht nötig. Ausgewiesene Grass-Gegner werden das naturgemäß anders sehen. Dennoch, was mir vorschwebt ist keine Hagiographie, sondern ein ganz unakademischer Erfahrungsbericht. Jetzt oder nie. Ich plaudere gewissermaßen im Rahmen meiner Möglichkeiten und – soweit es die öffentliche Schicklichkeit nach Michel de Montaigne erlaubt – aus dem Nähkästchen. Ich erlaube mir einen zweifellos parteiischen, hoffentlich auch für Sie interessanten Blick hinter die Kulissen, vor allem dahin, wo für Germanisten ansonsten gilt: Wir müssen draußen bleiben. Größte Vorsicht ist demnach geboten, hier menschelt es, dass sich die Balken biegen, vielleicht kommt dadurch ein wenig Bewegung ins Spiel.

Was also gemeinhin aus guten Gründen als Problem dargestellt wird – die mangelnde Distanz zum Objekt der Begierde –, werde ich ausnahmsweise in ein exklusives Privileg umdeuten, in ein Privileg, als das ich die intensive Auseinandersetzung mit Günter Grass und seinen Sprachkunstwerken seit nunmehr drei Jahrzehnten tatsächlich erlebe. Denn zumindest die Illusion autarker Selbstbestimmung habe ich stets bewahrt und von ungewöhnlichen Perspektiven profitiert. Das Ziel meines autofiktionalen Annäherungsversuchs wäre schon dann erreicht, wenn ich auf diesem Fettnäpfchen-Weg dazu beitragen könnte, ein Grass-Porträt zu skizzieren, das den einen Zuhörer oder die andere Zuhörerin neugierig auf ein noch zu entdeckendes Lebenswerk macht.

Mein Grass zaubert auf weißem Papier und ist immer für eine Überraschung gut.

Mein Grass setzt auf die Komik des Scheiterns.

Mein Grass bedeutet mir jenseits besitzanzeigender Fürwörter viel.

Um das zu veranschaulichen, möchte ich im Rahmen dieses Werkstattberichts, der nicht zuletzt dadurch motiviert wurde, dass Günter Grass vor zwölf Jahren die entscheidende Anregung zum LLC gab, sechs bis sieben Erfahrungswelten unterscheiden, die sich natürlich nicht voneinander trennen lassen. Dabei folge ich dem bequemen Hang zur Chronologie: Auf die Textarbeit des Philologen im stillen Kämmerlein folgen Romanrecherchen im Auftrag des Autors; auf gemeinsame Reisen in die große weite Welt folgt der Rückzug ins Manuskript und schließlich die möglichst genaue Lektüre des vollendeten Buchs; mutmaßlich bestimmt ein veränderter Buchstabe ja tatsächlich die von Menschen gemachte Geschichte, jedenfalls dann, wenn der Autor, sein Lektor, seine Übersetzer oder aufmerksame Leser und Leserinnen nur fest genug daran glauben. Einleitend muss allerdings (zu meinem Leidwesen und in ungebührlicher Länge) etwas ganz anderes zentral stehen. Also nicht die Liebe zur Literatur, sondern die sogenannte Öffentlichkeit im Zeitalter nicht immer sozialer Medien, denn sie prägt das Grass-Vexierbild mehr denn je. Mein Grass, dein Grass, unser Grass …

Medienerfahrungen: Achtung, Realsatire!

Hör mir bloß mit dem auf. Den kennt doch jeder. Über den ist längst alles gesagt: Pfeife, Schnauzbart, Breitcordanzug. Eine Marke von vorgestern, Punkt!

Stimmt, seine Bücher kenne ich zwar auch nicht persönlich, aber die sollen ja ohnehin seit Jahren »unlesbar« sein, »ekelhafte Altmännerliteratur«. Immerhin, sein *Blechtrommel*-Film hat mir ganz gut gefallen, vor allem die Szene mit dem Brausepulver und das mit den Aalen im Pferdekopf.

Ja, voll krass! Aber sein ewiges Besserwisser-Gehabe als Möchtegern-Politiker, ojeoje, unerträglich! Ob in der Zeitung oder auf dem Bildschirm, immer der missmutige Mahner, immer der erhobene Zeigefinger, eine echte Zumutung. Der Mann nervt mit seinem selbstherrlichen ICH-ICH-ICH, kann einfach seinen Mund nicht halten, überheblich und realitätsfern, ein fataler Mix.

Genau. Und dann noch sein allzu spätes »Geständnis«, ihr wisst schon; von wegen »Gewissen der Nation«, kein Selbstzweifel, nirgends: obernotpeinlich! Das spricht doch Bände – und zwar gegen ihn, den unverbesserlichen Doppel-Moralapostel, »die SSPD-Kreatur«.

Vorläufiges Ende der problemlos zu verlängernden Klischeebildcollage im Zeichen von Hohn, Häme und Hass, wobei ich Ihnen die Auflistung der bösartigsten E-Mail-Anfeindungen erspare, die nicht nur seine Sekretärin und den Steidl Verlag regelmäßig ereilen. Unser Humor reicht da meistens nicht aus, um trotzdem zu lachen. Zumal es noch sehr viel unverschämter kommen kann. Das einzig Gute an den unsäglichsten Statements ist, dass man sie nicht kommentieren muss, sie fallen auch ohne Umweg auf ihre Urheber zurück; etwa auf den gefeierten Romanisten Hans Ulrich Gumbrecht, der unlängst in aller Öffentlichkeit den Wunsch äußerte, »neue Texte von Grass nicht mehr lesen zu müssen«, einen Wunsch, der, »noch zu meinen Lebzeiten hoffentlich, in Erfüllung gehen wird«.

Es ist traurig, aber wahr, doch auf dieses »Niveau« muss man sich schon herablassen, wenn es um die Grass-Rezeption geht, insbesondere um das immer einseitiger ausfallende Zerrbild in den deutschen Medien. Mit dem Stichwort »umstrittener Autor« lässt sich all das kaum noch adäquat zusammenfassen. Die Anlässe wechseln, doch stets sind die Grass-News gespickt mit hochwillkommenen, offenbar durch nichts aus der Feuilletonwelt zu schaffenden Stereotypen. Alles eine Frage der Perspektive, der Auswahlkriterien und der Methoden im Kampf um Abonnenten und Einschaltquoten. Das räumt auch Ulrich Greiner in der *Zeit* ein: »Der Verdrängungswettbewerb auf dem Markt der Medien verführt diese dazu, nicht allein auf Qualität und Ausdauer zu vertrauen, sondern Sensationen zu produzieren und sich selbst marktschreierisch anzupreisen«. So am 29. März 2007, oder sieben Jahre später: »Wer die Hitze nicht verträgt, so lautet die alte Redewendung, hat in der Küche nichts verloren. Man kann allerdings beobachten, dass die Hitze zugenommen hat. (...) Nein, Tugendterror kann man das alles nicht nennen. Es handelt sich um Rechthaberei, um Empörungslust, um Denkfaulheit. Wer da nicht mitmacht, braucht gute Nerven.« (*Die Zeit*, 21. März 2014)

Die Folgen liegen auf der Hand, denn eine berühmte Sau muss ja ständig durch unser privilegiertes Dorf gejagt werden, um sie schlussendlich möglichst wirkungsvoll erledigen zu können. Der Zweck heiligt die Mittel. Notfalls ohne Rücksicht auf Verluste. Der Erfolgsdruck ist hoch und er wächst. Alles dreht sich selbst in »seriösen« Organen allzu häufig um Meinungsmache mit Hilfe von Halbwahrheiten. Die elementaren Sorgfaltspflichten werden vernachlässigt. Mögliche Ursachen liegen gerade im seit sechs Jahrzehnten Fallhöhe garantierenden Fall Grass auf der Hand: persönliche Animositäten, politische oder ästhetische Überzeugungen, sicher auch alte Rechnungen, Neid und oft bestürzende Unkenntnis. Das sind die idealtypischen Bestandteile der üblen, aber die gewünschte Aufmerksamkeit erregenden Nachrede. Vor zwanzig Jahren sprach ein kluger *SZ*-Autor vom »Feldzug der Tontaubenschützen«; heute spricht man auf Neuhochdeutsch vom »shitstorm«, oft anonymisiert. Streitkultur und Qualitätsjournalismus sahen mal anders aus.

Doch genug der allzu billigen Medienschelte. Verdienstvolle, intellektuell redliche Journalisten, die es ja glücklicherweise regional wie überregional nach wie vor gibt, wissen mehr über die Eigendynamik solcher Prozesse. Ich weiß nur, dass es Fakten gibt, die jedermann berücksichtigen könnte, wenn es um eine angemessene Würdigung des Lebenswerks von Günter Grass geht. Zum Beispiel die mit zahllosen Selbstaussagen zu belegende, in den letzten Debatten allerdings kaum noch zur Kenntnis genommene Tatsache, dass das gebrannte Kind im Gegensatz zu älteren Zeitgenossen, die sehr viel stärker ins Nazi-System verstrickt oder sogar aktiv schuldig geworden waren, nie ein Geheimnis aus seiner Verblendung in jungen Jahren gemacht hat, im Gegenteil. Grass, geprägt im Dritten Reich, ist jederzeit ohne Erklärungsnot offensiv mit seiner Vergangenheit als gläubiger Jungnazi umgegangen. Etwa 1966 in seiner »Rede an einen jungen Wähler, der sich versucht fühlt, die NPD zu wählen«:

> »Zu meiner Person: Ich wurde im Jahre 1927 in Danzig geboren. Mit zehn Jahren war ich Mitglied des Jungvolkes, mit vierzehn Jahren wurde ich in die Hitlerjugend eingegliedert. Als Fünfzehnjähriger nannte ich mich Luftwaffenhelfer. Als Siebzehnjähriger war ich ein Panzerschütze. Und als Achtzehnjähriger wurde ich aus amerikanischer Kriegsgefangenschaft entlassen: Jetzt erst war ich erwachsen. Jetzt erst, nein, vielmehr nach und nach wurde mir deutlich, was man, verdeckt von Fanfarenruf und Ostlandgeschwafel, mit meiner Jugend angestellt hatte. Jetzt erst, und Jahre später in immer erschreckenderem Maße, begriff ich, welch unfaßliche Verbrechen im Namen der Zukunft meiner Generation begangen worden waren. Als Neunzehnjähriger begann ich zu ahnen, welch eine Schuld unser Volk wissend und unwissend angehäuft hatte, welche

> Last und Verantwortung meine und die folgende Generation zu tragen haben würden. Ich begann zu arbeiten, zu lernen und mein Mißtrauen einer sich schon wieder harmlos gebenden kleinbügerlichen Welt gegenüber zu schärfen.«

Bemerkenswerter noch: Der gelernte Sozialdemokrat erinnert sich schon damals daran, dass Goebbels' Fangfrage »Wollt ihr den totalen Krieg?« auch in ihm »opferbereite Weihestimmung auslöste«. Oder, ein weiteres Beispiel für viele: Ich zitiere aus einem Gespräch mit Irmgard Bach unter dem Titel »Als ich siebzehn war«, das am 2. Juli 1968 im Jugendfunk von Radio Bremen gesendet wurde, damals jedoch bezeichnenderweise keine Empörungsstürme ausgelöst oder konkrete Nachfragen provoziert hat:

> »[I]ch wurde Anfang '45 an der Ostfront eingesetzt, die zu dem Zeitpunkt allerdings schon in Schlesien verlief; zum Schluß wurde ich in den Kampfraum um Berlin verlegt. Kampf kann ich das nicht nennen, es war eigentlich Angst unterbrochen von Langeweile. Diese wechselnden Einheiten, in denen ich war, waren sogenannte Marschkompanien, zusammengewürfelt aus Sechzehn-, Siebzehnjährigen, alten Männern zwischen 50 und 60, Resten von Volkssturm, eingezogener Waffen-SS, Marine und der sogenannten Hermann-Göring-Spende, die man von der Luftwaffe plötzlich in diese Kampfeinheiten hineingestopft hatte. Ich war in einer Kompanie, die aus Sechzehn-, Siebzehnjährigen bestand und auch einen Zug aus älteren Herren dabei hatte. Als diese Kompanie zum ersten Mal in den Einsatz kam, war sie innerhalb einer halben Stunde dezimiert. Ich habe diese Sechzehn-, Siebzehnjährigen zerschlagen, tot, zerfetzt gesehen. Ich habe in diesen Momenten allerdings nur an mich gedacht, an meine Angst, an nichts anderes als an das Überlebenwollen.« (Quelle: Medienarchiv Günter Grass Stiftung Bremen, DB AUD 0298)

Ja, es stimmt, das ist noch nicht das unumwundene öffentliche Bekenntnis, im November 1944 in eine Einheit der Waffen-SS eingezogen worden zu sein, aber es ist schon dicht dran. Die aus offenbar nachwachsender Scham über die symbolträchtigen Runen am eigenen Uniformkragen lange verdrängte Konkretisierung folgt erst sehr viel später: eine Offenbarung in literarischer Form, aber ebenfalls aus freien Stücken. Auch mir war dieses brisante Detail bis zur Publikation des autobiografisch fundierten Erinnerungsbuches *Beim Häuten der Zwiebel* unbekannt. Ehrlich gesagt, ich weiß nicht, was sich durch das Wissen, dass es Günter Grass in den letzten Kriegsmonaten ebenso erging wie sehr vielen Deutschen seiner Generation, grundlegend verändert haben sollte, denn an Gräueltaten beteiligt war der Siebzehnjährige ja trotzdem nie. Es bleibt also zu fragen: Steht das von ihm selbst gezeichnete, im Grunde nur um den Namen der Kampfeinheit ergänzte Bild tatsächlich in einem angemessenen Verhältnis zum Zerrbild, das in den Medien daraus gemacht wurde?

Ich sehe das so: Niemand kann ernsthaft bestreiten, dass Günter Grass, der keinen Hehl daraus macht, bis zum Zusammenbruch geglaubt zu haben, dass »unser Krieg richtig war« (*Time*, 13.4.1970), schon in den ersten Jahrzehnten nach den »Hundejahren«, die ihn lebenslänglich verfolgen werden, sowohl politische als auch ästhetische Konsequenzen aus der eigenen Verführbarkeit und den Verbrechen der Nationalsozialisten gezogen hat. Erst als zufällig Überlebender wurden ihm die eigenen Versäumnisse und seine Mitverantwortung für all das schmerzlich bewusst. Fortan galt es, den Mund aufzumachen, zu zweifeln, sich einzumischen, den Finger in die Wunden zu legen, Täter und Mitschuld tragende Mitläufer, aber auch sich selbst immer wieder in Frage zu stellen. Unterm Strich bleibt: Günter Grass hat seine Lektionen gelernt und sich seitdem als Schriftsteller, Künstler und engagierter Zeitgenosse vom Stamme Sisyphos um die deutschsprachige Literatur und die Demokratie der Bundesrepublik verdient gemacht.

Mein Grass klagt sich dennoch dafür an, dass er bestimmte Fragen nicht rechtzeitig gestellt hat, Makel verpflichtet.

Mein Grass sagt: Fast immer, wenn ich versucht habe, einfach nur zu leben, ist es schiefgegangen.

Mein Grass sagt: Was rausmuss, muss raus, sonst macht es mich kaputt.

Tatsache ist aber auch, dass der jahrzehntelang Ross und Reiter beim Namen nennende Wahlkämpfer keineswegs ganz unschuldig an der rhetorischen Eskalation in den Massenmedien war und ist. Denn auch Grass versucht als Staatsbürger mit besonderer Reputation im In- und Ausland, ihre Wirkungsmacht im Interesse seiner Anliegen zu nutzen. Er bespielt die Podien, die ihm, ein Missgunst förderndes Privileg, vom Beginn seiner steilen Karriere an zur Verfügung gestellt werden. Den nicht strafbaren Versuch, die Werk-Rezeption zu steuern, aber auch politische Irrtümer und Fehleinschätzungen inbegriffen. Sicher, Klappern gehört zum Handwerk, und wer kräftig austeilt, muss auch einstecken können. Doch ist mit diesen Binsenweisheiten tatsächlich jedes Anti-Grass-Pamphlet der letzten Jahre zu erklären?

Ja, es gibt, weiß Gott, ganz andere Probleme auf der Welt. Dennoch erwähne ich einleitend vielleicht doch noch ein besonders aufschlussreiches Medienereignis, ein Spektakel, das in einem vielseitigen, von Heinrich Detering und Per Øhrgaard herausgegebenen Materialienband des Steidl Verlags bereits ausführlich dokumentiert wurde.

Man höre und staune: Ein Gedicht wird zur Topmeldung in der Tagesschau. Volker Neuhaus, einer der besten Kenner der Grass-Welt, kommentiert das Geschehen in seiner eindeutig Stellung beziehenden Grass-Biografie so: Am 4. April 2012 hat Günter Grass es aus gegebenem Anlass, der Lieferung deutscher U-Boote an die Atommacht Israel, gewagt, in der *Süddeutschen Zeitung* ein provokatives Antikriegsgedicht mit dem Titel »Was gesagt werden muß« zu veröffentlichen. Dieser bewusst perspektivisch angelegte Text sollte zweifellos in die politische Wirklichkeit hineinwirken, ohne alle bekannten Fakten und Hintergründe zum Nahostkonflikt erneut auflisten zu müssen. Das kann man als »Torheit« (Eva Menasse) kritisieren: Denn was ist mit den Vernichtungsdrohungen gegen Israel? Werden hier nicht leichtfertig aus Opfern Täter gemacht? Hat der Autor sich im Sprachgestus und in der Wortwahl vergriffen? Und wie steht es um die hier nicht thematisierte Verantwortung Deutschlands für die Entstehung des gefährdeten Staates? Keine Frage, über ein solches Gedicht ließe sich trefflich streiten, doch was geschieht stattdessen?

Inszeniert wird ein Skandal ohnegleichen: Unter der Hand wird der Grass-Text noch vor seiner Veröffentlichung Henryk M. Broder zugespielt, so dass der ausgewiesene Polemiker mit seiner zeitgleich online und in der *Welt* publizierten Generalabrechnung den Tenor für die folgende Debatte vorgeben kann: »Nicht ganz dicht, aber ein Dichter. Der Schriftsteller Günter Grass hatte schon immer ein Problem mit Juden, aber so deutlich wie in einem neuen Gedicht über Israel und den Iran hat er es noch nie gesagt.« Sie hören richtig: Der scheinheilige, schon immer erschreckend selbstgerechte, zum Größenwahn neigende Grass ist jetzt vollkommen durchgeknallt; er ist, so Broder weiter wörtlich, der »Prototyp des gebildeten Antisemiten«. Das ist verletzend, soll verletzen und verletzt. Und wer auch nur ein Buch der *Danziger Trilogie* gelesen hat, weiß: Das ist bösartiger Blödsinn. Das ist versuchter Rufmord wider besseres Wissen.

Doch damit noch nicht genug: Eine ganz andere, nicht weniger unverschämte Volte schlägt Stephan Maus, ebenfalls im *Stern*. Maus nimmt den operativen, also ganz und gar untypischen Grass-Text, den er kurzerhand als Essenz des Gesamtwerks ausgibt, zum Anlass, um gleich das Grass'sche Œuvre in toto zu denunzieren: »klumpige Skulpturen, gichtige Romane, aufgedunsene Gedichte«. Und am selben Tag kann man zur Bekräftigung des vernichtenden Urteils in der *FAZ* lesen, es sei ein »Missverständnis, dass Grass als Dichter gilt, nur weil er von früh an Verse schrieb«; das schreibt kein Geringerer als Durs Grünbein über den grässlichen »Prediger mit dem Holzhammer«. Grünbein schließt seine wie eine Auftragsarbeit wirkende Schmähschrift mit den Worten: »Weg du, Günter Grass!«

Um keine größeren Missverständnisse aufkommen zu lassen: Selbstverständlich gibt es selbst im Rahmen dieser Medien-Farce auch Gegenstimmen, die zu differenzierteren Beurteilungen aufrufen. Besonders beeindruckt hat mich die Replik von Ingo Schulze auf den oben zitierten Text seines Freundes Durs Grünbein. Und natürlich geht es mir keinesfalls darum, berechtigte Kritik zu verteufeln. Für fundierte Diskussionen auf Augenhöhe ist Günter Grass meiner Erfahrung nach jederzeit zu haben. Festhalten möchte ich lediglich, dass sich der Ton der Auseinandersetzungen in befremdender Eintracht verändert hat. Oder wie ist es zu erklären, dass Josef Joffe nicht irgendwo, sondern in der *Zeit* vom 12. April 2012 unter der Überschrift »Günters neue Freunde« behauptet, dass sich der »Gutdenker« Grass, »der jahrzehntelang die Antifa-Flagge gehisst hat«, durch »den Subtext des Ressentiments« nun ganz kalkuliert »mit der NPD ins Bett« begeben hat? Keine Frage, die Grenzen zwischen gestreuten Respektlosigkeiten, medialer Hetzjagd, verbalem Totschlag und gezielten Diffamierungskampagnen sind fließend, auch wenn es sich nicht um Rücktrittsforderungen, Steuerbetrug, Kinderpornografie oder Gewaltverbrechen dreht. Zu hinterfragen bleibt: Warum löst ein vereinzeltes Prosagedicht in der Tradition von Heine über Brecht bis hin zu Erich Fried – selbst wenn es zweifellos kein artistisches Meisterwerk ist und inhaltlich eine »krasse historische Dummheit« (Durs Grünbein) wäre – hierzulande so hysterische Reaktionen aus? Und was mag man jenseits unserer Grenzen über diese unverhohlenen Auslöschungsattitüden im Land der Richter und Henker denken? Manchmal hilft es vielleicht, auch dem vermeintlich unbeteiligten Publikum, kurz innezuhalten und über die gut eingespielten Rollen in diesem Medientheater nachzudenken, bevor die nächste Skandalsau durchs Weltdorf getrieben wird. Nur deshalb der ganze Aufwand.

Mein Grass ist nicht konsequent, aber er denkt fast immer, manchmal sogar bemerkenswert lange nach, bevor er antwortet.

Mein Grass ahnt, warum selbst seine engsten Freunde und Verwandten manchmal kein Verständnis für ihn haben.

Mein Grass sucht nach Formen, um das Chaos in verbesserter Ausführung zu präsentieren.

Geschrieben steht, »der Blechtrommler« polarisiert vom Beginn seiner steilen

Karriere an. Und so wird eine jahrzehntealte Geschichte in Zeitgeistvariationen immer wieder neu aufgelegt, das medial inszenierte Grass-Symptom und kein Ende. Die Tatsache, dass es sich beim anhaltend produktiven Literaturnobelpreisträger um einen der bedeutendsten deutschsprachigen Schriftsteller der Nachkriegszeit handelt, scheint demgegenüber hin und wieder in Vergessenheit zu geraten. Mit seinen facettenreichen, von Zwischentönen und Paradoxien lebenden Sprachkunstwerken haben diese eindimensionalen Polarisierungen in der Regel jedenfalls nur wenig zu tun.

Lektüreerfahrungen: Die Goldschmiedekunst des Wortes

Zurück: Am Anfang stand die Lust am Text, genauer, meine Begeisterung für *Die Blechtrommel.* Das war vor 30 Jahren. »Romane der Adenauer-Zeit« hieß das Uni-Seminar. Endlich wurde selbst in Münster mal ein Werk von einem noch lebenden Autor angeboten, in der allerletzten Sitzung, so dass man viel Zeit zur Vorbereitung des Referats hatte. Ich las den bis heute taufrisch gebliebenen Grass-Roman also zum ersten Mal als Student der Literaturwissenschaft und es sollte nicht das letzte Mal gewesen sein. Übung macht den Meister, doch die Latte hing hoch. Werner Frizen zeigte mir, wie man sie nach mehreren vergeblichen Anläufen dennoch glücklich überspringt, und von Friedrich Nietzsche übernahm ich mein Germanisten-Credo:

> »Philologie nämlich ist jene ehrwürdige Kunst, welche von ihrem Verehrer vor Allem Eins heischt, bei Seite gehen, sich Zeit lassen, still werden, langsam werden –, als eine Goldschmiedekunst und -kennerschaft des W o r t e s, die lauter feine vorsichtige Arbeit abzuthun hat und Nichts erreicht, wenn sie es nicht lento erreicht. Gerade damit aber ist sie heute nöthiger als je, gerade dadurch zieht sie und bezaubert sie uns am stärksten, mitten in einem Zeitalter der ›Arbeit‹, will sagen: der Hast, der unanständigen und schwitzenden Eilfertigkeit, das mit Allem gleich ›fertig werden‹ will, auch mit jedem alten und neuen Buche: – sie selbst wird nicht so leicht irgend womit fertig, sie lehrt *gut* lesen, das heisst langsam, tief-, rück- und vorsichtig, mit Hintergedanken, mit offen gelassenen Thüren, mit zarten Fingern und Augen lesen …« (Friedrich Nietzsche: Vorrede zur *Morgenröte*)

Am vorläufigen Ende dieser Lektüren, geschult am Handwerkszeug der Komparatistik, stand meine 1992 abgeschlossene, 1994 erschienene Dissertation zu Konstanten und Entwicklungen im literarischen Werk von Günter Grass. Das dicke Ding ist heute nur deshalb erwähnenswert, weil die Arbeit an diesem Buch mir tatsächlich erste Einblicke in die Werkstatt des Dichters verschafft hat. Vor allem durch einen Besuch des Literaturarchivs in Sulzbach-Rosenberg, das mein Doktorvater Walter Höllerer gestiftet hat. Dort liegt seit 1977 ein äußerst interessanter Koffer, der Anfang der siebziger Jahre unter nahezu unglaublichen Umständen in Paris aufgefunden wurde. Sein Entdecker heißt John Reddick, ein englischer Germanist. Dazu muss man wissen: *Die Blechtrommel* entstand in den Jahren 1956 bis 1959 in der Hauptstadt Frankreichs. Grass lebte dort mit seiner ersten Frau Anna; während sie Ballettunterricht nahm und Zwillinge auf die Welt brachte, schrieb ihr Mann wie besessen in einem feuchten Heizungskeller an seinem Debütroman. Sprache hatte ihn, einer oft zitierten Aussage folgend, als Durchfall erwischt. Als die Familie dann 1960 nach Berlin zog, blieb ungewollt ein Koffer zurück und den fand nun viele Jahre später der auf den Spuren des mittlerweile berühmten Dichters wandelnde Forscher. Eine kleine philologische Sensation. Reddick staunte nicht schlecht, als er im besagten Koffer neben Briefen, Zeichnungen, Skizzen und Presseberichten auf eine Art »Urtrommel« stieß, genauer gesagt, auf ein Konvolut aus 33 Kapitelentwürfen zur *Blechtrommel,* und zwar aus unterschiedlichen Entstehungsstufen des Manuskripts: »Erstes Kapitel. Der Igel. Wohin versetze ich den Anfang meiner Geschichte, die eigentlich die Geschichte meiner Trommel ist«. Welch himmelweiter Unterschied zum ersten Satz der Druckfassung! Ein gefundenes Fressen für die Forschung. Und genau damit sind wir bei der für mich einschneidenden Erfahrung: Denn dieser Zufallsfund ermöglichte mir damals ungeahnte Einblicke in die Genese des mich begeisternden Romans und erste Hinweise auf die bis heute aktuelle Arbeitsweise des Sprachkünstlers.

Mir fiel es wie Schuppen von den Augen: Weltliteratur fällt nicht vom Himmel, sie wird – im besten Sinne des Wortes – gemacht. Natürlich muss man etwas zu erzählen haben, natürlich braucht man Talent und Inspiration, aber all das ersetzt nicht die Transpiration, das heißt, die konzentrierte Arbeit am Manuskript. Konkret heißt das, selbst auf die Gefahr hin, gerade hier in Lübeck offene Türen einzurennen: Grass schreibt jeden Text zunächst mit der Hand, meistens in unlinierte Blindbände. Dann tippt er ihn mit seiner geliebten Olivetti-Schreibmaschine ab, das alles passiert am Stehpult, korrigiert das Getippte anschließend mit der Hand, nimmt immer wieder alle Worte in den Mund, tippt dann erneut die korrigierte

Version ab und so weiter, bis endlich die vorläufige, nun auch im Computer seiner Sekretärin gespeicherte Endfassung an den Verlag geschickt wird.

Der Autodidakt hat sich immer zu diesem langsamen, für ihn aber unabdingbaren Prozess und zur handwerklichen Komponente des Schreibens bekannt, auch dazu, dass junge Schriftsteller gute Lehrer brauchen. Denn vom Geniemythos hält Grass nichts, er warnt vielmehr vor den gerade hierzulande fatalen geistes- und realpolitischen Konsequenzen, wenn es um die genialsten und abscheulichsten Gestalten dieser an genialen und abscheulichen Gestalten nicht armen Epoche geht.

Eine erste Zwischenbilanz, sie erweist auch den Lyriker Günter Grass als überzeugten Lügengeschichtenerzähler, wenn es darum geht, das Ungenaue genau zu treffen:

Meine alte Olivetti
ist Zeuge, wie fleißig ich lüge
und von Fassung zu Fassung
der Wahrheit
um einen Tippfehler näher bin.

Rechercheerfahrungen: Der Inhalt als Widerstand

Schon stehe ich vor der real existierenden Tür zur Werkstatt des Dichters. Schon werde ich hineingebeten. Schon komme ich als verdeckter Ermittler mit reizvollen Rechercheaufträgen des Autors wieder heraus.

Und das kam so: Nachdem ich das Manuskript meiner Doktorarbeit abgeschlossen hatte, fasste ich, ein Literaturwissenschaftler, der sich immer nur für die Kunstwerke, nie für das Leben der Künstler interessiert hat, quasi hinter meinem eigenen Rücken den Entschluss, Günter Grass persönlich zu kontaktieren. Ach, die Eitelkeit, ich wollte einfach erfahren, was er vom Ansatz meiner Dissertation hält, an der ich schließlich jahrelang intensiv gearbeitet hatte. Warum auch nicht. In diesem Stadium schien mir das weniger problematisch, denn ich hatte ja bereits meine Lesarten entwickelt, ohne auf allzumenschliche Sympathien oder Animositäten Rücksicht nehmen zu müssen. Jetzt konnte der Urheber nahezu bedenkenlos ins Spiel kommen.

Günter Grass kannte ich bis dato nur aus dem Fernsehen oder von öffentlichen Auftritten, er mich gar nicht. Probleme, die einem harmonischen ersten Treffen im

Weg stehen könnten, erahnte ich dennoch auf beiden Seiten. Meine Vorbehalte bezogen sich vor allem auf die aktuelle politische Umbruchsituation um 1990. Während Grass sich als populärster Bedenkenträger auf allen Kanälen gegen den aus seiner Sicht überstürzten »Schweinsgalopp« der Wiedervereinigung empörte, zählte ich eher zu denen, die sich bei aller Skepsis erstmal ganz naiv über den Fall der Mauer freuten. Immerhin war mir kurz nach der Wende meine immer noch bezaubernd sächselnde Frau begegnet, die ich ansonsten wohl nie kennengelernt hätte. Auch wenn ich mittlerweile einräumen würde, dass der damals zum Schwarzseher der Nation abgestempelte Gegenredner in vielerlei Hinsicht eher ein Hellseher war, hat mich seine rigorose Position – weil Auschwitz möglich war, darf es kein vereintes Deutschland mehr geben – damals eher abgeschreckt.

Es könnte also schiefgehen, wenn wir unter diesen Vorzeichen aufeinandertreffen. Denn auch Grass hat, das wusste ich nur zu gut, große Vorbehalte gegen uninspirierte Theoriehengste, insbesondere gegen die im Butt beschimpften »Scheißgermanisten«, da sie seiner Erfahrung nach nicht genau lesen, sondern lieber ihrer Geilheit nach Sekundärem frönen. Ausnahmen bestätigen lediglich die Regel.

Dass es dennoch zu einem Treffen am 20. Februar 1992 kam, habe ich seiner damaligen Sekretärin Eva Hönisch zu verdanken. Sie organisierte ein sehr ungewöhnliches Rendezvous, nämlich eine gemeinsame Autofahrt zu einer Ausstellungseröffnung von Berlin nach Dresden. Ute Grass fuhr den Wagen, ihr Mann hat nie einen Führerschein gemacht. Neben Frau Grass saß eine junge Französin, die nicht Madeleine hieß, aber bleibenden Eindruck hinterließ. Der Autor und ich hockten auf der Rückbank, da gab es kein Entkommen. Und was taten wir? Anstatt über die Gliederung meiner Doktorarbeit zu sprechen, denn das war eigentlich geplant, haben wir uns angeregt über gemeinsame Bekannte wie Walter Höllerer und Marian Szyrocki ausgetauscht, haben so eine Art »Stadt Land Fluss« gespielt (ich habe dabei sehr schlecht ausgesehen) und zur beiderseitigen Überraschung haben wir uns auf Anhieb gut verstanden, sogar bestens amüsiert.

Schon während dieser ersten Begegnung dämmerte mir, was nach und nach zur Gewissheit wurde: Zum einen gibt es den Künstler und trommelnden Zeitgenossen, den omnipräsenten Medien-Grass, von dem einleitend schon zu hören war, eine Institution, einen weltberühmten Schriftsteller und politisch engagierten Bürger, der auf beiden Feldern unübersehbare Maßstäbe gesetzt hat. Diesen oft bitterernsten Grass glauben alle zu kennen. Zu entdecken ist allerdings noch ein ganz anderer und seine Werke sprechen auch in Zukunft für sich.

Mein Grass schmunzelt gerne in sich hinein, noch lieber bringt der lebenslustige Melancholiker andere zum Lachen.

Mein Grass ist ein bisweilen durchaus selbstironischer Sturkopf.

Mein Grass ist wie er ist, ein Mensch mit Ecken und Kanten.

Zurück zu unserer Geschichte, der Autor und sein »verdeckter Ermittler«. Wir schreiben das Jahr 1993: Anfang Januar wurde ich von Günter Grass in seine Werkstatt nach Behlendorf eingeladen. Unser zweites Treffen. Inzwischen hatte er eine Grippe genutzt, um meine Doktorarbeit zu lesen, und war offenbar ganz angetan. Nur über meine Kritik an seiner politischen Gebrauchslyrik müssten wir bei Gelegenheit nochmal ausführlicher reden. Doch darum ging es ihm während meines Besuchs nicht. Grass erzählte mir vielmehr sofort, dass er sich auf ein neues Romanprojekt mit dem Arbeitstitel »Treuhand« eingelassen habe. Ein gezeichneter Strukturplan stand auf der Staffelei.

Es ging offensichtlich um »Fonty« und die staatliche Behörde zur Abwicklung ehemals volkseigener Betriebe; später hieß der vielschichtige Berlin-Roman dann *Ein weites Feld*, denn dieses Zitat eröffnet sehr viel mehr ästhetischen Spielraum. Bei der Röntgenbild-Einteilung in fünf Bücher (fünf Finger) und 37 Kapitel (eine fiktive Anzahl an Fingerknöchelchen) blieb es. Doch diese Geschichte steht – wie so viele – auf einem anderen Blatt.

Hier steht: Aus heiterem Himmel fragte mich Günter Grass, ob ich Zeit und Lust hätte, in seinem Auftrag für dieses Projekt zu recherchieren. Und als ich sofort zusagte, drückte er mir auch gleich eine erste Liste mit Aufträgen in die Hand. Unsere Zusammenarbeit zog sich über zwei Jahre hin, also bis zur Drucklegung des Romans. Immer neue Lücken taten sich auf, immer neue Fragen wollten beantwortet werden. Der Autor schildert das im Nachhinein so:

> »Ich habe ja einige Romane geschrieben, die einer langen Recherchierarbeit bedurften, einer Vorarbeit, auch während des Schreibvorganges. Bis jetzt habe ich das immer alleine machen können. Bei diesem Projekt [...] stellte sich bald heraus, nach einem Besuch in der Treuhand, wo ich mich angemeldet hatte, daß das nicht fortzusetzen war. Nach kürzester Zeit kam der Leiter der Publicrelations-Abteilung, sehr freundlich, sehr zuvorkommend, auf mich zu; aber die unmittelbar folgende Frage war: ›Sie schreiben wohl über uns?‹ Und damit war alles belastet und bedeckt und lief auch Gefahr, ins Gerede zu kommen. Ich mußte das also einstellen und war sehr froh, daß Dieter Stolz bereit war, nicht nur in dem ihm vertrauten Bereich, Fontane-Archiv, also germanistisch orien-

tierte Nachforschungen anzustellen, sondern auch im Treuhandgebäude und in Pressearchiven das eine oder andere noch zusätzlich zu erfragen. Und so haben wir in mehreren Arbeitsstufen die noch fehlenden Informationen zusammengetragen.« (Interview in der *Bunten* vom 14. 12. 1995)

Ich sollte also, damit nicht schon im Vorfeld die zentralen Themen des Buches an die große Glocke gehängt werden, als »undercover agent« arbeiten. Dabei habe ich viel gelernt, nicht zuletzt über die sogenannte deutsche Geschichte und über Theodor Fontane. Um wenigstens einen flüchtigen Eindruck davon zu vermitteln, worum es konkret ging, stelle ich Ihnen zwei Rechercheaufträge kurz vor:

Im Rahmen meiner Besuche des Theodor-Fontane-Archivs in Potsdam ging es beispielsweise um Quellen zu biografischen Details: Gibt es aufschlussreiche Informationen über die unehelichen Kinder Fontanes, von denen ihr Vater in einem Brief sagt: »Meine Kinder fressen mir die Haare vom Kopf, eh die Welt weiß, dass ich überhaupt welche habe«. Da war allerdings nicht viel Neues zu entdecken, vermutlich hat die Familie ganze Arbeit geleistet. Denn das, was Grass besonders interessiert, die Brüche und Widersprüche in jeder Biografie, das, was nicht ins Bild passt, wird häufig unter den Teppich gekehrt.

Im Rahmen meiner Treuhand-Recherchen stand neben dem äußeren Erscheinungsbild des Paternosters oder der langen, zu nächtlichen Rollschuhfahrten einladenden Gänge die bewegte Geschichte des Gebäudes im Fokus. Denn die Gebäudegeschichte lässt sich als idealtypische Ideologiegeschichte des 20. Jahrhunderts lesen: Von Görings Reichsluftfahrtministerium über das Haus der Ministerien zu DDR-Zeiten bis hin zur Treuhand und zum Bundesfinanzministerium unseres im Zeichen des Kapitalismus wiedervereinigten Landes. Ich stieß auf Skandalfälle zuhauf, aber auch auf unbewusst ausgeblendete oder bewusst verschwiegene Realitäten, auf verdrängte Fakten und eine Fülle von Leerstellen, die der Autor mit seiner Einbildungskraft ausfüllen konnte.

Auf diese Art in den Entstehungsprozess eines poetischen Weltentwurfs involviert zu sein, das war natürlich ein großartiges Erlebnis, nicht nur für den Germanisten in mir. Vor allem dadurch, dass ich keineswegs nur Materialstapel abgeliefert habe, sondern Günter Grass mir wiederholt aus dem noch unvollendeten Manuskript unter vier Augen vorgelesen hat. So konnte ich hautnah miterleben, was der Schriftsteller aus dem Rohmaterial macht, und hatte sogar das schmeichelhafte Gefühl, dass meine spontanen Höreindrücke durchaus auf Interesse stießen. Denn da passiert ja tatsächlich noch sehr viel, selbst wenn die so wichtige Erzählposition gefunden ist: Da werden Motivnetze geknüpft, da werden Figurenkonstellationen entwickelt und bis zuletzt wird an der Form gefeilt.

Zwei Erfahrungen haben sich bei mir in dieser Phase unserer Bekanntschaft besonders eingebrannt: Zum einen die Tatsache, dass Günter Grass möglichst genau lügen möchte, wenn es um »höhere Wahrheiten« geht. Als phantastischer Realist setzt er auf den detailgetreu recherchierten Inhalt als Widerstand. Als geschichtsbewusster Künstler verordnet er sich Bleigewichte, damit sich seine Kopfgeburten nicht in belanglose Spielereien auflösen. Zum anderen: Entscheidend für das Gelingen eines Sprachkunstwerks ist am Ende nicht nur, was, sondern vor allem wie erzählt wird, und zwar in der Hoffnung, dass der Faden nicht abreißt; denn solange wir noch Geschichten erzählen, leben wir.

Seit dieser Zeit weiß ich natürlich sehr viel mehr über das, was man eher dem Leben als dem Werk des Künstlers zuordnen würde, mit allen Vor- und Nachteilen, die das haben mag. Ich persönlich erlebe diese Situation als einen Glücksfall, selbst wenn es nun natürlich schwerer fällt, den aus literaturwissenschaftlicher Perspektive gebotenen Abstand zu wahren. Zumindest bekomme ich nunmehr auch die nichtöffentlichen Reaktionen des Autors auf alle Debatten um seine Person ganz ungefiltert mit; an guten und an schlechten Tagen. Einerseits die beglückenden Momente, etwa 1999, die Verleihung des Literaturnobelpreises, diese Anerkennung hat ihm nach all den Anfeindungen selbstverständlich sehr gutgetan. Andererseits die negativen Höhepunkte, etwa die Reich-Ranicki-Titelgeschichte des *Spiegel* aus dem Jahr 1995 oder die perfide »Geständnis«-Inszenierung der *FAZ* aus dem Jahr 2006. Darüber ist schon mehr als genug gesagt worden, ich möchte hier angesichts einschlägiger Erfahrungen lediglich darauf hinweisen, dass diese Angriffe, die nicht nur den Werken galten, entgegen der landläufigen Meinung, keineswegs spurlos am Hauptbetroffenen vorbeigegangen sind.

Mein Grass würde sich manchmal gerne verkriechen oder in Staub auflösen.

Mein Grass ist nicht ohne Fehl und Tadel.

Mein Grass bleibt sich treu.

Reiseerfahrungen: »Der Mensch ist ein Feind dessen, was er nicht kennt.« (arabisches Sprichwort)

Wenn jemand eine Reise tut, so kann er was erzählen. Günter Grass, der heute keine großen Reisen mehr planen kann, ist immer viel und gerne unterwegs gewesen, u. a. in Polen, in Indien, in Tansania, in China und zwei Mal auch im Jemen, zuerst im Dezember 2002. Die Bedenken waren im Vorfeld dieser Reise besonders groß. Immer wieder wurden Entführungsgefahren oder mögliche Attentate beschworen. Doch erfreulicherweise gibt es trotz der unübersehbaren Risiken Menschen, die nicht dazu neigen, irrationale Ängste zu verbreiten oder sich von geschürter Hysterie anstecken zu lassen und so das Geschäft der Terroristen zu besorgen. Zu diesen Zeitgenossen zähle ich auch Günter Grass, der sich seit Jahrzehnten für die gegenseitige Bereicherung der Kulturen einsetzt, weltweit Toleranz und die Einhaltung elementarer Menschenrechte einklagt. Denn stereotype Wahrnehmungsmuster und Feindbildprojektionen, hier wie dort, verstärken die Entfremdung, fataler noch, sie führen zu kriegerischen Katastrophen, die es zu verhindern gilt.

Grass, der keine Scheu hat, seinen Ruhm für soziale und politische Initiativen zu nutzen, wollte mit dieser Reise ein Zeichen setzen, nicht mehr und nicht weniger, und das ist in vielerlei Hinsicht eindrucksvoll gelungen. Denn der medienerfahrene Intellektuelle nimmt bekanntermaßen kein Blatt vor den Mund. Wer ihn einlädt, sollte wissen, was er tut. Grass lässt sich nicht umstandslos instrumentalisieren. Er sagt – bei aller Rücksichtnahme auf die überwältigende Gastfreundschaft, bei allem Respekt vor religiösen Überzeugungen und Gefühlen, die ihm fremd sind – was aus seiner Sicht der Dinge gesagt werden sollte.

Unter diesen Prämissen kann ein oft als Alibiveranstaltung oder Ablenkungsmanöver inszenierter Kultur-Dialog mehr bedeuten als den belanglosen Austausch von diplomatischen Höflichkeitsfloskeln. Bei dieser deutsch-arabischen Begegnung ging es explizit darum, Erfahrungen und Argumente auf Augenhöhe auszutauschen, unüberbrückbare Differenzen zu benennen, sich im besten Fall aber auch für neue Perspektiven zu begeistern. Nicht nur die wohl bedeutendsten Dichter arabischer Sprache, Adonis und Mahmud Darwish, waren eigens angereist, um in Sanaa mit ihren Kollegen zu diskutieren, sondern auf Wunsch von Grass erstmals auch Schriftsteller u. a. aus dem Irak, die bereits seit Jahren gezwungen sind, im Exil zu leben. Ein wirkungsvolles Signal der Gastgeber und der Organisatoren, denn dadurch kamen zwangsläufig Themen zur Sprache, die geradewegs ins Zentrum der aktuellen Weltkonflikte führten. Es ging unter anderem um den Missbrauch des

Begriffs »Heiliger Krieg« durch verblendete Al-Qaida-Kämpfer, um das in der arabischen Welt heftig umstrittene Existenzrecht Israels, um die Trennung von Staat und Kirche, um die Bibel und den Koran als Sprachkunstwerke, um die Rolle der Frauen in der Gesellschaft und nicht zuletzt um alle Spielarten der Liebe in der grenzüberschreitenden Literatur.

Es gab aber auch ganz konkrete Resultate. Ich erwähne nur zwei Beispiele für viele, die mein Grass-Bild um weitere Facetten erweitert haben, eine Stiftung und einen Staatsempfang. Zum einen hat Grass, inspiriert von malerischen Hochhäusern in Shibam, die er als »Poesie in Lehm« beschrieb, mit einer spontanen Anschubfinanzierung versucht, zum Aufbau einer Berufsschule für Lehrlinge der traditionellen Lehmbauweise im Hadramaut beizutragen; seine Stiftungsidee stieß bei einheimischen Geldgebern zunächst auf ein so großes Echo, dass kurzfristig sogar die langfristige Absicherung des Schulprojektes möglich erschien. Heute muss man leider konstatieren, dass der Versuch gescheitert ist.

Zum anderen setzte der Nobelpreisträger seine Reputation bei einem Empfang des Präsidenten der Republik so geschickt ein, dass ein junger jemenitischer Schriftsteller, der aus begründeter Angst vor Verfolgung durch religiöse Fanatiker das Land verlassen musste, anschließend in den Jemen zurückkehren durfte. Und das kam so: Grass, der keine Staatsorden annimmt, sollte vor laufenden Kameras einen Kulturorden verliehen bekommen. Ein offizieller Akt, mit dem sich vor allem die jemenitische Regierung selbst schmücken wollte. Doch diese Rechnung hatte man ohne den Auszuzeichnenden gemacht. Denn der sagte einleitend zur allgemeinen Überraschung, er könne den Orden nur dann annehmen, wenn der Präsident ihm verspreche, dass solche Auswüchse von Intoleranz und Gewaltbereitschaft im Jemen konsequent bekämpft würden. Dem Präsidenten entglitt kurz das Gesicht, wie gesagt, vor laufenden Kameras, aber das Versprechen wurde gegeben und später eingelöst. Ein Einzelfall, der Schule machen sollte, auch wenn vielerorts inzwischen wieder geschossen wird: »Ever tried. Ever failed. No matter. Try again. Fail again. Fail better.« (Samuel Beckett: *Worstward Ho. Aufs Schlimmste zu*)

Lektoratserfahrungen: Offene Worte

Immer, auch im Jemen, war Helmut Frielinghaus dabei. Jahrzehntelang sind sie zusammen durch dick und dünn gegangen, der Autor und sein Lektor, dessen Freundschaft mir ebenfalls sehr wichtig war. Helmut starb nach langer schwerer

Krankheit, der er bis zum Schluss an der Seite seiner Lebensgefährtin Susanne Höbel getrotzt hat, ohne Mitleid erheischendes Gejammer, vielmehr mit Leidenschaft lesend und übersetzend; schon das sagt fast alles über diesen liebenswerten Mann.

Ohne Helmut Frielinghaus ersetzen zu können oder zu wollen, bin ich vor vier Jahren in die verantwortungsvolle Rolle des Grass-Lektors geschlüpft. Jetzt ist es also an mir, dem Autor während der Arbeit am Manuskript zur Seite zu stehen, wenn es darum geht, lyrisch zu verdichten, die Dramaturgie zu überprüfen oder den epischen Fluss zu beschleunigen; wenn es darum geht, kritische Anmerkungen zu machen oder den Teufel im Detail zu entdecken, ohne das große Ganze aus dem Blick zu verlieren. Dazu ist es unabdingbar, den Finger in die Wunden zu legen, sich selbst und dem Künstler gegenüber ehrlich zu bleiben, gegebenenfalls Tacheles zu reden, ihn zu warnen oder zu bestärken, ganz so, wie der Sachverstand und das Bauchgefühl es verlangen. Eine bereichernde Herausforderung mehr.

Und das können Sie sich in etwa so vorstellen: Im frühen Stadium der Manuskriptarbeit, gerade erst sind die Kupferplatten weggeräumt, sitze ich kaum in der Werkstatt, schon fragt der Autor mit lebhaft funkelnden Augen: »Soll ich dir etwas vorlesen? Ich war fleißig, habe ja sonst nichts zu tun.« Kokett genug, denn Günter Grass arbeitet seit jeher, wenn die Gesundheit es zulässt und eine Muse ihn küsst, sehr viel und sehr diszipliniert, künsteübergreifend; übrigens auch dann, wenn er nicht arbeitet. Selbst dann tickt es immerzu.

Und schon liest er mit wachsender Begeisterung einen neuen Text, immer wieder den Blickkontakt suchend, bis er mich nach einer kurzen Pause erwartungsfroh anschaut. Natürlich möchte er dann am allerliebsten gelobt werden. Wer will das nicht. Günter Grass kann aber auch mit harschen Einwänden und Grundsatzbedenken umgehen. Er weiß, dass dem Autor, der alles gegeben hat, am Ende unter Umständen die nötige Distanz fehlt. Deshalb ist er dankbar für Anregungen und fundierte Kritik aus berufenem Munde, nicht zuletzt aus dem Mund seiner Frau. Ja, er weiß es zu schätzen, wenn sich sein Gegenüber ohne Scheu traut, auf Dinge hinzuweisen, die ihm problematisch erscheinen.

Natürlich werden nicht alle Vorschläge der gestrengen Erstleser umgesetzt, aber jeder Einwand wird genau geprüft. Denn auch Grass kommt es darauf an, das Beste aus dem Manuskript herauszuholen, und das geht nur, wenn falsche Rücksichtnahmen vermieden, wenn offene Worte gesprochen werden. Dadurch kommt es selbstverständlich auch zum Disput. Nein, wir sind uns nicht immer einig. Ich sehe was, was er nicht sieht und umgekehrt. Und das ist gut so. Denn ohne diese Auseinandersetzungen hätte das Prozedere keinen Sinn. Klartext, genau den darf, nein, muss ein Autor, der ohnehin das letzte Wort hat, von seinem Lektor erwarten. Alles andere wäre eitler Selbstbetrug. Mit Claqueuren und blindem Gehorsam ist niemandem gedient. Ach, das Wichtigste hätte ich beinahe vergessen: Nach langen Arbeitssitzungen gönnen wir uns einen Kurzen, meistens einen Obstler.

Und schließlich ist es dann so weit, nach allerletzten Korrekturen an den Fahnen ist das neue Buch tatsächlich fertig, um gelesen zu werden. Auch das ist eine Erfahrung: Günter Grass liest nicht nur unnachahmlich gut, er liest zugleich sehr gerne, völlig egal, ob er nur einen Zuhörer hat oder ein vielköpfiges, mittlerweile drei Generationen umfassendes Publikum. Er liebt den Auftritt, die große und die kleine Bühne. Mehr noch: Diese Auftritte sind Teil seiner Arbeit, ohne die er wohl oder übel gar nicht (über)leben könnte.

Eine der reizvollsten Veranstaltungen dieser Art sind für den Schriftsteller die Treffen mit seinen Übersetzern aus aller Welt, über die ich nun abschließend wenigstens noch kurz berichten möchte. Denn diese Übersetzerseminare sind auch mir in allerbester Erinnerung, und zwar als Begegnungen mit durchweg sympathischen Vertretern eines viel zu wenig gewürdigten Berufsstands, einer Zunft, der meine Hochachtung gilt.

Lese- und Lebenserfahrungen: Die Kunst des Übersetzens

»Übersetzer«, so Günter Grass in einer Laudatio auf seinen dänischen Freund Per Øhrgaard, »sind die genauesten Leser. Sie nehmen den Autor beim Wort. Unerbittlich sind sie ihm auf der Spur. Sie finden sich nicht bereit, Unverständliches oder dem Autor unterlaufene Ungenauigkeiten als ein nach diffuser Vieldeutigkeit verlangendes Symbol hinzunehmen. Sie wollen es genau wissen. Sie penetrieren den Autor.«

Weil dem so ist, hat Günter Grass es bei seinen Verlagen durchgesetzt, dass nach jedem großen Werk seit dem Roman *Der Butt* ein mehrtägiges Treffen des Autors mit seinen Übersetzern stattfinden kann. Dort geht Grass dann das Buch von der ersten bis zur letzten Seite, Satz für Satz, ggf. auch Wort für Wort in gemeinsamen Gesprächen durch.

> Mein Grass liest kürzere und längere Passagen vor, um auf wechselnde Rhythmen oder sprachliche Besonderheiten hinzuweisen.
>
> Mein Grass hört aufmerksam zu, steht Rede und Antwort, brilliert als verschmitzter Verbalerotiker.

Mein Grass ermuntert dazu, nichts zu glätten oder zu beschönigen und dort, wo es notwendig erscheint, eigene Erfindungen zu machen.

Seitdem spricht nicht nur der Butt viele Sprachen und ich hatte in den letzten zehn Jahren das Glück, einige der immer äußerst anregenden Treffen dieses Freundschaftsbundes im Zeichen der Literatur mitzuerleben. Zudem hatte ich das Vergnügen, das bislang letzte Übersetzerseminar zusammen mit Susanne Höbel zu moderieren. Es ging um die Grass'sche Lyrik von den *Windhühnern* aus dem Jahr 1956 bis zu den 2012 publizierten *Eintagsfliegen*, im Grunde also um den ganzen Grass. Das mag durch ein kurzes Statement seines spanischen Übersetzers veranschaulicht werden, Miguel Sáenz schrieb: »Günter Grass zu übersetzen ist immer ein Privileg, doch die beste Möglichkeit, ihn kennenzulernen, ist, seine Gedichte zu übersetzen.« Und: »Es heißt oft, um Gedichte zu übersetzen, müsse man Dichter sein – ich sage dann gern, daß man vor allem Übersetzer sein muß.«

Wo er recht hat, hat er recht. Für mich steht fest: Der intensive Gedankenaustausch mit seinen Kolleginnen und Kollegen zeugt vom beglückenden Umgang mit Sprache jenseits des Medienrummels. Unvergesslich, wie sich die Übersetzer in Gdańsk über eine adäquate Übertragung des weltweit sehr unterschiedlich konnotierten Begriffs »Geliebte« ausgetauscht haben. Zu klären war: Wer schläft hier wann mit wem, wenn überhaupt. Wichtiger noch, diese bei allem kritischen Potenzial von Wohlwollen getragenen Diskussionen sorgen dafür, dass die Grass-Geschichten auf höchstem Niveau über alle Sprachgrenzen hinweg weitererzählt werden können. Und die in diesem Kreis selbstverständliche Atmosphäre, sie ist mit den Adjektiven uneitel, aufgeräumt, heiter, gelassen, akribisch, respektvoll nur unzulänglich umschrieben, bringt genau das auf den Doppelpunkt, was ich in anderen Grass-Zusammenhängen bisweilen vermisse.

Mein Grass zündet seine Pfeife immer wieder neu an, weil sie ihm ausgeht, während er eine zur Anekdote verkürzte Geschichte erzählt, die ich von seiner Frau schon signifikant anders gehört hatte.

Mein Grass bläst Federn, wälzt Steine und sammelt abgebrannte Streichhölzer.

Mein Grass lebt einen ganz anderen Roman.

Epilog: Zuletzt drei Wünsche

Hoffentlich konnte ich Ihre Neugier wecken, denn es lohnt sich tatsächlich, und zwar immer wieder, sich ein eigenes Bild zu machen, ohne alles fix auf einen Nenner bringen zu wollen. Das gilt auch für das noch unabgeschlossene Werk von Günter Grass. Ich jedenfalls verdanke seinem Schöpfer sehr viel: anregende Lese-, Schreib- und Lebenserfahrungen, die ich nicht missen möchte, zuhauf.

Apropos, das ist so eine *Blechtrommel*-Sequenz, die sofort blieb: »Radieschen, sag, liebst du mich? Ich liebe mich auch.«

Meine geliebte Frau sagt: »Du kannst ruhig ein bisschen stolz auf diese Auszeichnung sein, mein Professorchen.«

Unser Sohn fragt: »Und warum gibt's kein Geld dafür?«

Ich höre mich Karl Valentin zitieren: »Ach, Jakob, man soll die Dinge nicht so tragisch nehmen wie sie sind.«

Und ob Sie es glauben oder nicht: Neulich träumte mir, nein, nicht Marcel, sondern der geschätzte Flaubert; doch plötzlich rief er so laut »Tu es Monsieur Grass!«, dass ich davon erwachte. Ein irrer Traum, was sonst, aber wen der große Franzose vor Augen hatte, als er seinen geflügelten Satz »Ich bin Madame Bovary« variierte, daran erinnere ich mich selbst beim besten Willen nicht mehr. Weiter geht's, nehmen wir den altersgewitzten Dichter beim Wort:

Wegzehrung
Mit einem Sack Nüsse
will ich begraben sein
und mit neuesten Zähnen.
Wenn es dann kracht,
wo ich liege,
kann vermutet werden:
Er ist das,
immer noch er.

Mein Grass lebt im Ei.
Mein Grass springt nicht in den Glauben.
Mein Grass hat keine Angst vor dem Tod, dem er schon wiederholt von der Schippe gesprungen ist.

Eigentlich ein schöner Schluss. Aber ich möchte meinen ganz persönlichen Erfahrungsbericht mit drei ganz persönlichen Wünschen schließen, obwohl ich weiß, dass das Leben kein Wunschkonzert ist: Ich wünsche mir, dass Günter Grass – bei bestmöglicher Gesundheit – weder seinen Humor noch seinen Widerspruchsgeist verliert. Ich wünsche mir, dass ihn immer wieder die Lust an der künstlerischen Arbeit überfällt und er sich von niemandem den Mund verbieten lässt. Und ich wünsche mir (und nur darauf war der Autor vorbereitet), dass er uns allen zum Abschluss eine lyrische Autofiktion vorträgt, damit der LLC-Themenkreis sich schließt und am Ende doch noch das Primäre triumphiert: (Günter Grass liest sein autobiografisches Gedicht »Kleckerburg«).[1]

Anmerkung

1 Eine gekürzte Version der Ute Grass und Peter Schmucker gewidmeten Vorlesung vom 5. Mai 2014 findet sich auch in: focus uni lübeck. Zeitschrift für Wissenschaft, Forschung und Lehre an der Universität zu Lübeck, 31. Jahrgang, Heft 2, Oktober 2014, S. 36–48.

Auswahlbibliografie

Primärliteratur

Alle Grass-Gedichte werden (mit freundlicher Genehmigung des Steidl Verlags) zitiert nach:
Günter Grass: Werke. Göttinger Ausgabe in zwölf Bänden. Göttingen 2007, Band 1.

Sekundärliteratur

Heinrich Detering/Per Øhrgaard (Hg.): Was gesagt wurde. Eine Dokumentation über Günter Grass' »Was gesagt werden muss« und die deutsche Debatte. Göttingen 2013.

Helmut Frielinghaus (Hg.): Der Butt spricht viele Sprachen. Grass-Übersetzer erzählen. Göttingen 2002.

Volker Neuhaus: Günter Grass, 3. aktualisierte und erweiterte Auflage. Stuttgart/Weimar 2010.

Volker Neuhaus: Günter Grass. Schriftsteller – Künstler – Zeitgenosse. Eine Biographie. Göttingen 2013.

Martina Wagner-Egelhaaf (Hg.): Auto(r)fiktion. Literarische Verfahren der Selbstkonstruktion. Bielefeld 2013.

Eigene Briefe, Gespräche, Essays und Bücher, die für diese Vorlesung genutzt wurden (in chronologischer Reihenfolge):

Vom privaten Motivkomplex zum poetischen Weltentwurf. Konstanten und Entwicklungen im literarischen Werk von Günter Grass (1956–1986). Würzburg 1994.

»Der Autor und sein verdeckter Ermittler«. Ein Gespräch. Claus-Ulrich Bielefeld, Günter Grass, Dieter Stolz. In: Sprache im technischen Zeitalter, 34. Jg., Heft 139, 1996, S. 289–314; zugleich: Sender Freies Berlin 3, Studio Drei – ForumKultur, Sendung vom 26. 2. 1996.

Nomen est omen. *Ein weites Feld* von Günter Grass. In: Zeitschrift für Germanistik. Neue Folge, Heft 2, 1997, S. 321–335.

Am Anfang war der Dialog. Günter Grass im Jemen. In: Zeitschrift für KulturAustausch. 53. Jg., Heft 1, 2003, S. 14–15.

Günter Grass, der Schriftsteller. Göttingen 2005.

Günter Grass: Ein weites Feld und kein Ende. In: Hanjo Kesting (Hg.): Die Medien und Günter Grass. Köln 2008, S. 173–182.

Beim Häuten der Zwiebel oder »Ich erinnere mich ...«. In: Günter Grass. Literatur – Kunst – Politik. Dokumentation der internationalen Konferenz vom 4.–6. 10. 2007 in Danzig. Hg. von Marion Brandt/ Marek Jaroszewski/Miroslaw Ossowski. Gdańsk 2009, S. 103–113.

Briefe an Günter Grass. Mit Karten an Eva Hönisch, Ute Grass und einer Auswahl Gegenbriefe von Grass, vorgelegt von Roland Berbig. In: Berliner Hefte zur Geschichte des literarischen Lebens, Heft 10, 2013, S. 92–125.

Ein Blick in die Werkstatt oder »Sagt nicht: Oh Gott – das gilt hier nicht.« In: Anselm Weyer/Volker Neuhaus (Hg.): Von Katz und Maus und mea culpa. Religiöse Motive im Werk von Günter Grass. Frankfurt am Main 2013, S. 23–34.

Jan Gielkens

Die Unübersetzbarkeit verschwand beim Übersetzen

Zur niederländischen Übersetzung von *Grimms Wörter*

Es gab mehrere gute Gründe, *Grimms Wörter* (2010) von Günter Grass ins Niederländische zu übersetzen. Der beste war die Tatsache, dass es ein Buch von Grass ist. Und Bücher des Nobelpreisträgers von 1999 werden seit 1963 ins Niederländische übersetzt – das erste war *Katz und Maus*, die Übersetzerin war Hermien Manger (1903–1988). Die Übersetzungen werden von Anfang an – seit mehr als 50 Jahren also – vom Amsterdamer Verlag Meulenhoff verlegt. Fast die ganze Produktion an Romanen, Novellen, Erzählungen und Lyrik ist auf Niederländisch erschienen, auch einige Bände mit Essays. Wir haben es hier mit einer seltenen und gegenseitigen Verleger-Autor-Loyalität zu tun.

Auch *Grimms Wörter*, der dritte Teil der Grass-Memoiren, sollte natürlich unbedingt ins Niederländische übersetzt werden; die beiden ersten Teile, *Beim Häuten der Zwiebel* (2006) und *Die Box. Dunkelkammergeschichten* (2008), sind in meiner Übersetzung 2007 bzw. 2009 als *De rokken van de ui* und *De box. Verhalen uit de donkere kamer* erschienen. Diese drei Bücher könnte man in Analogie zur »Danziger Trilogie«, der Sammelbezeichnung für *Die Blechtrommel*, *Katz und Maus* und *Hundejahre*, mit einschlägigen Grass-Worten als »Trilogie der Erinnerung« bezeichnen. Auch im niederländischen Sprachraum – wie man korrekterweise sagen muss, denn in Flandern, der nördlichen Hälfte von Belgien, redet man ebenfalls Niederländisch – ist die *Danziger Trilogie* ein Begriff. 1997 erschienen *De blikken trommel*, *Hondenjaren* und *Kat en muis* in einem Band unter dem Titel *Danzig*. Der Band enthält die Übersetzungen der beiden Romane durch Koos Schuur (1915–1995), die als Separatausgaben 1964 bzw. 1965 erschienen waren, und eine neue, von mir, von *Katz und Maus*, die die ältere von Hermien Manger aus dem Jahre 1963 ersetzte. Sie war notwendig geworden, weil die niederländische Sprache sich sehr schnell ändert. Man geht im Allgemeinen davon aus, dass eine Übersetzung eine Lebensdauer von etwa einer Generation hat. Das würde langfristig eine niederländische Neuübersetzung aller frühen Bücher von Grass notwendig machen. Bis jetzt ist aber außer von *Katz und Maus* nur eine weitere Neuübersetzung erschienen, meine

2009 publizierte Übersetzung der *Blechtrommel* im Jubiläumsjahr 2009, jetzt unter dem Titel *De blikken trom.* Insgesamt erschienen mehr als hundert Auflagen von niederländischen Grass-Übersetzungen, davon fast 30 von *De blikken trommel* bzw. *De blikken trom.*

Es war allerdings nicht selbstverständlich, dass auch *Grimms Wörter* auf Niederländisch erscheinen würde, und der Hauptgrund dafür war die Überzeugung des Autors, dass gerade dieses Buch im Grunde unübersetzbar sei. Für seine Einschätzung hatte auch er zweifellos gute Gründe. Dennoch kam es anders und das ging in etwa so vor sich: Im Januar 2009 traf Günter Grass in Lübeck mit seinen Übersetzern aus aller Welt zusammen, um *Die Box* zu besprechen. Seit Ende der siebziger Jahre organisieren die Grass-Verlage auf Wunsch des Autors solche Arbeitstreffen, seit 1992 bin auch ich dabei. Während der traditionellen Tischreden am Schluss des Abendessens am letzten Tag in einem angenehmen Lübecker Restaurant kündigte der Autor an, dass dies wahrscheinlich unser letztes Treffen gewesen sei, denn sein nächstes – und vermutlich letztes – Buch werde unübersetzbar sein. In diesem – damals noch unfertigen – Werk werde das *Deutsche Wörterbuch* der Gebrüder Grimm eine Hauptrolle spielen, mit dessen Inhalten werde er sprachspielerisch umgehen, so Grass, und er gehe davon aus, dass das Resultat unübersetzbar sei. Unter den Übersetzern waren aber einige, die in ihren Tischreden – jeder kommt an die Reihe – Einspruch erhoben: Nicht der Autor entscheide über die Übersetzbarkeit seiner Texte, sondern die Übersetzer. Und diesen Einspruch akzeptierte Günter Grass.

Seit diesem Abendessen hatte ich es – denn ich war einer der Einspruchrerheber – mehr oder weniger als meine Pflicht empfunden, aus *Grimms Wörter* tatsächlich eine niederländische Fassung zu machen. Es dauerte eine Weile, bis der niederländische Verlag den damals tapferen Beschluss fasste, das angeblich unübersetzbare Buch übersetzen zu lassen. Und dann dauerte es noch eine Weile, bis *ich* Mut und Zeit fand und mit der Arbeit anfangen konnte.

Der Steidl Verlag hatte inzwischen, im März 2011, trotz der vermeintlichen Unübersetzbarkeit von *Grimms Wörter*, ein Übersetzertreffen zum vollendeten Buch organisiert. Es war diesmal kein Arbeitstreffen, sondern eine öffentliche Veranstaltung, mit Publikum (darunter Schüler) und Presse. Zehn Grass-Übersetzer, alle mit viel Grass-Erfahrung, waren ins Europäische Übersetzer-Kollegium in Straelen eingeladen worden, um dort über den Themenkomplex »Übersetzbarkeit/Unübersetzbarkeit« und speziell über *Grimms Wörter* zu reden und zu diskutieren. Die Mehrheit meiner Kollegen legte dort dar, wieso sie *Grimms Wörter* nicht übersetzen würden, und auch sie hatten dafür lauter gute Gründe: zuallererst das virtuose Spiel mit der deutschen Sprache und die Rolle der Zitate. Den Kollegen tat das sicht- und hörbar leid. Fehlender Mut ist aber nicht die Ursache. Angst vor Übersetzungsproblemen haben erfahrene Grass-Übersetzer sowieso nicht, sonst wären sie keine Grass-Übersetzer.

Es waren dort in Straelen nur zwei Übersetzer anwesend, die Möglichkeiten für eine Fassung in der eigenen Sprache sahen: der dänische und der niederländische, und das sind Vertreter von Sprachen, die es wegen der Nähe zur deutschen immer etwas leichter haben – so könnte man meinen. Von diesen beiden blieb ich inzwischen als Einziger übrig (hinzu kamen seitdem allerdings Kollegen aus Rumänien und Finnland, die sich gleichfalls der Herausforderung stellen).

Ermutigt hatte mich Günter Grass selbst, denn er machte im Verlauf des Straelener Treffens eine große Geste: die »Freigabe« der Übersetzung – so nannte er es damals. Er machte den Vorschlag, dass wir Übersetzer mit seinem Text einfach machen, was wir verantworten können, Teile weglassen zum Beispiel oder eigene Texte hinzufügen, den Text annotieren, Essays einschieben – was auch immer. Wir sollten selber Autoren werden, uns selber »ins Spiel bringen«. Doch wie gern viele meiner Kollegen das auch in Angriff genommen hätten, sie konnten plausibel machen, dass in ihren Sprachen selbst dieser Schritt nicht zu einem akzeptablen Resultat führen würde.

Vor diesem Hintergrund wird es niemanden mehr wundern: Das Übersetzen von *Grimms Wörter* ging nicht wie von selbst, aber das gilt natürlich für alle Grass-Texte. Sogar das Lesen von Grass-Büchern ist keine leichte Arbeit. Wie heißt es doch so passend in der Begründung der Jury des Nobelpreises von 1999: »Günter Grass [...] fabuliert und hält gelehrte Vorträge, er fängt Stimmen auf und monologisiert dreist, er ahmt nach und schafft gleichzeitig eine ironische Mundart, die nur er beherrscht. Durch seine Macht über die deutsche Syntax und seine Bereitschaft, ihre labyrinthischen Feinheiten zu nutzen, erinnert er an Thomas Mann. Sein schriftstellerisches Werk ist ein Dialog mit dem großen Erbe deutscher Bildung, der mit sehr strenger Liebe geführt wird.« Lange, komplizierte und nur selten »normal« gebildete Sätze, Kreuz- und Querverweise auf historische, aktuelle oder persönliche Fakten, zudem verzerrt und nuanciert mit den Stilmitteln der Groteske. Der Grass-Leser, die Grass-Leserin, in welcher Sprache auch immer er oder sie die vielschichtigen Texte des Schriftstellers lesen, muss sich Mühe geben.

Auch der niederländische Übersetzer der Bücher von Grass muss sich also Mühe geben, damit der Leser der niederländischen Fassung sich bei jedem Satz Mühe geben kann. Die langen und komplizierten Sätze, die komplexen Verweise, die Verzerrung und so weiter: Man sollte alles im niederländischen Text wiederfinden können. Ursprünglich, als *Grimms Wörter* noch ein unübersetzbares Buch zu sein schien, hatte ich vor, mich in einem Nachwort zur Übersetzung für meine Entscheidungen zu verantworten. Als sich aber im Laufe der Arbeit herausstellte, dass *Grimms Wörter* eigentlich ein »normaler« Grass war, mit vielen, aber mir inzwischen, nach zwölf Grass-Büchern, bekannten Problemen und Fallgruben, verschwand dieses Bedürfnis, das ich bei allen früheren Grass-Texten ja auch nicht hatte. Hätte ich angeben sollen, wo ich – denn das habe ich getan – Passagen, Sätze oder Satzteile weggelassen habe, wo etwas ergänzt wird, wo ich mich eventuell als Autor versteckt habe? Nein, ich habe mich entschieden, all das nicht zu tun.

Allgemeine Grundsatzüberlegungen kann man aber natürlich trotzdem benennen. Zum Teil sind das Überlegungen, die auch bei anderen Büchern von Grass eine Rolle spielen. All diese Bücher sind streng organisiert, Themen und Handlungsstränge ziehen sich durch das ganze Buch hindurch (oft über 700 und mehr Seiten) und sind, wie grotesk verzerrt sie oft auch sein mögen, meistens direkt mit historischen Realitäten und autobiografischen Fakten verbunden. Der Spiel- und Feilschraum für den Übersetzer ist bei Grass im Allgemeinen sehr klein. (Ein Hölderlin-Zitat kann man nicht, wie es der niederländische Schriftsteller und Übersetzer A. Marja einmal tat, durch eine Zeile von Rainer Maria Rilke ersetzen – zur Beruhigung: jedenfalls nicht in einem Text von Grass.) In *Grimms Wörter* kommt noch dazu, dass es sich hier nicht nur um die bei Grass gebräuchliche Mischung aus autobiografischen Fakten (in diesem Fall insbesondere zu seinem politischen Werdegang) und deren fiktionaler Bearbeitung handelt, sondern darüber hinaus um eine genau recherchierte biografische Skizze über die Gebrüder Jacob und Wilhelm Grimm und ihr Wörterbuch und zu allem Überfluss auch noch um eine »Liebeserklärung« – so der Untertitel des Buches – an die nicht nur von den Grimm-Brüdern in ihrem *Deutschen Wörterbuch* (1854–1960) dokumentierte deutsche Sprache.

Dieser Liebeserklärungsaspekt war, wie erwartet werden konnte, die größte Herausforderung beim Übersetzen. In neun Kapiteln konstruiert Grass seine politische Biografie anhand ebenso vieler Buchstaben aus dem Alphabet, und er benutzt Wörter, die mit diesen Buchstaben anfangen, als Grundstock für seine Geschichte. Oft sind das Wörter (mit den von den Lexikografen gelieferten historischen Quellen) aus dem *Wörterbuch* der Grimms, aber auch neuere, moderne oder aktuelle Wörter oder solche, die aus bestimmten Gründen nicht bei den Grimms vorkommen. Die Wörter, die Grass auswählte, liefern die Stichworte für Erinnerungen, autobiografisch fundierte Geschichten oder politisch-historische Betrachtungen und ab und zu für ein Gedicht. Das niederländische Gegenstück zum Grimm'schen *Wörterbuch*, das *Woordenboek der Nederlandsche Taal* (WNT; 1864–1998), das ohne das deutsche Vorbild undenkbar gewesen wäre und eine noch längere Entstehungszeit hatte, war für die Übersetzung nicht geeignet, da der Bezug zum WNT genauso zwingend hätte sein müssen wie die ständige Anwesenheit des Grimm'schen *Wörterbuchs*, und das hätte die Bewegungsfreiheit des Übersetzers noch mehr beschränkt. Auch die Tatsache, dass Grass bei vielen Wörtern die von den Grimms und ihren Nachfolgern zitierten Quellen übernimmt, verhinderte die Benutzung des WNT, denn das niederländische Wörterbuch hat natürlich seine eigenen Quellen, und die hätten dann in den meisten Fällen inhaltlich nicht zum deutschen Text gepasst.

Die Beantwortung der Frage, was ich mit den oft mittelalterlichen oder frühmodernen Zitaten aus dem Grimm'schen *Wörterbuch* anfangen sollte, lieferte auch die Lösung für viele andere Entscheidungen des Übersetzers: Ich habe sie nicht übersetzt und zitiere sie im Original, wie auch Grass sie zitiert, im Bewusstsein, dass diese Texte zum Teil auch für deutsche Leser schwierig zu lesen und zu verstehen sind. In den meisten Fällen liefert der Kontext, in dem diese Zitate stehen, die Erklärung des Inhalts und der Bedeutung, und das muss als Übersetzung reichen. Manchmal, und das gilt natürlich auch für viele historische, literarische und andere Verweise in diesem Buch, muss der Leser der niederländischen Ausgabe von *Grimms Wörter* selber entscheiden, ob er ein Wörterbuch heranzieht oder sich im Internet über unklare oder unverständliche Sachverhalte informiert. Aber das gilt ja eigentlich für jeden Leser eines jeden Buches. Bei den Büchern von Grass ist es auf jeden Fall ungefähr so wie beim berühmten »rotblauen Stuhl« (1923) des niederländischen Architekten und Designers Gerrit Rietveld, der Leuten, die über den Sitzkomfort der Stühle klagten, riet, ins Bett zu gehen, wenn sie schlafen möchten, denn ›sitzen‹ sei ein Tätigkeitswort. Rietveld klebte einen Zettel mit einer Strophe aus dem Gedicht »Der Ästhet« von Christian Morgenstern unter seine Stühle: »Wenn ich sitze, will ich nicht / sitzen, wie mein Sitz-Fleisch möchte, / sondern wie mein Sitz-Geist sich, / säße er, den Stuhl sich flöchte.«

Das Zitieren der Originalzitate aus dem *Deutschen Wörterbuch* hat noch andere Vorteile: Durch die Konfrontation mit den deutschen Wörtern und Sätzen wird der niederländischsprachige Leser sich auch, mehr wohl als in anderen Übersetzungen von deutschen Büchern, der Tatsache bewusst, dass die beiden Sprachen einen gemeinsamen Ursprung haben. Die Verwandtschaft des Deutschen mit dem Niederländischen ist, für einen Übersetzer, der aus dem Deutschen ins Niederländische übersetzt, eine ständige Gefahr und natürlich zugleich eine permanent sprudelnde Quelle für Lösungen. Die gemeinsame Etymologie bringt ab und zu Wörter aus den Tiefen der niederländischen Sprache ans Tageslicht, die zupasskommen, wenn der gebräuchliche aktuelle Wortschatz unzureichend ist. Andererseits: Die getrennte Entwicklung der beiden Sprachen bedeutete für die Übersetzung von *Grimms Wörter* auch, dass Buchstaben wie C, F, K, U und Z die größten Probleme verursachten: Für *Zeit* gibt es kein niederländisches Wort, das mit einem Z anfängt, *Unsinn* kann nur *onzin* sein, und *kontrollieren, Konstitution* und *Kommunismus*, wichtige Wörter in diesem Buch, fangen im Niederländischen mit einem C an. Aber Grass wäre nicht Grass, wenn er nicht auch die historische Entwicklung der deutschen Sprache in seinen Sprachspielen berücksichtigen, absolut gesetzte Regeln relativieren und Witze machen würde. Und das bedeutet wiederum, dass auch der Übersetzer diesen Spielraum hat – und ab und zu sogar noch etwas drauflegen kann oder muss. Inklusive, zum Beispiel, der Idee, das ganze U-Kapitel in ein O-Kapitel umzuändern und die Reihenfolge der Kapitel anzupassen. Im Niederländischen beginnt nämlich fast jedes deutsche Wort, das mit *un-* anfängt, mit *on-*. Doch so radikal war ich letztendlich nicht, weil dann die Biografie der Grimms hätte angepasst werden müssen und das hätte wieder andere und wohl noch mehr neue Probleme verursacht.

Im Großen und Ganzen war es also mit der Unübersetzbarkeit von *Grimms Wörter* nicht ganz so schlimm. Hin und wieder wird die Wortfeldspielerei von Grass im Niederländischen mit einem anderen Buchstaben oder an anderen Stellen als im Originaltext stattfinden – *Freiheit* ist nun mal *vrijheid* im Niederländischen. Hier und dort wurde eine Passage eher nach dem Inhalt als sprachspielerisch übersetzt. Und obwohl der Autor, wie oben erwähnt, den Text für »vogelfrei« erklärt hat, habe ich doch das Gefühl, dass ich beim Übersetzen nichts grundsätzlich anders gemacht habe als sonst. Die Unübersetzbarkeit verschwand beim Übersetzen.

(Der vorliegende Text entspricht der für diese Publikation überarbeiteten Fassung meines »Nawoord van de vertaler«. In Günter Grass: De woorden van Grimm. Een liefdesverklaring, Amsterdam 2014.)

Anselm Weyer

»Bei Grass' langjähriger internationaler kanonischer Geltung war der Nobelpreis eher eine Fußnote«[1] – Die Grass-Rezeption in der englischsprachigen Welt

Als etablierter und mit seinem *Werther* weltweit rezipierter Autor überlegte Goethe in Italien ernsthaft, zum Maler umzuschulen. Warum? Er wollte dem engen Kreis der, zudem im Vergleich mit den klassischen oder den romanischen Sprachen als knarrend und übeltönend geltenden, deutschen Sprache entfliehen und auch ohne Übersetzung wirkungsmächtig sein. Als Poet sei er in der schwächsten aller Künste begabt, klagt Goethe, dem wir das Konzept einer »Weltliteratur« eigentlich verdanken, wovon noch die Rede sein wird, im 29. seiner *Venezianischen Epigramme*:

> »Vieles hab ich versucht, gezeichnet, in Kupfer gestochen, / Öl gemalt, in Ton hab ich auch manches gedruckt, [...] Nur der Meisterschaft nah bracht' ich ein einzig Talent: / Deutsch zu schreiben. Und so verderb', unglücklicher Dichter, / Ich im schlechtesten Stoff leider nun Leben und Kunst.«

Aber Goethes bildkünstlerisches Vermögen reichte nach dem sachverständigen Urteil Philipp Hackerts, des Nestors der deutschrömischen Malerschule, für einen Berufswechsel nicht aus. In seinen letzten Lebensjahrzehnten tröstete ihn jedoch die wachsende weltweite Rezeption seiner Werke über den sprachlichen Missstand hinweg. Sir Walter Scott übersetzte, so begeistert wie von Fehlern strotzend, den *Götz* und ließ sich von ihm zu seinen Romanen aus der schottisch-englischen Geschichte anregen. In Frankreich erschien in den 1820er Jahren, als Goethes Stern im eigenen Sprachraum stark an Strahlkraft verloren hatte, eine Gesamtausgabe der *Œuvres dramatiques de Goethe*, und dies sogar flankiert von einer von Eugène Delacroix opulent illustrierten Auskoppelung des *Faust*: Dies ausländische Rezeptionshoch bei gleichzeitig anhaltendem deutschen Tief ist geradezu ein Musterbeispiel für das von der Vergleichenden Literaturwissenschaft untersuchte Phänomen der *fortune*, des unterschiedlichen Rezeptionsschicksals eines Autors daheim und in der Fremde. Und es war nicht etwa Goethes an Racine geschulte *Iphigenie*, die bei den Nachbarn Begeisterung auslöste. Gerade seine deutschesten Dramen, *Götz*, *Faust* und *Egmont*, erschienen fast ein halbes Jahrhundert nach ihrer Konzeption den jungen französischsprachigen Dichtern als neu, aufregend und revolutionär und lösten bei Dumas, Hugo & Co. das französische romantische Drama aus. Es war nicht zuletzt diese Erfahrung, zusammen mit der Verehrung, die er in Großbritannien durch Lord Byron oder Carlyle, um nur die wichtigsten Dichter zu nennen, erfuhr, die bei Goethe in den letzten Lebensjahren seine Überlegungen zum Konzept der »Weltliteratur«[2] auslösten.

Günter Grass, der akademisch ausgebildete Bildende Künstler, betont immer wieder seine Doppelbegabung. Als Bildender Künstler, der für internationale Verständlichkeit nicht auf Vermittlungsinstanzen angewiesen ist, ist er zunächst quasi nebenbei zum Dichter geworden. Berühmt und erfolgreich ist Grass jedoch vor allem als ein weltweit gelesener Autor. Als solcher engagiert er sich auch über das Normalmaß hinaus für hochqualitative Übersetzungen seiner Werke.[3] Dies mag hilfreich sein, aber dass ein deutscher Autor im fremdsprachigen Ausland überhaupt zur Kenntnis genommen wird, ist – gute Übersetzung hin oder her – zunächst einmal extrem selten. Das »Land der Dichter und Denker« hat literarisch traditionell eine sehr bescheidene Wirkungsmacht – eine Ausnahme bildet die Epoche der Romantik, von Goethes *Werther* über seinen *Faust* zu E.T.A. Hoffmann und Heinrich Heine, in der die deutsche Literatur die englischsprachige und die französische Literatur unmittelbar beeinflusst hat. Vor diesem Hintergrund zeichnet Volker Neuhaus dann auch in einem 1990 publizierten Aufsatz zur Grass-Rezeption im Ausland ein düsteres Bild der literarischen Wirkung deutschsprachiger Literatur auf der Welt:

> »Wir Deutschen neigen häufig dazu, unsere literarische Präsenz zu überschätzen – dabei gelten wir, wie Mander [John, englischer Schriftsteller und Publizist, 1932–1978 – A. W.] zu Recht konstatiert, in der literarischen Welt als ›eher imitierendes Volk‹. Zur ›Weltliteratur‹ haben wir wenig beigetragen, weder im heutigen landläufigen Sinne noch in der prägnanten Bedeutung, die Goethe mit diesem Begriff verband. Versteht man – wie meist – darunter einen weltweit gültigen Kanon ›großer Bücher‹, so klärt einen sehr schnell ein Blick in jede beliebige ausländische Reihe mit ›Klassikern der Weltliteratur‹ auf: Goethes *Werther* und *Faust*, das eine oder andere von Thomas Mann, Kafka, vielleicht noch Hesses *Steppenwolf* und neuerdings *Die Blechtrommel* – auf mehr dürfen wir nicht rechnen.«[4]

Manders referiert lediglich die *opinio communis* und lässt sich dahingehend erweitern, dass das Ausland – zumal das englischsprachige und sicher auch das frankophone – generell Deutschland nicht gerade für den Nabel der Welt hält. Der US-amerikanische Germanist Richard E. Schade leitet dementsprechend seinen Grass-Essay über die mediale Begleitung der »SS-Enthüllung« im Gefolge der Publikation des Erinnerungsbuches *Beim Häuten der Zwiebel* (2006) in US-amerikanischen Medien mit dem Verweis darauf ein, dass Ereignisse aus Deutschland im Allgemeinen wenig Aufmerksamkeit jenseits des Großen Teiches finden: »Any discussion of US-American media coverage of events and issues in the Federal Republic of Germany is predicated on the fact that the US-American radio, television and print media seldom focus on Germany to a significant degree.«[5] Dies umfasst selbstverständlich auch und vielleicht sogar noch mehr das Thema »deutschsprachige Literatur« – hier gilt seit über einem halben Jahrhundert die zynische Buchhändlerregel »Germany is boring but Hitler sells«. Analog schätzt Joachim Fischer die Lage in Irland ein: »If one were to go onto the streets of the city of Limerick, where my employer, the University of Limerick, is located and ask any passer-by whether she/he has ever heard of Günter Grass I expect there would be very few, if any, positive responses. Even were one to ask for the name of any German writer, from any period, it is likely one would draw another blank«.[6]

Diese Beobachtung unterstreicht ein Blick auf die für Colleges und Universitäten bestimmte Publikationsreihe *Approaches to Teaching World Literature*, die von Joseph Gibaldi für die Modern Language Association of America herausgegeben wird und inzwischen immerhin 131 Publikationen umfasst.[7] Dass hierbei ein Schwerpunkt auf der englischsprachigen Literatur liegt, kann bei einer für den US-amerikanischen akademischen Unterricht bestimmten Reihe nicht verwundern. Interessanter sind die nicht-englischsprachigen Werke, die die Reihe berücksichtigt: Während französischsprachigen Werken 15 einzelne Bände gewidmet sind und spanischen acht, kommt die deutschsprachige Literatur, ebenso wie etwa die italienische, lediglich auf vier Bände: Erläuterungen zu Kafkas Kurzprosa, Thomas Manns *Tod in Venedig*, Goethes *Faust* und eben Günter Grass' *Blechtrommel*.[8] Ein ähnliches Bild gibt die ebenfalls für das Grund- und Hauptstudium bestimmte britische Autorenporträt-Reihe *Cambridge Companion to …*, die aktuell 296 Veröffentlichungen zählt und in der die deutschsprachigen Autoren gewidmeten Bände gleichfalls Goethe, Kafka, Mann und Günter Grass behandeln, diesmal noch erweitert um Bertolt Brecht, einen Band zur Epoche des »German Romanticism« und einen zu Walter Benjamin. Hinzuzunehmen wäre noch der gleichfalls eine Summe der englischsprachigen Grass-Forschung ziehende Tagungsband mit hochkarätigen englischsprachigen Beiträgen eines Kongresses an der Universität Liverpool im Jahre 2007: *Changing the Nation: Günter Grass in International Perspective.* Somit liegen in englischer Sprache drei hervorragend ausgestattete Bände auf höchstem Niveau vor, denen im deutschen Sprachraum nichts, aber auch gar nichts an die Seite zu stellen ist. Das heißt aber nicht mehr und nicht weniger, als dass *Die Blechtrommel* alias *The Tin Drum* und mit ihr ihr Autor Günter Grass im englischen Sprachraum längst das Ghetto der *German departments* mit ihren ständig schrumpfenden Zahlen des Deutschen einigermaßen mächtiger Studenten hinter sich gelassen hat und zum *household word* in den gesamten *humanities* geworden ist, von den *Great Books,* den *World Literature* und den *General Literature Courses* bis zu den *Gender Studies* oder Fragen von *Literature and Politics* usw.,[9] wo die Luft für Werke der deutschen Literatur ansonsten recht dünn ist. Breitenrezeption beim lesenden Publikum, Studieninteressen der *undergraduates* und *graduates* und die Qualifikation des Lehrkörpers und dessen Forschungsinteressen bedingen und durchdringen sich hier gegenseitig. An den drei genannten Bänden haben insgesamt 32 Hochschullehrer aus englischsprachigen Ländern mitgewirkt – die meisten natürlich aus Großbritannien und den USA –, die samt und sonders durch Forschung und Lehre zu Grass und seinem Umfeld breit ausgewiesen sind. Diese Zahl wäre im gesamten deutschen Sprachraum bei Weitem nicht zu erreichen gewesen – im Gegenteil, von den maximal etwa zehn nachhaltig zu Grass und seinem Werk forschenden und lehrenden deutschen Autoren ist lediglich etwa die Hälfte an deutschen Universitäten angestellt oder dort pensioniert. Das heißt, es gibt eine weit gestreute und breit aufgestellte angloamerikanische Grass-Forschung, die untereinander vernetzt und fest in der Hochschullandschaft verankert ist – im deutschen Sprachraum gibt es sie nicht. Der deutschsprachigen akademischen Literaturwissenschaft ist es von Anfang an erfolgreich gelungen, den einzigen deutschen Weltautor aus der zweiten Hälfte des 20. Jahrhunderts nachhaltig zu marginalisieren, mit allen auf der Hand liegenden Folgen für die dort ausgebildeten zukünftigen Literaturkritiker und Gymnasiallehrer.

Wohlgemerkt soll hier auf der Grundlage quantitativer Feststellungen keine qualitative Debatte eröffnet werden. Die schon erwähnte *fortune* ist wie Fortuna selbst halt irrational – beim Auslandsecho von Grass' *Ein weites Feld* wurde erschreckend deutlich, dass der Autor des Grass'schen Prätextes, Theodor Fontane, in Deutschland inzwischen unbestritten der wichtigste Autor aus der zweiten Hälfte des 19. Jahrhunderts, im englischsprachigen oder im frankophonen Raum ein völlig Unbekannter ist. Das heißt, diese entscheidende intertextuelle Dimension des *Weiten Felds* ging für Leser von *Toute une histoire* oder *Too far afield* völlig verloren.

Gut gemeinte Ratschläge, welche Werke im Ausland von deutschsprachigen Autorinnen und Autoren gelesen werden sollten, könnte man also wohl in hoher Zahl zusammenbekommen, aber sie fruchten nichts: Es ist ein Grundgesetz der Komparatistik, dass der literarische Außenhandel völlig eigenen Gesetzen unterliegt. Die mit dem Literaturnobelpreis geadelten Herta Müller oder Elfriede Jelinek haben zweifellos Leserschaft auch in England und Amerika, desgleichen ihr Co-Laureat Heinrich Böll und, eine Zeitlang allen diesen voran, W. G. Sebald vor allem in akademischen Kreisen. Peter Handke hat mit seinen Theaterarbeiten, Drehbüchern oder seinen Gedichten, von denen unter anderem eines von Van Morrison vertont worden ist, ein gewisses internationales Ansehen, ebenso die Dramatiker Brecht, Frisch oder Dürrenmatt. So bezieht sich die Verfilmung seines Kriminalromans *Das Versprechen* (*The Pledge*) von Sean Penn mit Jack Nicholson in der Hauptrolle zwar auch auf den Film *Es geschah am hellichten Tag*, mit dem Gert Fröbe einst seinen internationalen – sprich: Hollywood- – Durchbruch erzielt hatte, geht aber mit dem pessimistischen Schluss dezidiert auf die Romanvorlage ein. Hierzu gesellen sich Einzelwerke wie Patrick Süskinds *Das Parfüm*[10] oder Bernhard Schlinks *Der Vorleser*, die es in Übersetzung auf die Bestsellerlisten geschafft haben und ebenfalls durch englischsprachige Verfilmungen international einem breiteren Publikum bekannt gemacht wurden.

Nun hat Goethe mit »Weltliteratur« aber ohnehin nicht gemeint, dass es einzelne Werke in Übersetzung schaffen, an anderen Stellen der Erde Leser zu finden. Goethe ging es um ein Zusammenwachsen der Literaturen, ein wechselseitiges produktives Kenntnisnehmen in einem nicht durch Nationen oder Sprachgrenzen limitierten Austausch:

> »Wenn wir eine europäische, ja eine allgemeine Weltliteratur zu verkündigen gewagt haben, so heißt dieses nicht, daß die verschiedenen Nationen von einander und ihren Erzeugnissen Kenntnis nehmen, denn in diesem Sinne existiert sie schon lange, setzt sich fort und erneuert sich mehr oder weniger. Nein! hier ist vielmehr davon die Rede, daß die lebendigen und strebenden Literaturen einander kennenlernen und durch Neigung und Gemeinsinn sich veranlaßt finden, gesellschaftlich zu wirken«.[11]

Wie bei seinem *West-östlichen Divan* sollte das je Eigene und Fremde zu etwas Neuem synthetisiert werden. Die niveauvolle Weiterführung erfolgreicher Traditionslinien, wie dies bei aller partieller Innovation wohl überwiegend für die Werke von Thomas Mann oder Heinrich Böll gilt, hat Goethe nicht gemeint; ihm ging es um neue Klangfarben im Weltorchester.

Dies nun trifft auf Grass zu, wie es bei anderen deutschsprachigen Autoren seit Kafka selten der Fall ist. Rebecca Braun betont aus britischer Sicht Grass' Bedeutung als eines ebenso empfangenden wie weitergebenden Aktanten im Goetheschen Weltliteraturkonzept, als Global Player im literarischen Weltorchester – und konstatiert zugleich verwundert, wie wenig diese Sonderstellung des vielgescholtenen Grass den Deutschen bewusst ist: »In the case of Grass, it is precisely this experimental understanding of world authorship that has remained unaccounted for in German discussion of the authors's public significance«. Braun zeigt dies an den übellaunigen Reaktionen Frank Schirrmachers, Hellmuth Karaseks, Marcel Reich-Ranickis und Volker Hages auf Grass' Auszeichnung mit dem Nobelpreis.[12] Bei der Rezeption der Grass-Werke seit *Ein weiten Feld* habe in Deutschland die politische Bewertung im Vordergrund gestanden, während in den britischen und amerikanischen Besprechungen das Interesse unter Ignorierung politischer Aspekte eindeutig den literarischen Techniken gegolten habe. Und gerade diesem in Deutschland meist vernachlässigten Aspekt, der literarischen Meisterschaft, verdanke Grass seinen internationalen, ja globalen Ruhm. Durch diese Meisterschaft ist in der zweiten Hälfte des 20. Jahrhunderts einzig das Werk von Günter Grass zum deutschsprachigen Beitrag zur Weltliteratur geworden. Petra Christina Hardt schreibt: »Zwei Autoren, Günter Grass und Hermann Hesse, haben entscheidend das Bild der deutschen Literatur im Ausland geprägt. Seit 100 beziehungsweise 50 Jahren sind beide Türöffner für die deutsche Gegenwartsliteratur«[13] – Hesse wegen der deutschen »Innerlichkeit« und »Mystik« und Grass wegen seines führenden Beitrags zum postmodernen Roman[14] – so seltsam spielt die literarische *fortune*. Zeitgenössische deutschsprachige Literatur, das ist zu großen Teilen im englischsprachigen Raum Günter Grass. Er ist neben Bernhard Schlink der einzige deutschsprachige Autor, der zwischen 2002 und 2014 im BBC-Radioprogramm *World Book Club* interviewt wurde. Und hinsichtlich seiner Breitenwirkung kann schließlich auf *Wikipedia* hingewiesen werden: Der Günter Grass gewidmete Artikel der englischsprachigen Version ist der wohl umfangreichste zu einem zeitgenössischen deutschsprachigen Autor. Hinzu kommen eigene Artikel zu fast jedem seiner Prosawerke, wenn auch zuweilen in kürzester Form, sowie ein eigener umfangreicher

Eintrag zum kontroversen Gedicht *What must be said.*[15] Mitgewirkt haben an den Artikeln jeweils etliche Autoren, so dass die große Präsenz von Günter Grass nicht als Marotte eines einzelnen Grass-begeisterten Nerds abgetan werden kann.

Die seinerzeitige spontane Einschätzung der *Blechtrommel* durch Kurt Wolff hat sich als regelrecht prophetisch erwiesen: Kurt Wolff, als wichtigster Verleger der deutschen Expressionisten und Franz Kafkas schon zu Lebzeiten eine Legende, hatte 1942 in New York zusammen mit seiner Frau Helen den Verlag Pantheon Books gegründet und zu einem erfolgreichen Unternehmen ausgebaut. Am 24. März 1959 erbittet er von Grass das Manuskript – oder ein Fahnenexemplar – sowie eine Option für *Die Blechtrommel*, auf die ihn Freunde aufmerksam gemacht haben. Querelen mit einem Kompagnon führen dazu, dass Kurt Wolff das Manuskript noch nicht gründlich gelesen hat, als sich die Wolffs im Frühsommer 1959 mit Grass im Grand Hotel Dolder in Zürich treffen. Der Verleger fragt den Autor deshalb direkt, wie er selber die Chancen seines Buches auf dem amerikanischen Buchmarkt einschätze. Grass weist darauf hin, »daß alles, was Oskar Matzerath angehe, in entlegener baltischer Region spiele, sich weitgehend und penetrant auf Danzig, genauer gesagt, auf einen unansehnlichen Vorort namens Langfuhr beschränke, daß man dort stubenwarm breit und bedrohlich gemütlich spreche und außerdem immerfort von Kaschuben, einer schwindenden Minderheit, die Rede sei; dort rieche es nach Provinz.« Diese eher abratende Charakteristik überzeugt Kurt Wolff bezeichnenderweise auf der Stelle – alle große Literatur konzentriere sich auf die Provinz, verkrieche sich in ihr, ohne dabei provinziell zu sein, und gerade deshalb sei sie weltweit verständlich[16] – Wolff hat damit nichts weniger als die *road map* zu Grass' Welterfolg entworfen. Wie Joyce Dublin und Faulkner den amerikanischen Süden, so hat Grass Danzig/Gdańsk in den literarischen Weltatlas eingezeichnet und nirgendwo weiß man das besser als in seiner polnischen Heimatstadt, die ihren »großen Sohn« – so der Danziger Stadtpräsident – seit Jahren geradezu überschwänglich ehrt und seinem Blechtrommler Oskar sogar schon zu Lebzeiten ein Bronzedenkmal gesetzt hat. Kein Wunder, denn Grass, so Rebecca Braun,

> »has fashioned a particular kind of world author persona that has socio-political prominence and national specificity at its core. The irony that it is precisely his national rootedness that has guaranteed Grass a long-standing international audience which, unlike its German counterpart, is also able to look beyond the author's socio-political circumstances to engage with his literary technique.«[17]

Mehr noch, »Grass ist einer der wenigen internationalen Autoren (wie Eco, Fuentes, Kundera und García Márquez), deren Werke sofort übersetzt, veröffentlicht und in der Massenpresse rezensiert werden«,[18] schreibt Michael Henry Heim. Den Ausgang genommen hat diese Erfolgsgeschichte in Amerika, wo schon bald nach der Veröffentlichung der amerikanischen Übersetzung Ralph Manheims mehr Exemplare der *Tin Drum* verkauft wurden als von der *Blechtrommel* in Deutschland. Ähnliches wiederholte sich, als *Local Anaesthetic* 1970 in den USA ein Riesenerfolg wurde, während *örtlich betäubt* in Deutschland eher ein Flop war. Die Resonanz in Amerika ebbt auch in der Folge nicht ab, wie Daniela Hermes und Volker Neuhaus feststellen durften: »Allein zur amerikanischen Ausgabe der *Rättin* lagen uns siebenunddreißig Besprechungen aus dem Sommer 1987 vor, vom Bostoner *Atlantic* über den *Dallas Times Herald* bis zum *San Francisco Examiner-Chronicle.*« Und generell gilt, dass die USA bis heute »the biggest market for Grass's books outside Germany« sind.[19] Grass selbst hat immer wieder darauf hingewiesen, wie groß der Anteil seiner amerikanischen Verlegerin Helen Wolff an diesem transatlantischen Erfolg war, aber das war es natürlich nur zu einem bescheidenen Teil: Helen Wolff setze sich genauso intensiv für Uwe Johnson ein – aber eben leider völlig erfolglos. Dass gerade die Rezeption in den USA und die nachhaltige Besetzung des dortigen kulturellen Diskurses für die weltweite *fortune* eines Autors oder eines Romans von besonderem Belang sein sollen, erregt regelmäßig in schöner Einmütigkeit den Unwillen der Rechten wie der Linken in Deutschland. Dabei wird übersehen, dass kein anderes Land im 19. und 20. Jahrhundert so zum Aufstieg des Romans vom Kellerkind zur Königsklasse beigetragen hat wie die USA – man denke nur an Namen wie Henry James, Upton Sinclair, John Dos Passos, Thomas Wolfe, William Faulkner, Vladimir Nabokov, Ernest Hemingway, Kurt Vonnegut oder Thomas Pynchon, um deutlich zu machen, dass die Popularität und die Hochschätzung eines deutschen Autors in einem solchen Land des Romans mehr zählt als ein Nobelpreis.

Günter Grass hat sich wiederholt über die »feuilletonistische Aufbereitung, die sich Kritik nennt«, geäußert[20] und darauf hingewiesen, dass seine Rezeption im Ausland wesentlich literarischer, also auf sein Werk als solches und weniger auf politische Fragen ausgerichtet sei, und die Literaturkritik mehr der Information dient. Dies liegt natürlich zu nicht unbeträchtlichen Teilen daran, dass seine Medienpräsenz in anderen Ländern andere Schwerpunktsetzungen hat. Grass' Engagement für die bundespolitische Tagespolitik ist dort selbst bei Intellektuellen nicht Bestandteil der Alltagskonversation, so dass an diese auch nicht angeschlossen werden kann. Vielleicht deshalb existiert ein ganzes englischsprachiges Kompendium, in dem der deutsche Sonderweg in der Beschäftigung mit Grass rekapituliert wird.[21]

In der Tat betonen Literaturkritik und Literaturwissenschaft außerhalb des deutschen Sprachraums meist andere Aspekte des Werkes. Während der grenzüberschreitende Grundtenor das Interesse an den Schilderungen des Nationalsozialismus und seines Nachlebens ist, gibt es hier zusätzliche regionale Unterschiede. Janina Gesche hat beispielsweise in ihrer Dissertation herausgearbeitet, wie der *Blechtrommel*-Komplex zur Polnischen Post und das Nationalitätsproblem im Roman besonders heftige Debatten im polnischen Blätterwald auslösten.[22] Analog hat man in den USA natürlich Grass auch als »an outspoken critic of the United States and its record on human rights«[23] zur Kenntnis genommen. Der angloamerikanischen Literaturwissenschaft hat die Grass-Forschung jedoch generell viele Erkenntnisse zu verdanken, die über regionalpolitische Eigenheiten hinausgehen. Der amerikanische Publizist Richard Kluger war es etwa, der erstmals im Zuge seiner Besprechung der *Hundejahre* herausgearbeitet hat, dass bei Grass das Böse nicht primär aus den gesellschaftlichen Rahmenbedingungen entspringt, sondern eine ontische Größe darstellt. Der Mensch wird nach Kant dargestellt als ein »krummes Holz«, das nicht durch Erziehung oder weltbewegende Ereignisse gerade gebogen werden kann; er ist und bleibt »nie weit von der Bestie entfernt«[24] – ein Menschenbild, das im von Utopie-Hoffnungen geprägten Vorfeld der 1968er in Deutschland gerne überlesen wurde. Volker Neuhaus schreibt dazu:

> »Zuviel von Brechts ›Verhältnissen‹, die nicht ›so sind‹, von Blochs ›Adressen‹, an die man sich nur mit dem nötigen revolutionären Druck zu wenden habe, spukte in den bundesrepublikanischen Köpfen, als daß man zur Kenntnis nehmen wollte, daß hier ein junger und durchaus ›heutiger‹ Autor nicht irgendwelche prä-, hoch- oder postfaschistischen Strukturen angriff, sondern in aller Eindringlichkeit die gefallene Schöpfung und darin den Menschen gestaltete, dessen ›Trachten‹, gut biblisch, ›böse von Jugend auf‹ ist. Konnte man die ontologische Dimension in *Katz und Maus* noch zugunsten der politischen Attacken auf Schule, Kirche und Militär hintansetzen, so ließen die nach dem Bilde des Menschen erschaffenen Vogelscheuchen und der in den Hunden der *Hundejahre* ständig gegenwärtige Wolf dies nicht mehr zu. Vielleicht hat das dazu beigetragen, daß die *Hundejahre* bei der deutschen Kritik so schlecht wegkamen, während Kluger und Salman Rushdie sie noch über die *Blechtrommel* zu stellen scheinen und Irving sie zumindest in deren Nähe sieht.«[25]

Ähnlich gelagert ist die zweite Besonderheit der Grass-Rezeption in den Vereinigten Staaten von Amerika: die besondere Aufmerksamkeit, die man *örtlich betäubt* zukommen ließ. Während das Schreiben parallel zur Zeit im Zusammenhang mit einem pessimistischen Menschenbild in Deutschland eher dazu geführt hat, dass die literarische Debatte von politischen Disputen, nicht zuletzt über den Wahlkämpfer Grass, verdrängt wurde, machte die Auseinandersetzung mit den Studentenunruhen dieses in Deutschland eher als Nebenwerk eingeschätzte Buch in den USA offensichtlich erst richtig interessant; man sah in Grass einen Nachfahren von Walt Whitman.[26] Die entschieden anti-utopische Grundausrichtung des Romans gipfelt in der These, dass der fehlerhaften Welt nicht mit Revolutionen beizukommen ist. Möglich sind allein örtliche Betäubungen und darauf aufbauend lokale Eingriffe und Korrekturen von temporärer Wirkung. Der Roman wie das verwandte Theaterstück *Davor* wurden von der deutschen Kritik recht einmütig verrissen, während die amerikanische Übersetzung *Local Anaesthetic* in den USA ein gewaltiger Erfolg war. Das *Time Magazine* widmete Grass am 13. April 1970 sogar seine Titelgeschichte, in der es hieß: »Grass certainly does not look like the world's, or Germany's greatest novelist, though he may well be both«[27].

Wieder andere Akzente setzt die Grass-Rezeption in Irland, wo *Kopfgeburten oder Die Deutschen sterben aus* etwa vor dem Hintergrund vergangener irischer Emigrationswellen gelesen wird[28] oder seine Äußerungen zu Teilung und Wiedervereinigung vor dem Hintergrund der Trennung der Irischen Insel in Irland und Nordirland.

Das größte Kompliment für den Autor Grass ist es aber wohl sicherlich, dass es mehrere englisch schreibende Autoren gibt, die sich dezidiert auf Günter Grass als ein Vorbild ihres eigenen Schreibens berufen. Die Eigenheit, phantastische Elemente mit realistischen zu vermischen und aus dieser Perspektive der Weltgeschichte näher zu kommen als mit historischen Abhandlungen, machte auf der gesamten Welt Furore und fand Geistesverwandte – etwa die Vertreter des Magischen Realismus: »Distinguished colleagues from Nadine Gordimer to Kurt Vonnegut and Gabriel García Márquez have attested to the influence of his literature on their work; and writers such as Salman Rushdie and John Irving even view him as a role model to whom they are indebted for their initiation into writing«[29]. Rushdie bekennt unumwunden, sein Lektüreerlebnis als Oxford-Student in den sechziger Jahren sei die *Blechtrommel* gewesen, die ihn nicht nur beim Schreiben der *Mitternachtskinder* beeinflusst habe:

> »Salman Rushdie beschreibt in seinem großangelegten Autorenporträt auch zunächst das Handwerkliche, das er von Grass gelernt hat, die Rezepte, die er ihm für das eigene Schreiben entnahm. Mehr und mehr wird sein Essay dann zum Versuch, Grass als literarischen Repräsentanten unseres Zeitalters der ›Migration‹, des grenzüberschreitenden Wanderns, zu deuten. Nicht nur Emigration und Exilierung, Arbeitsmigration und Vertreibung haben das bewirkt, sondern der Aufstieg und der Zusammenbruch der Ideologien, weltweite gesellschaftliche Veränderungsprozesse und ein genereller Wertewandel ließen einzelne wie ganze Gesellschaften ständig Grenzen überschreiten, um sich in unvertrautem Gelände wiederzufinden. So sieht Rushdie den eigenen Lebensweg, der ihn als mohammedanischen Inder in die westliche Zivilisation der Oberschicht Englands führte, gespiegelt in Grass' gestalteten Erfahrungen eines dreifachen Verlustes, des der Heimat, des der Sprache, des der gesellschaftlichen Totale; und Grass' Werke ermutigen ihn, seine eigenen Migrationen zu gestalten: von Bombay nach London, von der Dritten in die Alte Welt, vom Islam zum Skeptizismus.«[30]

Ähnliches gilt für John Irving, der mit Owen Meany im Roman *A Prayer for Owen Meany* einen Wiedergänger von Oskar Matzerath geschaffen hat, in dem er dieses Vorbild weiterentwickelt: Wie sähe ein »O. M.« aus, der seine Hellsichtigkeit und geistige Überlegenheit nicht für sich und seine Trommel aufbehielte, sondern sie kommunikativ, aufklärend, ja agitatorisch einsetzte? In markierter Intertextualität nennt Irving in seinem Roman ausdrücklich Grass' Novelle *Katz und Maus*, die ihm für die Erzählfiktion als Vorbild gedient hat. Irving erklärte einmal in einem Interview, dass, wenn Grass Amerikaner gewesen und wie Irving aus dem äußersten nördlichen Neuengland gekommen wäre, er selbst wohl nicht gewagt hätte, mit dem eigenen Schreiben zu beginnen; und der Ich-Erzähler in Irvings *The Hotel New Hampshire* nennt die Lektüre von *Die Blechtrommel* das vielleicht größte Ereignis in seinem Leben. Anlässlich der in Deutschland bei der Kritik komplett durchgefallenen *Kopfgeburten oder Die Deutschen sterben aus* schreibt Irving ein Porträt des für ihn in vielerlei Hinsicht vorbildhaften Günter Grass, bei dem er, wie Rushdie, ebenfalls sein Interesse auf das Handwerkliche legt, das auch Grass immer wieder vornehmlich bei anderen Autoren interessiert.

Hierbei sind Rushdie und Irving mit ihrem Interesse am Handwerklichen im Werk von Grass nicht allein, wie Neuhaus anlässlich der Zusammenstellung eines Sammelbandes mit ausländischen Stimmen zu Grass feststellte:

»Die im vorliegenden Band versammelten Besprechungen von Einzelwerken stammen bis auf die finnische Rezension der *Rättin* ausnahmslos von Zunftgenossen, die sich von anderen Kritikern wesentlich dadurch unterscheiden, daß sie starken Akzent aufs Handwerkliche legen, auf das Wie des Machens und die Rekonstruktion des Arbeitsprozesses, sei es, daß Burgess den Einsatz »dubioser Geräusche« bewundert oder Updike die wenigen »gezeigten« Passagen im *Butt* gegen das überwiegend »Erzählte« ausspielt. Grass selbst pflegt diese Gattung der Autorenrezension – außer in den Reden zu Alfred Döblin und Arno Schmidt – nicht, aber Interviews von ihm bezeugen, mit welcher handwerklichen Neugier er die Arbeiten seiner deutschen und internationalen Zunftgenossen verfolgt. Nicht zufällig erinnert John Updike in seiner *Butt*-Besprechung an die Schreibkurse amerikanischer Universitäten: Die kritische Lektüre der Werke anderer Großer wird in Akzeptanz, Auseinandersetzung und Ablehnung zur Schreibschule für längst anerkannte Autoren. In diesem Sinne haben etwa Gustafsson *Blechtrommel* und *Butt*, Updike *örtlich betäubt*, *Aus dem Tagebuch einer Schnecke* und *Butt*, Burgess *Butt* und *Rättin* besprochen. Und diese Kollegengespräche auf höchster Ebene vollziehen sich nicht im Ghetto irgendwelcher Literaturzeitschriften, sondern in führenden, vielgelesenen Journalen wie *Encounter*, *Harper's Magazine*, *The New Yorker*, *Times Literary Supplement* oder der *Saturday Review*.«[31]

Diese kreative Auseinandersetzung mit Grass im englischsprachigen Raum ist kein Phänomen der Vergangenheit, sondern wird ständig weitergeführt, etwa mit Werken wie *Extremely Loud and Incredibly Close* von Jonathan Safran Foer, in dem er seinen altklugen und naseweisen zehnjährigen Helden Oskar Schlatt ›Nine/eleven‹ erleben lässt.

Bei aller Liebe für die *Blechtrommel* im Speziellen, so ist es doch auch die Experimentierfreudigkeit von Grass im Allgemeinen, die einen besonderen Eindruck auf die zeitgenössischen Autoren macht. Während etliche Schriftsteller den Stil des ersten Bestsellers bis zum Ende ihrer Karriere durchhalten und sich zunehmend selbst plagiieren, versucht Grass in jedem Werk, einen neuen archimedischen Punkt zu finden, um nicht zu seinem eigenen Denkmal zu werden. Nun sind die Reaktionen hierauf in der deutsch- und englischsprachigen Presse sehr unterschiedlich. Paradigmatisch für den englischsprachigen Kulturkreis mag ein Artikel in der *New York Times* vom 29. März 1970 sein, in dem sich Anatole Broyard positiv überrascht vom neuen Buch *örtlich betäubt* zeigt: »There is little in Grass's previous books to prepare us for this one. Where they were sprawling and self-indulgent, *Local Anaesthetic* is lean and ironic«. Broyard freut sich, dass er Neues liest und vom Autor überrascht wird. In Deutschland war die Kritik ebenfalls vom Buch überrascht, aber darüber nicht so erfreut, wie dies etwa in Amerika der Fall war. Wie leicht könnte Grass es sich machen und der Kritik geben, was sie fordert: ein Buch im Stil der so erfolgreichen *Blechtrommel.* Grass aber setzt trotzdem, wie der von ihm verehrte Alfred Döblin, immer wieder neu an, kommt von unglaubwürdigen Ich-Erzählern zu Erzählkollektiven, bis hin zur, wie es Julian Preece nennt, »autobiographical fiction«[32] – womit er einen Aspekt von *Beim Häuten der Zwiebel* benennt, der in der deutschen Literaturkritik fast gänzlich übersehen wurde.

Mit dem Literaturnobelpreis jedoch hat es auch im englischen Sprachraum Veränderungen in der Grass-Rezeption gegeben. Zwar ist es nicht so, dass die Rolle von Günter Grass im weltweiten Literaturdiskurs durch den Gewinn des Literaturnobelpreises geprägt würde, denn

> »a writer such as Grass has long been credited, in both positive and negative terms, with the canonical international standing, national representativeness and literary celebrity that the award is popularly seen to confer, making the actual prize more of a footnote to his career than an important defining moment signaling the onset of global resonance«.[33]

Aber selbst wenn Braun hier mit guten Gründen konstatiert, der Nobelpreis sei bei Grass' langjähriger kanonischer Geltung eher eine Fußnote im Hinblick auf die Wirkung seines Werkes gewesen, muss man von nun an differenzieren. Denn während der literarische Diskurs zunächst noch weitgehend unberührt von der Auszeichnung blieb, war zugleich unübersehbar, dass seitdem die weltweite Aufmerksamkeit für Grass' »dritten Beruf ›Nobelpreisträger‹« auch außerhalb des deutschsprachigen Raums enorm stieg. Seit 1959 beherbergt Grass in Deutschland »den Ruhm als Untermieter. Er steht überall rum, ist lästig und nur mit Mühe zu umgehen«, wie der Autor schon 1972 in *Aus dem Tagebuch einer Schnecke* schrieb, mit anderen Worten: »Ruhm ist etwas, das anzupissen Spaß zu bereiten scheint.« Spätestens seit 1999 ist der »Ruhm« weltweit als Grass' Untermieter bekannt, mit allen sich daraus ergebenden Folgen. Nobel-Laureaten haben wie andere wichtige Persönlichkeiten die nötige Fallhöhe, um weltweit zur ergiebigen Zielscheibe des Spottes zu werden, insbesondere dann, wenn sie sich auch außerhalb ihrer Kernkompetenz engagieren und die politische Arena betreten. Das Einbringen der eigenen öffentlichen Person[34] führt so auch im englischsprachigen Ausland zu einer verkürzten medialen Sicht auf das ganz anderen Gesetzen folgende Werk des Künstlers. John Updike etwa nennt Günter Grass bereits 1982 als Beispiel dafür, dass politisches Engagement bei Autoren nicht unbedingt vorteilhaft für ihre literarische Produktion sei.[35] Doch spätestens mit dem Literaturnobelpreis wird die Diskussion um seine Bücher auch im Ausland immer stärker überlagert von Debatten über die umstrittene »Berühmtheit« Grass. Gegen diese erste Informationswelle muss sich seitdem die Lektüre der Grass-Texte immer erst durchsetzen. Das liegt auch an der Differenz der Wirkungsweise von Speichermedien und Übertragungsmedien. Das Buch kann zu gewichtigen Teilen als Speichermedium angesehen werden, als ein Hilfsmittel dafür, etwas, beispielsweise die ursprünglich oral überlieferte Literatur, dem Vergehen zu entreißen. Der Künstler ist jemand, wie der Butt im gleichnamigen Roman sagt, »der die bleibende, die vielsagende Form sucht«. Ein Schriftsteller, »der gegen die verstreichende Zeit schreibt«, so Grass im *Tagebuch einer Schnecke,* steht demzufolge im Widerspruch zum Umgang mit der Zeit in modernen Massenmedien, wie sie nicht nur in Großbritannien und Amerika operieren. Dies ist der Konflikt: Die langsame, mit dem Begriff der Ewigkeit operierende Literatur mit dem Speichermedium Buch trifft auf ein Medium, das für rasante Informationsübertragung steht. Bücher müssen zunächst zeitraubend verfasst – Grass arbeitete an seinem autobiografisch fundierten Buch *Beim Häuten der Zwiebel* etwa drei Jahre –, lektoriert, gedruckt, verkauft und dann mit viel Zeitaufwand gelesen werden (die komplette Lesung der *Blechtrommel,* die Grass an mehreren Abenden vornahm, dauert über 27 Stunden). Literarische Werke, selbst wenn sie die Gegenwart zum Thema haben, sind per se nie tagesaktuell. In den Massenmedien berichtet und diskutiert wird über sie aber gerne, als ob sie es seien, also zumindest bei bekannten Autoren hauptsächlich in einer sehr kurz bemessenen Zeitspanne vor und nach der Publikation. Zum Vergleich: Rainer Maria Rilkes Rezension der *Buddenbrooks* konnte im *Bremer Tageblatt* vom 16. April 1902 abgedruckt werden – ein stolzes halbes Jahr nach der Publikation des Romans im Oktober 1901. Diese Reaktionszeit ist bei neuen Veröffentlichungen von so populären Autoren wie Günter Grass, Umberto Eco oder Salman Rushdie nicht denkbar. Deren Bücher müssen in den großen Zeitungen, geschweige denn in den anderen Massenmedien möglichst noch vor der Publikation besprochen werden, also quasi in Abänderung der Kausalkette dem Ereignis vorausgehen.

Es ist fraglich, ob so eine breite öffentliche Diskussion über Bücher entstehen kann, da doch – abgesehen von einigen Rezensenten mit Vorausexemplaren – niemand den Diskussionsgegenstand kennt. Es geht dementsprechend oft nicht mehr um ästhetische oder wissenschaftliche Urteile. Kommunikation muss anschlussfähig sein, um Bestand zu haben. Angemessene Differenzierungen sind in der kurzen Zeit der Aktualitätsspanne nicht möglich. Im Zentrum der Literaturkritik insbesondere zu Büchern von ›öffentlichen Personen‹ scheint es also nicht in erster Linie um die Würdigung eines literarischen Kunstwerks zu gehen. Das Buch wird als Auslöser für ganz andere Debatten genutzt. Eine Diskussion innerhalb des Kunst-Systems findet Anschluss in anderen Kommunikationssystemen. Der Diskurs wird beispielsweise verlagert auf den Funktionsträger, also auf die öffentliche Person Grass, anhand deren Aktionen gesellschaftlich relevante Themen in den Massenmedien debattiert werden.

Der Wahrnehmungskonflikt zwischen dem engagierten Bürger und dem Künstler wird jedoch durch einen bereits erwähnten Kunstgriff von Günter Grass noch verschärft. Denn als Autor hat Grass sich seit seinem zweiten epischen Werk, der Novelle *Katz und Maus*, beständig in jedes seiner Bücher hineingeschrieben. Die Verquickung von Literatur, Politik und Person wird dadurch zementiert. Im Ausland, wo die öffentliche Person Grass nicht so bekannt war, konnte der literarische Diskurs zunächst weitgehend unbehelligt weitergehen. Dies ändert sich jedoch spätestens mit dem Literaturnobelpreis und der Publikation von *Beim Häuten der Zwiebel*, einer Autofiktion, die bezeichnenderweise endet, als Grass nach dem Sensationserfolg seines Debütromans zur öffentlichen Person wird.

Seitdem sind die Medien-Mechanismen in Deutschland und Übersee ähnlich. Dieter Stolz erinnert:

> »Am Anfang stand fatalerweise das Sekundäre, ein zunächst von allen Beteiligten als durchaus willkommene Werbemaßnahme begrüßtes Interview im Vorfeld der Buchpublikation. Nein, genauer, am Anfang stand das, was ein mit allen Wassern seines Geschäfts gewaschener Medienprofi namens Frank Schirrmacher am 12. August 2006 aus diesem Gespräch mit Günter Grass auf der Titelseite der FAZ gemacht hat: eine PR-Strategie für seine um Marktanteile kämpfende Zeitung, ein ›Exklusiv-Geständnis‹ mit Sensationspotential und weit reichenden Folgen für den Autor und sein Lebenswerk, die vom (hinter-)listigen Mitherausgeber offenbar billigend in Kauf genommen wurden: ›Ich war Mitglied der Waffen-SS. Der Literaturnobelpreisträger bricht sein Schweigen‹.«[36]

In Amerika wird nun aus »Der« Literaturnobelpreisträger bloß »Ein« Literaturnobelpreisträger. Wenn nämlich Günter Grass nur den literaturinteressierten Amerikanern bekannt sein mag, so ist doch ein Nobelpreisträger an sich eine Schlagzeile wert: »Nobel-Winning Author reveals he worked for Hitler« lautet die Schlagzeile der *New York Times* am 12. August 2006, gefolgt am 14. August von der *International Herald Tribune* (»Nobel Laureate admits serving in elite Nazi unit«). Das Individuum rückt in den Hintergrund, um dem Kontrast »Nobelpreis« und »Hitler« Platz zu machen. Der jeglicher Komplexität entkleidete tagespolitische Diskurs übertönt nun auch im englischen Sprachraum die vielschichtige Diskussion über einen um die Auseinandersetzung mit der deutschen Schuld hochverdienten Autor, der seit seinem sechsten Lebensjahr der nationalsozialistischen Propaganda ausgesetzt war, immer zugegeben hatte, ein gläubiger Hitlerjunge gewesen zu sein, und nun ›beichtete‹, dass er als 17 Jahre alter Soldat zur SS eingezogen wurde. Geführt wurde die Debatte schon innerhalb Deutschlands zunächst einmal, ohne von nennenswerter Sach- und Werkkenntnis behindert zu werden. Es ist das Wesen differenzierter Dispute, dass sie die Massen eigentlich nicht interessieren. Schlagworte und Allgemeinplätze bestimmten auch die Grass-Diskussion, die auf den kleinsten Informationsnenner gebracht wurde. Im Ausland kam noch die Sprachbarriere hinzu. »The first hurdle most American commentators faced in the late Summer and early Fall of 2006 was that no single pundit had the time, let alone the linguistic ability, to read and digest Grass's complex memoir *Beim Häuten der Zwiebel*«[37]. John Irving sieht sich genötigt, im *Guardian* vom 19. August 2006 seine öffentliche Wertschätzung des Schriftstellers um außerliterarische Faktoren zu erweitern: »Grass remains a hero to me, both as a writer and as a moral compass; his courage, both as a writer and as a citizen of Germany, is exemplary – a courage heightened, not lessened, by his most recent revelation.«

Wozu das umfangreiche Werk lesen, wenn man auch über die berühmte Person öffentlich diskutieren kann? Warum noch Gerhart Hauptmann lesen, wenn der sich doch vom Nationalsozialismus verführen ließ? Weshalb noch eine Beschäftigung mit Ezra Pound, wenn der sich nie vom Faschismus distanziert hat? Solche Einschätzungen müssen seit 2006 bei Günter Grass debattiert werden, bevor eine Beschäftigung mit seinen Kunstwerken stattfinden kann. Deshalb ist es kein Zufall, dass der allererste Satz der *Introduction* des Herausgebers Stuart Taberner zum *Cambridge Companion to Günter Grass*[38] dessen SS-Mitgliedschaft gilt und der ganze Band durch den Artikel »Biography as politics« von Julian Preece eröffnet wird, in dem der englische Germanist die Verknüpfung von Biografie, Werk und

Politik präzise analysiert und den Versuch unternimmt, das durch Zeitungsüberschriften zirkulierende Halbwissen auf die komplexen und mit etlichen Grauschattierungen versehenen Fakten zurückzuführen. Damit aber nicht genug: Während früher in einer Monografie zu Günter Grass nach einleitenden biografischen Worten zumindest an zweiter Stelle die Auseinandersetzung mit seinen literarischen Weltentwürfen gestanden hätte, folgt im *Cambridge Companion* aus dem Jahr 2009 ein Artikel von Frank Finlay zu »Günter Grass' political rhetoric«. Wie in Deutschland stehen also mittlerweile auch hier an erster und mittlerweise sogar zweiter Stelle Person und Politik, bevor es erst in dritter Instanz ans Werk geht. Selbst die englischsprachige Literaturwissenschaft scheint nun auf das kursierende politische Gerede über die berühmte Persönlichkeit eingehen zu müssen.

Ähnliches konstatiert Alexandra Ludewig für die Grass-Rezeption in Australien und Neuseeland. Bis zum Literaturnobelpreis wird der mitunter politisch aktive Künstler wohlwollend wahrgenommen. Mit dem Jahr 1999 jedoch ändert sich auch dort die Situation, die Debatte ad hominem gewinnt die Oberhand:

> »This overwhelmingly positive treatment begins to change after 1999 when, presumably as a result of the Nobel Prize, the largely uninformed reporters begin to consult university lecturers in German and European Studies, and the reservations and criticisms which predominate in the German feuilletons begin to filter through, as is evident when pity, self-loathing and references to a stinking mess of Nazism are foregrounded. Increasingly discordant notes slip in and qualifications are made, even though these are fairly muted. Malicious tones appear, as can be seen in many headlines, such as ›Applying a blowtorch to Grass‹ and ›People in Grass houses ...‹«[39]

Das auf politische Fragen fokussierte Bild dieses »deutschen Nobelpreisträgers mit dem Nazi-Hintergrund« wurde durch die Debatte über sein Gedicht »Was gesagt werden muß« zementiert, wobei die englischsprachige Diskussion wesentlich vielstimmiger als die hierzulande war. Die gute Nachricht ist, dass tagesaktuelle Kommentare zur Literatur eine kurze Wahrnehmungsspanne haben. Noch bevor in der deutschsprachigen Literaturwissenschaft ein von Aufgeregtheiten freier Diskurs über das Lebenswerk des vielleicht wichtigsten deutschen Autors der zweiten Hälfte des 20. Jahrhunderts möglich sein wird, dürfte er im englischsprachigen Raum (schon bald wieder) philologischer Alltag sein. Schließen wir mit der Würdigung, die Rebecca Braun an den Schluss ihres Liverpooler Tagungsbands stellt:

»Gerade im wachen Bewusstsein seiner eigenen geopolitischen und historischen Zufälligkeit wird der hochgepriesene, verachtete, abgelehnte und geachtete Nobelpreisträger Günter Grass in jedem Sinne ein Autor der Welt. Nicht nur, dass seine biographische und seine dichterische Person in einem wohltemperierten Bewusstsein von der Zufälligkeit der Weltgeschichte und der Erzählungen davon übereinstimmen, auch in seinen Werken werden die Kämpfe um die Deutungshoheit über Welt und Geschichte ausgetragen, die den tiefsten Grund des zeitgenössischen kulturellen Lebens ausmachen. Das sind durchaus ernsthafte Lektionen; sie tangieren sowohl die Welt- wie die Kulturpolitik, aber es sind auch neckische literarische Denkzettel für jedermanns und jedes Dings letztliche Relativität und Hinfälligkeit. Dieser weise Sinn für die Welt und ihr Wesen stellt Grass' herausragendsten Beitrag zur Weltautorschaft dar.«[40]

Anmerkungen

1 Vgl.: Rebecca Braun: Günter Grass as a World Author. In: Rebecca Braun/Frank Brunssen (Hg.): Changing the Nation: Günter Grass in International Perspective. Würzburg, 2008, S. 195 und Fußnote 33.

2 Goethes sporadisch durch seine Spätschriften geisternden Anmerkungen zu diesem von ihm geschaffenen Begriff, die zeigen, wie stark und vielfältig er sich damit beschäftigte, findet man handlich zusammengestellt unter der Rubrik »Betrachtungen zur Weltliteratur« in: Johann Wolfgang Goethe: Schriften zu Literatur und Theater, hg. v. Walter Rehm, Neue Cotta-Ausgabe, Bd. 15, S. 785–803; instruktiv und materialreich ist auch der Artikel in Grimms Wörterbuch. Im Anschluss an die »Weltliteratur« bietet der Cotta-Band auf fast 400 Seiten Goethe'sche Rezensionen zur globalen Literatur, die zeigen, wie intensiv der Autor, gerade im Hinblick auf seine eigene Produktion, in diesen Jahren Anteil an den ihm zugänglichen Dichtungen weltweit nahm.

3 Zu den von Grass initiierten und seit dem *Butt* regelmäßig durchgeführten Übersetzercolloquien vgl.: Helmut Frielinghaus (Hg.): Der Butt spricht viele Sprachen. Grass-Übersetzer erzählen. Göttingen 2002, und den Beitrag von Dieter Stolz in diesem Band.

4 Volker Neuhaus: Bücher, die Türen aufstoßen. In: Daniela Hermes/Volker Neuhaus (Hg.): Günter Grass im Ausland. Frankfurt a. M. 1990, S. 8 f.

5 Richard E. Schade: American Media Coverage of Grass's Waffen-SS Revelation. In: Hanjo Kesting (Hg.): Die Medien und Günter Grass, Köln 2008, S. 127.

6 Joachim Fischer: Knowing Your Grass From Your Elbow. Parameters of the Reception of Günter Grass in Ireland. In: ebd., S. 91f.

7 Vgl. Rebecca Braun/Frank Brunssen: Introduction. In: Braun/Brunssen (Hg.): Changing the Nation, S. 10.

8 Monika Shafi (Hg.): Approaches to Teaching Grass's *The Tin Drum*. New York 2008.

9 Monika Shafi, Herausgeberin der *Approaches*, skizziert in ihrer Einleitung aufgrund einer repräsentativen Umfrage unter einschlägig Lehrenden eindrucksvoll den Einsatz der *Tin Drum* in der angloamerikanischen Hochschullehre: »At American and British universities and colleges, *The Tin Drum* figures prominently in a broad variety of undergraduate and graduate courses that includes survey courses as well as comparative literature and film studies and seminars, which are taught

either in German or in English. These classes cover a wide spectrum of topics in literature, history and cultural studies, ranging [...] from comparative literature courses on modernity, magic realism, and fiction of the Second World War to undergraduate seminars on the (postwar) German novel, German films, and film adaptations of literary works. The novel also figures on courses of the Holocaust or on such topics as fiction and power, images of state and society in German culture, and memory and identity in twentieth century German literature. And of course there are graduate seminars that focus either exclusively on Grass's œuvre or discuss *The Tin Drum* in German literary, historical and narrative traditions. [...] The very same qualities that have earned *The Tin Drum* a place in the canon of world literatur pose some formidable challenges in the classroom.«

10 Joachim Fischer schreibt in Bezug auf Irland: »[O]nly Grass among contemporary German writers has achieved a certain recognition value, followed perhaps by W.G. Sebald (until his tragic car accident in 2001) and Patrick Süskind on the strenght of his bestseller *Perfume*«. Vgl. Joachim Fischer: Knowing Your Grass From Your Elbow, S. 93.

11 Johann Wolfgang Goethe: Die Zusammenkunft der Naturforscher in Berlin. In: NCA Bd. 15, S. 787.

12 Vgl. Rebecca Braun: Günter Grass as a World Author. In: Braun/Brunssen (Hg.): Changing the Nation, S. 196.

13 Petra Christina Hardt: Zum Besten des Autors wahren – für die Dauer des Urheberrechts. In: Helmut Frielinghaus (Hg.): Der Butt spricht viele Sprachen, S. 129.

14 Vgl. dazu Volker Neuhaus: Roman. Ein Schnellkurs. Köln 2008, S. 184 ff.

15 Abgerufen zuletzt am 10. August 2014.

16 Vgl. dazu Volker Neuhaus: Günter Grass. Eine Biographie. Göttingen 2012, S. 185.

17 Rebecca Braun: Günter Grass as a World Author. In: Braun/Brunssen (Hg.): Changing the Nation, S. 199.

18 Michael Henry Heim: Eine harte Probe für ein Buch. In: Helmut Frielinghaus (Hg.): Der Butt spricht viele Sprachen, S. 111.

19 Rebecca Braun/Frank Brunssen: Introduction. In: Braun/Brunssen (Hg.): Changing the Nation, S. 9.

20 Vgl. etwa Günter Grass: Blindstellen auf der Spur. Rückblick auf »Poet in Residence« in Essen. In: Essays und Reden, GA Bd. III, S. 404; vgl. auch die Rede: Über das Sekundäre aus primärer Sicht, ebd. S. 414 ff.

21 Siegfried Mews: Günter Grass and His Critics: From *The Tin Drum* to *Crabwalk*. Rochester/New York 2008.

22 Janina Gesche: Aus zweierlei Perspektiven ... – Zur Rezeption der Danziger Trilogie von Günter Grass in Polen und Schweden in den Jahren 1958–1990. Stockholm 2003.

23 Frank Finley: Günter Grass's political rhetoric. In: Stuart Taberner (Hg.): Cambridge Companion to Günter Grass. New York, 2009, S. 25. Vgl. auch Frank Brunssen: ›Speak Out!‹ Günter Grass as an International Intellectual. In: Braun/Brunssen (Hg.): Changing the Nation, S. 100 ff.

24 Richard Kluger: Eine stürmische Anklage gegen den Menschen. In: Hermes/Neuhaus (Hg.): Günter Grass im Ausland, S. 40.

25 Volker Neuhaus: Bücher, die Türen aufstoßen. In: ebd. S. 11 f.

26 Vgl. Frank Brunssen: ›Speak Out!‹ Günter Grass as an International Intellectual. In: Braun/Brunssen (Hg.): Changing the Nation, S. 100 ff.

27 Time Magazine: The Dentist's Chair as an Allegory of Life, 13. April 1970, S. 52.

28 Vgl. Joachim Fischer: Knowing Your Grass From Your Elbow. Parameters of the Reception of Günter Grass in Ireland. In: Hanjo Kesting (Hg.): Die Medien und Günter Grass. Köln 2008, S. 97.

29 Rebecca Braun/Frank Brunssen: Introduction. In: Braun/Brunssen (Hg.): Changing the Nation, S. 9. Vgl. hierzu etwa Iris Heilmann: Günter Grass und John Irving. Eine transatlantische Intertex-

tualitätsstudie. Frankfurt am Main, 1998; Bettina Beltz: »Fortsetzung folgt …«: zum intertextuellen Trialog zwischen Günter Grass, Salman Rushdie, John Irving und ihrem Ahnherrn Laurence Sterne. Frankfurt am Main, 2013. Vgl. auch Sascha Seiler: Men without Country: Kurt Vonnegut's Readings of Günter Grass. In: Braun/Brunssen (Hg.): Changing the Nation, S. 132–140.

30 Volker Neuhaus: Bücher, die Türen aufstoßen. In: Hermes/Neuhaus (Hg.): Günter Grass im Ausland, S. 13.

31 Ebd., S. 10.

32 Julian Preece: Biographie as politics. In: Stuart Taberner (Hg.): Cambridge Companion to Günter Grass. New York 2009, S. 10; zu autofiktionalen Möglichkeiten und Grenzen des Erinnerungsbuches vgl. Dieter Stolz: *Beim Häuten der Zwiebel* oder »Ich erinnere mich …«. In: Günter Grass. Literatur – Kunst – Politik. Dokumentation der internationalen Konferenz vom 4.–6. 10. 2007 in Danzig. Hg. v. Marion Brandt/Marek Jaroszewski/Miroslaw Ossowski. Gdańsk 2009, S. 103–113.

33 Rebecca Braun: Günter Grass as a World Author. In: Braun/Brunssen (Hg.): Changing the Nation, S. 195.

34 Rebecca Braun: Der alte Fuchs und die Medien: Autorschaft und Öffentlichkeit in Grass' neueren Werken. In: Hanjo Kesting (Hg.): Die Medien und Günter Grass, S. 29–40.

35 Vgl. John Updike: The Squeeze Is On. In: New Yorker, 14. Juni 1982, S. 129–134.

36 Dieter Stolz: *Beim Häuten der Zwiebel* oder »Ich erinnere mich …«. In: Günter Grass. Literatur – Kunst – Politik, S. 103.

37 Richard E. Schade: American Media Coverage of Grass's Waffen-SS Revelation. In: Hanjo Kesting (Hg.): Die Medien und Günter Grass, S. 131.

38 Stuart Taberner (Hg.): Cambridge Companion to Günter Grass. New York 2009.

39 Alexandra Ludewig: From ›Good German‹ to ›Typical Nazi‹: the Reception of Günter Grass in Australia and New Zealand. In: Braun/Brunssen (Hg.): Changing the Nation, S. 185.

40 Rebecca Braun: Günter Grass as a World Author. In: Braun/Brunssen (Hg.): Changing the Nation, S. 209.

Per Øhrgaard

Geistvolle Macht – machtvoller Geist. Zum Briefwechsel zwischen Willy Brandt und Günter Grass

Gemessen an den Schmutzkübeln, die noch vor Kurzem anlässlich seines sogenannten »Israel-Gedichts« über Günter Grass ausgeschüttet wurden, waren die meisten Rezensionen des Brandt-Grass-Briefwechsels[1] respektvoll: Auch wem Günter Grass ein rotes Tuch ist, kam nicht umhin, die Bedeutung der Beziehung Brandt-Grass für die Entwicklung der Bundesrepublik anzuerkennen. Ja, Ausnahmen bestätigen die Regel, z. B. Georg Diez auf *Spiegel-online* (»Ackern für Deutschland«, 3. 5. 2013), der Adenauers diffamierender 1961-Rede nacheifernd den einen Briefpartner als einen Deutschen beschrieb, »der sich irgendwann [!] Willy Brandt nannte« und der »das neue Deutschland mit einem Kniefall erfand«, den anderen Briefpartner als einen Schriftsteller, »der sich auf Hunderten, Tausenden von Seiten ausbreitete und das Wesentliche [!] verschwieg«. Doch »das Deutschland, an dem diese beiden unehrlichen Menschen mitbauten, ist eben, wenn man so zurückschaut, echt okay«. Das freut uns aber! Doch muss man unbedingt seine Komplexe so ostentativ spazieren führen?

1.

Man könnte in Versuchung geraten, dem Brandt-Grass-Briefwechsel die Worte des Herrn aus dem *Faust* voranzustellen: »Des Menschen Tätigkeit kann allzuleicht erschlaffen, / Er liebt sich bald die unbedingte Ruh; / Drum geb' ich gern ihm den Gesellen zu, / Der reizt und wirkt, und muß, als Teufel, schaffen.« (V. 340 ff.) Doch weder sollte man Willy Brandt in die untätige und depressive Zauderecke schieben, wie es so oft geschehen ist, noch war Günter Grass immer voll Tatendrang. Brandt zeigte bei vielen Gelegenheiten richtungweisende Entschlusskraft, und das Werk von Grass ist gespickt mit Eskapisten, die am liebsten auf einer Bank sitzen und das »liebliche Jammertal« betrachten möchten. Die beiden Briefschreiber sind sich offenbar ähnlicher, als es zunächst den Anschein hat – nicht nur Grass' Dürer-Rede von 1971 und Brandts Erwähnung ihrer in seinem Geburtstagsgruß 1977

(10.10.1977, S. 673) legen davon Zeugnis ab –, aber sie haben eben verschiedene Rollen im Stück. Grass ist immer wieder derjenige, der »reizt«, der Brandt antreibt, ihn auf noch ungelöste Probleme hinweist, mehr Führungsstärke anmahnt, auch im Bewusstsein, hin und wieder zu nerven: »Und jetzt die üblichen und manchmal überflüssigen Ratschläge [...]« (29.1.1969, S. 256). Und Brandt muss ihm, meist vorsichtig, bei Gelegenheit jedoch unumwunden sagen: »Aber ich kann nicht alles auf einmal machen.« (11.3.1970, S. 356)

Dass allerdings noch die ungeduldigsten Mahnungen der Liebe entsprangen, wird bereits in den Eingangsworten von Günter Grass' »Loblied auf Willy« im Wahlkampf 1965 deutlich: »Heute soll meine Rede einem Mann die Reverenz erweisen, auf den ich gesetzt habe, der meiner Kritik immer gewiß sein kann«[2]. Der Satz fasst den einmaligen Glücksfall zusammen, dass ein Schriftsteller und ein Politiker zueinander fanden, weil der Schriftsteller politisch begabt und der Politiker intellektuell aufgeschlossen war. Beides hat Seltenheitswert, und eine Zusammenarbeit wie jene, die in diesem Briefwechsel dokumentiert wird, kommt nicht alle Tage vor. Geschieht es aber, kann es weitreichende Folgen haben.

Zu dick aufgetragen? Mitnichten. Dass ein Politiker Kritik vonseiten eines Schriftstellers gewiss sein konnte, war ja nichts Neues, entscheidend war vielmehr der erste Halbsatz: »auf den ich gesetzt habe«. Hier spricht nicht einer, der einem Politiker am Zeug flicken will, oder dem die ganze Richtung nicht passt, sondern einer, der will, dass das Vorhaben genau dieses Politikers gelingen möge. Der Politiker wiederum hatte schon früh gemerkt, dass dieser Schriftsteller politisch denken konnte: Aufschlussreich ist seine PS-Bemerkung im Brief an Hans Werner Richter vom 31.5.1961, also noch vor dem Einstieg von Grass in die Politik: »Schon wegen seines [d.h. Grass'] als vorbildlich empfundenen Auftretens in Ost-Berlin würde es mich persönlich freuen, wenn Herr Grass an unserer nächsten Zusammenkunft teilnähme und auch an dem Taschenbuch beteiligt würde.«[3] Ebenso aufschlussreich ist ein früher Brief von Grass an Brandt (3.4.1965, S. 95 ff.), in dem Grass Kritik an der Redeweise Brandts übt und ihm Ratschläge fürs weitere Auftreten erteilt. Das ist schon recht aufdringlich und wäre beckmesserisch, wenn nicht dahinter gerade die entgegengesetzte Absicht stünde: Grass will vor allem helfen – und Brandt nimmt die Hilfe jetzt und später oft und gerne an; darüber sollten seine – seltenen – Unmutsäußerungen nicht hinwegtäuschen. Keiner von beiden vergab sich etwas dabei: Brandt bestimmte immer noch die Richtlinien seiner Politik und ließ sich nicht dreinreden, z.B. nicht bei der Bildung der Großen Koalition 1966 (»das Gewissen der Sozialdemokratischen Partei schlägt nicht außerhalb dieser Partei«; 28.11.1966, S. 127). Grass seinerseits wurde nicht zum Ghostwriter, sondern schrieb und sprach weiterhin im eigenen Namen. Man lese (wieder) parallel zum Briefwechsel seine Wahlreden von 1965 und staune über die Sachkenntnis, die Sprachgewalt, vor allem aber über die Energie, die selbst in der Niederlage (siehe Büchner-Preis-Rede[4]) nicht nachlässt.

Dass der Geist in Deutschland immer politisch einflusslos gewesen sei, ist eine hartnäckige deutsche Fehleinschätzung. Zwar kam es, wie erwähnt, äußerst selten zu einer Zusammen»arbeit« wie der von Willy Brandt und Günter Grass, aber im Großen und Ganzen? Da blickt man neidisch auf Frankreich: Hier schrieben die Politiker (angeblich selbst, ohne Ghostwriter) Bücher, hier würden Schriftsteller, von Paul Claudel bis Saint-John Perse, Botschafter, oder gar Minister, wie André Malraux. In Deutschland dagegen? Von Kaiser Wilhelms Bemerkung über Rinnsteinkunst bis zu Ludwig Erhards Vergleich seiner Kritiker mit »ganz kleinen Pinschern« sei alles ganz negativ, vom Dritten Reich ganz zu schweigen.

Doch so einfach liegen die Dinge nicht. Wer auf die Zeit nach 1945 blickt, muss feststellen, dass etwa Heinrich Böll, Günter Grass, Jürgen Habermas und Alexander Mitscherlich, um nur diese vier zu nennen, ihre Gesellschaft viel entscheidender beeinflusst haben als sämtliche französische Intellektuelle von Jean-Paul Sartre zu Bernard-Henri Lévy. Es mag sein, dass die Letzteren mehr von sich reden gemacht haben – und dass andere mehr über sie geredet haben –, aber die Nachhaltigkeit des Einflusses der Deutschen ist weitaus größer gewesen. *Ein* Grund dürfte der sein, den Grass in seiner Erzählung *Das Treffen in Telgte* den Initiator des Poetentreffens 1647 Simon Dach denken lässt: »Wo alles wüst lag, glänzten einzig die Wörter. Und wo sich die Fürsten erniedrigt hatten, fiel den Dichtern Ansehen zu.«[5] Doch ist die Telgte-Novelle vielschichtiger und lässt es an machtgeschützter Innerlichkeit auch nicht fehlen: Nur Gelnhausens Entschiedenheit verschafft den Dichtern zunächst Quartier und später ein opulentes Mahl; und als ihr geplantes Manifest im Feuer untergegangen ist, steht zu lesen: »So blieb ungesagt, was doch nicht gehört worden wäre.«[6]

Bei der Abfassung seiner Erzählung hatte Günter Grass bereits Erfahrungen mit der Politik gemacht. Dass er sie so ausgiebig machen konnte, und dass ihm die Politiker, vor allen anderen Willy Brandt, Gehör gaben, lag indessen daran, dass Grass von Anfang an um die Notwendigkeit wusste, nicht nur mit glänzenden Sätzen um sich zu schlagen, sondern sich auch kundig zu machen, mit Details vertraut zu werden, die Logik der Politik jedenfalls so weit zu akzeptieren (»auf den ich gesetzt habe«), dass die Worte (»der meiner Kritik gewiss sein kann«) nicht bloß verhallen würden. Illusionen machte sich Grass jedoch von Anfang an nicht, so wenig wie Brandt. Vielleicht holten beide gerade daraus ihre Beharrlichkeit: Beide wussten, dass der Stein nie oben bleibt; dass man immer wieder den Berg hinabsteigen muss, um ihn von unten wieder aufwärts zu wälzen. »Mehr Demokratie wagen« gehört zu den berühmtesten Formulierungen aus Brandts erster Regierungserklärung. Ob sie ursprünglich von Grass stammt – was wahrscheinlich ist[7] – oder nicht: Es war der Bundeskanzler, der sie aussprach, als Absage an die Revolution und als Ankündigung von Reformen – ein inzwischen verschlissenes Wort, das alles Mögliche (meistens Kürzungen und Verringerungen) besagen kann, damals aber noch eine positivere und vor allem präzisere Bedeutung hatte.

Zu den eindrucksvollsten Dokumenten in dem Briefwechsel gehören die Berichte Grass' von seiner Israel-Reise 1967 und von seiner Reise in die Tschechoslowakei Anfang 1968. Aber auch seine Gedanken zum Jugend- und Studentenprotest sowie zum Zustand der Berliner SPD sind von einer Hellsichtigket, die über die oft holzschnittartige Debatte der damaligen Zeit weit hinausgeht. Diese Fähigkeit erklärt wohl auch den Hass, der Grass oft, zumal in späteren Jahren, entgegenschlug. Wenn etwa Martin Walser provoziert, legt sich die Aufregung bald, weil man weiß, dass er letzten Endes kein politischer Kopf ist, und ihm wird dann vieles nachgesehen (ganz zu schweigen davon, dass auch im Falle Walser die Aufregung manchmal völlig danebenging!). Wenn Grass provoziert – oder, wie er meint, eben das »Selbstverständliche« ausspricht –, wird Zeter und Mordio geschrieen, weil seine Gegner wissen, dass seine Worte Wirkung entfalten könnten. Unvergessen bleibt, wie Frank Schirrmacher den sterbenden Marcel Reich-Ranicki mit dem Satz zu wecken versuchte: »Der Grass hat wieder was angestellt« – die eigene Anwesenheit genügte offensichtlich nicht.

Günter Grass bewunderte Willy Brandt aus genau demselben Grunde, der Brandt in weiten Kreisen verhasst machte: In einem Alter, in dem Grass eingestandenermaßen[8] verblendet gewesen war, sah Brandt bereits klar genug, um zu erkennen, was Deutschland mit dem Nationalsozialismus blühen werde. Insofern war Brandt für Grass ein »Wunsch-Ich« (keine Vaterfigur, obwohl das Wort einmal fällt, sondern eher ein älterer Bruder).[9] Als auslösenden Moment für seine Entscheidung, in die Politik zu gehen, hat Grass immer die niederträchtigen Worte Konrad Adenauers im Wahlkampf 1961 von »Brandt alias Frahm« genannt. Adenauer hatte damit sowohl auf die uneheliche Geburt Brandts wie auf sein Exil angespielt, vor allem aber auf Letzteres, weil Diffamierung der Nazigegner damals immer noch zum guten Ton gehörte und Stimmen brachte.

Brandt wusste seinerseits, dass Günter Grass kraft seines literarischen Ansehens Wählerschichten ansprechen konnte, die sich sonst der SPD verschlossen – nicht zuletzt auch junge Wählerschichten, an die sich Grass denn auch explizit wandte, wenn er in seinen Reden die soeben wahlberechtigten 21-Jährigen an ihre staatsbürgerliche Pflicht erinnerte. Und Grass nutzte die Gelegenheit, um – gleichzeitig mit seiner Werbung für die SPD, genauer: für Willy Brandt – die dringenden Probleme deutlicher an- und auszusprechen, als es die Partei tun konnte oder wagte: Deutschlandfrage, § 218 (siehe die Wahlrede »Des Kaisers neue Kleider«, 1965), Bildungsnotstand, und auch die ApO, noch bevor es sie unter diesem Titel gab. Immer wieder aber stellte Grass seine Ansichten als das Selbstverständliche dar. Er redete einer modernen Normalität das Wort, war nicht für eine Utopie, sondern schlicht für die Anpassung der Bundesrepublik an die heutige Welt. Anstatt die Politik der SPD mit dem Hinweis auf deren Originalität zu empfehlen, sprach Grass von dem im Grunde längst Fälligen und überzeugte damit gewiss viel mehr Menschen, als es ihm mit radikaleren Parolen gelungen wäre. In seiner Kritik am CDU-Staat holte er aus, während er die SPD als eine recht langweilige Partei beschrieb und überhaupt »Grautöne« gegenüber Schwarz-Weiß betonte. Willy Brandt und später dann auch Herbert Wehner sahen ein, dass gerade diese Koppelung der SPD auf Dauer nur nutzen konnte: Grass fasste zwar die heißen Eisen an, verwies aber zugleich seine Zuhörer auf die Möglichkeit, mit dem Stimmzettel auf eine Änderung hinzuwirken, statt nur ohnmächtig alles zu beschimpfen und zu Hause zu bleiben. Grass war eben nicht nur dagegen, sondern auch *dafür*, wie denn 1969 auch die von ihm mit ins Leben gerufene Wahlzeitung getauft wurde.

Zum Beispiel war Grass für das Grundgesetz, dessen Tugenden er immer wieder hervorhob. Keine ganz andere Gesellschaft sei zu schaffen, es genüge die Einlösung der Versprechen des Grundgesetzes. Grass war und blieb der Parlamentariker, der Revolution abgeneigt, noch abgeneigter freilich dem Lobbyismus, ein Thema, das er auch später immer wieder aufgegriffen hat. Seine zumindest zeitweilige Bewunderung für Herbert Wehner – siehe *Aus dem Tagebuch einer Schnecke* (1972)[10] – hatte wohl auch damit zu tun, dass Wehner so oft wie nur möglich im Plenum saß, statt irgendwelche Termine irgendwo außerhalb des Parlaments wahrzunehmen.

Im deutschen Einigungsprozess 1990 nannte es Grass einen Verfassungsbruch, dass kein neues Grundgesetz ausgearbeitet wurde. Seine Begründung: Der Artikel 146 schreibe ein solches im Falle einer (Wiederver-)Einigung zwingend vor, mag politisch stichhaltig sein (denn gewiss war an eine mögliche Wiedervereinigung gedacht), juristisch ist sie es nicht. Denn der Artikel 146 besagt im Wortlaut nur, dass das Grundgesetz gültig ist, bis es von einer Verfassung abgelöst wird, nicht aber, wann und unter welchen Umständen dies zu geschehen habe. Dass dank der ausgebliebenen Verfassungsdebatte aus der Einigung de facto ein Anschluss wurde, ist nicht zu leugnen – und dagegen opponierte Grass.

2.

Und Willy Brandt? Er sah sofort, was er an Grass hatte, auch wenn dieser ihn gelegentlich kritisierte. Dies wird nicht zuletzt an seinen Reaktionen in Krisensituationen deutlich: Als Grass 1966 seinen offenen Brief gegen die Große Koalition schreibt – Grass hatte ja gerade den Emigranten gegen die alten Nazis hervorgehoben, und jetzt diese »miese Ehe« mit Kurt-Georg Kiesinger als Kanzler! (26.11.1966, S. 121ff.) –, reagiert Brandt zwar fest und deutlich, aber zugleich sichtlich bemüht, den Faden nicht abreißen zu lassen (28.11.1966, S. 126f.). Überhaupt scheint das Verhältnis zwischen den beiden in der Zeit vor der Kanzlerschaft Brandts besonders eng gewesen zu sein, was auch kein Wunder ist, weil damals das Projekt ein gemeinsames war: der Machtwechsel. Später war der Eine an der Macht und der Andere nicht. Bewegend ist Brandts kurzer, sehr persönlicher Brief vom 19. Januar 1966 (S. 111) nach seinem Besuch einer Aufführung von *Die Plebejer proben den Aufstand*: Brandt und seine Frau seien von dem damals sehr angefeindeten, inzwischen seinen Weg machenden Stück »aufgewühlt« und »nahe am Heulen« gewesen, wie er schreibt. Auch dass Brandt, jetzt schon Außenminister, Grass 1967 politische Grüße nach Israel mitgibt, zeugt nicht nur von Freundlichkeit, sondern auch von dem Vertrauen, das er in Grass setzt – ebenso wie seine Dankesworte für den Bericht über die Reise (Bericht 4.4.1967, S. 138ff., Brandts Dank 10.4.1967, S. 148).

Gerade der Reisebericht aus Israel sowie jener über die Reise in die Tschechoslowakei während des Prager Frühlings 1968 (13.3.1968, S. 200ff.) belegen, dass Grass' Vorstellung, während der Kanzlerschaft Brandts irgendwie halboffiziell der Bundesrepublik dienen zu können, vor allem im Bereich der Entwicklungshilfe, keineswegs abwegig war; die beiden Reisen konnten schon als Gesellenstücke gelten. Brandts Absage mag nicht nur in der befürchteten Selbständigkeit von Grass begründet sein (dass ihm »Weisungen« sicher nicht liegen würden, wie Brandt elegant schreibt (12.12.1969, S. 328)), sondern vielleicht auch in der Überlegung, dass ein »freischwebender« Grass für die Sache der SPD und des Kanzlers allemal nützlicher sei als ein irgendwie beamteter. (Als Egon Bahr zum ersten Mal Mitglied der SPD werden wollte, winkte Brandt ab: Man könne draußen oftmals mehr tun als drinnen.)[11]

Beiden Briefschreibern ist gemeinsam, dass Enttäuschungen ihnen zwar zusetzen, sie aber nicht aufgeben lassen. Brandt trat dreimal als Kanzlerkandidat an, ehe er schließlich 1969 mit einer hauchdünnen Mehrheit (und dank der Fünf-Prozent-Sperrklausel, welche die NPD gerade noch außen vor hielt) gewählt wurde. Grass litt schwer unter der Niederlage 1965 und der Großen Koalition 1966, gab aber auch nicht auf. Anfang Oktober 1965 schreibt er an Brandt, das Wahlergebnis vom 19. September habe ihn »noch mehr bestärkt [...], den Sozialdemokraten zu helfen, also auf meine Art Partei zu ergreifen. Es mag sein, daß diese unabhängige Spielart der Parteinahme während dieses Wahlkampfes noch auf starken Widerstand, auch innerhalb der SPD, gestoßen ist, dennoch meine ich, in vier Jahren wird solcher Initiative schon das Selbstverständliche anhaften.« (2.10.1965, S. 103 f.) So kam es. Die Große Koalition war ein viel härterer Brocken, aber da Grass die Jugend immer davor gewarnt hatte, sich in einen Schmollwinkel zurückzuziehen, konnte er es selbst schlecht tun und setzte vielmehr mit seiner Gründung der Sozialdemokratischen Wählerinitiative auf einen Erfolg für die SPD, die eine weitere Große Koalition überflüssig machen würde. Und so kam es denn auch – dank Brandts Entschiedenheit in der Wahlnacht 1969.

3.

Der Briefwechsel zwischen Willy Brandt und Günter Grass ist von Martin Kölbel vorzüglich ediert und mit zusätzlichen Dokumenten, Anmerkungen, Registern sowie mit einem ausführlichen Nachwort versehen worden, das nachwachsenden Generationen das erklärt, was die Älteren unter uns – zu ihnen gehört der Rezensent, der die Jahre der Ostpolitik zwar aus dem Ausland, aber mit derselben Spannung wie viele Deutsche verfolgte – noch in Erinnerung haben. Es muss also hier nicht alles rekapituliert werden. Aber verfolgen wir einmal einige der Hauptthemen des Briefwechsels.

1) Was ist des Deutschen Vaterland? – So heißt in Anlehnung an Ernst Moritz Arndt eine Wahlrede von Grass 1965,[12] in der er den bisherigen Bundesregierungen vorwirft, über die armen »Brüder und Schwestern« drüben zwar zu reden, aber nichts für sie, vielmehr eine Menge gegen sie zu tun, und zugleich den Flüchtlingen immer wieder das Blaue vom Himmel, sprich die Rückkehr in die ehemaligen Ostprovinzen, zu versprechen. Nach dem Mauerbau 1961 hatten Brandt und sein Kreis, allen voran Egon Bahr, das Konzept des »Wandels durch Annäherung« entwickelt, bei dem die Annäherung vom Westen ausgehen, der Wandel aber im Osten ge-

schehen sollte; die Perspektive, die nie aus den Augen verloren wurde, war die Wiedervereinigung. Sie ist auch die Perspektive von Grass (der es 1965 sogar für möglich hält, in einem Friedensvertrag nochmals über Stettin und den Lausitzzipfel zu reden).[13] Er unterstützt die Politik Brandts, ermahnt aber in seinen Briefen an Brandt die SPD, bei der Durchführung ihrer Ostpolitik die Flüchtlinge nicht zu vergessen, siehe z. B. den Brief vom 12. Februar 1970: Die anhaltenden Versprechen der CDU-Regierungen habe den Flüchtlingen nicht erlaubt, in der Bundesrepublik heimisch zu werden (Grass hat bei anderen Gelegenheiten auf seine eigenen Eltern verwiesen):

> »Umso schlimmer wird es für diese alten Menschen sein, wenn ihnen nun, fünfundzwanzig Jahre nach Kriegsende, die letzte Illusion genommen wird, d. h. wenn sie und nahezu ausschließlich sie, die eigentlich Betroffenen des ausgesprochenen Verlustes sein werden, und sich nichts außer dem üblichen Lastenausgleich abzeichnet, das ihren Verlust, nämlich platterdings den Verlust der Heimat, auch nur annähernd ersetzen könnten.« (S. 341)[14]

Ob freilich der in der Wahlrede gemachte Vorschlag, die durch Verträge mit Polen und der Sowjetunion zu erwartenden Übersiedler eigene Städte gründen zu lassen, in seinem Sinne Früchte getragen hätte, kann man bezweifeln. Solche Städte hätten sich wohl auch zu revanchistischen Brutstätten entwickeln können.

Als die DDR sich immer weiter stabilisiert und die Wiedervereinigung damit in weitere Ferne rückt, insistiert Grass weiterhin auf der kulturellen Einheit Deutschlands und schlägt eine Kulturstiftung vor, die er im Brief vom 19. Mai 1972 näher erläutert (S. 558 ff.);[15] bekanntlich wurde diese Stiftung erst lange nach der deutschen Einigung gegründet. Bei aller Unterstützung warnt Grass allerdings auch vor zu viel Fraternisierung: siehe den ausführlichen Brief an Brandt vom 25. Februar 1970 (S. 346 ff.) sowie später seine Enttäuschung über die halbherzige bis ausbleibende Unterstützung der polnischen Solidarność-Bewegung durch die SPD (Brief vom 27. 1. 1982, S. 727). Grass liebäugelte zu keinem Zeitpunkt mit dem real existierenden Sozialismus (in etlichen Briefen empfiehlt er der SPD, den Leninismus offener anzugreifen anstatt sich »nur« zu distanzieren), und seine Bücher gehörten denn auch folgerichtig zu den letzten aus dem Westen, die in der DDR zugelassen wurden. Willy Brandt, zur härtesten Zeit Westberlins Regierender Bürgermeister, machte sich zwar ebenso wenig Illusionen, hielt aber die vorsichtige Diplomatie für richtiger. Man kann sich auch unschwer die Reaktion der Weltöffentlichkeit vorstellen, wenn ausgerechnet aus Deutschland einer Protestbewegung gegen eine polnische Regierung offene Unterstützung zuteilgeworden wäre.

Dass Grass, der Deutschlands Einheit immer so stark hervorgehoben hatte, der dann tatsächlich erfolgten Einigung so skeptisch bis ablehnend gegenüberstand, sorgte für Irritationen auch bei seinem alten Freund Willy Brandt, der ihm kurz beschied, er sehe nicht, wieso er, Brandt, jetzt, im Jahre 1990, auf seine Thesen von 1970 zurückgreifen sollte (14.8.1990, S. 799f.); freilich zeigt er später durchaus Verständnis für Grass' Enttäuschung (22.5.1991, S. 805). Auch lehnte Brandt das »Auschwitz-Argument« von Grass ab (die Behauptung, Auschwitz stünde für immer einer staatlichen Einheit Deutschlands entgegen), und man darf wohl auch behaupten, dass der deutsche Antifaschist Willy Brandt sein gesamtes Lebenswerk hätte verleugnen müssen, wenn er Grass hier gefolgt wäre. (Soweit ich sehen kann, hat Grass dieses Argument später auch nicht wiederholt.) In Grass' Tagebuch 1990, *Unterwegs von Deutschland nach Deutschland*, kann man nachlesen, was ihn im Prozess der deutschen Einigung beschäftigte: die in seinen Augen verpassten Möglichkeiten, die Bevölkerung der DDR zu Miteigentümern des vereinten Deutschland werden zu lassen (Stichwort »Verfassungsbruch«). Grass weinte dem diktatorischen Staat keine Träne nach, widmete sich aber wie schon bei der Frage der Flüchtlinge mehr dem Schicksal der Verlierer als dem der Sieger (»Siegen macht dumm«, sagte er einmal); und Verlierer waren in seinen Augen die Menschen in der DDR, die aus einer Unmündigkeit in eine andere übergingen, ohne die Chance zu bekommen, ihre Zukunft selbst zu gestalten. Hier traf er sich mit vielen Bürgerrechtlern, die im Westen bis zum Mauerfall hoch gelobt und danach mehr oder weniger sanft beiseitegeschoben wurden.

Für den schnellen Einheitsprozess gab es viele Argumente, nicht zuletzt die unstabilen Machtverhältnisse in der Sowjetunion, die rasches Handeln ansagten (und für den »Kanzler der Einheit«, Helmut Kohl, hatte Grass sogar früh lobende Worte gefunden, freilich in einem anderen Zusammenhang).[16] Dass die Eile auch Probleme schuf, die nicht genügend beachtet oder bewusst missachtet wurden, ist allerdings auch wahr; und über die Treuhand wird die Geschichte kaum gnädig urteilen. Dass die Bücher von Grass aus den neunziger Jahren – *Unkenrufe* (1992), *Ein weites Feld* (1995) – nichts weiter seien als Reflexe seiner Verbitterung, ist wiederum blanker Unsinn: Sind sie doch viel facettenreicher und ironischer, sogar selbstironischer, als seine politischen Stellungnahmen im Einigungsjahr.

Wie dem auch sei: Der Einigungsprozess brachte Willy Brandt und Günter Grass nicht enger zusammen, im Gegenteil. Vielleicht hatte sich der Schatz an

Gemeinsamkeiten tatsächlich erschöpft. Vielleicht verstand Grass nicht, dass für Brandt, geboren 1913 und aufgewachsen, als Deutschland noch *ein* Staat war, die politische Einigung die Erfüllung aller Wünsche und Bestrebungen war (obwohl seine berühmten Worte vom Zusammen*wachsen* keine Übereilung befürworteten), während für Grass, 1927 geboren und schon mit der Teilung Deutschlands erwachsen geworden, die Entwicklung vor allem die kulturelle Einheit bestätigen sollte, ohne notwendig eine staatliche folgen zu lassen. (Eine persönliche Reminiszenz: Der Rezensent war zufällig bei einem Mittagessen in Tübingen am 23. August 1961 Zeuge, wie Günter Grass, der am Vorabend im Rahmen des Tübinger Ferienkurses gelesen hatte, seine Gedanken über eine mögliche zukünftige Konföderation andeutete. Es waren erst zehn Tage seit dem Mauerbau vergangen, auf den Grass bekanntlich u. a. mit seinem offenen Brief an Anna Seghers reagierte.)

2) Die SPD – und die rebellierende Jugend. Bereits in einer Wahlrede 1965 erzählt Grass, wie dann später in *Beim Häuten der Zwiebel*, wie er in den Nachkriegsdiskussionen im Kalibergwerk zum Sozialdemokraten geworden war.[17] Und die SPD pries er immer als die Partei des gesunden Menschenverstandes, romantisierte wohl gar hin und wieder die alten Kämpfer der Partei, bedachte aber auch die SPD mit Ironie und wurde vor allem immer ungeduldiger, als sie dann schließlich den Kanzler stellte und die Bundesrepublik (mit)regierte. Die SPD hadere immer mit sich selbst, lebe im »Taumel zwischen Kleinmut und Verstiegenheit« (26.4.1968, S. 214), deute stets lieber auf ein halbleeres als auf ein halbvolles Glas, streiche ihre Erfolge nicht gebührend heraus (siehe z. B. den Brief der Sozialdemokratischen Wählerinitiative vom 19.9.1971, bes. S. 481), sei überhaupt zu halbherzig (siehe z. B. die »Ergebnisse des Arbeitskreises« vom 4./5.5. 1968, S. 221f.); die Bevölkerung traue der SPD mehr zu als diese sich selbst (22.4.1969, S. 279). Daher auch seine ständigen Aufforderungen an Brandt, ein Machtwort zu sprechen, deutlicher zu führen. War doch Willy Brandt in den Augen Grass' seiner Partei voraus; er dürfe sich also nicht von der Trägheit anstecken lassen.

Nicht von ungefähr bezeichnete Rudi Dutschke 1969 »die politische Bekämpfung von Grass« als »wichtiger als alles andere«.[18] Grass war für den radikaleren Teil der Neuen Linken bzw. der ApO gefährlicher als die konservativen Gegner, weil er den Protest nicht einfach ablehnte, sondern ihm einen alternativen Weg aufzeigte. Von außen gesehen war Grass Ende der sechziger Jahre vor allem der Warner vor vermeintlichen oder tatsächlichen Exzessen der Jugend- und Studentenbewegung, denn er stand mit beiden Beinen »auf dem Boden der FdGO« (= Freiheitlichdemokratische Grundordnung), wie es damals spöttisch hieß. Nach innen, in den Briefen an Brandt, zeigte er großes Verständnis für die junge Generation und stieß bei Brandt, wenn auch keineswegs überall in der SPD, auf offene Ohren – hatte doch Brandt selbst zwei Söhne im »einschlägigen« Alter, mit denen er, wie Grass immer lobend hervorhob, tolerant umging.

Bereits 1966 hofft Grass von Brandt auf ein klärendes Wort zur »Vietnam-Diskussion, deren Richtungslosigkeit sich schon morgen jeder Kontrolle entziehen könnte« (3.10.1966, S. 115), aber da ist Brandt bereits auf dem Wege, Außenminister zu werden, und im Übrigen hatte er auch als Westberliner Regierender wohl den USA zu viel zu verdanken, um sich auf die Seite der Protestierenden zu schlagen. Im Februar 1967 kritisiert Grass den Umgang der Partei mit der eigenen Hochschuljugend, »die aus Altersgründen wie sachlichen Gründen selbstverständlich bemüht ist, links von der Parteispitze Profil zu gewinnen.« (23.2.1967, S. 136) – Eine Diskussion im Republikanischen Club gibt Grass Anlass, der SPD ins Stammbuch zu schreiben, dass sie »die bloße Indifferenz aufgeben und sich nach links hin« öffnen müsse (23.10.1967, S. 170), wenn sie die junge Generation nicht verlieren solle. Es sei die Aufgabe Brandts, der protestierenden Jugend »mit besseren Argumenten nicht den Schwung, aber die Ziellosigkeit des Schwungs zu nehmen« (31.1.1968, S. 180), denn Brandt – und Gustav Heinemann – hätten als liberale und tolerante Geister bei der Jugend Autorität. Brandt müsse in Person die Avantgarde darstellen und die Jungen integrieren: »In 4–5 Jahren kann die Generation, die heute demonstriert, protestiert und mit Vorzug der SPD Prügel zukommen lässt, zu Dir und damit zur SPD stehen«, prophezeit die Arbeitsgruppe um Grass ausgerechnet im Mai 1968 (Bericht 4./5.5.1968, S. 222), und im Juni 1969 sieht Grass denn auch die Anzeichen: Bei seinen Wahlauftritten gehe es jetzt friedlicher zu, und zwar wegen »der wachsenden Einsicht vieler Jung- und Neuwähler, daß eine SPD/FDP-Koalition für ihre Generation die einzige Chance bedeutet, wieder ein Verhältnis zur parlamentarischen Demokratie zu gewinnen«. (28.6.1969, S. 296) Besonders besorgt zeigt sich Grass über die Entwicklung in Berlin und das Gebaren des jetzt, nach Brandt und Heinrich Albertz, Regierenden Bürgermeisters Klaus Schütz: Er dürfe jetzt nicht die Straße gegen die Straße mobilisieren (19.2.1968, S. 183 – was Schütz z.T. tat. Berüchtigt sind seine Worte: »Seht euch diese Typen an ...«). Dass Brandt erstens als Ehemaliger kaum ein Machtwort sprechen konnte, und dass er Schütz, der an dem Aufbau Brandts als Kanzlerkandidaten maßgeblich beteiligt gewesen war, viel zu verdanken hatte, kümmerte Grass wenig. Noch Anfang 1972 ermahnt er Brandt: »Vergiß bitte nicht, die junge

Generation ist nicht nur verführbar, sie ist auch aus guten Gründen mißtrauisch.« (28.1.1972, S. 536)

Beim Wiederlesen von *örtlich betäubt* fällt übrigens die Liebe zu den jungen Protagonisten heute ganz anders ins Auge als beim Erscheinen des Romans 1969, wo vor allem Kritik oder gönnerhafte Herablassung herausgelesen wurde. Bewegend ist auch der Brief Grass' vom 14.6.1977:

> »Übrigens war kürzlich Rudi Dutschke bei mir. Das letzte Mal habe ich ihn vor annähernd zehn Jahren gesehen, als der damalige Präses Scharf und ich (kurz vor einer nicht zugelassenen Demonstration) zwischen dem Senat einerseits und Dutschke/Rabehl/Semler und anderen andererseits zu vermitteln versuchten. Dutschkes Anliegen rührte mich an. Er will in die Bundesrepublik zurück, weiß aber nicht wie. Die Zeit ist über ihn hinweggegangen. Eigentlich sucht er den windstillen Ort: die Universität, um dort Forschung zu betreiben. Ihm liegt ein Angebot der Universität Bochum vor, doch befürchtet er massiven Protest gegen seine Lehr- und Forschungstätigkeit. Indirekt bat er mich, Dich zu fragen, ob Du ihm helfen könntest: er will kein Geld, er will kein Stipendium der Ebert-Stiftung, er möchte in seinem Land einfach nur weiterarbeiten.« (S. 671)

3) Willy Brandt selbst: Natürlich war Brandt – wie übrigens nicht er allein, sondern auch etliche Schriftstellerkollegen – von den ständigen Zurufen und Mahnungen Grass' hin und wieder genervt. Dennoch sollte man seine gelegentlichen Unmutsäußerungen nicht überbewerten. Zum Beispiel beziehen sich die »Klugscheißereien«[19] wohl ebenso sehr auf Grass' Andeutung, dass Brandt zum »Denkmal« geworden sei, als auf sonstige Vorschläge. Die Affäre um Grass' abgesagte Reise in die Sowjetunion hat ihn gewiss geärgert (siehe Grass an Brandt, 10.9.1973, S. 611), am schlimmsten aber traf ihn wohl Grass' Rede/Aufsatz »Koalition im Schlafmützentrott« vom November 1973 (vgl. Anm. 2, S. 620), vor allem weil sie zeitlich zusammenfiel mit den abschätzigen Bemerkungen Herbert Wehners über den Führungsstil des Kanzlers. Brandt bedankt sich denn auch nur kurz für Grass' Glückwunsch zu seinem 60. Geburtstag im Dezember desselben Jahres: »[...] ohne Zweifel, wir geraten in schwieriges Gelände. Ich sehe darin auch eine Chance. Und sei es nur die, Klischees zu zerstören.« (18.12.1973, S. 620) Als Brandt dann wenige Monate später unerwartet zurücktritt, schreibt ihm Grass einen Brief, der als ein, wenn auch nicht vorbehaltloser Versuch der Wiedergutmachung gelesen werden kann: »Ich möchte gern mit Dir sprechen, um Dir zu zeigen, daß Du mehr Freunde hast,

als Du während der letzten Zeit wahrnehmen wolltest.« (18.5.1974, S. 623) Grass kehrt sozusagen zum Anfang zurück und betont, »wie stark meine politischen Bemühungen während der zurückliegenden Jahre an Dein Bemühen gebunden gewesen sind [...]« (S. 622). Wo er zunächst Brandt so gut wie uneingeschränkt unterstützt hatte, feuerte er ihn in späteren Jahren immer mehr an, bemängelte seine Führungsschwäche (bei gleichzeitiger Bewunderung für seine Toleranz), warnte ihn vor Rückfällen in die Resignation und mahnte nach den Erfolgen der Ostpolitik mehr innere Reformen an. Kein Wunder also, dass Brandt ihm einmal, wie bereits zitiert, schrieb: »Aber ich kann nicht alles auf einmal machen.« (11.3.1970, S. 356) So viel angetragene Liebe konnte eben auch anstrengend sein.

Dennoch: Wer Willy Brandts Gruß zum 50. Geburtstag von Grass liest (10.10.1977, S. 672 ff.), kann an der Verbundenheit der beiden nicht zweifeln, gerade weil Brandt auch Divergenzen anspricht (»daß auch wir zeitweilig nicht auf derselben Wellenlänge waren«), noch mehr aber, weil er Grass eben auch als Künstler würdigt: »So wurde einem deutlich, wie sich Politik und Literatur für Dich nicht nur von der moralischen Verpflichtung gegenüber dem Gemeinwohl, die Du spürtest, sondern ebenso vom aufklärerischen Drang Deiner Sprache selber, aus der Materie Deiner Kunst, ergibt.«

Dem ist nichts hinzuzufügen – außer einem Dank an Martin Kölbel, dem wir diese sehr gelungene Herausgabe eines so wichtigen Zeitdokuments verdanken.

Anmerkungen

1 Martin Kölbel (Hg.): Willy Brandt und Günter Grass. Der Briefwechsel. Göttingen 2013 (alle Briefe werden nach dieser Ausgabe in nachgestellten Klammern zitiert).

2 Günter Grass: Werke. Göttinger Ausgabe. Göttingen 2007, Bd. 11, S. 99 (alle Hinweise auf Grass-Werke gelten dieser Ausgabe).

3 Grass hatte an einem Treffen des DDR-Schriftstellerverbandes teilgenommen und kein Blatt vor den Mund genommen. Siehe Hans Werner Richter: Briefe. Hg. v. Sabine Cofalla. München 1997, S. 345. – Bei dem Taschenbuch handelt es sich um *Die Alternative oder Brauchen wir eine neue Regierung?* Hg. v. Martin Walser. Reinbek 1961 (rororo 481).

4 Rede über das Selbstverständliche.Vgl. Anm. 1, Bd. 11, S. 149–165.

5 *Das Treffen in Telgte. Eine Erzählung* (1979). Vgl. Anm. 2, Bd. 6, S. 713.

6 Ebd., S. 842.

7 Siehe Nachwort des Herausgebers Martin Kölbel, hier S. 1120 f.

8 Und zwar schon in den sechziger Jahren, siehe etwa die Wahlrede »Ich klage an«: Hans Globke »hat *mich* [meine Hervorhebung] und meine Generation belastet und mitschuldig gemacht.« Wie Anm. 2, Bd. 11, S. 145.

9 Heute kaum zu glauben, dass jemand wie Alfred Andersch Brandt »diesen Dummkopf« nennen konnte, weil Brandt seine norwegische Staatsbürgerschaft abgegeben hatte, »um in Deutschland Politiker zu werden«. Vgl. Brief an Enzensberger vom 11.3.1961. In: Per Øhrgaard: »... ich bin nicht

zu herrn willy brandt gefahren …« . Zum politischen Engagement der Schriftsteller in der Bundesrepublik am Beginn der 60er Jahre. In: Axel Schildt/Detlef Siegfried/Karl Christian Lammers (Hg.): Dynamische Zeiten. Die 60er Jahre in den beiden deutschen Gesellschaften (= Hamburger Beiträge zur Sozial- und Zeitgeschichte, Bd. 37). Hamburg 2000, S. 719–733.

10 Vgl. Anm. 2, Bd. 5, S. 351 ff.

11 Vgl. Egon Bahr: Das musst du erzählen. Erinnerungen an Willy Brandt. Berlin 2013, S. 15 f.

12 Vgl. Anm. 2, Bd.11, S. 111–121.

13 Ebd., S. 114.

14 Siehe auch S. 373, 375 ff., 403. Der auch bereits in der Wahlrede gemachte Vorschlag an den Ostdeutschen Kulturrat (5.3.1970, S. 376 ff.), die Erforschung der Dialekte besonders zu fördern, schließt sich eng an Grass' Vorstellungen von Deutschland als einer Kulturnation an.

15 Siehe auch die berühmte Schriftstellerschau in *Kopfgeburten oder Die Deutschen sterben aus* (1980). Vgl. Anm. 2, Bd. 7, S. 124, sowie die Bemerkungen zur »Nationalstiftung«, S. 125 f.

16 Brief an Brandt vom 21.9.1971: »Den stärksten Eindruck auf uns alle machte Kohl. […] Wo Barzel glatt und routiniert, wie gewohnt, wirkte, war Kohl aufmerksam und gesprächsbereit.« (S. 484)

17 »Ich klage an«, vgl. Anm. 2, Bd. 11, S. 139–148, bes. S. 139 f. und *Beim Häuten der Zwiebel*, vgl. Anm. 2, Bd. 10, S. 433 ff.

18 Laut *Der Spiegel* 17.2.1969, zit. nach dem Brandt-Grass-Briefwechsel, vgl. Anm. 5, S. 671.

19 Willy Brandt: Mehr Demokratie wagen. Innen- und Gesellschaftspolitik 1966–1974. Bonn 2001 (= *Berliner Ausgabe* Bd. 7), S. 530, hier zit. nach Martin Kölbels Nachwort zur Briefausgabe, S. 1136.

Zur Diskussion gestellt

Beiträge zur Grass-Forschung

Werner Frizen

Die Tragödie des Vatertags in Günter Grass' *Butt*

»Ich glaube, das wird was.«
(Günter Grass an Helen Wolff, 1. März 1976)

Prolog: Die Sonderentwicklung des »Vatertag«-Kapitels

Als der Butt noch tief unten auf dem Meeresgrund ruhte und auch Ilsebill weit und breit nicht in Sicht war, hatte sich die Idee zum »Vatertag« schon längst manifestiert. Ein Stein des Anstoßes von jeher und in mancher Hinsicht, erblickt das spätere achte Kapitel des *Butt* schon gut eine Dekade vor dem Roman, in dem es am Ende eine Schlüsselfunktion einnehmen sollte, das Tageslicht: »Vatertag: Berlin. Vier Lesbierinnen feiern den Tag in Herrenkleidung und singen Soldatenlieder, sprechen vom Fußball: Erzählung: 15 Seiten« (Tagebuch vom 12.5.1961, *Fünf Jahrzehnte*, S. 114). Zwei Jahre später (23.7.1963) mutiert der Plan zu einem Filmvorspann (das verrät die Aufschrift zu einer Mappe, die das Berliner Grass-Archiv aufbewahrt), kurze Zeit danach (25.9.1963) sollen »Film und Buch gleichzeitig« entwickelt werden, und noch einmal zwei Jahre danach steht ebenso vorläufig fest, dass aus »Vatertag« ein Roman werden soll. Damit der Metamorphosen nicht genug: Auch das Exposé zu einer Kurzgeschichtensammlung und sogar zu einem Schauspiel mit Prolog und Fastnachtspossen-Personal von »Nacktarsch« bis zu »Bierleiche« findet sich unter anderen, undatierten Entwürfen (wobei die Skizze eines Bühnenstücks – siehe unten! – wie ein Wink mit dem Zaunpfahl anmutet). Lange ruht dann der Plan, bis der Wahlkampfhelfer vermutlich im Herbst 1969 für das *Tagebuch einer Schnecke* notierte: »Werde mal, weiß nicht wann, ein Buch – ›Vatertag‹ – schreiben, das in Berlin siedelt und am Himmelfahrtstag nur von viereckigen Männern handelt ...«[1] Man sieht, die Idee zu »Vatertag« muss Günter Grass so fasziniert haben, dass sie sowohl nach der Vollendung von *Katz und Maus* als auch nach Abschluss von *Hundejahre* zur Realisierung drängte. Eine Satire auf Männlichkeitsrituale sollte daraus werden, das steht über die Jahre hin fest; doch ansonsten ist alles noch im Fluss: weder die Großform (hier Erzählung – dort

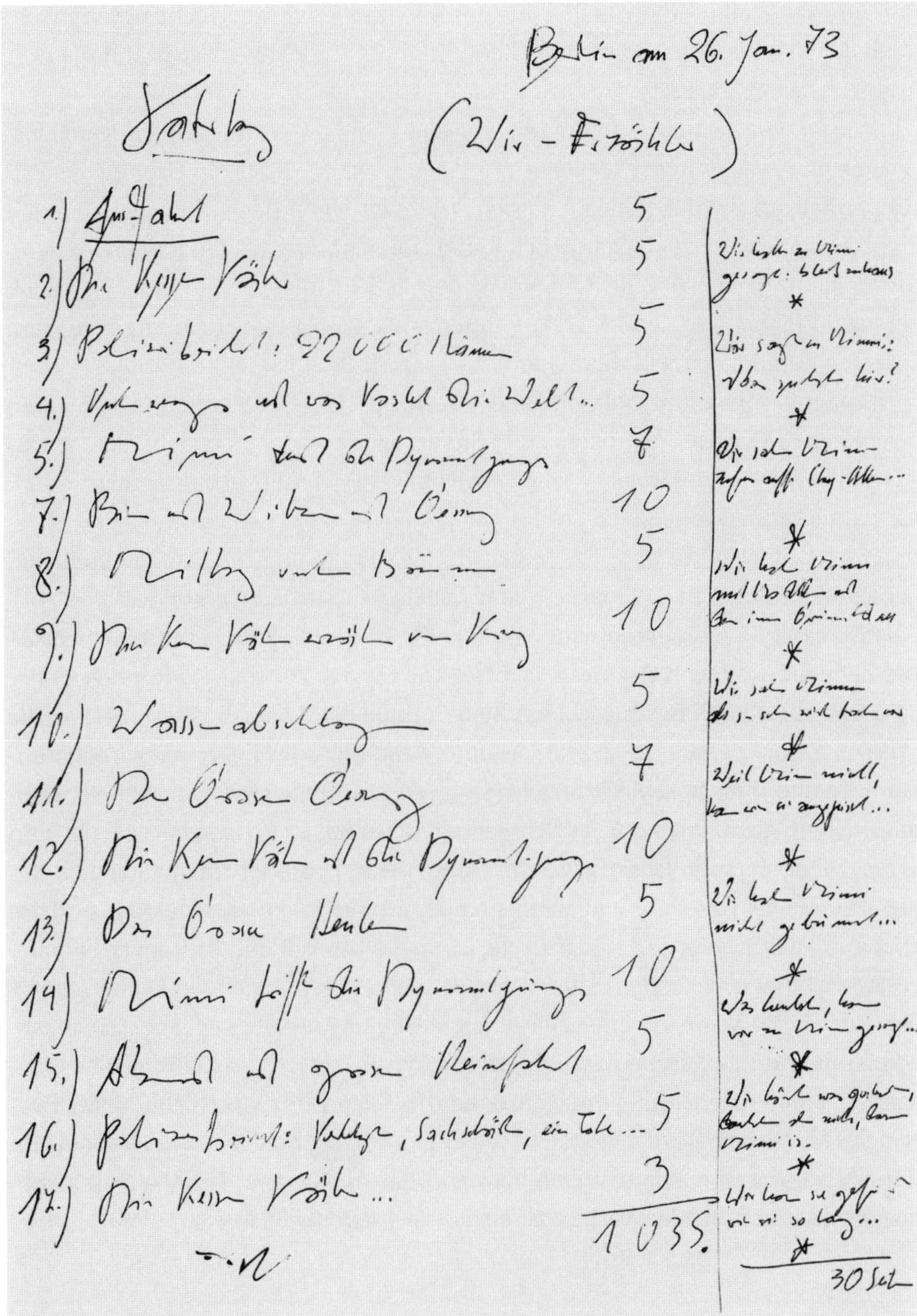

Disposition zu »Vatertag« vom 26. 1. 1973 (GGA 2085).

Roman – dann Film – dann beides zusammen – das Schauspiel nicht zu vergessen) noch der Geschlechtscharakter der Zentralfiguren (hier viereckige Männer – dort Lesbierinnen) sind fixiert.

Wieder vergehen Jahre der Inkubation, aber dann taucht mit bedächtigem Flossenspiel der »saugfähige Plattfisch« (*Fünf Jahrzehnte*, S. 183) vom Grunde der Baltischen See auf, um das Konzept an sich zu ziehen. Unter den »gelben, grauen und blauen Mappen«, in denen das Arbeits- und Notizenmaterial zum Roman »scheintot« spielt und die heute die Berliner Akademie der Künste hütet, findet sich auch ein ausführlicher, auf den 26.1.1973 datierter Konspekt zur Erzählung resp. zum späteren Romankapitel (s. das Schema zu »Vatertag« auf S. 179).

Die embryonalen Erzählmodelle der sechziger Jahre haben inzwischen einen beachtlichen Wachstumsprozess durchlaufen, selbst wenn noch nicht klar ist, was aus ihnen im achten Monat werden wird. Obwohl der Gliederungsentwurf offenbar parallel zum zweiten Plan des *Butt* im Januar 1973 entsteht, deutet seine Abgeschlossenheit weiterhin auf eine eigenständige Erzählung unabhängig vom und neben dem Roman hin, (20 Jahre später hat sie Grass ja auch gesondert und 2012 illustriert mit 15 Lithografien aus seinem »Vatertags«-Zyklus publiziert). Scheinbar befindet sich auch der Geschlechtscharakter der Zentralfiguren noch in der Schwebe; die HandlungsträgerInnen heißen nun (1973) »kesse Väter«. Stellen die »kessen Väter« biologisch gesehen Männer (sex) dar oder figurieren sie als Männer aufgrund ihrer Geschlechterrolle (gender)? Die Frage klärt sich schnell, wenn man sich im Sexwortschatz des deutschen Volkes Rat holt, denn demgemäß sind »kesse Väter« im weiblichen Revier das, wofür »warme Brüder« im männlichen stehen. Womit die Gender-Frage zugunsten der Lesbierinnen entschieden ist, diese aber gleichzeitig doch eine semantische Doppeldeutigkeit und androgyne Doppelgestalt gewinnen, die in neue Dimensionen reicht: Die ›Butches‹ verschmelzen mit den viereckigen Männern, indem sie deren Maskulinismus, ihre »Viereckigkeit«, absorbieren und ihre falsche Emanzipation durch Imitation der Männerrollen ausagieren. Eine Entscheidung mit Konsequenzen. Denn eine Geschichte unter viereckigen Männern hätte die heutigen vielfältigen Funktionen des achten Monats im Roman wahrhaftig nicht ausfüllen können. Hier *musste* eine Tribadengeschichte und Männerparodie hin. Warum das so ist, wird sich noch klären.

Schürzung des Knotens: Tragödienform und Tragödienstoff

Grass' Konzept macht dank der Reduktion auf ein Handlungsskelett schlagartig klar, warum er später das Vatertag-Kapitel mit einer Tragödie verglichen hat.[2] Wie in klassischen Bühnenwerken sind die drei Einheiten des Ortes, der Zeit und der Handlung gewahrt: Grunewald, Himmelfahrtstag 1962 vom Sonnenauf- bis -untergang, Herrenpartie, Vergewaltigung und Mord. Wie in der griechischen Tragödie funktioniert auch die Ablaufsdynamik: nach ironisch-harmloser Exposition (»Ausfahrt«) und tragischer Analyse der Verirrung in militant-männliche Rollenklischees, nach einer groß angelegten Spannungsklimax (der Desis) steuert alles mit tragischer Notwendigkeit auf die Metábasis (die Vergewaltigung), den Umschlag der Handlung in ihr Gegenteil (»Das Grosse Heulen«) und die Katastrophe zu (»Mimi [die spätere Billy] trifft die Dynamitjungs«). Wie in gut konstruierten Athener Dramen ersetzen Botenberichte, hier als Polizeiberichte getarnt, die unmittelbare Darstellung des Himmelfahrtsdesasters in ihrem gesamten flächendeckenden Umfang. Die rahmenden Teile »Ausfahrt« und »Heimfahrt« sowie die drei Abschnitte zu den kessen Vätern am Anfang, in der Mitte und am Ende der einsträngigen Handlung flankieren die tektonische, geschlossene Form. Selbst der sonst nicht eben häufige Wir-Erzähler tritt in den Dienst des dominierenden Gestaltungswillens und simuliert den Chor als Formkonstituens der Tragödie. An all dem wird sich in der Endfassung kaum etwas ändern; selbst den Wir-Erzähler behält Grass neben dem Ich-Erzähler als Vermittler und Kommentator bei, als einen Kommentator, der genauso beschränkt und nicht selten ignorant ist wie der tragische Chor, dem es ja auch nicht immer gegeben war, über den Horizont der Szenerie hinauszublicken.

Wenn Grass also im Fernseh-Talk (vgl. Anm. 2) scheinbar nebenher vom »Tragödienstoff« sprach, tat er dies nicht nur redensartlich, als wenn eine Fernsehzeitschrift einen Film ein »Drama« nennt, sondern er meinte nicht weniger als die Tragödie im eigentlichen und gattungsspezifischen Sinne. Das verblüfft. Eine Tribaden-Story als hohe Tragödie, wie reimt sich das? Das reimt sich nur, wenn man zurückgeht zu den Wurzeln der europäischen Theatergeschichte, zu den archaischen Ursprüngen des »Bockgesangs«. Die Tragödie der alten Griechen war ja nicht immer hohe Tragödie im klassischen Ebenmaß, sondern ursprünglich barbarischer Thíasos, eine Art Veitstanz im Rsahmen des Dionysoskultes mit allen Kennzeichen des Orgiastischen, eine veritable Bedrohung der gesellschaftlichen Ordnung, ein Rückfall in die Barbarei, in deren Zentrum die Ékstasis stand, das »Heraustreten« aus der normalen Existenzweise mit den bekannten Begleiterscheinungen des Rauschs, des Selbstverlustes und der sexuellen Vermischung. Hier, in der Ékstasis, hat die Maske als kultisches Element ihren Ursprung, weil der Maskierte anders sein, sein eigenes Sein vergessen und ein fremdes Sein sein will (Latacs, S. 35). Hier im Dionysoskult liegen die Ursprünge für jede Form von Masken- und Rollenspiel in der europäischen Kulturgeschichte – ganz abgesehen davon, dass die Tragödiendramaturgie der traditionellen Geschlechterrollen nicht achtete und grundsätzlich Frauen von Männern spielen ließ. So viel zur Tragödien*form*.

Nun zum Tragödien*stoff*, von dem Grass sprach: Die vier Frauen, die ausziehen, um sich selbst zu verwirklichen (so hieß in den Sechzigern und Siebzigern das Zauberwort der Emanzipation), verfehlen sich selbst. Sie alle halten sich für »anders geartet« als die anderen, »obgleich alle vier auch anders als anders geartet sein konnten« (6, S. 578). Aus dem theatralischen Rollenspiel ist bei Grass zwar ein soziales mit all seinen Klischees und Stereotypen geworden (Mayer-Iswandy, S. 256 ff.), in das die Akteure zu Beginn scheinbar spielerisch-theatralisch eintreten, das sich aber verselbständigt, über sie Gewalt gewinnt und zum bluttriefenden Ernst degeneriert. Mit einiger auktorialer Boshaftigkeit hat der Autor die Rollenmuster des Lesbenquartetts so übereinander gelegt, dass aber auch gar nichts an ihnen mit sich selbst identisch ist. Alle vier tragen gleich mehrere Masken und haspeln auf den verschiedensten Ebenen Rollen ab, woraus ein groteskes Vexierbild resultiert. (1) Am offensichtlichsten auf der sexuellen Ebene: Frauen äffen Männer nach, Frauen inszenieren Männerrituale. Um Männer parodieren zu können, müssen sie sich mit dürftigen sexuellen Ersatzhandlungen begnügen. (2) Dieses männliche Rollenspiel der Lesben ist durch ein anderes sexuelles Maskenspiel von eher existenzieller Tragweite unterlegt. Ihr Lesbianismus nämlich ist selber Imitat und beruht auf einem Rollentausch. Ursprünglich heterosexuell veranlagt, spielen diese »Bewegungslesben« nur Lesbierinnen, um nach einschlägigen Erfahrungen mit der Männergesellschaft und aus ideologischen Gründen ihre sexuelle Orientierung aus der heterosexuellen in eine homosexuelle Identität zu steuern und in dieser selbstbestimmten sexuellen Identität ihr Selbst zu finden. Sie spielen ihr Lesbiertum, um in ihrer Verweigerung gegenüber dem Mann dem radikalfeministischen Zeitgeist zu entsprechen (Garde, S. 47). Sie sind weder echte Kerle noch sind sie echte Lesbierinnen. Fasst man beide Rollenspiele zusammen, so mimen sie Lesben, die Männer mimen. (3) Auf einer weiteren Bühnenebene spielen sie ihre Traum-Rollen, agieren sie ihre Lebensträume aus, indem sie literarische oder filmische Rollenvorbilder postfigurieren: Sei es die Rolle als Landsknecht in der Schlacht bei Wittstock, sei es als Westernheld wie in »Die siegreichen Drei«, sei es als Vater eines neuen Messias. Anfang 1973 plante Grass sogar noch, das ganze Kapitel als Film zu gestalten. Die Figuren spielen ihr Leben, sie haben es nicht; schon gar nicht gewinnen sie Identität durch ihre filmischen Selbstentwürfe. Denn das im Traum entworfene Filmleben von Sexprotzen, Kriegern und Westernrecken wird nach dem Erwachen in Form der Vergewaltigung Billys in die Wirklichkeit umgesetzt. (4) So erklärt sich schließlich auch, warum der Alptraum als Ganzer eine Tragödienform gefunden hat. An Greueln ist die Tragödie ja überreich; sie entspringt immer wieder sexueller Gewalt und sexueller Perversion, vornehmlich im thebanischen Mythenkreis und im Atridenmythos: Klytaimnestra erschlägt den Gatten mit der Axt und schläft mit Aigisthos, Orestes lässt den Nebenbuhler Neoptolemos abschlachten und meuchelt im Bunde mit Elektra die Mutter und deren Liebhaber gleichzeitig, Ödipous tötet den Vater und schläft mit der Mutter usw. »Vatertag« kann da ohne Weiteres mithalten.

Metábasis: Der Tod des Pentheus

Schon anlässlich der »Ausfahrt« der kessen Väter markiert der Erzähler deutlich dionysisches Terrain, weil hier vier Mänaden mit ihrem vorsintflutlichen Dreiradauto auf dem Weg zurück in eine Vorstufe der Kultur sind. Wie die anderen Vatertagshorden »wollen« sie »unter sich sein [...], wollen außer sich sein, [...] wollen [...] herrlich, selbstherrlich und abgenabelt von Muttern sein« (6, S. 577 f.). »Außer sich sein« ist nichts anderes als die deutsche Übersetzung für die Ékstasis, den ekstatischen Selbstverlust im dionysischen Kult, die Bewusstseinsveränderung und -steigerung beim religiösen Ritual des Bocksgesanges – hier freilich in der Reduktionsform benebelnder Alkoholisierung. Dass die Berliner »Horden« am Vatertag Bier und Schnaps in sich hineinkippen, statt sich an der Bakchos-Gabe zu laben, versteht sich bei proletenhaften Mannbarkeitsritualen von selbst. Die eigentliche Dionysos-Rotte aber, die hier auszieht, bilden nicht die hunderttausend Männer, sondern die nicht minder alkoholisierten verkleideten Lesben, die, »wie der Rollenfilm vorschrieb« (6, S. 580), mit Pfeife und Brasilstumpen schon weithin sichtbar mit Sexualsymbolen ausgestattet sind, und deren bedeutungsschwangeren Hüte – wie immer im Roman sexualsymbolisch aufgeladen – das Bild der »phallischen Frau« (Garde, S. 49) vervollständigen und ins Extrem steigern. Natürlich geht es mit dem archaischen Dreiradauto (»aus fünfter Hand«) aus grauer Städte Mauern in vorzivilisatorische Bereiche von Mutter Natur und in einer Zeitreise gewissermaßen hinunter ins Neolithikum, wo die Horde mit dem Lagerfeuermachen die atavistischen Rituale von Steinzeitmännern imitiert: »Das zeichnet den Mann aus. Wo er hinkommt und seinen Kreis schlägt, da ist Feuerstelle« (6, S. 586). Wie die Männer von gestern sind diese Frauen von heute nichts anderes als »Jägernaturen« (6, S. 581), womit – psychologisch – die Regression und – historisch – der Rückschlag in die hetärischen Zustände des Matriarchats signalisiert wird.

Nach dem steinzeitlichen Hordenpicknick ist »High Noon« angesagt – die alkoholisierten Männerfrauen träumen ihre Trivialfilme von rauchenden Colts und romantisch verklärten Männerbünden, während die Szenerie simultan erneut ins alte Griechenland wechselt: »Danach hängen sie ihren Gedanken nach, vom Mittag und seiner flirrenden Ruhe benommen. Pans Stunde.« (6, S. 595) In der heißen, willenkalmierenden, alles lähmenden Mittagsstunde ruht der bocksbeinige, ewiggeile Vegetationsgott, dessen Lieblingsbeschäftigung ursprünglich das Bespringen von Ziegen war. Weckt man ihn zu dieser Zeit oder überrascht er um Mittag die Schlafenden, ruft er bei Mensch und Tier panischen Schrecken hervor. Als weinseliger Sexualgott zählt auch er zum Gefolge des Dionysos und sorgt an diesem markanten Punkt der Handlung dafür, dass die Erwartung sich auf eine dionysische Entladung der atmosphärischen Hochspannung in einer Panik verbreitenden Katastrophe richtet.

Wiederum scheinbar beiläufig suchen die Jägernaturen nach »Kiefernzapfen« (6, S. 584). Auch das natürlich Camouflage; denn mit einem Thyrsos, dem mänadischen Rebenstab mit dem Pinienzapfen an der Spitze, konnten die Frauen nun wirklich nicht in den Grunewald losziehen. Also gibt man ihnen zusätzlich und ersatzweise einen Dildo, ein »Kunststoffprodukt«, mit auf den Weg, dessen Kunst darin besteht, die Harnröhrenmündung durch einen »Patentgummiwulst« anzu*zapfen* (6, S. 590). Nicht die Vulva, das omnipräsente Dreieck Auas, ist das Symbol der dionysischen Entartung, sondern der Phallos. Der Thyrsos der Mänaden aber war ambivalent wie so viele andere mythische Bilder und Requisiten; er diente nicht nur als Luststab, sondern auch als Mordstab. So benützen die Mänaden bei der Tötung des Pentheus einen Thyrsos mit Lanzenspitze an Stelle des phallischen Pinienzapfens (wie auf den Wandmalereien Pompejis zu sehen ist). Die im Sexualrausch ihrer selbst vergessenen Grunewald-Frauen tun nichts anderes mit ihrer Phallos-Prothese, wenn sie Billy symbolisch und ersatzweise ermorden, indem sie sie vergewaltigen. Und die Rockergang wird Billy erneut mit dem Thyrsos schänden, wenn sie ihr einen Tannenzapfen in das geschundene Geschlecht steckt (6, S. 626). Der Parallelismus der Doppelkatastrophe macht beide Geschlechter zu Tätern.

Mit der Katastrophe antwortet die Erzählung am deutlichsten auf ihren Prätext, die Verweigerung, Verführung, Verfolgung und Ermordung des Pentheus in Euripides' *Bakchen*. Nur die rätselhaft-grausigen *Bakchen* des greisen Euripides übertreffen noch die Atriden- oder Ödipusmythen mit ihrer Melange von blindwütigem Rausch, brünstigem Sex und rauchendem Blut – ein durch und durch perfides Handlungsmuster für den Himmelsfahrtstag der Grass'schen Tragödinnen. Die von Manía erfüllten Frauen Thebens, »Jägernaturen«, sind aus der Zivilisation ins archaische Bergland des Kithairon gezogen und frönen atavistischen Bräuchen, feiern dionysische Orgien, zerfleischen Tiere mit bloßen Zähnen, verspeisen sie roh und führen sich tierischer auf als jedes Tier. Denn Dionysos, der Gott der Frauen, ist von Asien nach Europa gekommen, um Griechenland für seinen Kult zu gewinnen. Dieser Bedrohung der bürgerlichen Kulturstufe will Pentheus, der thebanische König und Repräsentant des Patriarchats, mit aller Macht Widerstand leisten: »Unerhörte Schmach, / Wenn wir von Frauen dulden, was wir dulden hier!« (V. 785 f.) Doch der überaus Vernünftige erweist sich, gemessen an dem übermächtigen Gott, in allem als machtlos. In seiner Verblendung erkennt er nicht, dass Bakchos selbst, als Priester und Prophet des Gottes getarnt, ihm entgegentritt und ihn mit Wort und Wundern zu dem fremden Gott bekehren will, während er, Pentheus, von Blindheit geschlagen, den Schein der Verkleidung nicht zu durchschauen vermag. Er verweigert sich so lange, bis er selbst die Ordnung, die die apollinische Vernunft geschaffen hat, ad absurdum führt und gegen die orgiastischen Weiber im Kithairongebirge in den Krieg ziehen will. Dionysos nämlich, der »weiberhafte« (V. 353), führt und verführt ihn mit den traditionellen Tragödienmitteln von Blindheit und Verblendung, um Pentheus' Unglauben zu rächen und seine Größe als Gott zu beweisen. Als Frau getarnt soll der König die Dionysos-Dienerinnen bei ihren Ritualen auskundschaften. »In einer rasenden Bakchantin Festgewand« (V. 916), als Röcke raffender Transvestit, ›tritt‹ nun auch er aus sich, aus seiner Identität, ›heraus‹, und gerät in jene Ék-stasis, die ihn nicht mehr Herr seiner selbst sein läßt (Latacz, S. 297). Als sein Trug vor Ort von Dionysos entlarvt wird, holt ihn die mänadische Rotte, allen voran die eigene Mutter Agaue, auch sie vom Gott verblendet, von der hohen Tanne herunter, auf der er sich versteckt hat, zerfleischt ihn und trennt seinen Kopf vom Rumpf. Blind in ihrem Wahn, eine Löwenfratze als Beute zu halten, tanzt sie, das blutige Haupt des Sohnes auf dem Thyrsosstab, im Triumph über die Bühne. Dionysos, »der schrecklichste der Götter« (V. 860 f.), hat über den Unglauben und gleichzeitig über die apollinische Kultur gesiegt.

Doppelt spiegelt Grass dieses ungeheuerliche Geschehen im »Vatertag«: in der Vergewaltigung Billys und in einer letzten Steigerungsstufe in ihrer Ermordung.

Kaum hat Sibylle die Maske simulierter Männlichkeit, die die »Dickmadame« (6, S. 585) ohnehin nicht adäquat ausfüllen konnte, abgeworfen, kaum hat sie die Flucht vor dem sexuellen Missbrauch ergriffen, schlägt die symbolische Tötung in reale blutige Abschlachtung um. Kaum hat sie sich von der Unterwerfung unter männliches Rollenverhalten befreit, rächt sich dafür die patriarchalische Gesellschaft in Gestalt der sieben Schwarzen Engel. Gerade noch hat sie ihre Selbstbefreiung mit einem Hymnus auf die Freuden der Mutterschaft bejubelt, der im Kontext der anderen marianischen Anspielungen einem Magnificat gleich kommt (Davidson, S. 389, 394), da fällt ihre Erwählung in tragischer Fatalität mit der Heimsuchung zusammen: »Das Ende war vorgeschrieben.« (6, S. 626) Während der letzte Botenbericht der *Bakchen* in detailversessener Erzählung die Zerfleischung des Pentheus so wiedergibt:

> »Zerfleischt ward ihm
> Die ganze Seite: jede warf der andern
> Mit blutiger Hand wie Bälle Pentheus' Glieder zu.
> In Stücken liegt die Leiche teils auf ragenden
> Felshöhn und teils in dichtbelaubtem Waldgebüsch«
> (*Bakchen*, V. 1134–1138, übers. Donner),

fragen sich bei Grass die Überlebenden der Katastrophe: »War das noch ein Mensch?« – »So fanden Fränki, Siggi und das Mäxchen abseits der Schneise ihre Billy: auf Nadelboden zum Klumpen gefahren« (6, S. 626). Wie Pentheus hat Sibylle ein Tabu verletzt und ein Arkanprinzip durchbrochen.[3] Deshalb ist sie des Todes. Während jener die Frauenriten des Dionysosmysteriums belauscht und sich über einen Gott erhebt, bricht diese in die Domäne der Männlichkeitsrituale ein und gefährdet die männlichen Rollenmuster von »hunderttausend« Vatertagsmännern – eine perverse Verkehrung der religiösen Verblendung des Pentheus und des Hybrisverbots der Tragödie. Die Black Angels, die die Mutige massakrieren werden, wissen genau, was eine solche Tabuverletzung durch eine »Trine« am Vatertag bedeutet: »›Was willen die hier an Vatertag?‹ – ›Die juckt es wohl, was?‹« (6, S. 624) Ihr Tod ist umso tragischer, als sie ja die einzige ist, die – anders als Pentheus – gerade nicht mehr aus sich, aus ihrer Identität, »herausgetreten« und in eine falsche Rolle eingetreten ist, sondern eine, die den Mummenschanz des Lesbianismus abgeworfen hat, die auf die gesamte künstliche Ekstase pfeift und sich von den anderen Maskenspielern emanzipiert.

Mit den *Bakchen* hat Grass die unheimlichste und die verstörendste aller griechischen Tragödien zum Muster gewählt, die wie keine andere Schauder und Schrecken verbreitet. Nicht einmal die Berufsgräzisten wissen so recht, wie die Intention des letzten großen griechischen Tragikers zu fassen ist. Im Gegenteil – ihre Deutungen widersprechen sich diametral. Kriecht der alte Aufklärer Euripides zu Kreuze, hat er sich bekehrt, glaubt er nun doch endlich, kurz vor seinem Ende, an die Götter, die er oft genug ironisch angezweifelt hat, oder will er im Gegenteil den Wahnsinn des Gottesglaubens, die die Gesellschaft zerrüttende Irrationalität der Dionysosreligion entlarven und damit den Ast absägen, auf dem er selbst als Tragödienautor sitzt? Oder hat er darin seine Verzweiflung über die Zeitläufte, das Ende der glanzvollen Epoche der attischen Klassik, den moralischen Verfall der Polis in Zeiten des Peloponnesischen Krieges, den drohenden Untergang der Demokratie und die beispiellose Barbarei und Bestialität der Kriegsführung am Ende der Perikleischen Glanzzeit zum Ausdruck gebracht? Euripides' Schwanengesang wird dunkel bleiben. Grass selbst jedenfalls, so ist aus dem Kontext des Vatertagkapitels zu rekonstruieren, dürfte Euripides als Aufklärer gelesen haben, der den religiösen Mummenschanz wie den sexuellen Wahn geißelt und im Sinne Nietzsches der Tragödie ein Ende bereitet, weil er den Mythos nicht mehr glaubt, der die conditio sine qua non der tragischen Dichtung ausmachte.

Retardation: Die Novelle als Schwester des Dramas

So bewahrheitet sich nebenbei erneut und auf eher ungewöhnlichem Wege die Weisheit des Novellenmeisters Theodor Storm, dass die Novelle die Schwester des Dramas sei. Als hätte Günter Grass nach dem Lehrbuch gearbeitet, erfüllt seine Grunewalderzählung alle Bedingungen der Novellentheorie. Der Autor von Romanvolumina embryologischen Formates besitzt ja überhaupt einen ausgeprägten Hang zur bündigen, geschlossenen Novellenform und hat so manche Meisternovelle gefertigt, eine Tatsache, von der *Katz und Maus* ebenso wie *Das Treffen in Telgte* Zeugnis ablegen. Das morphologische Modell der Novelle ist auch im »Vatertag« mit seinem gesamten Repertoire verwirklicht, mit dem durchaus nicht von allen Novellenkünstlern erzielten Gütezeichen, dass nichts von dieser »sich ereigneten unerhörten Begebenheit« von außen auf den Stoff projiziert wurde, sondern die novellistische Tragödie zu einem stimmigen und vielstimmigen Ganzen verschmilzt. Die kontinuierliche lineare Handlung, die Fatalität des Ablaufs, die Präzipitation zur

Katastrophe hin, die Extremsituation, die sich aus scheinbar alltäglicher Normalität herausentwickelt, der zentrale Konflikt zwischen Ordnung und Chaos, die aberwitzige Normverletzung, das alles gehört zur inneren Form der Novellengattung wie auch dieses tragischen Geschehens. Selbst der Paul Heyse'sche Falke schwebt über allem in Gestalt der Krähen, der Totenvögel vom Dienst.

Was ist »unerhört« (d.h. noch nie gehört) an dieser Begebenheit? Doch wohl weniger die Vergewaltigung, die in unserer Gesellschaft – horribile dictu – alles andere als unerhört ist (8,6 Prozent der in Deutschland befragten Frauen, sagt die Kriminalstatistik, sind in ihrem Leben mindestens einmal vergewaltigt worden), auch Sexualmorde der hier dargestellten Art sind unter »100 000« Männern wie denen, die hier ausgezogen sind, die Sau rauszulassen, keine Seltenheit; »unerhört« ist vielmehr die prätendierte Zeugung eines »Emanuel« unter lesbischen Frauen unter Zuhilfenahme eines Dildos, also die Wiederholung der jungfräulichen Geburt Christi durch einen »Kunstfick« (6, S. 620). Nimmt man die christliche Tradition beim Wort, so ist dieser von Jesaja dem König Ahas von Juda als Zeichen verkündete Im-manu-el, der Gott-mit-uns, eine Vorausdeutung auf den Messias und seine Geistzeugung. Die unerhörte Begebenheit soll bezwecken, dass die vier Frauen durch die groteske Messiaszeugung mittels Prothesen-Vergewaltigung eine Zeitenwende herbeinötigen wollen, die der »Zeitenwende« (6, S. 52, 664) vom Matriarchat zum Patriarchat gleichkäme und die in nichts geringer sein soll als die vom Alten zum Neuen Testament, von der Verheißung durch die Propheten zur Erfüllung in Christus. Das bedeutet für den *Butt*-Roman: Der samenlos gezeugte Übersohn soll die Wende von der Geist- und Logosreligion, der höchsten Verkörperung des Patriarchats, zu einem neuen Matriarchat (in verbesserter, radikalfeministischer Ausführung) ins Werk setzen. Erstaunlich bloß, dass die Feministinnen keinen weiblichen Erlöser zeugen wollen: Auch in diesem über die Zukunft des neuen Äons entscheidenden Punkt können sie sich von den Klischees der Männergesellschaft nicht lösen. Gar nicht erstaunlich, dass aus der samenlosen Vaterschaft, dieser reinen Kopfgeburt, in postchristlichen Zeiten nichts werden kann. Die satanistische Zeugung hätte – per impossibile – statt eines Gott-mit-uns allenfalls einen Gott-sei-bei-uns hervorgebracht.

Lysis (Lösung des Knotens): Von den Großen Dionysien zum Himmelfahrtstag

Bleibt noch ein Knoten zu lösen, und zwar die Frage: Warum hat Grass die finsterste Tragödie um Geschlechterkampf und Mord und Totschlag ausgerechnet am lichtesten und strahlendsten christlichen Fest in Szene gesetzt? Am Himmelfahrtstag, das weiß jedes Christenkind, kehrt der Gottessohn zum allmächtigen Gottvater in den ›Himmel‹ zurück. Nachdem er als Mensch gelebt und gelitten hat, gestorben, begraben, in das Reich des Todes abgestiegen und am dritten Tage auferstanden ist, weilt der auferstandene Logos noch 40 Tage in seinem verklärten Leib auf Erden, »erscheint« seinen Jüngern und fährt dann aus eigener Kraft, wie die Dogmatiker lehren, auf in die himmlische Glorie zum Vater. Am Fest seiner Thronbesteigung als Mitregent des Vaters lässt der mit der Geburt in Zeit und Geschichte eingetretene Sohn die Zeitlichkeit unter sich zurück und bringt den ersten Zyklus der Erlösung zum krönenden Abschluss, der ihn einst aus der Wesenseinheit mit dem Vatergott hat herausgehen und zum Menschensohn hat werden lassen. Als Ersatz für seine körperliche Präsenz und als Unterpfand der endzeitlichen Erlösung sendet der Entrückte das Pneuma, den Heiligen Geist, die spirituellste unter den drei männlichen Gottheiten des Christentums.

Die Himmelfahrt also: das patriarchalischste aller christlichen Feste, bei dem Maria, die Gottesmutter, auf der Erde zurückbleiben muss (Apg. 1, 14). Auf diesen Siegestag der Vaterreligion hat nun das deutsche Volkstum (allen voran der Berliner Mann) Ende des 19. Jahrhunderts den Vatertag gelegt – eine symbolische Koinzidenz, die anderen Völkern und Nationen gänzlich fremd ist, die an allen möglichen Tagen Vater- oder Männertag feiern, nur nicht am Himmelfahrtstag, sogar (wie die Italiener) am Tag des keuschen heiligen Josef, der ja nun unter allen Vätern am wenigsten für seine Vaterschaft verantwortlich zu machen ist. Der deutsche Volksbrauch jedenfalls inszeniert am Herrentag Männlichkeitsrituale und Initiationsriten für das männliche Jungvolk, als wäre es eine säkularisierte Parodie auf die hochspirituelle Aufgipfelung der christlichen Vaterreligion. Auch die endgültige Erlösung, die die Vaterreligion an Himmelfahrt dank der versprochenen Geistsendung für die Endzeit verspricht, parodiert er durch kurzfristigen Rausch und drogeninduzierte Selbstvergessenheit. Kalauernd gesagt: Die vatertäglich begeisterten Männerhorden doubeln den spiritus sanctus mittels Spirituosen. So viel sich gegenseitig überbietende und relativierende Symbolik lässt sich ein Günter Grass, einst aufmerksam-kritischer Gesprächspartner von Pater Fulgentius im Düsseldorfer Caritas-Heim und in theologicis besser auf dem Quivive als mancher Student der Gottesgelahrtheit, natürlich nicht entgehen und sein Lesbenquartett unter hunderttausend Männern »den Himmelfahrtstag lang Vatertag« (6, S. 579) feiern.

Mehr noch sagt das Hochfest der Himmelfahrt dem Mythenkundigen und Symboldeuter. Mit der Auffahrt des Erlösers negiert der Christus alles Geschlechtliche, alles Stoffliche, das mit Zeugung, Fruchtbarkeit und Mutterschoß zu tun hat, und wohnt von nun an im reinen, von jedem Erdenrest befreiten, dem unzugänglichen Lichte der Gottheit. Es triumphiert der Messias als strahlender Erbe des sol invictus über die Nacht des Muttertums, und mit ihm steigt die Geistreligion über die Sumpfblüten des Mutterrechts empor. Der *Butt*-Roman, der in den Feuchtgebieten des Weichseldeltas mit der Religion der Urmutter Aua, im tiefsten Sumpf des chthonischen Tellurismus und der hetärischen Gynaikokratie, begann (was im Groben und Ganzen bekannt ist), endet auch in den Symbolwelten Johann Jakob Bachofens (was hier nachgetragen wird). »Alle diese Eigenschaften des Vatertums [sein »unstofflicher Charakter«, seine Unberührtheit von der Geburt und den dazu führenden anderen Umständen]«, so glaubt der spätromantische Mythenspekulant zu wissen, »führen zu dem Schlusse: in der Hervorhebung der Paternität liegt die Losmachung des Geistes von den Erscheinungen der Natur, in ihrer siegreichen Durchführung eine Erhebung des menschlichen Daseins über die Gesetze des stofflichen Lebens.« (*Urreligion* I, S. 114) Wer ins Imperium der Väter aufsteigen will, muss vorher ins Reich der Mütter abgestiegen sein, so lautet der Kern seiner Lehre. Bachofen, Gender-Theoretiker avant la lettre, umkreist in seinem Tausendseitenwerk zur Herrschaft des Mutterrechts im frühgeschichtlichen Mittelmeerraum (1861) immer wieder diesen einen Punkt, die Erziehung des Menschengeschlechts zur Geistigkeit der Vaterreligion im Solarismus: »Es ist der Fortschritt vom stofflichen zum intellektuellen, vom physischen zum metaphysischen Prinzip der Religion. Es ist die Erhebung, das Aufsteigen von der Erde zum Himmel.« (*Urreligion* II, S. 134) Dass er der Gynaikokratie, der »Poesie der Geschichte«, ihrer naiven Stofflichkeit und warmen Erdhaftigkeit die eine oder andere romantische Träne nachgeweint hat, macht die Kehrseite dieser damals gesellschaftskonformen Lehre aus und erinnert an den alten Grass-Konflikt zwischen »Kopf« und »Schwanz«. Ernst Bloch brachte es so auf den Punkt: »Bachofens Herz ist beim Matriarchat, sein Kopf beim Patriarchat« (*Naturrecht*, S. 119).

Mit Bachofen eines Sinnes ist (vorläufig und, es muss hier gar nicht immer ausdrücklich erwähnt werden, bösartig-sarkastisch) auch der Erzähler des Himmelfahrtskapitels: »Alles was Mann ist, feiert am Himmelfahrtstag den Himmelhochvater, den Übersollvater«, lässt er sich kommentierend vernehmen (6, S. 583) und kontaminiert dabei kühn den »Vater im Himmel« (so sprach Jesus etwa im »Vaterunser« von Gott) mit dem vom Himmel in der Gestalt des Sohnes herabsteigenden Vatergott aus Luthers Weihnachtslied »Vom Himmel hoch, da komm' ich her« (worin es heißt: »Er bringt euch alle Seligkeit/Die Gott, der Vater, hat bereit'«) und lässt im gleichen Atemzug auch noch den Übermann aus Nietzsches *Also sprach Zarathustra* anklingen. Nicht ganz unerhebliche Bedeutungsnuancen des Berliner Vatertages erschließen sich erst im Rückblick auf Bachofens ›Muttertag‹. In immer neuen Variationen wiederholt der mythologisch strukturierte Romananfang, dass die mutterrechtlich regierte »Urhorde« im Sumpfdelta der Weichsel als ungeschiedenes Kollektiv in einem von Liebe und Hass, Mein und Dein, von Ehe und Erbe freien paradiesischen Urstand zu Hause ist und vor aller Geschichte in einer von reiner Leiblichkeit, nährender Fruchtbarkeit, weiser Gerechtigkeit und milder Humanität geprägten weiblichen Fürsorge umhegt war. Der weiblichen Dreieck-Symbolik und der Dreibrüste-Mythologie um die Gaia-Göttin Aua verbindet sich in der welthistorischen Perspektive des *Butt* das mythologische Symbol des Sumpfes als Zeichen für einen rein natürlichen, »stofflichen« Zustand amorpher Sexualität, der hetärischen Gynaikokratie, in deren Zentrum der empfangende und gebärende weibliche Schoß steht, den die Jäger und Sammler ohne Wissen um den Zusammenhang zwischen zeugender Vaterschaft und Geburt, ungebunden durch Gesittung und Gebote in chaotischer Promiskuität und inzestuöser Vermischung venerieren. (Ein Schelm, wer da an die feministische Kitschidyllik weiblicher Feuchtgebiete denkt!)

Doch Grass belässt es nicht bei der einen Terra Mater und ihren jeweiligen Reinkarnationen, die in nicht endenden sinnlichen Lüsten und mütterlichem Überfluss ihren immerwährenden Muttertag begehen, sondern stellt an den Romananfang gleich eine Trinität der Gynäkokratinnen, neben die Gaia-Aua der Steinzeit die eisenzeitliche Matriarchin Wigga und neben diese die pagane Priesterkönigin Mestwina aus dem Ende des ersten nachchristlichen Jahrtausends. Mit den Augen Bachofens gesehen, erklärt sich auch diese scheinbare Strukturverletzung des neunmonatigen Schwangerschafts- und Weltgeschichtsrhythmus. Elf Köchinnen sollen es sein, die im Laufe der Zeit den Kochlöffel weitergeben, weil der Gang der Geschichte so schlicht nun auch wieder nicht abläuft, dass auf das Mutterrecht wie im Gänsemarsch das Vaterrecht folgte; vielmehr entdeckte Bachofen nicht nur Irr- und Holzwege, sondern auch Zwischenstufen auf dem Weg aus den Sumpfreligionen hin zur strahlend-zeugungskräftigen Sonnenreligion des Vaterrechts.

All das berücksichtigt Grass, allerdings nicht ohne permanente ironische Brechung, wenn er den Hiat zwischen Mutterrecht und Vaterrecht mit beachtlicher mythologischer Eleganz und parodistischem Beziehungsreichtum in zwei Symbolfiguren überbrückt: Mestwina und Adalbert von Prag, die sich anziehenden und abstoßenden Extreme, repräsentieren die beiden Äonen, den untergehenden paganen und mutterrechtlichen auf der einen, den triumphierenden christlichen und vaterrechtlichen auf der anderen Seite. Die Hohepriesterin der Aua-Religion und der Hohepriester der Siegerreligion vereinigen sich geschlechtlich in einer ›heiligen Hochzeit‹ – die fiktive Priesterkönigin mit dem historischen Heiligen, die Kultdienerin des Fischgottes Ryb mit dem Diener Christi, dessen Erlösersymbol ΙΧΘΥΣ, der Fisch, ist. Wie seine Zeit befindet sich auch der männliche Held noch mitten im Hiat zwischen »Stoff« und »Geist«, denn Adalbert, der Asket, der Vertreter der Geistreligion, stirbt einen Märtyrertod, während er gleichzeitig – im Tode noch – mit aufgerecktem Phallos das Symbol der dionysischen Paternität aufrichtet, ein ithyphallischer Gott wie Osiris, der Isis noch im Tode umfängt. Poseidonisch nennt Bachofen, der Mythendeuter, diese Zwischenstufe in der Entwicklung der Kulturen, die Übergangszeit zwischen Mutter- und Vaterrecht, weil das Wasser das befruchtende Element ist, das sich mit dem weiblichen Erdstoff mischt, ihn zeugend durchdringt wie das Nilwasser (das in Osiris vergöttlicht ist) die überfluteten Landesteile. Deshalb führt Mestwina einen Fischgott ein, den sie slawisch Ryb, d.h. nichts anderes als »Fisch« (6, S. 107), nennt, der aber im griechischen Sprachraum Poseidon und bei Grass der Butt heißt. Das helle Licht der Bachofen'schen Geistreligion, so gibt der feixende Erzähler anlässlich der phallischen Missionierung durch den Schutzpatron der Pruzzen zu verstehen, ist tatsächlich aus lauter Finsternissen zusammengesetzt. (Ein Schelm, wer dabei nicht an Schopenhauer denkt: Nicht die Religion ist das Triebwerk der Geschichte, wie der Idealist behauptet, sondern der schiere Geschlechtstrieb.)

Nicht mit der Ursünde im Paradies beginnt die Unheilsgeschichte, sondern der weltgeschichtliche Triumph des Christentums ist mit dem Sündenfall identisch. Als fischige Variante der Paradiesesschlange und des Satans verführt der Butt den Erzähler gleich darauf zum nächsten Mord, zum Muttermord. Nachdem Mestwina ihren phallischen Heiligen entsorgt hat, verrät dieser Judas die letzte Repräsentantin des Matriarchats an die Männergesellschaft der sich etablierenden, ihre Mission mit Mord und Totschlag durchsetzenden christlichen Geistreligion. Den Anfang der männlichen Geschichte markiert damit die einzige Sünde (so Bachofen), die in einer Gynaikokratie nicht vergeben werden kann, weil sie sich gegen das Muttertum der Erde selbst richtet. Nicht der ödipale Vatermord, sondern der oresteische Muttermord steht an der Wiege des Patriarchats (Reuffer, S. 120); denn »die Ordnung der Dinge, das Recht der Natur, das höchste Gottesrecht jener Zeit ist in seinen Grundfesten erschüttert, umgestürzt« (*Urreligion* II, S. 338). Eine Heldentat, auf die sich der Erzähler nicht wenig zugute tut, da sie ihn als Schlüsselfigur der Kulturgeschichte stilisiert (»Hier stehe ich …«, verkündet er mit Luther-Pathos), gleichzeitig aber auch als schuldbeladenes Opfer der Eumeniden umtreibt.

Doch, Bachofen sei Dank, im Zeichen des Vaterrechts lässt sich auch diese Schuld sühnen. Locus classicus für den Übergang von der alten zur neuen Rechtsordnung ist die *Orestie* des Aischylos, in der Apollo den Muttermörder Orest verteidigt und über die Erinnyen als mütterliche Erdgöttinnen siegt. In der *Orestie*, so deutet Bachofen die Trilogie des Aischylos unter dem Aspekt der Rechtsentwicklung, wird »das blutige Erdrecht«, das archaische *ius talionis*, das »Mord um Mord« befiehlt, überwunden und ordnen sich die tellurischen Göttinnen dem Gebot der Vernunft, der Lichtgottheit Apollo, unter (*Urreligion* II, S. 207): Die Erinnyen verfolgen den Muttermord des Orestes, den Apollo befohlen hat, nur so lange, bis der Areopag, der Athener Gerichtshof, durch Athenes Intervention den Sohn freispricht und den auf dem Atridenhaus lastenden Fluch tilgt. So spiegele die Tragödie gültig und besser noch als historische Quellen den Übergang vom Mutter- zum Vaterrecht – eine der bis heute unbestrittenen Leistungen des divinatorischen Interpreten (*Urreligion* II, S. 340–342).

Nach diesem fulminanten Auftakt im ersten Kapitel des *Butt* verliert sich fürs Erste die Spur Bachofens im Roman. Der Binnenteil vom zweiten bis zum siebenten Monat ist der Weiterentwicklung des Patriarchats gewidmet sowie der Selbstfindung der Frauen im Schatten ihres Eheherrn und jeweiligen Patriarchen. All das ist nicht mehr mythisch-prähistorischer Bereich wie im ersten Monat, sondern (pseudo-)historische Zeit, deren Kulturstufen das Interesse des mythenorientierten Altertumsforschers nicht gefunden haben. Kurz vor dem Ende aber kehrt der Roman zur Kulturstufenfolge Bachofens wieder zurück: Dessen mythopoetische Konstruktion bietet ein zu verführerisches Reservoir an Symbolen, mythischen Figuren und Geschichten an, die wegen ihres poetischen Gehaltes nicht nur einen Grass zum dichtenden Weiterspinnen verführt haben. Auch der strukturelle Rahmen des *Butt*, die triadische Entwicklung der Welt- und Romangeschichte, der Dreisprung vom Matriarchat zum Patriarchat und der letzte große Sprung zurück in den Hetärismus, verlangt geradezu danach, die im Kern dualistische Stufentheorie des mythopoetischen Geschichtsschreibers fortzusetzen, in eine Zukunft zu verlängern, die Bachofen im bürgerlich-patriarchalischen 19. Jahrhundert noch verschlossen war. Schließlich sind sie beide, der bürgerliche Privatgelehrte und der

Dichter, dessen Weibergeschichten nicht aufhören wollen, in einem Punkt vom selben Schrot und Korn: Sie können es nicht lassen, die Geschichte mit ihren eigenen Augen zu sehen, und das heißt, in den Worten Ernst Blochs, die Geschichte mit »romantischen Weibszentrierungen« zu erotisieren (*Naturrecht*, S. 118). Das »Muttersöhnchen« (10, S. 604) mit seinem Mutterkomplex ist deshalb von den sexuellen Symbolen der Urwelt nicht weniger fasziniert als Bachofen von den verbotenen Früchten der hetärischen Weiberherrschaft, der dezidierte Lutheraner, der das *Mutterrecht* seiner Mutter (wem sonst?) widmete und auf das Titelblatt – auf Griechisch natürlich – schrieb: »der Mutter herrliches Bild«.

Bachofen dürfte zudem den letzten Anstoß gegeben haben, den Vatertag nicht nur in allgemeinem Sinne als Tragödie, sondern in speziellem als die Tragödie des Pentheus und der Bakchen zu gestalten. Dionysos, der Heiland der Frauen, so deutet Bachofen den mythischen Kampf der Geschlechter, habe eigentlich auf der Seite der Ehe gestanden und damit die Idee des Vaterrechts befördern helfen, tatsächlich aber habe seine Religion einen Rückfall in den Hetärismus bewirkt und damit zur Entwürdigung des Mannes und zu seiner Unterordnung unter die Frau beigetragen. Mit der »Enthüllung des Phallus« sei »an die Stelle gewaltsamer Unterdrückung der weiblichen Natur« »eine vollkommene Entfesselung derselben« getreten (*Urreligion* II, S. 86) Die trunken-ekstatischen Weiber, die im Enthousiasmós Pentheus zerfleischen, sind das Zeichen für diese »Entartungsstufe« der Gynaikokratie, den Regress zurück hinter die zivilisatorisch schon geordnete Ackerbaukultur in vorkulturelle Zustände (*Urreligion* I, S. 100–103).

Auch im Blick auf die Zeitenwenden rundet sich schlüssig der Kreis der Tragödienmotive im Roman. Als die Wende vom Mutterrecht zum Vaterrecht, da, betont der Butt, sei – vom Weichseldelta abgesehen – in der Weltgeschichte jede Menge »Stoff für Tragödien« angefallen. Alle »historischen« Verliererinnen im Geschlechterkampf, die Bachofen nennt, sind auch dem Butt geläufig:

> »Das ging in Athen und anderswo natürlich nicht ohne Streit ab. Sie können sich denken, meine gestrengen Damen, daß die Ablösung des Mutterrechts durch das vernünftige, wenn auch ein wenig fiktive Vaterrecht mehrere Konterrevolutionen zur Folge hatte. Ich muß Sie nicht an die Bakchen, Amazonen, Erinnyen, Mänaden, Sirenen und Medusen erinnern. Schlimm, wirklich schlimm die Geschlechterkämpfe im alten Griechenland. Da ging es an der Weichsel ereignisloser zu. Außer dem plötzlichen Wegfall der dritten Brust gibt es nichts Außergewöhnliches zu berichten. Kein Stoff für Tragödien fiel ab [...].« (6, S. 89)

Grass schließt im Vatertag-Kapitel den Mythenkreis, indem er die Erdgöttinnen für eine zweite, nur inszenierte Zeitenwende wieder zum Leben erweckt, sie auf der Bühne der Tragödie ihre Rollen spielen – und eben nicht die frühere Niederlage revidieren, sondern erneut scheitern lässt.

Andererseits natürlich: Wenn an diesem patriarchalischsten Tag aller Tage ausgerechnet vier Lesben zur Herrenpartie in den Grunewald ausfahren, lässt diese weitere parodistische Umkehrung des Himmelfahrtstages – eine Pervertierung des Vatertages nicht einmal in einen Muttertag, sondern in einen Tribadentag – keinen Zweifel aufkommen, dass Grass bei aller Affinität Bachofens letztlich optimistischen Glauben an einen Menschheitsfortschritt, der durch Nacht zum Licht führt, nicht einmal ansatzweise teilt. Er denkt *im* Sinne Bachofens, ohne im geringsten *nach* seinem Sinne zu denken, indem er dessen Strukturen und Mythen integriert, gleichzeitig aber in eine Negation der Eschatologie umwertet. Mögen die kessen Väter noch so angestrengt männliche Rollen imitieren, sie unterwandern mit ihrem schrillen Transvestitentum das Weltbild des distinguierten Basler Patriziers, nicht nur indem sie es als parodistisches Rollenspiel inszenieren, sondern indem sie vor allem dessen christlich-neuplatonistische Anagoge mit perverser Blasphemie und Schwarzer Messias-Zeugung in die Apokalypse führen. Nein, die Seele steigt nicht wie der erhöhte Christus durch die Niederungen des Stoffs empor zum Licht der Unsterblichkeit. Grass verkehrt die christliche Himmelfahrt in eine dionysische Höllenfahrt, bei der aber auch alle an der Geschichte der Geschlechterkämpfe Beteiligten, ob Männlein, ob Weiblein, seien es radikalfeministische Bewegungslesben, seien es gewaltbereite Rockergangs, zum Teufel fahren.

Epilog: »hymn of hate«?

Es nimmt nicht wunder, dass das Vatertag-Kapitel vor allem in der Erstrezeption als böse Satire auf die Frauenbewegung gelesen wurde. In den Geschlechterkämpfen der siebziger Jahre prallten gerade die Schlachtreihen mit aller Wucht aufeinander. Auch Bachofen blieb in den Geschlechterkämpfen der sechziger und siebziger Jahre nicht ungeschoren und wurde von den Kombattanten beider Lager kräftig missbraucht. So geriet auch *Der Butt* mitten zwischen die Fronten (was dem Autor-Provokateur vermutlich gar nicht so unrecht war) und wurde zur Beute der Ideologen. Die Invektiven aller Arten sind Legion und reichen von »seelenlose Posse mit Grotesk-Puppen« (J. Lodemann) über »Veitstanz aller denkbaren Perversionen«

(Chr. Perels) bis hin zum »hymn of hate« (G. P. Butler).[4] Wer so urteilt, setzt voraus, dass Grass Zeitgeschichte abbildet, in diesem Fall also die Frauenbewegung in ihren diversen Schattierungen und Denominationen und nichts außerdem, als wären geschlechtsspezifisch motivierte Kämpfe mit dem gesamten Urväterhausrat der Rollenklischees der Weisheit letzter Schluss. Aus der zweiten Reihe heraus sieht man heute besser als die aufgeregten Kritiker und Kritikerinnen zu ihrer Zeit, dass in den Kulissen des Emanzentheaters ein Geschichtsdrama aufgeführt wird, dessen Antriebskraft zwar der Geschlechterkampf ist, das aber keines der Geschlechter präferiert, sondern gerade das Gegenteil demonstriert: Jeder Geschichtsentwurf, der das eine oder andere Geschlecht auf Kosten des jeweils anderen an die Macht bringt, führt in die Katastrophe. Als ein solcher Entwurf einer tragisch vereinseitigten Geschichte und als polyhistorische Romanreflexion über die Gefahr einer retrograden Humanentwicklung lässt *Der Butt* das zeitgebundene Gezänk weit hinter sich und wird auch in post- und transfeministischen Zeiten ein buchenswertes Ereignis bleiben.

Anmerkungen

1 Günter Grass: Werke. Göttinger Ausgabe, Bd. 5. Göttingen 2007, S. 472. Nach dieser Ausgabe wird im Folgenden mit Band- und Seitenangabe in nachgestellten Klammern zitiert.
2 Fernsehgespräch mit U. Erler und M. Janssen-Jureit, ORF 17. 9. 1977.
3 Darauf hat zuerst Leonard Forster hingewiesen (S. 67).
4 Alle zitiert nach Garde, S. 51f.

Auswahlbibliografie

Günter Grass: Werke. Göttinger Ausgabe, Göttingen 2007.
Günter Grass: Fünf Jahrzehnte. Ein Werkstattbericht. Hg. v. G. Fritze Margull, Göttingen 2004.

Johann Jakob Bachofen: Das Mutterrecht. Hg. v. Hans-Jürgen Heinrichs. Frankfurt a. M. 1975.
Johann Jakob Bachofen: Urreligion und antike Symbole. Hg. von Carl Albrecht Bernoulli. Leipzig 1926.
Ernst Bloch: Naturrecht und menschliche Würde. Frankfurt a. M. 1961.
Anika Davidson: Advocata Aesthetica. Studien zum Marienmotiv in der modernen Literatur am Beispiel von Rainer Maria Rilke und Günter Grass. Würzburg 2001.
Leonard Forster: An Unsystematic Approach to *Der Butt*. In: August Obermayer (Hg.), Festschrift for E. W. Herd. Dunedin 1980, S. 55–77.
Barbara Garde: »Selbst wenn die Welt unterginge, würden deine Weibergeschichten nicht aufhören«. Zwischen »Butt« und »Rättin«. Frauen und Frauenbewegung bei Günter Grass. Frankfurt a. M. u. a. 1988.
Joachim Latacz: Einführung in die griechische Tragödie. Göttingen 1993.
Claudia Mayer-Iswandy: »Vom Glück der Zwitter«. Geschlechterrolle und Geschlechterverhältnis bei Günter Grass. Frankfurt a. M. u. a. 1991.

Petra Reuffer: Die unwahrscheinlichen Gewänder der anderen Wahrheit. Zur Wiederentdeckung des Wunderbaren bei G. Grass und I. Morgner. Essen 1988.

Uwe Wesel: Der Mythos vom Matriarchat. Über Bachofens Mutterrecht und die Stellung von Frauen in frühen Gesellschaften. Frankfurt a. M. 1980.

Jutta Heinz

Vom Sieg des Zauberlehrlings in Kalkutta: Günter Grass' *Zunge zeigen*

Die meisten von uns haben damit aufgehört, jemandem die Zunge herauszustrecken, als sie erwachsen wurden. Das gehört sich nicht, das ist kindisch, das ist unverschämt und respektlos oder wie auch immer die Begründungen lauten könnten: Man zeigt einem fremden Menschen nicht einfach seine Zunge, jedenfalls nicht in diesem Kulturkreis. Allerdings freut man sich auch als Erwachsener, klammheimlich, dann doch ein bisschen, wenn gegen dieses Gebot demonstrativ und öffentlich verstoßen wird. Und als Albert Einstein – ein ehrwürdiger alter Herr mit weißem Wuschelhaupt und einem Nobelpreis für Physik – an seinem 72. Geburtstag am 14. März 1951 den ihn verfolgenden Reportern demonstrativ die Zunge herausstreckte, da freute sich die ganze Welt so sehr über diesen Beweis von jugendlicher Aufmüpfigkeit, dass das Foto um die Welt ging und sich bis heute prächtig als Poster verkauft. Einstein selbst übrigens verschickte es gern an Freunde und Bekannte; der bekennende Pazifist und Sozialist wollte es als Dokumentation seiner politischen Ansichten im Amerika der McCarthy-Zeit verstanden wissen, also als einen bewussten Akt politischen Zungezeigens.

Vom Titelblatt von Günter Grass' *Zunge zeigen* streckte dem Leser gut 37 Jahre später eine ganz andere, sehr viel dunklere Gestalt demonstrativ die Zunge entgegen: Kali, die hinduistische Göttin der Zerstörung und des Todes, die in ihrem gewaltigen Zorn mit der Sichel über die Menschheit kommt und das Ende aller Dinge einläutet. Gleichzeitig ist sie jedoch im unübersichtlichen hinduistischen Götterreigen die große Mutter, die die Menschen vor Dämonen, Verwirrung und Unwissenheit schützt und sie damit aus dem endlosen Rad der Wiedergeburt erlöst. Ihre Zunge zeigt Kali, weil sie in ihrem blutrünstigen Zerstörungsrausch einst sogar über ihren Gefährten, den Gott Shiva, hinwegtanzte; als sie ihn erkannte, streckte sie aus Zorn und Scham die Zunge heraus. Für Günter Grass wird Kali zur Verkörperung seines Indien-Erlebnisses schlechthin, vielgestaltig ist sie im Prosateil, den Zeichnungen und dem abschließenden Gedichtzyklus gegenwärtig. Vervielfältigt streckt sie auch dem Leser die Zunge heraus, breit am Boden hockend, mit der todbringenden Sichel in der rechten Hand und um den Hals einen Kranz von Totenköpfen (Abb. 1) – und zwingt ihn damit, genauso wie Günter Grass in Indien, zum Hinsehen: Seht her, seht mich in der Stunde meines Zorns und meiner Scham, und seht Kalkutta in seinem immerwährenden Elend; ihr könnt nicht wegsehen, ihr könnt auch nicht weghören, denn ich zeige euch meine Zunge!

Zunge zeigt schließlich, neben Albert Einstein und Kali, als Dritter im Bunde der Autor Günter Grass in diesem Buch, das keine Gattungsbezeichnung hat und in seiner dreiteiligen Mischgestalt eine Art Triptychon der Armut und des Elends bildet. Als Grass im August 1986 mit seiner Ehefrau Ute – zum zweiten Mal nach einem kurzen Aufenthalt im Jahre 1975 – nach Kalkutta fährt, flieht er: vor der spannungslos gewordenen »Ausgewogenheit« zu Hause, den larmoyanten »Befindlichkeiten«, dem bodenlosen »Gequatsche«[1] allenthalben; er flieht, sozusagen, vor der Abstraktheit der eigenen Berühmtheit ins wahre Leben. Ein Jahr sollte der Aufenthalt eigentlich dauern, für den das Ehepaar sich in einem Vorort von Kalkutta eingemietet hatte. Das touristische Besuchsprogramm ist auf ein Minimum reduziert; es geht darum, in Indien, unter Indern, spezieller noch: in der Riesenmetropole Kalkutta, dieser Welthauptstadt des Elends, zu leben – und dabei Zunge zu zeigen: Zeugnis abzulegen von der eigenen Erfahrung, aus dem erlebten Alltag. Bis Januar 1987 werden beide es aushalten; Ute liest Fontane und kauft sich ein Bügelbrett, und Günter schreibt und zeichnet und schreibt und zeichnet (und liest, natürlich, auch: Canetti, Thomas Mann, Lichtenberg, Schopenhauer – ein deutliches Kontrastprogramm zu Kali, der Vielgestaltigen). Auf dem Rückflug nach Deutschland hat Grass nicht nur ein indisches Tagebuch im Gepäck, sondern auch ein Skizzenbuch mit einer Fülle von vor Ort gefertigten Zeichnungen und einen zwölfteiligen Gedichtzyklus – alle Teile des Triptychons liegen also im Rohentwurf vor. *Zunge zeigen* erscheint 1988 und löst gemischte Reaktionen bei den Rezensenten aus. Häufig werden dabei die unterschiedlichen Teile des Buches gegeneinander ausgespielt, ihre Zusammengehörigkeit wird hingegen kaum gewürdigt. Den einen ist das Buch nicht sozialkritisch und politisch genug, den anderen zu viel von beidem; viele vermissen das »wahre Indien«, vor dem sich Grass mit seiner Fontane-Manie und seinem europäischen Lektürekoffer versteckt hätte, während er Krähen zeichnete und den Gestank der Müllhalden heroisierte. Am stärksten jedoch erregen sich die Rezensenten über einen Begriff, den Grass im Prosateil eingeführt hatte und der offensichtlich der Schlüssel zu seiner künstlerischen Verarbeitung der Indien-Erfahrung ist: die »Ästhetik der Armut«.

Allgemeine Vorwürfe gegen eine solche »Ästhetik der Armut« lassen sich leicht abrufen: Sie verschleiere reales Leiden und rede eine Wirklichkeit schön, die in der

Erfahrung der Betroffenen alles andere als schön sei. Schlimmer noch: Wer das Elend für ästhetisch wertvoll erkläre, beute es damit für seine eigenen Zwecke aus – anstatt zu helfen. Ausgespielt wird also die Figur des verantwortungs- und gewissenlosen »Ästhetizisten« gegen eine allgemein menschliche Pflicht zum solidarischen Mitleid, zur moralischen Verdammung und zur praktischen Bekämpfung von Armut und Unterdrückung. Das stimmt alles, aber es geht ziemlich an dem Punkt vorbei, den die »Ästhetik der Armut« machen will: Natürlich ist es die Pflicht des aufgeklärten und materiell (über)versorgten Teils der Welt, schnellstmöglich dafür zu sorgen, dass menschliches Elend in allen anderen Teilen derselben Welt ein für alle Mal verschwindet. Aber solange das Elend noch existiert und dies auch voraussichtlich noch auf unabsehbare Zeit tun wird, sollte es möglich sein, es als eine eigene Lebensform wahrzunehmen, in der Menschen auch in allerdunkelsten Umständen ihr Leben gestalten und ihre Würde wahren. Und es könnte die spezifische Aufgabe des Künstlers – und als solcher ist Grass nach Kalkutta gereist, nicht als Politiker, nicht als Sozialreformer – sein, seine Zunge als Zeichen der Scham und der eigenen Verantwortung zu zeigen; das heißt, diese Lebensform in ihren ästhetischen Aspekten zu erkennen und angemessen zu beschreiben und für andere erlebbar zu machen. Das ist nicht Künstler-Tourismus oder ästhetischer Kolonialismus, sondern steht, wenn man so will, durchaus in einer aufklärerischen Tradition fern modernen Ästhetizistentums, für die Moral und Ästhetik einander nicht ausschließen, sondern sogar gegenseitig bedingen.

So bereitwillig im Übrigen viele der Rezensenten mit der moralischen Keule auf die »Ästhetik der Armut« eindroschen, so wenig wurde versucht zu verstehen, was im Blick auf dieses einzelne, spezifische Werk in seiner ungewöhnlichen Triptychon-Gestalt eigentlich damit gemeint sein sollte. Die Antwort auf diese Frage erfordert eine gründliche Lektüre und eine intensive Bildbetrachtung; sie erschließt sich nämlich keinesfalls auf den ersten Blick. Weder wirken die expressionistisch angehauchten Zeichnungen mit ihrer starken Bilddynamik, den sich verwischenden Schriftelementen, der erschwerten realistischen Lesbarkeit vieler Motive auf den ersten Blick »schön«; noch sind die Schilderungen schweißdurchtränkter Bahnfahrten, geruchsintensiver Besuche der riesigen Mülldeponie und der Verbrennungsstätten am Ganges oder der wie tot daliegenden Schläfer und »Pavementdweller« besonders ästhetisch anmutend. Die »Ästhetik der Armut« erarbeitet sich Grass selbst während seines Aufenthalts in kleinen Schritten, bei der künstlerischen Arbeit vor Ort; und es ist das Besondere an seinem Buch, dass der Leser diese Wahrnehmungsverschiebung genauso schrittweise mit vollziehen kann – wenn er sich denn selbst den Mühen eines wiederholten Blickes und einer mehrfachen Lektüre unterzieht und offen wird für eine Wirklichkeit, die schön und schrecklich gleichzeitig ist, Shiva und Kali, Zerstörung und Neuaufbau.

Am einfachsten zugänglich für den Leser ist sicherlich der Prosateil von *Zunge zeigen*. Er enthält nicht die ursprünglichen Tagebuchnotate – äußerlich erkennbar an dem Fehlen von Datumsmarkierungen –, sondern bereits eine überarbeitete Version. Erhalten ist die chronologische Abfolge von der Ankunft in Kalkutta bis zur Abreise; dazwischen wird in einzelnen Absätzen von unterschiedlicher Länge, ohne weitere Gliederung und in bunter Mischung Erlebtes geschildert und reflektiert: Fahrten und Besuche des Ehepaares, Gespräche und Eindrücke im Alltag, Mahlzeiten, Museumsbesuche, Schulbesichtigungen, Betriebsbesuche, eine Theaterinszenierung. Häufig werden visuelle Momenteindrücke wiedergegeben. Eine Art objektivierendes Gegengewicht zu den subjektiven Erlebnissen bilden Passagen mit Überlegungen zur indischen Geschichte und Politik, Lektürenotate, eingeflochtene Zeitungsartikel, Informationen zur wirtschaftlichen und sozialen Verfassung des Landes.

Diese äußerliche Beschreibung allein könnte ein beliebiges Reisetagebuch charakterisieren. Was *Zunge zeigen* jedoch unterscheidet, ist die allgegenwärtige Bedrohung und Verunsicherung der beiden europäischen Reisenden durch die unglaubliche Armut und das allgegenwärtige Elend, die als eine Art dunkler Kontrapunkt alle Eindrücke, auch die positiven, begleiten. Als Leitmotiv fungiert dabei nicht nur Kali mit ihrer Zunge, der Sichel und den Kokosnüssen. Zu ihr gesellen sich die »Pavementdweller«, die Ärmsten der Armen, die Mülllandschaften mit ihren Bewohnern, die Tiere insbesondere: Kühe und Bullen in ihrer massiven Sanftheit; wirbelnde und kreischende Krähen, Ratten, Hühner, Affen. Sogar eine Art von Dingsymbolik entwickelt Grass aus den Haltegriffen der überfüllten Vorstadtzüge, die seinen Schreibstil ebenso wie seinen Zeichenstil inspirieren: »Schon – mit zwei Fingern an einen der Haltegriffe gebunden – entwerfe ich Sätze, verschachtelt wie wir in den Pendelzügen nach Ballygunge« (17). Das alles fügt sich zusammen zu einem grotesken Elends-Panorama, in dem keine kategorialen Unterscheidungen zwischen Mensch und Nicht-Mensch, Mensch und Tier, Mensch und Umwelt, Mensch und Ding mehr möglich und sinnvoll sind: Alles geht in einer Bewegungs-, Geruchs- und Geräuschkakophonie ineinander über wie die Figuren auf einer hinduistischen Tempelfassade.

Denn die Gestalt, die diesen Zusammenhang herstellt, ist Kali, die göttliche Mutter, die dem Leser mit folgenden Worten vorgestellt wird:

»In einer der Göttergeschichten heißt es: in rechter Hand, an einem Arm ihrer zehn Arme, die Sichel schon hoch, habe Kali in ihrer Raserei die Zunge gezeigt, als ihr (vielleicht durch Zuruf von außen) bewußt wurde, daß sie zuletzt ihrem Göttergatten, Shiva, der, gleich Kali, Gottheit der Zerstörung ist, an die Gurgel wollte; Zunge zeigen als Zeichen von Scham. Seitdem ist Kali in Abbildern käuflich: als bemalte Tonfigur, auf glänzenden Postern, zehnarmig, zehnfüßig, oft auch der Kopf vervielfacht, entsprechend die Zunge. Hängt den Lappen raus, bekennt Farbe. [...] Ähnlich Einstein auf dem bekannten Foto. Es sollen ihn Journalisten provoziert haben. Seine – wie Kalis – Zunge ist übertrieben lang. Abgesehen von der hechelnden Zudringlichkeit einer Zunft, die mit Vorliebe von privaten Abfällen lebt, könnte Scham auch Einstein befohlen haben, die Zunge zu zeigen. / Er und die Schwarze Göttin, beide auf einem Großplakat. Oder ich denke mir ein Gespräch aus, in dem sie zum Thema Jetztzeit-Letztzeit Erfahrungen austauschen. Ort der Plauderei Dhapa, Calcuttas Mülldeponie. Zwischen den Müllkindern. Krähen und Geier darüber. Beide bilanzieren die Welt und deren finalen Zuwachs« (33 f.).

West und Ost sind in dieser Vision vereinigt in Scham über eine Welt, die mit unendlichem Konsum unendlich viel Müll produziert, die aus dem Privatesten – der Scham – das Öffentlichste – ein journalistisches Spektakel – macht. Leise klingt ein apokalyptisches Motiv an: »Jetztzeit – Letztzeit«. Irgendwann wird Zahltag sein.

Beinahe im direkten Anschluss an diese Stelle entwickelt Grass das Konzept seiner »Ästhetik der Armut«, wenn er den Vergleich weiter ausbaut:

»Wollte man eine dieser einzig aus Notwendigkeit gewachsenen Slumhütten der Stadt Frankfurt am Main gegen Gebühr ausleihen und dorthin setzen, wo neben dem Hochhaus der Deutschen Bank des Bildhauers Bill aus Granit gehauene Skulptur ja sagt, immer wieder ja sagt zur überragenden Bank, weil sie, als endlose Schleife einzig selbst verliebt, ganz ohne Widerspruch schön ist und makellos den auf ewig datierten Kreislauf des Geldes bestätigt: wollte man also den seine Fehllosigkeit feiernden Granit aufheben und eine einzige Slumhütte, getreu, wie die Not sie gefügt hat, neben den gläsernen Hochmut der Deutschen Bank setzen, wäre die Schönheit sogleich auf Seite der Hütte und auch die Wahrheit, die Zukunft sogar: denn aufs Knie fallen wird die Spiegelkunst aller dem Geld geweihten Paläste, während die Slumhütten immer wieder (und jede anders) von morgen sein werden« (35).

Im Hintergrund meint man leise ein Echo auf den Ausruf der Sozialrevolutionäre Chamfort und Georg Büchner zu hören, »Friede den Hütten, Krieg den Palästen«, während im gegenwärtigen ästhetischen Vergleich zwischen der Slumhütte und der Granitskulptur vor der Deutschen Bank für Grass die Hütte überlebt: eben weil sie nicht aus einem »makellosen«, kostbaren, aber unveränderlichen Material wie Granit gefertigt ist, sondern aus Müll, aus den veränderlichen, dem Verfall anheimgegebenen Resten menschlichen Lebens; eben weil sie sich nicht in endlosem Kreisen nur auf sich selbst (und das ebenso endlose, allein sich selbst befriedigende Kreisen des Kapitals in sich selbst) bezieht, sondern auf eine erbarmungslose, aber notwendige Realität; weil sie nicht einem beliebigen Akt individueller künstlerischer Willkür entsprungen ist, sondern der schieren kollektiven Daseinsnot. Das ist, so Grass, die Kunst der Zukunft – und im Hintergrund ertönt wiederum leise das apokalyptische Motiv, diesmal im Prophetenton: »denn aufs Knie fallen« werden die Paläste vor den Hütten; am Ende werden die Letzten die Ersten sein!

Ein weiteres Beispiel einer solchen »Ästhetik der Armut« sind die zum Trocknen auf die Wände geklatschten Kuhfladen, die auf eine ganz wörtliche Art die Handschrift ihrer anonymen Hersteller bewahren:

> »Schon wieder ist etwas, das notdürftig bloßem Zweck dient, der Schönheit verdächtig. Diesen (und anderen) Wirklichkeitsbildern müßte sich alle gerahmte oder auf Sockel gestellte Kunst zum Vergleich stellen. Oft sah ich Mauerflächen von Fladen besetzt, die links und rechts ihrer bewegten Ordnung Calcuttas Wandmalerei, Hammer und Sichel, die Kongreßhand und anderer Parteien Symbole aussparten, als sollte die Politik geschont werden.« (51)

Noch einmal baut Grass den Vergleich aus: Es ist die Kunst der Armen, die die Maßstäbe setzt für die Kunst der Reichen; denn sie bleibt in ihrem lebensweltlichen Entstehungskontext, wird nicht aus dem Leben gerissen, nicht isoliert auf Sockel gesetzt oder in Rahmen verbannt. Und dass daneben die Politik bestehen bleibt, zeigt nur einmal mehr, dass die »Ästhetik der Armut« die Politik nicht verdrängt, sondern ergänzt.

Gegen Ende des Prosateils fasst Grass schließlich noch einmal sein neues ästhetisches Konzept zusammen:

»Wieder erschreckt mich die (ungeschriebene) Ästhetik der Armut: wie jedes Detail der aus Lumpen, Plastikplanen, Pappe und Jutesäcken errichteten Hütten entsetzlich gegenständlich ist und benannt werden will. Kein Zweifel, diese letztmögliche Schönheit stellt alles, was anerkannt als schön gilt, in Frage. [...] Alles, was ich habe und vorweise, kann nur Beleg meiner Aufmerksamkeit sein, mehr nicht.« (71f.)

»Arme« Materialien aus der Not, Gegenständlichkeit in der Darstellung, lebensweltliche Verwurzelung in der realen Existenz, aufmerksame Wahrnehmung und anschließende Benennung durch den Künstler: Das ist, auf die einfachste Formel gebracht, die »Ästhetik der Armut«.

Anschaulich umgesetzt erscheint dieser Ansatz im zweiten Teil des Triptychons, den Zeichnungen in *Zunge zeigen*. Die Sepia-Zeichnungen mit Pinsel, Kohle oder Feder nehmen ungefähr die Hälfte des Buches ein, sind also ein gleichwertiger Bestandteil und nicht untergeordnete Illustrationen. Alle Bilder enthalten Schriftelemente: Auszüge aus dem Prosateil, selten zentral angeordnet, sondern an den Rändern, häufig auch oben und unten als eine Art Rahmen. Als Rahmen fungieren sie auch im Gesamttext. Vier doppelseitige Bilder eröffnen das Buch; nach Ende des Prosateils folgt der Hauptteil der Zeichnungen; daran schließt sich der Gedichtzyklus an, an ihn noch einmal drei Zeichnungen. Alle zentralen Motive der »Ästhetik der Armut« aus dem Prosateil sind wahrnehmungsleitend in den Bildern präsent: die Slums und Mülllandschaften, die »Pavementdweller«, Krähen und Ratten, und Kali natürlich, mit ihren unentbehrlichen Attributen. Wenn man kunstgeschichtlich kategorisieren will, kann man die Bilder sicherlich als expressionistisch bezeichnen (zumal es in der expressionistischen Grafik eine vergleichbare Darstellungstradition der »Ästhetik der Armut« gibt). Sie haben eine Tendenz zur Abstraktion, vor allem in der Angleichung des expressionistischen Strichduktus in Text und Bild und der häufig blattfüllenden Darstellung; gleichwohl bleibt – anders wäre es auch den zuvor entwickelten Grundsätzen zufolge kaum möglich – der gegenständliche Charakter des Dargestellten erhalten.

Grass hat an einigen Stellen des Prosatextes über seine Zeichentätigkeit vor Ort berichtet. Von Anfang an dient ihm das Zeichnen dazu, angesichts der Reizüberflutung Ordnung in die Wahrnehmung zu bringen: »Hinterm Bahnübergang, gleich zu Beginn der Nimtala Ghat Street, lagert, die Slumhütten überragend, Knüppelholz, geschichtet, frei zum Verkauf für die Verbrennungsstätte. Zeichnend kann ich im Wirrwarr der Hölzer Ordnung erkennen.« (48 f.) Solche Muster sieht er von nun an häufig: »Immer wieder quer zum Verkehr liegende Kühe, neben Schläfer gestellt oder wie Hügellandschaft gestaffelt. Es ist, als wollte ich mich, weil mit Absicht weit weg, noch weiter wegzeichnen. (Bald wird mein Fixativ verbraucht sein.) Es ist, als müßte ich mir zeichnend ins Wort fallen.« (54) Der Einschub zum Fixativ ist offensichtlich doppeldeutig: Die Zeichnungen werden haltbar gemacht, der Eindruck für die Ewigkeit festgehalten – das schafft Sicherheit in der ständigen bedrohlichen Veränderung der Umgebung, ebenso wie die zeichnerische Distanzierung in Vorder- und Hintergründe, in denen man schließlich zeichnend selbst verschwinden könnte. Sie bilden damit ein Widerlager zu den Worten, die den Schreiber immer dichter ins Geschehen verstricken wollen, ihm zu sehr an und unter die Haut gehen. Gegen Ende des Prosateils, nach einer langen und produktiven Zeichenphase, wird es heißen: »Jetzt hierbleiben. Geborstenes Pflaster porträtieren. Dicht herangehen an Slumhütten, Materialien notieren. Wie Fremdes vertraut wird und fremd bleibt. Das Kunstgeschwätz vergessen. Mit breitem Pinsel, mit dünn auszeichnender Feder, mit bröckelnder Kohle Verfall verdichten. Unsere verrückte schwarze Mutter, wie sie gibt und nimmt.« (103) Auch in der bildlichen Darstellung ist damit die »Ästhetik der Armut« vollendet: Einfache Darstellungsmittel (Farbe wäre undenkbar); ärmlichste Darstellungsgegenstände, in ihrer Materialität, Gebrochenheit und Veränderlichkeit; Vertrautheit erzeugen durch dichtes Herangehen an die Gegenstände; aber gleichzeitig: Fremdheit erhalten, die ganze Furchtbarkeit in ihrer Schönheit und ihrem Schrecken. Auch hier ist das Muster, natürlich, Kali, »unsere verrückte schwarze Mutter«: eine dunkle Maria, eine wahnsinnige Erdgöttin, die auch dem Künstler gleichzeitig gibt und von ihm nimmt.

Kali figuriert gleich in der ersten Zeichnung zu Beginn des Bandes bildfüllend, mit der Zunge direkt im Zentrum des Bildes (Abb. 1). Die unter einem Umhang hockende Figur zitiert mit ihrer Dreiecksform die klassische Ikonografie der christlichen Mariendarstellung: Sie könnte als eine Art ins Groteske verkehrte Schutzmantelmadonna aufgefasst werden, die statt eines Rosenkranzes eine Kette aus menschlichen Köpfen (keine Totenköpfe, sondern individuelle männliche Gesichter) um den Hals trägt. Und über ihr schwebt keine Friedenstaube, sondern ziehen sich Textzeilen entlang, die dort verwischt sind, wo sie mit der Aura der Figur in Berührung kommen. Das Bild nimmt damit tradierte Bildvorstellungen auf, unterlegt sie aber mit einem anderen Inhalt; die »verrückte schwarze Mutter« erweckt anders als die Gottesmutter ebenso Schrecken wie Verehrung.

An Traditionen der Landschaftsmalerei erinnert hingegen eine Zeichnung der Mülllandschaft, die man beispielsweise den *Ährenleserinnen* von Jean-François

Abb. 1: Günter Grass, *Zunge zeigen.*

Millet zur Seite stellen könnte (Abb. 2): ein tiefer Horizont im Hintergrund, durchzogen von Fabrikschwaden auf der einen und anfliegenden Krähen auf der anderen Seite; im Mittelgrund verteilt mehrere gebeugte Gestalten, die die Müllberge durchforsten und ihre Funde in Körben sammeln; rechts im Vordergrund Krähen mit expressiv gespreizten Flügeln, die eine Bilddiagonale mit den in Reihe anfliegenden weiteren Vögeln bilden. Figuren, Müll, Tiere und Gebäude gehen ineinander über. Ein stabiles Formgerüst bilden hingegen die großen Bildlinien, die tradierte Staffelung sowie die Schriftgrafik, die diesmal am oberen Bildrand verläuft und mit immer schwächer werdenden Schriftzügen in das Bild hineinfließt. Wiederum kann man deutlich Grundzüge der »Ästhetik der Armut« erkennen: Einfache, ja ärmliche Bildgegenstände, keine Scheidung auf der Gegenstandsebene; dargestellt mit einfachen Mitteln, aber in einer Komposition, die vor der Folie vergleichbarer Darstellungen in der europäischen Kunstgeschichte die Würde der Dargestellten wahrt, ohne künstlich zu werden.

Der insgesamt am stärksten künstlerisch durchformte Teil des Triptychons ist schließlich der Gedichtzyklus mit dem Titel »Zunge zeigen«. In zwölf Einzelgedichten werden noch einmal alle zentralen Motive des Prosateils und der Zeichnun-

Abb. 2: Günter Grass, *Zunge zeigen.*

gen aufgerufen: die schwarze Göttin Kali, die Bahnfahrten nach Ballygunge mit den Haltegriffen (1); die »Pavementdweller« und die Weltbank (2); die Krähen (3); die chaotischen Straßen (4); der Kontrast der Kolonial-Museen (5); die Müllstadt (6); Kalkutta insgesamt (7); die Kühe, Ochsen und die Träger (8); die sintflutartigen Regenfälle in Kalkutta (9); die Götter und die Bettler (10); die Verbrennungsstätten am Ganges (11) und das Fest zur Feier von Kali (12). Die Gedichte sind in freien Rhythmen gehalten, kurze und lange Zeilen wechseln, Enjambements sind häufig (aber das ist mehr oder weniger typisch für einen großen Teil formal ungebundener moderner Lyrik). Dann und wann findet sich ein Reim, der unerwartet Zusammenhang stiftet, oder eine mitklingende Assonanz: »Sie fielen einst – man vergaß zu datieren – / aus wessen, vergessen, aus wessen Hand / und liegen nun quer, / säumen das Pflaster gereiht / von Schatten begraben oder ragen / ins Bild: Pavementdweller genannt« (210). Weitere Stilmittel sind, wie im Prosateil, reihende Aufzählungen (»Park Street, / Gandhi Nehru Tagore Road, keine der Straßen / hält dicht«, 214), die Nennung fremder Namen, die Problematisierung entlegener Vergleiche (»Kaum angekommen, / retten wir uns in Vergleiche«, 215), die Verwendung niederer Sprache direkt neben hoher (»Scheiße, / Blüten, Chemie«, 229). Kontraste werden auch hier durch Zeitungszitate und Anspielungen auf aktuelle politische Ereignisse hergestellt. Die verwendeten Sprachbilder sind sehr direkt und körperlich; schon das Anfangsgedicht malt das Schreiben als eine Art geistige Ausdünstung: »Alle Schleusen gesprengt. Fließt, / tropft aufs Blatt, / macht sich mit Tinte gemein« (209). Besonders interessant ist der intertextuelle Rahmen, der in den Lektürenotaten des Prosateils schon eröffnet wurde. Das erste Gedicht hebt mit einem deutlichen Rilke-Anklang an: »Nicht mehr ach, weh und oh und: Jeder / Engel ist schrecklich.« (209) Selbst Rilkes Ästhetik des schönen Schreckens aus den *Duineser Elegien* reicht aber nicht mehr aus, um dieser ästhetischen Erfahrung Herr zu werden. Näher kommt da schon Lichtenberg, »in Heft 9, / das er in revolutionärer Zeit kurzgefaßt / mit Bedenken füllte: ›In den Kehrigthaufen / vor der Stadt lesen und suchen, / was den Städten fehlt, / wie der Arzt aus dem Stuhlgang / und Urin.‹« (211f.) Kipling wird als Zeuge des Kolonialismus kurz herbeizitiert (216), dann gibt die Rättin aus dem gleichnamigen Endzeitroman aus dem Jahr 1986 eine Stippvisite: »War es doch unsere Stadt auch, / die verging« (220). Ähnlich wie in den Zeichnungen ist die europäische Kultur also ständig im Hintergrund präsent.

Einen noch größeren Rahmen jedoch bildet die ebenfalls im Prosateil schon hier und da angedeutete apokalyptische Vision. Im zwölften und letzten Gedicht hat ein weiterer intertextueller Geselle seinen Auftritt: »Sah drei Besen, nein, vier / tanzen im leeren Raum« (230). Es ist der Goethe'sche Zauberlehrling, dessen Besen, »unabänderlich« »gedrillt« (230), ihren mechanischen Tanz vollführen; dazu fügt Grass wenige Seiten weiter auch eine Zeichnung bei, die sich als einzige direkt auf den Gedichtteil bezieht (Abb. 3). Sie zeigt, in einer geradezu fröhlich anmutenden Dynamik, die die sonstige Schwere der Zeichnungen weit hinter sich lässt, eine Gruppe von vier tanzenden Besen, die Staub aufwirbeln. Drei von ihnen bilden eine kleine um ein Zentrum kreisende Gruppe, die man sich auch als eine Art gefilmten Bewegungsablauf vorstellen könnte (»in Abläufen Bild nach Bild«, heißt es im Gedicht, 230); ein weiterer Besen macht sich ein wenig nach rechts aus dem Staub. Denn der Zauberlehrling, der in Kalkutta ein »Unberührbarer« geworden ist, hat nicht ängstlich auf seinen Meister gewartet, sondern ist »lachend« davongelaufen: »macht euren Dreck weg allein!«, hat er noch gerufen, bevor sich nun endlich die lang angekündigte Apokalypse ereignet: »Umgestülpt der Magen der Stadt«, das Unterste wird nach oben gekehrt, Denkmäler werden auf den Kopf gestellt; die »reinlichen« Brahmanen müssen die Kloaken putzen, die »Helden liebreicher Hindifilme« verrichten ihre Notdurft unter freiem Himmel, das »große Geld« muss betteln gehen bei der »blechernen Münze«. Das ist das Werk von Kali: Es ist ihr Fest,

Abb. 3: Günter Grass, *Zunge zeigen.*

es ist »Kali Pujah«, es ist Neumond, und alle Slums der Stadt proben den Aufstand: »Ich sah / Calcutta über uns kommen« (230 f.).

Und nun spricht Kali, zum ersten Mal, mit eigener Stimme, nein, sie »schmatzt« mit rot lackierter Zunge: »Ich«, sagt sie, »ungezählt ich«. Die Umkehrung aller Dinge hat sie endlich »freigesetzt, sichelscharf«, und sie hebt alle Grenzen auf, tritt über alle Ufer, bringt das Ende – jedenfalls für die beiden Besucher aus dem Ausland (»du und ich«), die bisher als Individuen das »Ich« im Text für sich allein in Anspruch genommen hatten: »Da vergingen wir (du und ich)«. Zwar schreiben die Zeitungen weiter vor sich hin, reden vom Wetter, von politischen Katastrophen und belanglosen sportlichen Siegen in einem Atemzug, erwähnen auch, nebenher, das Fest »der schwarzen Gottheit zu Ehren«, das »friedlich seinen Verlauf genommen« habe (231) – aber das ist nur noch eine Fassade, keine Wirklichkeit mehr. Wirklichkeit ist einzig die apokalyptische Vision, die Kali heraufbeschworen hat, in der es kein einzelnes »Ich« mehr gibt, sondern nur noch »ungezählt ich«, ein Kollektiv dunkler Kräfte, das sich erhebt und den europäischen Individuen »ein Ende« macht: Wenn Kali ihre Sprache findet, muss der Dichter »vergehen«. Es ist Zeit zur Abreise. Die Quintessenz seiner Reise hatte Grass schon vorher formuliert, im

Prosateil: »Vorsätze in schlafloser Nacht: zurück in Deutschland, alles, auch mich an Calcutta messen. Schwarz in schwarz am Thema bleiben. Nur noch Geschriebenes, Gezeichnetes öffentlich. (Allenfalls Wahlkampf um zwei drei Prozent.) Vorsätze …« (61)

Anmerkung

1 Günter Grass: *Zunge zeigen.* Darmstadt 1988 (8, S. 17, im Folgenden direkt im Text zitiert mit der Seitenzahl).

Yelena Etaryan

»Höheres Abschreiben« – zur Funktion der Intertextualität in *Ein weites Feld* von Günter Grass und *Doktor Faustus* von Thomas Mann

Der vorliegende Beitrag untersucht die Funktion der Intertextualität anhand zweier wichtiger und für ihr Schaffen repräsentativer Werke zweier Nobelpreisträger, die bereits als klassisch-moderne »Nationalautoren« der deutschen Literaturen gelten können. Beide Romane, beide bis heute umstritten, beide thematisieren einen zentralen Umbruch im 20. Jahrhundert, sind als eine ästhetische Reaktion auf die politischen Missstände zu unterschiedlichen historischen Zeitpunkten in Deutschland aufzufassen[1]: *Doktor Faustus* von Thomas Mann und *Ein weites Feld* von Günter Grass.

In der Lebensgeschichte des deutschen Tonsetzers Adrian Leverkühn »erzählt von einem Freunde« spiegelt sich die katastrophale Geschichte seiner von NS-Herrschaft und Zweitem Weltkrieg geprägten Epoche in ihrem vollen kulturellen, philosophischen und geschichtlichen Umfang. Und auch der komplexe Wenderoman von Günter Grass ist nicht nur repräsentativ für das späte Schaffen des Schriftstellers, vor allem im Blick auf seine poetologischen Besonderheiten. Der Roman entfaltet kompositionell ein vielschichtiges Bild vom anhaltend problematischen Prozess der deutschen Einheit. Die Frage nach der Literatur und ihren Möglichkeiten, ihrer Stellung und ihrer Funktion in der Gesellschaft ist aber nur ein Teil der breit angelegten Fiktion; in ihr zeigt sich die im Grunde das ganze Schaffen von Günter Grass durchziehende Tendenz, Literatur nicht zuletzt aus Literatur zu machen. Darüber hinaus vermittelt der Roman zeitgeschichtliche Fakten und das historische Unterfutter sowie die genaue Kenntnis der Biografie und des Schaffens eines der wichtigsten deutschsprachigen Autoren des 19. Jahrhunderts – Theodor Fontanes – und spielt zudem mit Versatzstücken der Literaturgeschichte bis hin zur »Prenzlauer Berg-Szene« der bis 1990 real existierenden DDR.

Am 29. Oktober 1944 notiert Thomas Mann in seinem Tagebuch über die Montage als Konstruktionsprinzip: »Ist in der Praxis peinlich, und nur geistliche Absorption durch die Komposition kann die Anleihe rechtfertigen.«[2] Damit zeigt sich

Thomas Mann als ein ausgewiesener Meister in der Kunst des »höheren Abschreibens« – kaum ein Element seines Romans *Doktor Faustus,* das sich nicht in einem anderen Kontext wiederfinden ließe, kaum ein Gedanke, der nicht auf einen älteren zurückzuführen wäre.

Auch im Werk von Günter Grass ist diese Praxis des »höheren Abschreibens« zentral. Bereits vom Anfang seines schriftstellerischen Werdegangs an schuf Grass Werke, in denen er bewusst das Prinzip der Parodie zum tragenden stilistischen Prinzip seines Schaffens machte. In der späteren Grass-Prosa ist das bewusste Zitieren aus anderen literarischen Werken (fiktionalen, aber auch nichtfiktionalen, allgemein bekannten und für die Epoche repräsentativen) allgegenwärtig. Im Roman *Ein weites Feld* schließlich wird das Prinzip des Zitierens strukturbildend für den ganzen Text. Der Germanist Dieter Stolz, der im Auftrag von Günter Grass inkognito unter anderem im Fontane-Archiv Materialien für den Roman sammelte, sah das ganze Leben des Protagonisten Fonty im Dritten Reich, der DDR und im wiedervereinigten Deutschland als ein einziges Zitat der Biografie des »Unsterblichen« (die Bezeichnung für Theodor Fontane im Roman, dessen Name im Text nirgends erwähnt wird).[3] Das Zitat dient also in beiden Romanen nicht nur der Einführung von Identifikationsfiguren für die Haupthelden (Nietzsche/Fontane); beide Werke leben buchstäblich vom Zitat, was eine ästhetische Provokation für die Leser ist. Im Folgenden will ich vor allem auf die Funktion der Intertextualität in beiden Romanen eingehen, wobei das Zitat als wörtliche oder explizite Form der Intertextualität im Mittelpunkt stehen wird.

Thomas Mann selbst nennt seinen *Doktor Faustus* eine Art Nietzsche-Roman.[4] Schon am Anfang der kunstfertig erzählten Geschichte Leverkühns wird durch ein verstecktes Zitat Nietzsche indirekt eingeführt, obwohl sein Name nirgends direkt genannt wird. So steht am Beginn der Niederschrift, am 23. Mai 1943: »zwei Jahre nach Leverkühns Tode, will sagen: zwei Jahre nachdem er aus tiefer Nacht in die tiefste gegangen« (diese Stelle verweist auf Stefan Georges Gedicht über Nietzsche in *Der Siebente Ring*).[5] Dasselbe lässt sich über die Einführung des Namens von Theodor Fontane gleich im ersten Satz des Romans *Ein weites Feld* sagen: »Wir vom Archiv nannten ihn Fonty«[6].

Der bürgerliche Name der Hauptfigur, »Theo Wuttke«, erscheint erst später mit der Anführung seines Geburtsdatums- und -orts; auch diese lehnen sich (mit einem Abstand von hundert Jahren) an Fontanes Lebensdaten an, ohne dabei die Bezugsperson beim Namen zu nennen. Damit ist die lebenslange Identifikation von Wuttke mit Fontane angedeutet, von der sich Fonty erst gegen das Ende des Romans verabschiedet. Fonty ist ein perfekter Kenner seiner Werke, zitiert reichlich aus ihnen, lebt in ihrem Kosmos, wandelt auf Fontanes Spuren und arrangiert seine eigenen Verhaltensweisen nach Fontanes Mustern. Da er das Leben seines Vorgängers bis ins Detail nachlebte und immer »eine Fülle von Zitaten auf Abruf hatte« (WF 9), entstand bei den Bediensteten des Fontane-Archivs sogar der ganz und gar unrealistische Eindruck, dass Fonty der eigentliche »Urheber« des Fontane'schen Werks sei.

Ein weites Feld strotzt zudem von Doppelgängern der Figuren aus Fontanes Werken. Schon der Titel ist ein Indikator referentieller Intertextualität, da er zumindest auf den ersten Blick als Zitat aus Fontanes Roman *Effi Briest* gelesen werden kann.[7] Das Modell für den Gegenspieler Fontys, den ewigen Spitzel Hoftaller, ist allerdings keine Fontane-Figur, sondern die titelgebende Hauptfigur aus dem Roman *Tallhover* von Hans Joachim Schädlich, der am Anfang von *Ein weites Feld* vorgestellt wird. Als Erzähler tritt in Grass' Roman das aus mehreren Personen zusammengesetzte Potsdamer Fontane-Archiv auf, das beobachtet, recherchiert und entsprechende Materialien zusammenstellt. Gleichzeitig bietet es reichlich Stoff für Reflexionen, die, wie auch im *Doktor Faustus*, einen zentralen Platz in der eher handlungsarmen Komposition einnehmen.

Die Handlung des Romans setzt am 17. Dezember 1989 ein, einem »frostklirrenden Wintertag«, an dem die beiden Hauptfiguren einen Spaziergang von Ost- nach Westberlin machen: Sie bewegen sich in Richtung Brandenburger Tor und schauen durch eine Mauerlücke. Der Anblick des Brandenburger Tors ruft in Fonty Erinnerungen an Fontanes säbelrasselndes Gedicht »Einzug« hervor, dessen Reime das siegreiche Ende des Krieges gegen Frankreich sowie die Reichsgründung und die Krönung des preußischen Königs zum Kaiser der Deutschen feiern. Schon am Anfang des Romans, durch das bloße Zitat, wird damit ein Bezug zum vergangenen Jahrhundert hergestellt, nämlich zur Vereinigung Deutschlands im Jahre 1871.

Ganz ähnlich dient im *Doktor Faustus* die Montage-Technik der Vermittlung der seit dem Mittelalter[8] bestehenden geheimen Verbindung der Deutschen mit dem Bereich des Dämonischen sowie der Ausdehnung des gesellschaftlichen Panoramas. Im *Doktor Faustus*, dem »Palimpsest von Zitaten und Montagen«,[9] figurieren, ebenso wie in *Ein weites Feld,* deutsche Autoren[10] des Barock, der Klassik und der Romantik, englische Autoren der Neuzeit und der Romantik neben Klageliedern des Jeremias aus dem Alten Testament. Thomas Mann integriert »faktische, historische, persönliche, ja literarische Gegebenheiten« in ein Romangefüge, so dass das »handgreiflich Reale« schwer unterscheidbar »ins perspektivisch Gemalte und Illusionäre übergeht«.[11] Fast alle einmontierten Textstellen werden im Roman wortgetreu wiedergegeben und dienen mehrheitlich der Darstellung und Charakterisierung des Protagonisten Leverkühn und dessen Welt. Thomas Mann legt diese Zitate vor allem Leverkühn selbst in den Mund, aber auch einigen anderen Romanfiguren, die in einem besonderen Beziehungsgeflecht zu ihm stehen. Im Roman erhalten die Zitate eine Doppelfunktion, je nachdem, ob sie dem inneren oder dem äußeren Kommunikationssystem zugerechnet werden: Im inneren System dienen sie der Beschreibung von Leverkühns Leben und ganz konkret seinem Schaffen; sie bilden die Libretti für seine Vertonungen. Im äußeren Kommunikationssystem werden die eingefügten Textstellen zu Segmenten einer Parabel über ein faustisches Schicksal, die den Verlauf des Romans begleiten. Gleich dreimal wird der Faust-Stoff vorgeführt: im Einzelschicksal von Adrian Leverkühn, im Nationalschicksal Deutschlands und in der Thematisierung von Fausts Schicksal in Leverkühns Hauptwerk *Doktor Fausti Weheklag*. Mit Leverkühn erschafft Thomas Mann einen Faust, der als »Held« seiner Epoche gelten soll, und verzichtet bewusst darauf, dem Protagonisten ein individuelles Gesicht zu verleihen. Stattdessen montiert er seine Hauptfigur aus verschiedenen Biografien – einschließlich seiner eigenen! – und kompiliert damit gewissermaßen einen neuen Typus.

Wolfgang Müller charakterisiert die »Wechselbeziehungen zwischen den Protagonisten aus verschiedenen Texten« mit dem Terminus »Interfiguralität«.[12] Es handelt sich dabei um die Identifikation des Protagonisten eines Textes durch den Protagonisten des anderen Textes durch Nachahmung seiner Verhaltens- und Sprechweisen. Dieser Terminus eignet sich vor allem zur Bezeichnung von Hoftaller, der im Roman von Grass das Leben des Geheimagenten Tallhover fortsetzt. Im Falle von Fonty, der sich mit Fontane und einigen seiner Romanhelden identifiziert und sie zitiert, wäre es sinnvoller, zu dem von Genette geprägten Terminus der »Transtextualität« zu greifen, der auf ein Textuniversum als Folie verweist. Hoftaller wäre insofern ein interfiguraler Held, Fonty hingegen ein transtextueller – was zugleich die unterschiedliche geistige Reichweite der beiden Figuren unterstreicht.

Zurück zu den vielsagenden Romantiteln. *Ein weites Feld* zitiert ja die Lieblingssentenz des alten Briest aus Fontanes Roman *Effi Briest*, der diesen Ausdruck vor allem zu benutzen pflegte, wenn er Streitigkeiten mit seiner Frau vermeiden oder anderen Problemen aus dem Weg gehen wollte. Schon durch das leitmotivisch genutzte und virtuos variierte Zitat korrigiert der Schriftsteller Günter Grass künstlerisch die gängige einseitig-optimistische Interpretation der Ereignisse und Prozesse, die mit der Wiedervereinigung Deutschlands verbunden sind. Darüber hinaus werden die deutsche Geschichte des 19. Jahrhunderts, dessen Zeitzeuge der Schriftsteller Theodor Fontane war, und die Geschichte des 20. Jahrhunderts, deren Kommentierung und Einschätzung durch die Gestalt Fontys ermöglicht werden, im Roman in ein vielfältigeres Licht gerückt. Die Doppelperspektive – einerseits der Schriftsteller Theodor Fontane und sein »Schutzengel« Tallhover, andererseits ihre Entsprechungen im 20. Jahrhundert, nämlich Fonty und sein »Tagundnachtschatten« Hoftaller – ermöglichen einen Blick auf die Wiedervereinigung Deutschlands durch das Prisma der Vereinigung Deutschlands anno 1870/71. In der Manier des alten Briest räsoniert Fonty über die strittigen Fragen der Zeit, kommentiert das aktuelle Geschehen, das bis in sein Privatleben hineindringt. Hypertextuelle und metatextuelle Bearbeitung von Zitaten aus den Tagebüchern, Werken und Briefen von Fontane dienen Grass, vergleichbar mit dem eklektizistischen Verfahren Thomas Manns im *Doktor Faustus*, zur Charakterisierung von Fonty als Hauptgestalt des Romans.

Die Intertextualität manifestiert sich im Grass-Roman demnach im Spiel mit Zitaten, so zum Beispiel bei Fontys Auftritt in der Treuhandanstalt, wo er das Treuhand-Personal mit den Helden aus den Fontane-Romanen vergleicht und sie mit ihren Lieblingsfloskeln kommentierend begleitet. Ein weiteres Beispiel für viele: Fonty, der nichts ohne Kommentar lassen kann, ruft bei der Beobachtung des Handels mit den Mauerstücken aus: »Bruch ist besser als Ganzes!« (WF 14) Dieser Ausdruck ist ein transformiertes Zitat aus Fontanes Roman *Irrungen, Wirrungen*: »Gideon ist besser als Botho«.[13] Im Unterschied zu seiner Frau, die die beiden Namen nur nach ihrem Klang beurteilt, stellt Baron Botho von Rienäcker die Namen nach anderen Kriterien einander gegenüber. Er zieht Gideon sich selbst vor, da Gideon seinen Gefühlen entsprechend und nicht, wie er selbst, nach Standesunterschieden handelt. Es kommt ihm nicht auf den Namen, sondern auf den Namensträger an. Fonty vergleicht an dieser Stelle einen Teil und das Ganze, dabei unterstreicht er den Vorteil des Teils vor dem Ganzen und des Gebrochenen vor dem Intakten – eine Meinung, die viele Ostdeutsche teilen dürften. Genauso wird die »Realität des neuen Deutschlands« im Roman nicht insgesamt und als Ganzes wiedergegeben, sondern in vielen Stimmen gebrochen. Eine alles überschauende Perspektive, eine allwissend kommentierende Stimme, die das Verstehen des Lesers lenkt, fehlt. Jeder Rezipient bleibt auf den beschränkten »Wir vom Archiv«-Blickwinkel angewiesen. Dem Romantitel folgend könnte man behaupten, dass der Autor Grass selbst, wie sein Held Fonty, sich hinter diesem Paratext versteckt und damit sein gutes Recht, im Schatten zu bleiben, behauptet.

Über den Titel des Romans *Doktor Faustus* kann man ebenfalls nicht hinwegsehen: Der offene Hinweis auf die Faust-Tradition lenkt die Lektüre, auch wenn keine Romanfigur mit diesem Namen auftritt. Der Autor lässt vielmehr zwischen der Biografie und dem Œuvre des Musikers Adrian Leverkühn und der Faust-Tradition eine gewollte Spannung entstehen. Mehrere Faust-Zitate kennzeichnen vielerlei Erlebnisse und Episoden in Leverkühns Leben und Schaffen; Letzteres befasst sich intensiv mit dem Faust-Stoff. Dabei wird durch die Beschreibung von Kompositionen die im Text angesammelte Zitatfülle aus dem Faust-Komplex angereichert. Als sich Adrian dem dämonischen Bereich der Musik zuwendete, hatte ihn eine innere Stimme gewarnt: »O Homo, fuge!«, im Volksbuch erscheinen diese Worte anlässlich des Teufelspakts.[14] Vierundzwanzig Jahre währt Leverkühns Teufelsverschreibung (DF 306), wie diejenige Fausts (VB 109); ein Detail aus Nietzsches Lebensgeschichte besagt, dass der Philosoph nach seiner Infizierung noch vierundzwanzig Jahre lebte. Ein Gelehrter namens Capercailzie (DF 355) stillt Leverkühns faustischen Wissensdrang: Leverkühn bringt zu Papier, was »sein Geist und Auerhahn« (DF 608) ihm eingesagt hat. Der Name ist nicht unbedacht gewählt: Capercailzie ist das schottische Wort für Auerhahn. Im Volksbuch wird von Wagners »Geist und Auerhahn« berichtet, gemeint ist ein Teufel. Bis in Leverkühns Kompositionen hinein reichen die Anspielungen; den auffälligen Auftakt bilden die Worte, die der Musiker auf das Notenblatt schreibt (um sie vielleicht durch den eifrig spionierenden Zeitblom dem Leser zwecks psychologischer Interpretation nahezubringen?): »Diese Trawrigkeit bewegte Doctor Faustum, daß er seine Weheklag auffzeichnete« (VB 110, DF 608). Später wird der Inhalt der Klage mitgeteilt: »Ach, Fauste, du verwegenes und nichtwerdes Herz, ach, ach, Vernunft, Mutwill, Vermessenheit und freier Will [...]« (VB 110, DF 648). Die Quelle wird nicht mehr verschwiegen, aber indem die Zitate rein als Objekte der Vertonung behandelt werden, wird ihr Doppelsinn künstlich verschleiert. In Leverkühns »Oratio« sind die diesbezüglichen Zitate also so dicht geworden, dass der Sinn dieses kompositorischen Stücks unschwer zu erkennen ist: Adrian fühlt sich nun mit Faust identisch. Damit ist der Titel des Buches sozusagen im Laufe des Romans erfüllt worden.

Auffallend ist auch die Integration eines Bibelzitats in das Beethoven-Kapitel, das gleichzeitig ein Beispiel für eine Sinnvertiefung ist. Wenn Thomas Mann Einzelheiten aus Beethovens Leben weitergibt (die ihm Anton Schindlers Biografie liefert), scheinen diese zunächst eine rein stoffliche Bereicherung darzustellen; dann aber entblößt sich der geheime Bezug durch ein gut integriertes Zitat. Vor Beginn der Beethoven-Anekdote werden bereits biblische Assoziationen geweckt: Die majestätischen Fugen im »Gloria« und »Credo« der *Missa Solemnis* seien der Beweis, »daß auch im Kampf mit diesem Engel der große Ringer Sieger geblieben, mochte er gleich aus der Hüfte lahmend daraus hervorgegangen sein« (DF 80); das ist eine Anspielung auf Jakob, dessen Hüftleiden im *Joseph*-Roman leitmotivisch eingesetzt worden ist. Die romantechnische Entsprechung fehlt nicht: Fitelberg verwendet dasselbe Gleichnis, er spricht von Bruckners Ringen mit dem Engel (DF 541). Weitere Assoziationen drängen sich auf: Von der »heiligen Schwere« dieses Kampfes und von dem »heimgesuchten Schöpfer« (DF 80) wird erzählt. Der Meister komponiert in der Anekdote soeben das »Credo« zur *Missa*. »Zwischen der zwölften und ersten Stunde« (sprachlich ein Bibelklang, vgl. z. B. Matthäus 27, 45: »Von der sechsten bis zur neuen Stunde [...]«) hungert den nächtlichen Arbeiter, doch die Mägde sind eingeschlafen und die Speisen verkohlt. Da donnert der Gewaltige: »Könnt ihr denn nicht eine Stunde mit mir wachen?« Thomas Manns Quelle verwendet dieses Bibelzitat nicht. Dies sind aber die Worte Christi, als er im Garten Gethsemane am Ölberg um sein Credo rang, derweil seine Jünger schliefen (vgl. Matthäus 27, 45; Markus 14, 37). Parallel zu Christi Kampf gegen die Anfechtung wird Beethovens Ringen um das »Credo« gesetzt.

Zusammenfassend kann man zur Funktion der Intertextualität in den Epochenromanen von Thomas Mann und Günter Grass Folgendes festhalten: Die Zitate in beiden Werken bestimmen die historischen und geografischen Dimensionen, sie reichen vom Mittelalter bis zur jüngsten deutschen Geschichte, sie stammen von repräsentativen Denkern und Dichtern Europas und sprechen Bände über die fatalen Folgen der an geschichtlichen Katastrophen ablesbaren Ideologiegeschichte über Jahrhunderte hinweg.

Im Roman *Ein weites Feld* werden die Zitate durch graphematische, sprachliche und thematische Markierungen in den Text integriert – dadurch werden sie vom Leser erkannt. Bei der Organisation des Textganzen bevorzugt der Schriftsteller Günter Grass Transtextualität und Interfiguralität. Die Parallelisierung der für Deutschlands gesellschaftliche Entwicklung so wichtigen Epochen vollzieht sich, indem die Zitate von bereits verstorbenen Dichtern und noch lebenden Autoren im neuen Kontext zwar in ihrem ursprünglichen Sinne gebraucht werden, gleichzeitig aber erhalten sie eine neue zusätzliche Bedeutung. Die Übereinstimmungen und Kontraste verschiedener Texte und die polyphonen Stimmen der von den politischen Änderungen direkt Betroffenen ermöglichen eine multiperspektivische Sichtweise auf die aktuelle Wirklichkeit des wiedervereinigten Landes, und zwar jenseits von absoluten Wahrheitsansprüchen. Die Zitate der Zeitgenossen lenken die Aufmerksamkeit des Lesers dabei vielmehr auf die differenzierte Betrachtung der Ereignisse der jüngsten Vergangenheit beider deutschen Staaten sowie auf die Umstände, aus denen sie hervorgegangen sind. Auf endgültige Bewertungen des komplexen Prozesses wird bewusst verzichtet; jeder Leser bleibt gefordert, sich ein eigenes Bild zu machen.

Die Hauptfunktion der Zitate im *Doktor Faustus* ist es, strukturbildend zu wirken. Das trifft besonders für die Leitzitate zu. Sie haben keinen statischen, starren Charakter wie das physiognomisch-charakterisierende Leitmotiv aus Thomas Manns Frühzeit, sondern sie sind dynamisch, entwicklungsfähig. Die Zitatverwendung in struktureller Hinsicht dient zunächst der psychologischen Erhellung der Lebensumstände des Helden: Es besteht nämlich eine Parallele zwischen Leverkühns Entwicklung im Laufe seines Lebens und der Heranziehung der Zitate. Inhaltlich-kompositorisch entsprechen die Zitate den jeweiligen geistig-seelischen Umständen oder der Arbeitsstufe des Protagonisten. Thomas Mann versteht es, die anfänglich vereinzelten Zitate aufeinander zu beziehen, miteinander zu verweben, sie zu einem Ganzen zu vereinen. Knotenpunkt ist das Teufelsgespräch in der Mitte des Romans, in dem viele Motive und Zitate, die schon früher anklangen, versammelt erscheinen. Die Auflösung des teuflischen Knotens bietet die »Oratio« am Schluss des Buches. Das Themengewebe wird zu einem einzigen Symbol verdichtet.

Im *Dr. Faustus* verwendet Thomas Mann wenig esoterische Zitate, sondern er zitiert klassisch-humanistisches Bildungsgut. Dies hängt zunächst mit seiner Auffassung zusammen, dass die Humaniora als Prinzip des Heilen und Ganzen die Welt zusammenhalten (im *Faustus* will er einen Kosmos schildern). Zudem ist auch der fiktive Biograf Zeitblom ein Humanist. Und schließlich will der Autor vom Publikum verstanden werden. Es ist kein Zufall, dass Thomas Mann in seiner *Entstehung des Doktor Faustus* die verschiedenen Quellen angibt, denn er wünscht, dass der möglichst eigensinnige Leser sich damit beschäftigt.

Neben der »psychologischen« haben die Zitate als Kompositionselemente eine »musikalische« Aufgabe: Thomas Mann versucht, den Roman nach musikalischen Gesetzen zu strukturieren. Die Zitate werden wie Stimmen in der Musik einzeln eingeführt, begegnen sich kontrapunktisch, polyphon (wie die Figurenstimmen im *Weiten Feld*); die Themen verschlingen sich, die Einzelmotive ordnen sich zu Motivkomplexen. Zum Schluss vereinigen sich die Stimmen in der »Oratio« zu einem Konzert der Vox humana, wie in der *Neunten Symphonie* – aber Beethovens »Lied an die Freude« wird »zurückgenommen« (DF 634); »Doctor Fausti Weheklag« wird zum »Lied an die Trauer« (DF 649). Und *Ein weites Feld* endet offen: Das im letzten Absatz des Romans noch einmal aufgerufene, jetzt aber variierte Titel-Zitat[15] wirft Licht nicht nur auf das Schicksal von Fonty, seine Rückkehr zu seinen Quellen angesichts des nahenden Todes, sondern signalisiert auch die Notwendigkeit einer erneuten retrospektiven Vergegenwärtigung der deutschen Geschichte des 19. und 20. Jahrhunderts aus wechselnden Perspektiven. Kein Zweifel, sowohl Thomas Mann, als auch Günter Grass treten mit hohen Ansprüchen an potenzielle Rezipienten heran. Es bleibt zu hoffen, dass ihre Leserinnen und Leser auch in Zukunft nach produktiven Zumutungen verlangen.

Anmerkungen

1 Einen aufschlussreichen Vergleich der Kritiker-Reaktionen auf die beiden Romane bietet: Hans Wißkirchen: Thomas Mann *Doktor Faustus* und Günter Grass *Ein weites Feld* – ein Vergleich der zeitgenössischen Reaktion. In: Die Vorträge des 1. Internationalen Günter Grass Kolloquiums im Rathaus zu Lübeck. Hg. v. Hans Wißkirchen. Lübeck 2001, S. 61–85.

2 Thomas Mann: Tagebücher. Bd. 6. Hg. v. Inge Jens. Frankfurt a. M. 1986, S. 307.

3 Vgl. dazu Dieter Stolz: Nomen est omen. »Ein weites Feld« von Günter Grass. In: Zeitschrift für Germanistik 7, Heft 2, 1997, S. 321–335, hier insb. S. 334: »Es geht in dieser Fiktion darüber hinaus um das zitathafte Leben und die faszinierende Kunst des Zitierens, die so alt ist, wie die Literatur bzw. der Homo Ludens selbst.«

4 In einem Brief vom 26. Dezember 1947 an Maximilian Brantl heißt es etwa im Zusammenhang des Essays *Nietzsche's Philosophie im Lichte unserer Erfahrung:* »Ich schreib ja immer ›Verfalls‹geschichten; mein erster Roman gleich war eine solche – herkommend vom Nietzsche-Erlebnis, und der ›Doktor Faustus‹ den Sie bald lesen werden, ist erst der richtige Nietzsche-Roman, gegen den jeder Aufsatz nur smalltalk, ein kleines Geplauder ist.« In: Thomas Mann: GW II. Briefe, S. 580.

5 Thomas Mann: Doktor Faustus. In: Ders.: GW. 12 Bände. Frankfurt a. M. 1960, S. 9. (= DF, bei allen folgenden Zitaten werden die Seitenzahlen in Klammern im Text selbst angegeben).

6 Günter Grass: Ein weites Feld. Göttingen 1995, S. 9 (= WF, bei allen folgenden Zitaten werden die Seitenzahlen in Klammern im Text selbst angegeben).

7 Zu weiteren interpretationsrelevanten Implikationen des Titelzitats vgl. Stolz, wie Anm. 3, hier S. 333: »Das ›weite Feld‹, sei es von Luther, Lessing, Goethe, Wieland, Heine, Stifter, Fontane oder sonstwem übernommen, eine Standardfloskel mit gestutzten Flügeln, die bestenfalls in einen anregenderen Schwebezustand versetzt werden konnte, dieses Zitat gibt die Richtung der auch im Roman selbst geführten Poetologie-Diskussion vor.«

8 Neben der Zeit des Berichtens und der des Berichteten erscheint noch eine Zeitebene im Werk. Sie reicht in das Mittelalter zurück und ermöglicht so die Darstellung eines Prozesses, der von der Reformationszeit ausging und zur Katastrophe im 20. Jahrhundert führte. Auch in *Ein weites Feld* reicht die dritte Zeitebene unter anderem durch den Vergleich des Priesters Bruno Matull mit Luther in das 16. Jahrhundert zurück.

9 Peter V. Brinkemper: Spiegel & Echo. Intermedialität und Musikphilosophie im *Doktor Faustus.* Würzburg 1997, S. 14.

10 Neben Fontane treten in *Ein weites Feld* sowohl Fontanes als auch Grass' Zeitgenossen auf: Herwegh, Freiligrath, Storm, Uwe Johnson, Heiner Müller, Christa Wolf, Ingeborg Bachmann, Wolf Bier-

mann, Bohumil Hrabal u. a. Darüber hinaus führte Fonty wie sein Vorgänger Briefwechsel mit vielen zeitgenössischen Autoren: mit Fühmann, ab Mitte der sechziger Jahre mit Bobrowski, Hermlin und Strittmatter, Kant, Seghers, sogar mit Johnson.

11 Thomas Mann: Die Entstehung des ›Doktor Faustus‹. In: GW XI, S. 165.

12 W. Müller: Interfigurality. A Study of the Interdepedence of Literary Figures. In: H. Plett (Hg.): Intertextuality. Berlin/New York 1991, S. 101–121, hier 102.

13 Theodor Fontane: Irrungen, Wirrungen. Roman. Roman-Zeitung. Bd. 164. Berlin 1963, S. 109.

14 Volksbuch vom Doctor Faust. Abdruck der ersten Ausgabe (1587). Halle 1878, S. 20 (= VB, bei allen folgenden Zitaten werden die Seitenzahlen in Klammern im Text selbst angegeben).

15 »Mit ein wenig Glück erleben wir uns in kolossal menschenleerer Gegend. La petite trägt mir auf, das Archiv zu grüßen, ein Wunsch, dem ich gerne nachkomme. Wir gehen oft in die Pilze. Bei stabilem Wetter ist Weitsicht möglich. Übrigens täuschte sich Briest; ich jedenfalls sehe dem Feld ein Ende ab …« (WF 781)

Beate Schirrmacher

Günter Grass intermedial

Text zwischen Bild und Klang in *Ein weites Feld*

Günter Grass ist ein Künstler, dessen Gesamtwerk grundlegend intermedial verstanden werden kann. Der bewusste Umgang der Mehrfachbegabung mit Medien aller Art ist für das Verständnis seiner Arbeiten entscheidend: die Bedeutung des Wechsels zwischen unterschiedlichen medialen Ausdrucksformen im Arbeitsprozess, die Entwicklung von immer neuen Bild-Text-Kombinationen und Transformationen sowie die konkrete Zusammenarbeit mit Musikern und Filmemachern schlagen sich in zahlreichen intermedialen Bezügen nieder, die auch das jeweilige Einzelwerk in seiner Struktur beeinflussen. Deshalb ist es wichtig, auf diese für Grass so grundlegende Arbeitsweise nicht nur hinzuweisen, sondern sie auch nachzuvollziehen und analytisch zu durchdringen.

Medium und Material

Jede Informationsübertragung wird durch Medien übermittelt. Das gilt auch für die Vermittlung von Inhalten durch ästhetische Medien wie Kunst, Film oder Literatur. Marshall McLuhan sieht Medien als »jede Erweiterung des menschlichen Körpers«[1]: Medien sind also überall, gleichzeitig nehmen wir sie in dem meisten Fällen nicht bewusst wahr, sondern nur ihren »Inhalt«, den sie transportieren. Denn solange ein Medium störungsfrei funktioniert und in seinem Gebrauch etabliert ist, wird ihm keine Beachtung geschenkt. Es erscheint »durchsichtig«, obwohl seine Ausdrucksmöglichkeiten den übertragenen Inhalt beeinflussen. Inwiefern die Materialität und die Form der Vermittlungsprozesse den Inhalt beeinflussen, dafür interessiert sich die Intermedialitätsforschung.

Erzählen ist bei Grass von Anfang an nur durch Vermittlung, durch Medialität, möglich. Schon Oskar Matzerath ist jemand, so Grass, »der nur im Verhältnis zu einem Medium zu verstehen ist«,[2] ganz gleich ob er eine Blechtrommel oder wie später in der *Rättin* (1986) Videofilme als Kommunikationsform nutzt. Auch der

Vater in *Die Box* (2008) benötigt die Fotografien der alten Agfa-Box als Voraussetzung für sein Schreiben. Diese Betonung grundlegender medialer Prozesse führt dazu, dass Medien wie Fernsehen, Video oder Internet in Grass' Texten eine strukturelle Rolle spielen – obwohl ihr Autor die gesellschaftliche Rolle dieser Medien immer wieder kritisch kommentiert. Denn gerade in der Art, wie moderne Medien als Vermittler in den Texten fungieren, stellen sie sich einer reibungslosen und unreflektierten Kommunikation in den Weg. Ihre Übertragungsprozesse werden explizit geschildert, wenn sie auch auf verfremdete Weise funktionieren (wie der Fernsehbildschirm in *örtlich betäubt* (1969), auf dem die Gedanken und Phantasien des Erzählers erscheinen), und sie machen besonders in Störungsaugenblicken auf sich aufmerksam (wie der »Bildsalat« in der *Rättin*, eine Art Empfangsstörung und unkontrollierter Wechsel der Kanäle). In Grass' Texten wird den geschilderten Medien ihre Durchsichtigkeit und damit ein Teil des Manipulationspotentials genommen. Stattdessen werden sie als Materialisierung und Voraussetzung des kreativen Prozesses genutzt.[3]

Die ausgeprägte Intermedialität im Werk von Günter Grass hängt gerade deshalb auch mit seinem ausdrücklichen Interesse für handwerkliche Prozesse zusammen. Grass' Interesse an der Materialität, an der Arbeit mit unterschiedlichem Ausgangsmaterial und an den handwerklichen Aspekten der bildenden Kunst führt auch zu einem Bewusstsein dafür, welche Möglichkeiten und Begrenzungen die Wahl eines Mediums, ob Bild oder Text, gesprochene oder geschriebene Sprache, Ton oder Papier, mit sich bringt. Darauf weist Grass immer wieder explizit hin:

> »Nicht nur, weil Schrift und zeichnerische Linie gleichermaßen graphisch sind, sondern auch aus Gründen der Bildhaftigkeit stehen Zeichnen und Schreiben zueinander in Wechselbeziehung: In der Praxis überschreitet die zeichenhafte Vorstellung die Grenzen künstlerischer Gattungsbestimmung, so irritierend verschieden jeweils das Handwerk und seine Materialien sind.«[4] (WA, XV, 505)

Hier formuliert Grass bereits 1979 ein Paradox, auf das die Intermedialitätsforschung erst drei Jahrzehnte später stößt. Die aus akademischer Perspektive so deutlichen und lange kaum hinterfragten Grenzen zwischen Literatur und bildender Kunst, zwischen Bild und Text, verschwimmen, je eingehender man sich mit ihnen befasst – wie jede angenommene Mediengrenze.[5] In obigem Zitat beschreibt Grass die grundlegenden Gemeinsamkeiten zwischen Wort und Bild als eine Grundvoraussetzung seiner Arbeit – bei gleichzeitigem Bewusstsein der Unterschiede. Damit formuliert er auch die Bedingungen für einen konstruktiven Umgang mit

Intermedialität. Jegliches intermediale Zusammenspiel lässt sich erst konstruktiv beschreiben, wenn Intermedialität, so Lars Elleström 2010, als »Brücke von Gemeinsamkeiten über mediale Unterschiede« verstanden wird.[6] Austausch und gegenseitiger Bezug zwischen unterschiedlichen Medien ist also nur durch gemeinsame Eigenschaften möglich.

Die Frage nach den Gemeinsamkeiten zwischen Bild und Text, Text und Musik, aber auch Text und Film ist demnach mitentscheidend für das Verständnis von Grass' Arbeitsweise und Gesamtwerk. Dass Grass Ergebnisse der Intermedialitätsforschung bereits drei Jahrzehnte zuvor als Arbeitsvoraussetzung benennt, macht deutlich, welches Hindernis monomediales Denken für das Verständnis seiner Kunst dargestellt hat. Lange sind Bild und Text in der Forschung nur mit den Maßstäben der eigenen Disziplin beurteilt und ihr intermedialer Status außer Acht gelassen worden. Dies hat immer wieder zu Missverständnissen geführt, die erst allmählich in Forschung mit intermedialer Perspektive ausgeräumt werden können.

Intermedialität bestimmt nicht nur den Arbeitsprozess. Denn auf die Erkenntnisse, die die Arbeit in unterschiedlichen Medien mit sich bringt, wird wiederum in Bild und Text bewusst Bezug genommen. In Grass' Texten verweisen deshalb intermediale Bezüge auf einen Zusammenhang des Textes mit Bild, Musik, Film und audiovisuellen Medien, der für ihre Struktur weitere Ebenen eröffnet.

Wie die Berücksichtigung intermedialer Bezüge zu Musik und Bild das Verständnis der literarischen Texte beeinflusst, soll im Folgenden am Beispiel von *Ein weites Feld* (1995) erörtert werden. Intermediale Bezüge auf Bild und Musik im Roman heben die Gemeinsamkeiten des Textes mit diesen Medien hervor. Eine Interpretation dieser Bezüge kann zu anderen Ergebnissen führen, als eine rein text- und literaturzentrierte Interpretation. Generell führt die Berücksichtigung intermedialer Bezüge zu einer Art von Interpretation, die das Material, das Handwerkliche und die Technik, an denen es Grass gelegen ist,[7] nicht übergeht, sondern fest in den Verstehensprozess mit einbezieht.

Musik und Kontrapunkt

Bereits in Oskar Matzeraths Trommeln zeigt sich die Bedeutung von Klang und Akustik.[8] Intermediale Bezüge zur Musik machen aber auch darüber hinaus deutlich, dass sich in Grass' Texten Bedeutung, wie in der Musik, durch die Interpretation von Wiederholung und Variationsmustern erschließt. Sie heben zudem die Bedeutung der Simultanität unterschiedlicher Stimmen im Text hervor, was auch für das Verständnis von *Ein weites Feld* wichtig ist.[9]

In *Ein weites Feld* finden sich viele intermediale Bezüge zu vielstimmigem Gesang und versetzten Einsätzen eines Themas. Es ist also kein Zufall, dass Madeleine, die französische Enkelin der Hauptperson Theo Wuttke alias Fonty, ihrem skeptischen Großvater »auffn Punkt genau [...] Kontra« gibt (WA, XIII, 461), wenn sie seiner Ablehnung der Wiedervereinigung ein positives Verständnis von nationaler Einheit gegenüberstellt. Der intermediale Bezug zum Kontrapunkt macht deutlich, dass nicht Pro oder Contra, Fonty oder Madeleine, recht behalten sollen. Es geht vielmehr um die Gestaltung einer Spannung, die sich zwischen den gegensätzlichen Ansichten bildet. Die Konsequenzen des Bezugs auf Kontrapunkt und Polyphonie für die Interpretation der Textstruktur werden deutlich, wenn man nach den Gemeinsamkeiten zwischen Kontrapunkt und Text fragt.

Kontrapunktische Kompositionsform bedeutet, nach bestimmten Regeln zu einem Thema eine oder mehrere Gegenstimmen zu konzipieren; Gegenstimmen, die selbständig, aber auch gleichzeitig erklingen können. Thema und Gegenstimme sind also Gegensatz und Variation zugleich. Ihr gleichzeitiges Erklingen schafft ein Spannungsverhältnis, das nicht aufzulösen ist. Im Kontrapunkt drückt sich demzufolge ein innerer Zusammenhang des Gegensätzlichen aus, der für das Verständnis von Grass' Texten entscheidend ist. Eine Auflösung des Gegensatzes, wie in der Dialektik, ist im Kontrapunkt nicht sinnvoll; seine Bedeutung erschließt sich gerade aus dem Zusammenhang, der durch Simultanität ermöglicht wird.

Kritiker der Texte von Grass lassen sich jedoch immer wieder dazu hinreißen, diese komplexen kontrapunktischen Figuren in Eindeutigkeit oder Synthesen auflösen zu wollen, statt sie in ihrer Simultanität zu interpretieren.

Die unerwarteten Parallelen, die sich durch Theo Wuttkes Marotte ergeben, in seiner erweiterten Identität als Fonty ständig seine eigene und Theodor Fontanes Biografie zu vermischen, bilden widersprüchliche Zusammenhänge, die miteinander konfrontiert, aber nicht aufgelöst werden. Wenn Fonty etwa feststellt: »die neuen Hugenotten sind Türken« (WA, XIII, 124), hebt dies gleichzeitig einen Kontrast hervor, da türkischstämmige Migranten im 20. Jahrhundert bei Weitem nicht den hohen sozialen Status genießen wie dies eine hugenottische Abstammung im 19. Jahrhundert mit sich brachte. Gleichzeitig wird deutlich, dass die Integration einer so großen Migrantengruppe nicht ohne Probleme verlaufen sein kann.[10] Die beiden Vergleichsobjekte erhellen sich gegenseitig, ohne sich völlig zu entsprechen.

Besonders deutlich treten intermediale Bezüge zur Musik in der Schilderung der Wiedervereinigungsfeier 1990 im Kapitel »Freude! Freude!« (WA, XIII, 454–472) hervor. Um Mitternacht fallen die versammelten Romanfiguren nacheinander in den Abschlusschor von Beethovens *Neunter Symphonie* ein (WA, XIII, 468). Dabei nimmt sich Grass die künstlerische Freiheit, statt der Nationalhymne im Augenblick der Wiedervereinigung Beethoven spielen zu lassen. Auch hier werden Gegensatzpaare inszeniert: Einerseits steht Beethoven seit der *Danziger Trilogie* bei Grass für ideologische Instrumentalisierung von Musik.[11] Andererseits ist der Schlusschor der Neunten Symphonie die Europahymne: Ihre Aufführung hätte ein offeneres, europäisches Signal gesetzt als die tatsächliche Installation der west- zur gesamtdeutschen Nationalhymne. Diese Spannung findet keine Auflösung im Text, sie fordert stattdessen zur Reflexion auf. Die Vielstimmigkeit dieser Passage wird durch Stasi-Offizier Hoftaller noch vertieft, der der Schiller'schen »Ode an die Freude« eine Gegenstimme unterlegt:

> »Jadoch, freut Euch, ihr Wessis! – Wir packen, wir umklammern euch! – Klammeraffen, ha, richtige Klammeraffen sind wir! Wen wir umschlingen, der wird uns nicht los. – Nie mehr werdet ihr uns los. – Von wegen Millionen! – Milliarden kostet euch das. – Wolltet ihr doch um jeden Preis. – Einheit! Freude! – Freut euch bloß nicht zu früh. [...] Unter Brüdern, nun freut euch, verdammt! Ihr sollt euch freuen, nun los! – Ab heute, null Uhr, nur noch Freude! [...] Hier ein Küßchen – schmatz –, da ein Küßchen –, und schon sind sie schwach auf der Brust – wie wir. Springt über so ein Funke, von mir aus Götterfunke. Bin schon Feuer und Flamme ... Kenne keine Parteien mehr, nur noch Deutsche, überall Deutsche ...« (WA, XIII, 469 f.)

Hoftaller dreht Schiller die Worte im Mund herum: Freude wird zu Schadenfreude, ansteckend ist hier nur Krankheit, euphorische Umarmung wird zur krakenhaften Allgegenwart der Nachrichtendienste, die Millionen beziehen sich nur auf die Kosten der Einheit. In seiner Form erinnert der Text an das widersprechende, zweifelnde Antiphon, das Grass im »Meissner Tedeum« dem traditionellen Text gegenüberstellt (WA, I, 597–602).

Hoftaller prophezeit nicht nur eine dystopische Zukunft, gleichzeitig bezieht er im Augenblick der Wiedervereinigung auch die Vergangenheit mit ein, und damit die Ursachen der Teilung, deren Überwindung gerade feierlich begangen wird: Die exakte Zeitangabe und der drohende Tonfall (»Ab heute, null Uhr, nur noch Freude!«) ruft Hitlers Kriegserklärung an Polen auf (»Seit 5 Uhr 45 wird jetzt zurückgeschossen!«). Die Botschaft der Versöhnung in Schillers Text (»Alle Menschen werden Brüder«) wird wörtlich mit dem Burgfrieden Wilhelms II. zu Beginn des Ersten Weltkrieges kontrastiert (»Kenne keine Parteien mehr, nur noch Deutsche.«). Die ebenfalls euphorisch gefeierten Anfänge der beiden Weltkriege erscheinen als unbequeme Variation und kontrapunktische Gegenstimme zur Einheitseuphorie. Hoftallers Antiphon macht Vergangenheit und mögliche Zukunft in der Gegenwart präsent, bewirkt also die gleichzeitige Wahrnehmung unterschiedlicher Zeitebenen, die Grass als »Vergegenkunft« bezeichnet (WA, X, 106). Der Bezug auf Kontrapunkt und Polyphonie wird immer wieder genutzt, um diese »vierte Zeit« jenseits der bequemen Chronologie in den Texten zu etablieren. Und gerade die Selbständigkeit polyphoner Stimmen hebt hervor, dass Vergegenkunft nicht mit Zeitlosigkeit zu verwechseln ist, sondern darauf abzielt, »der Zeit schrägläufig in die Quere zu kommen« (WA, XVIII, 8). Die gleichzeitige Gegenwart verschiedener Zeiten ist auch in *Ein weites Feld* strukturell präsent. Fontys ständiges Parallelisieren lässt sich als Engführung im musikalischen Sinne lesen. In einer verbalen Diskussion gilt »Engführung« als argumentativer Kurzschluss, als stark verkürzte Darstellungsweise. In der musikalischen Engführung wird der Abstand zwischen den Stimmeneinsätzen verkürzt, das Thema setzt dabei in einer zweiten Stimme ein, noch ehe es in der ersten Stimme zu Ende geführt wurde. Die Technik der Verkürzung führt hier zu einer gesteigerten Komplexität, denn als Resultat der Engführung erklingt das Thema als seine eigene Gegenstimme.

Bild und Metapher

Während im Kontext der Wiedervereinigung Vielstimmigkeit und intermedialer Bezug zur Musik eine wichtige Rolle spielen, treten im selben Roman die Ergebnisse des Wechsels zwischen Wort und Bild während des Arbeitsprozesses im Kapitel »Am Abgrund« besonders deutlich hervor. Parallel zum Roman entstanden zahlreiche Zeichnungen und Druckgrafiken, die die Hauptpersonen Fonty und seinen Führungsoffizier Hoftaller zeigen. Viele der Großformate sind den Neuruppiner Bilderbögen nachempfunden,[12] die aus Fontanes Heimatstadt stammten und auf einem einzelnen Bogen Geschichten und Geschichte veranschaulichten. Einerseits wird die Serialität der Bilderbögen aufgegriffen, aber gleichzeitig auch die Kausalität und Linearität aufgelöst, die viele auf Bilderbögen dargestellte Bildgeschichten bestimmt.

Abb. 1: Günter Grass, »Bilderbogen – sitzend, stehend und gehend«, Kugelschreiber 1993.

Dabei fällt immer wieder auf, dass das Paar eingangs im Text als Schattenriss (WA, XIII, 13, 21, 44) bezeichnet und in vielen Skizzen zum Text (Abb. 1) ebenfalls nur als Schatten, als Silhouette wiedergegeben wird.

In der Tat sind Fonty und Hoftaller anfangs nur die (verselbständigten) Schatten ihrer Vorbilder Theodor Fontane und Ludwig Tallhover,[13] literarische Doppelgänger, deren Schattenexistenz im Bild konkret umgesetzt wird. Die Betonung von Umrissen und Schatten erscheint somit zugleich als bildliche Umsetzung der im Roman allgegenwärtigen Beschattung. Das Wort »beschatten« für »nachspionieren« ist eine Metapher, die in der schemenhaften Darstellung Fontys und Hoftallers wörtlich gezeichnet erscheint. In beiden Fällen wird also bildliches Sprechen konkret als Bild im Text umgesetzt: Grass nennt das »die schriftliche Metapher zeichnerisch zu überprüfen«. Die Grafik, so sieht es Grass, »ist genauer. Sie läßt sich nicht durch Wortklang verführen [...]. Erst ins graphische Bild übersetzt beweist die Wortmetapher, ob sie Bestand hat.« (WA, XV, 506) Das bildliche Sprechen wird folglich zum wörtlich genommenen Bild, worauf der Text wieder Bezug nimmt. Grass' wörtliche Überprüfung ist nicht darauf angelegt, die Bedeutung einer Metapher darzustellen, sondern vielmehr ihr Material. Auf diese transformatorischen Prozesse ist wiederholt hingewiesen worden.[14] Dieses Überprüfen durch das Bild hat jedoch Konsequenzen für den Text. Das wörtliche Nachzeichnen einer Metapher sowie die Re-Integration des Bildes, das sich hieraus ergibt, führen zu einer Verfremdung. Die Metapher ist eine kognitive Figur der Bedeutungsverschiebung, die darauf hinausläuft, »einen Gegenstand mit Hilfe der Eigenschaften eines anderen zu schildern«.[15] Sprache als funktionierendes Medium baut kognitiv auf metaphorischen Übertragungsprozessen auf. Dieser Übertragung steht Grass, wie jedem Mediationsprozess, aufmerksam und kritisch gegenüber. Eine Metapher zu zeichnen oder »zu überprüfen« bedeutet deshalb, die Materialität des Mediums Sprache, die Bausteine des Bildlichen hervorzuheben. Im Zeichnen der Metapher werden deshalb Gegenstände, Dinge konfrontiert, die in ihrer Gesamtheit mehr Trennendes als Gemeinsames haben. Die Verschiebung von Bedeutung, auf die die Metapher aufbaut, wird nicht reibungslos ermöglicht, die Reibung wird eher noch hervorgehoben. Ergebnis ist eine »Konfrontation des Gegenständlichen« (WA, XV, 506), d. h., die Reduzierung der Sprache auf ihre Dinglichkeit hin, die Grass immer wieder betont. Sie stört bewusst die Automatismen der Sprache, hat bisweilen humoristisches Potential und verhindert eine »Arretierung der Bedeutung«,[16] die sich eben nicht problemlos auf eine symbolische Ebene übertragen lassen soll. Eine Metapher zu zeichnen eröffnet in jedem gelungenen Fall – ähnlich wie der Kontra-

Abb. 2: Günter Grass, »Unterm Schirm«, 1995.

punkt – ein Aufmerksamkeit erregendes Spannungsverhältnis von Gemeinsamkeiten und Unterschieden, das für Grass' Arbeit grundlegend ist.

Die konkrete gegenständliche Umsetzung sprachlicher Metaphern findet sich auch im Kapitel »Am Abgrund«. Als Hoftaller und Fonty zum Jahrestag des Mauerfalls an der Abbruchkante des Braunkohletagebaus stehen und in die Grube schauen, fallen Absätze auf, in denen sich das Hauptpersonenpaar wundersam vermehrt:

> »Sie hätten auch woanders am Grubenrand stehen können. Abgrund war überall. Hier, hier und dort sehen wir sie als Paar vervielfältigt, dicht bei dicht und hintereinander gestaffelt, in Mänteln und unter Hüten, von verschiedenem Wuchs, hundert und mehr Tagundnachtschatten mit Objekt, [...] doch standen sie in solcher Anhäufung nur im Prinzip, in Wirklichkeit aber allein.« (WA, XIII, 508)

Fast meint man hier Ekphrasen, also Bildbeschreibungen, der im Kontext des Romans entstandenen Großformate zu lesen, so offensichtlich ist der Zusammenhang dieser Passagen mit der Serialität der Kohlezeichnungen und »Bilderbögen« (Abb. 2):

Das Bildliche, das konkret, greifbar Gegenständliche in Grass' Texten tritt hier deutlich hervor. Doch welche Metapher wird hier eigentlich überprüft?

Peter Joch deutet diese Passagen als konkrete Umsetzung der DDR-Gesellschaft als ineinander verkettete Spitzel und Bespitzelte.[17] Gleichzeitig lässt eine der Passagen die Verdoppelung als Verkörperung der Marx'schen Mehrwerttheorie erscheinen, die sich auf Produktionsmechanismen des Kapitalismus bezieht:

> »Wir reihten das Paar unterm Schirm kilometerlang: [...] als Zugewinn multipliziert, nach neuester Mehrwerttheorie. Trotz perspektivischer Verkleinerung und in der Ferne in Regenwolken verschwimmend, stand jede Einheit genormt mit der nächsten vergattert und jeder Regenschirm entfaltet als Serienprodukt.« (WA XIII, 513)

Die Paarreihen spiegeln offensichtlich Aspekte der Entindividualisierung, die auf unterschiedlichen Ebenen in Kapitalismus wie Sozialismus zum Tragen kommen. Auch hier findet sich die unerwartete Gemeinsamkeit des Gegensätzlichen, wie sie oben mit Hilfe des Kontrapunkts beschrieben wurde.

Das multiplizierte Hauptpersonenpaar bildet aber auch den Tunneleffekt nach, der entsteht, wenn man »mit zwei Spiegeln zugleich hantiert« (WA, XIII, 228). Diese Metapher verwenden die Erzähler, als Fonty seine eigene Kindheit in Fontanes Kinderjahren gespiegelt niederschreibt. Erst in »Am Abgrund« taucht die bildliche Überprüfung der Metapher auf und auch dies hat konkrete Gründe.

Die Verdoppelung findet am Rande des Abgrunds statt. Sie ist deshalb eine konkrete bildliche Umsetzung eines *mise en abyme.* Wörtlich ›in den Abgrund geworfen‹, bezeichnet *mise en abyme* den endlosen Spiegeleffekt, wenn sich das Bild innerhalb des Bildes selbst wiederholt. In der Literatur bezeichnet *mise en abyme* eine metafiktive Spiegelung, wenn die Gesamtstruktur eines Textes in verkleinerter Form nochmals erscheint: Die kleine Schrift »Kinderjahre«, in der Theo Wuttke seine und Fontanes Jugend vermischt, ist ein klassisches *mise en abyme* für den gesamten Roman, dessen Hauptfigur Fonty ist. Die sich verdoppelnden Hauptpersonen sind also eine konkret bildliche Umsetzung des metafiktiven Charakters des Romans, der als ein literarisches Spiegelkabinett verstanden werden kann.[18]

Dabei erscheint die metafiktive Verdoppelung als Werk der beobachtenden Erzähler vom Archiv, die sie auch in unterschiedlichen Versionen durchspielen können: »Viel unterhaltsamer war es, ihn [d.h. Hoftaller] mit Objekt zum Multipel zu verzaubern, ohne und unterm Schirm« (WA, XIII, 513). Selbst auf Fontys Versuchung, Hoftaller einen »kleinen Schubs« zu geben – um auch ihn »in den Abgrund« zu werfen – scheint das Archiv Einfluss zu haben. (WA, XIII, 511f.) Das bringt das Kollektiv in eine Autorenposition gegenüber Hoftaller und Fonty. Es muss mögliche Varianten erwägen und der Versuchung widerstehen, sein Personal voreilig umzubringen. Die metafiktive Spiegelung an dieser Stelle lässt sich demnach als Hinweis deuten, dass die Erzähler vom Archiv die Kunstfiguren Fonty und Hoftaller erst erschaffen, wofür sich auch an anderer Stelle im Roman Hinweise finden.[19]

Die Art und Weise, wie die Verdoppelungen auftreten, um nach einer Weile wieder auf ein Paar reduziert zu erscheinen, knüpft darüber hinaus an intermediale Bezüge zum Film an:

> »Diesmal kam es zur Bilderfolge. Das sich von der Braunkohlengrube entfernende Paar zerfiel in Bildabschnitte. Vorbei an der Frauenklinik Altdöbern zog eine Kolonne, die paarweise ging, und jedes Paar beschirmt. [...] Die schwarzen, vom seitlichen Wind geblähten Mäntel, die schwarzen Hüte unter schwarzen Schirmen verblaßten, je winziger sie in Richtung Kirchplatz vorankamen: ein Leichenzug, der keinem Sarg folgte.« (WA, XIII, 518)

Auch anderswo werden Fonty und Hoftaller als »leicht zappelige Schattenrissbildchen« oder als Figuren aus einem »Stummfilm« (WA, XIII, 13) beschrieben.[20] An dieser Stelle hebt der intermediale Bezug keine inhaltliche, sondern eine strukturelle Parallele hervor: Denn auch die bewegten Bilder des Films zerfallen, ohne Projektor und nur auf dem Celluloid-Filmstreifen betrachtet, in Einzelbilder mit nur geringfügigen Unterschieden. Diesen Zusammenhang zwischen bildlicher Beschreibung und Film stellt auch Grass her:

> »Und es gibt Bildelemente, die ich auch in den geschriebenen Erzähltext einbaue, wenn ich eine Fermate einbaue. Wenn ich also sage, jetzt muss alles so stehenbleiben, wie als sei der Film gerissen; und dann läufts wieder an.«[21]

Der Einsatz des Bildes im Text wird mit einer medialen Störung, dem Filmriss, verglichen.[22] Das Medium Bild wird als Moment der produktiven Störung eingesetzt, als Stillbild, in einer Weise, die an die Standbilder in Rainer Werner Fassbinders *Effi Briest*-Verfilmung (1974) erinnert. Auch bei Fassbinder wird die Pause im Ablauf durch intermedialen Bezug noch betont, durch eine Fontanes Text vorlesende Off-Stimme.

Die konkrete Bildlichkeit der Texte von Grass dient nicht nur dazu, das Erzählte zu veranschaulichen, sondern die Bildlichkeit des Erzählens zu hinterfragen, sperrig zu gestalten, »Automatismen und Schematisierungen produktiver Abläufe«[23] zu verhindern. Aber wie jede Medienstörung (langsames Internet, Stottern der CD, Filmriss) ruft auch die bildliche Überprüfung der Metaphern zuallererst Irritation hervor – und das soll sie auch.

Intermediale Bezüge auf Bild und Musik, auf Film und elektronische Medien werden von Grass verwendet, um die Materialität der Sprache hervorzuheben. Sprache erscheint somit nicht als abstraktes Symbol, sondern als Medium mit materialen Eigenschaften, als grafisches Bild und als Klang. Das Moment der Störung und der Verfremdung dient der Sensibilisierung, dem Misstrauen gegen Verführbarkeit: ein Hinweis auf die Manipulationsmöglichkeiten der Sprache. In McLuhans Medientheorie erscheint jedes Medium als Erweiterung einer Eigenschaft des Körpers, das gleichzeitig ein »Abstumpfen« anderer Sinne mit sich bringt.[24] Intermedialität bei Grass ist der Ausdruck einer Integration des Körpers in die Erweiterungen des menschlichen Körpers durch Sprache und Bild. Dadurch, dass das Mediale wie ein Fremdkörper im Text querliegt und auf Materialität aufmerksam macht, problematisiert es den unreflektierten alltäglichen Medienkonsum und fordert dazu auf, sich dem vielschichtigen Kunstwerk mit Aufmerksamkeit, hellwacher Neugier und der gebotenen Langsamkeit zu nähern.

Anmerkungen

1 Marshall Mc Luhan: Understanding Media. The Extensions of Man (1964). Berkeley 2001.

2 Zit. nach: Günter Grass: Gespräche. In: Volker Neuhaus (Hg.): Günter Grass. Werkausgabe in zehn Bänden. Darmstadt und Neuwied 1987, Band X, S. 357.

3 Beate Schirrmacher: Störfaktor Medium. Fernsehen, Video und Internet bei Günter Grass. In: Elisabeth Wåghäll Nivre/Charlotta Seiler Brylla (Hg.): Jubiläumsband zum 100. Geburtstag von Gustav Korlén. Stockholm 2015, im Erscheinen.

4 Hier und im Folgenden zitiert nach: Günter Grass: Werkausgabe in achtzehn Bänden. Göttingen 2003 (= WA, Band, Seitenzahl).

5 Siehe hierzu Lars Elleström (Hg.): Media Borders, Multimodality and Intermediality. Basingstoke 2010.

6 »[A] bridge between medial differences that is founded on medial similarities.« Vgl. Lars Elleström: The Modalities of Media. In: Ders. (Hg.): Media Borders, S. 12.

7 Günter Grass und Jürgen Wertheimer: Werkstattgespräch. Seminar im Rahmen der Tübinger Poetik-Dozentur. 18. Juni 1999. In: Jürgen Wertheimer (Hg.): Günter Grass. Wort und Bild. Tübinger Poetik Vorlesung & Materialien. Tübingen 1999, S. 43–62.

8 Zur vielfältigen Beziehung des literarischen Werks von Günter Grass zur Musik s. a. Anselm Weyer: Günter Grass und die Musik. Frankfurt a. M. 2007.

9 Zu weiteren intermedialen Beziehungen zur Musik in *Blechtrommel, Ein weites Feld, Im Krebsgang* siehe Beate Schirrmacher: Günter Grass und die Musik. Intermediale Bezüge – transmediale Perspektiven. Stockholm 2012. Online zugänglich.

10 Vgl. dazu: Manuela Böhm et al. (Hg.): Hugenotten zwischen Migration und Integration. Berlin 2005.

11 Zur wechselhaften Verwendung der *Neunten Symphonie* siehe Dieter Hildebrandt: Die Neunte. Schiller, Beethoven und die Geschichte eines musikalischen Welterfolges. München 2009.

12 Grass und Wertheimer: Werkstattgespräch, S. 46.

13 Der (nach einschlägiger Grass-Interpretation) ewige, jedes System überdauernde Geheimpolizist Ludwig Tallhover ist Hauptperson in Hans Joachim Schädlichs Roman *Tallhover* (1986).

14 »Sprache als Material [wird] wörtlich genommen«. Vgl. Peter Joch: Ohne die Feder zu wechseln. Deutungen zum bildnerischen Werk von Günter Grass. In: Wertheimer: Günter Grass. Wort und Bild, S. 91.

15 »[U]nderstanding and experiencing one kind of thing in terms of another«. Vgl. George Lakoff/Mark Johnson: Metaphors We Live By. Chicago 1980, S. 5 (Übersetzung B. S.).

16 Ingeborg Hoesterey: Schrift und visuelle Differenz bei Günter Grass. Zur Funktion des bildkünstlerischen Intertexts in *Die Blechtrommel* und *Der Butt*. In: Dies.: Verschlungene Schriftzeichen. Intertextualität von Literatur und Kunst in der Moderne/Postmoderne. Frankfurt a. M. 1988, S. 90.

17 Vgl. dazu: Zeichnerische Multiplikation als Bestandsaufnahme einer Gesellschaft. In: Peter Joch: Zaubern auf weißem Papier. Das graphische Werk von Günter Grass. Göttingen 2000, S. 87–90.

18 Ebenfalls spielerisch in den Abgrund geworfen, finden sich deshalb noch andere metafiktive Hinweise – etwa auf das Universum der *Danziger Trilogie:* ein »toter Gaul oder dessen verwesender Kopf im Orkus« (WA XIII, 511). Die Formulierung verweist einerseits auf den berühmten Pferdekopf als Aalköder aus dem *Blechtrommel*-Kapitel »Karfreitagskost« (WA, III, 187–204), andererseits auf Brauxels Feststellung in den *Hundejahren* »Der Orkus ist oben!« (WA, V, 739). Im hier untersuchten Deutschland-, Berlin- und Wenderoman bezieht er sich auf die symbolträchtigen Verwüstungen des Tagebaus. Zu diesen Motiven »Pferdekopf« und »Abgrund« in der *Blechtrommel* und ihrer intensivierten reimartigen Wiederholung in *Ein weites Feld* s. ausführlich Volker Neuhaus, Günter Grass. 3. Auflage, Stuttgart 2010, S. 77 f. und S. 219 f.

19 Frauke Meyer-Gosau: Ende der Geschichte. Günter Grass' Roman »Ein weites Feld« – drei Lehrstücke. In: Text+Kritik 1. 7. Aufl. 1997, S. 3–18.

20 Der Roman nimmt unter anderem Bezug auf den Film *Der dritte Mann* (1949), (WA, XIII, 768–773). Im Modus der Vergegenkunft wird die Nachwendezeit mit der im Film geschilderten Nachkriegszeit konfrontiert und folglich Harry Limes kriminelle Schwarzmarktgeschäfte mit dem Abwickeln der DDR durch die Treuhand.

21 Grass und Wertheimer: Werkstattgespräch, S. 58.

22 Auch der Bezug zur Musik (Fermate) wird wieder zur Verdeutlichung hinzugezogen. Vgl. hierzu Peter Dayan: Art as Music, Music as Poetry, Poetry as Art, from Whistler to Stravinsky and Beyond. Aldershot 2011.

23 Wertheimer: Günter Grass: Wort und Bild, S. 10.

24 McLuhan: Understanding Media, S. 61–69.

Jennifer Zimmermann

Konrad Pokriefkes Bluttat oder »Ist uns die Wiederholungstat in Runenschrift vorgeschrieben?«

Die Erzählsituation in der Novelle *Im Krebsgang* (2002) erinnert an die in *Katz und Maus* (1961).[1] Machte der Ich-Erzähler Heini Pilenz bereits an einigen Stellen auf sein »Erfundensein« und auf den hinter ihm stehenden auktorialen Erzähler aufmerksam, so kommuniziert Paul Pokriefke zu Beginn eines jeden *Krebsgang*-Kapitels mit seinem Auftraggeber. »Der Alte« (10, S. 93), wie er ihn auch bezeichnet, trägt zahlreiche Merkmale des realen Autors Günter Grass, hat sich »müdegeschrieben« und glaubt, in Paul »jemanden gefunden zu haben, der an seiner Stelle – ›stellvertretend‹, sagt er, gefordert sei, [...] zu berichten« (10, S. 93). »Als Person von eher dürftigem Profil, sei [Paul] dennoch prädestiniert: geboren, während das Schiff sank« (10, S. 73). In regelmäßigen »Arbeitsgespräche[n]« (10, S. 73) überwacht »der Alte« das Schreiben des »als Ghostwriter in Dienst« (10, S. 29) Genommenen[2] und nimmt damit eine ähnliche Rolle ein wie Brauxel in der Autorentrias der *Hundejahre* (1963).

Während seiner Internet-Recherchen zum geplanten Bericht über das Schiffsunglück macht der dergestalt »aus der Versenkung geholt[e]« (10, S. 29) und nur halbherzig an seine Aufgabe gehende Journalist Paul eine zutiefst beschämende Entdeckung: Sein Sohn Konrad betreibt eine Website namens »www.blutzeuge.de« (10, S. 31), auf der er den Nazi Wilhelm Gustloff verherrlicht und »das organisierte Weltjudentum« (10, S. 33) für dessen Schicksal verantwortlich macht. Von diesem Zeitpunkt an sind nicht mehr nur Pauls Auftraggeber und seine ihn immer wieder bedrängende Mutter Tulla Anlass zum Schreiben, sondern ebenso massive Körper-/Intimitäts-, Gewissens- und Anpassungs-Schamgefühle, in seiner Vaterrolle kläglich versagt zu haben. Im weiteren Verlauf verstärkt sich Pauls Scham, denn der Internet-Chat zwischen Konrad alias Wilhelm (Gustloff) und seinem vermeintlich jüdischen Kommunikationspartner Wolfgang alias David (Frankfurter) endet tödlich. Als Wolfgang Stremplin am 20. April 1997 in der Nähe der Schweriner Jugendherberge auf das Fundament des ehemaligen Gustloff-Denkmals spuckt, tötet ihn Konrad Pokriefke mit vier Revolverschüssen.

Ebenso wenig wie die Geschichte Joachim Mahlkes in *Katz und Maus* ist diejenige von Konrad Pokriefke als nur repräsentativ für den menschlichen Sündenfall zu begreifen – obgleich Konrad »bei Adam und Eva an[fängt]« (10, S. 179),[3] als er vor Gericht nach den Motiven seiner Tat befragt wird. Denn beide Geschichten ereignen sich vor dem Hintergrund des Nationalsozialismus und damit verbundener Scham- und Schulddiskurse. Der Mord an ›David‹ macht auf erschreckende Weise deutlich, wie stark die NS-Vergangenheit noch immer in die Gegenwart hineinwirkt und dass sich eine virtuelle Welt schließlich in blutige Realität verwandeln kann. Wie aber »[i]st es [eigentlich] möglich, daß sich jemand, der halbwegs linksliberal erzogen wurde, so weit nach rechts hin verirren kann?« (10, S. 69)

Und das ist nur eine Frage von vielen, die dieser vielschichtige Text aufwirft. Zahlreiche Forschungsaufsätze zu Einzelaspekten des novellistischen Berichts – Erinnerungsarbeit, Zeitgeschichte, Metafiktion – haben bereits Eingang in Colloquiumsbände gefunden,[4] Erläuterungen und Interpretationshilfen für Schüler und Lehrer zum *Krebsgang* füllen inzwischen Schulbibliotheksregale und tendieren – wie auch Grass' Schreiben – zum anschließenden Doppelpunkt. Im Folgenden soll auf Basis einer möglichst genauen Lektüre der zum Abiturprüfungsthema avancierten Novelle und vor dem Hintergrund der Scham bzw. ihrer Abwehr der Frage nachgegangen werden, welche Faktoren zu Konrads Tat beigetragen haben. Scham wird dabei nicht als zeit- und kulturübergreifender angeborener Affekt verstanden, sondern in Anlehnung an Norbert Elias als ein wesentlicher Mechanismus für die Umwandlung von Fremdzwängen in Selbstzwänge im Prozess der fortschreitenden Zivilisierung des Menschen. Sie schlägt sich insbesondere in einer spezifischen inneren Desorganisation sowie in einer signifikanten Identitätskrise nieder. Die innere Fremdheit und die fehlende Übereinstimmung mit sich selbst, die Schamempfindungen kennzeichnen, können alle drei Sphären betreffen, die der Mensch bewohnt: den Körper, die Psyche und die Sozialwelt. Demnach unterscheidet man drei Grundformen des Schamgefühls: die physiologische Scham (Körper-/Intimitäts-Scham), die psychische Scham (empathische, traumatische und Gewissens-Scham) und die soziale Scham (Anpassungs- und Gruppen-Scham).

Dass bei der Gerichtsverhandlung »Anklage und Verteidigung, die dreieinigen Gutachter und auch der Richter samt Beisitzern und Schöffen hilflos auf der Suche nach dem Tatmotiv herumirrten« (10, S. 186), ist insofern verständlich, als der Mord aus einem komplexen Zusammenspiel mehrerer Ursachen resultierte. Konrads ideologische Entwicklung, die schließlich in die Tat mündet, lässt sich sowohl aus dem Generationskonflikt in der Familie Pokriefke, der geförderten Enthemmung im Chat als auch aus der inneren Verlassenheit eines Jugendlichen erklären, der nach

Halt, Geborgenheit und Orientierung sucht und sich deshalb, nachdem Mutter und Vater in dieser Hinsicht versagt haben, ersatzweise für das sozialistische ›Kraft-durch-Freude‹-Programm der Nazis begeistert.

Tulla Pokriefke ist eine »Ewiggestrige« (10, S. 47) und lebt »nach einem anderen Kalender« (10, S. 11): Der entscheidende Moment in ihrem Leben ist der Untergang der ›Wilhelm Gustloff‹ am 30. Januar 1945. Neben ihren Eltern verlieren bei der Katastrophe mehr als neuntausend Menschen ihr Leben. Tulla hingegen bringt in der Unglücksnacht Paul auf die Welt – in dem Moment, in dem die ›Gustloff‹ untergeht. Obwohl sie als ›Umsiedlerin‹ in Schwerin eine Tischlerlehre macht, nach ihrem Meister 1953 Mitglied der SED wird und anschließend eine Tischlereibrigade leitet, kommt sie immer wieder – mit ihrem »Binnichtzuhausegesicht« (10, S. 47) – auf das Schiffsunglück zu sprechen, das in ihr massive Traumata ausgelöst hat: »Kann man nicht vergässen, sowas. [...] Da träum ech nich nur von, wie [...] ain ainziger Schrei iebern Wasser losjing. Ond all die Kinderchen zwischen die Eisscholle ...« (10, S. 54)

Vor allem ihre Gedanken an die ertrunkenen und erfrorenen Kinder wecken in ihr den unbezwingbaren Wunsch, ihre Geschichte schriftlich überliefert zu wissen. Selbst zu traumatisiert für dieses Vorhaben, bedrängt sie ihren Sohn Paul, »Zeugnis« (10, S. 18) über die ›Wilhelm Gustloff‹ abzulegen: »Werd ech dir aines Tages erzählen, klitzeklain, ond denn schreibste auf ...« (10, S. 30) Dass Paul lange Zeit nicht dazu bereit ist, lässt sich damit erklären, dass die traumatischen Erfahrungen seiner Mutter an ihn weitergegeben worden sind. Zudem war oder zumindest schien eine gesellschaftliche Thematisierung der Traumata unmöglich: »Mochte doch keiner was davon hören, hier im Westen nicht und im Osten schon gar nicht. Die ›Gustloff‹ und ihre verfluchte Geschichte waren jahrzehntelang tabu, gesamtdeutsch sozusagen« (10, S. 30). »Die Nachkriegsgeschichte erst«, so Sigrid Weigel, »hat jene Symptome hervor getrieben, die seit den 80er Jahren in den Falldarstellungen von Psychoanalytikern als ›transgenerationelle Traumatisierung‹ beschrieben und als ›Fortwirken des Nationalsozialismus im Unbewußten‹ analysiert werden«.[5] Die Traumata der Eltern haben sich in die Kinder- und Enkelgeneration auch psychisch eingezeichnet.

Da sich Paul, der »Hoffnungsträger«, jedoch lange Zeit dem Tradierungsauftrag seiner Mutter entzieht, aus ihm »kein Funken zu schlagen [ist] und nur Zeit verpufft [...]«, beginnt Tulla, ihren Enkelsohn Konrad »zu kneten« (10, S. 94). Im Gegensatz zu seinem Vater saugt dieser die Geschichte »vom ewigsinkenden Schiff« geradezu »[w]ie ein Schwamm« auf und wird somit zu »ihre[r] große[n] Hoffnung«

(10, S. 42). »Die Gedenkfeier zum 50. Jahrestag des Untergangs der ›*Wilhelm Gustloff*‹ im Ostseebad Damp« (10, S. 87) bietet ihr die geeignete Bühne, »um Konny an die Stelle seines [...] als Versager abgestempelten Vater[s] zu setzen und ihn als den Erinnerungsträger zu inszenieren, der die Erinnerung an die Gustloffgeschichte aus dem zeitlich begrenzten Rahmen des kommunikativen Gedächtnisses in den Fernhorizont des kulturellen Gedächtnisses überführen [...] wird«[6]. »[Ü]beraus selbstbewußt [zeigt sich Konrad] in der ihm [...] zugedachten Rolle«, tritt vor den Überlebenden der Schiffskatastrophe auf, »als habe er eine Mission zu verbreiten, als werde er demnächst etwas Erhabenes verkünden, als sei ihm eine Erleuchtung zuteil geworden« (10, S. 90 f.). Seit der Gedenkfeier versorgt Tulla ihren interessierten Enkelsohn immer beharrlicher mit Augenzeugenberichten und mit »überall erzählt[en]« »Flüchtlingsgeschichten, Greuelgeschichten [...] und Vergewaltigungsgeschichten« (10, S. 94).

Wenig später schenkt sie ihm überdies einen Computer, damit er »seine enormen Kenntnisse über das Schiffsunglück, ›das ganze Drum und Dran‹ [...] überall hin, bis nach Australien und Alaska sogar« (10, S. 171), verbreiten kann – ein auslösendes Moment für seine spätere Tat, denn mit Hilfe des Computers baut er die bereits erwähnte Homepage über den »Blutzeugen« Wilhelm Gustloff auf, und dort liefert sich Konrad unter dem Kriegsnamen ›Wilhelm‹ (Gustloff) ja die ideologischen Gefechte mit seinem gleichaltrigen Chat-Partner namens David (Frankfurter): Ein »[s]treitbares Rollenspiel« beginnt, bei dem »immer wieder die Tat und deren Motiv durchgekaut« (10, S. 45) werden. Für beide ist das Internet ein Medium, in dem sich vermeintlich tabuisierte Ereignisse unzensiert, d. h. hier: schamfrei, rekonstruieren und sogar virtuell handelnd wiederholen lassen: »Gab Wilhelm, um seine These von der notwendigen Reinerhaltung der arischen Rasse und des deutschen Blutes zu stützen, Führerzitate aus ›Mein Kampf‹ ins Netz, antwortete David mit Auszügen aus ›Die Moorsoldaten‹« (10, S. 46).

Hier ist bereits erkennbar, wie die bislang aufgezeigten Motive für Konrads spätere Tat zusammenwirken: Das von seiner Großmutter Tulla tradierte rechtsextreme Gedankengut kann sich erst durch das Medium Internet voll entfalten. Es fördert die verdrängte Geschichte wieder zutage, sie kommt »an die digitale Oberfläche der gegenwärtigen Wirklichkeit« (10, S. 142) und wird dadurch so präsent und lebendig, dass die Grenze zwischen Vergangenheit und Gegenwart allmählich schwindet: »Als seien bestimmte Zeitungsartikel noch druckfrisch« oder »als wäre der Mord von Davos erst gestern geschehen« (10, S. 60), ereifern sich die Chat-Partner über das längst Vergangene und reinszenieren so ein aktuelles Drama. Das Internet ist daher als eine Art Zeitmaschine zu begreifen, die es den beiden erlaubt, ihre Wirklichkeit gegen virtuelle Welten einzutauschen und in ihnen mit neuer Identität zu agieren: Konrad als Wilhelm Gustloff und Wolfgang als David Frankfurter.

Als Konrad seinen Chat-Partner eines Tages höflich fragt: »Sag mal, David, könnte es sein, daß du jüdischer Herkunft bist?«, antwortet dieser vieldeutig: »›Mein lieber Wilhelm, wenn es dir Spaß macht oder sonstwie hilft, kannst du mich bei nächster Gelegenheit gerne ins Gas schicken‹« (10, S. 142). Aus Wolfgangs flapsiger Antwort wird kurze Zeit später blutiger Ernst. Am 20. April 1997, »das besondere Datum hatte David schweigend akzeptiert« (10, S. 163), treffen sich die beiden in Schwerin, »an geschichtsträchtiger Stätte« (10, S. 151). Als David in Konrads Augen den »Ort des Geschehens« »entweiht«, indem er »auf das vermooste Fundament [...] spuckt« – und ihn damit aufs Äußerste beschämt –, fallen auf der Stelle die Schüsse.

Konrads Tat hat ihre Ursachen jedoch nicht nur in den Endloserzählungen Tullas und in der medialen Zwanglosigkeit im Internet. Eine mindestens genauso wichtige Rolle spielen die elterliche und die schulische Sozialisation, die – insbesondere im Hinblick auf die Auseinandersetzung mit der deutschen NS-Vergangenheit – mehr oder minder versagen und dadurch sein Interesse an der Geschichte um Wilhelm Gustloff und die Schiffskatastrophe verstärken. Dadurch, dass Konrad die eigentlich für seinen Vater vorgesehene Rolle des Verkünders der ›Gustloff‹ annimmt, dadurch, dass sein Sohn sich so sehr mit den Figuren des NS-Regimes beschäftigt, dass ihm die Rache für Wilhelm Gustloff zur »heilige[n] Pflicht« (10, S. 185) wird, und dadurch, dass Konrad sich schließlich mit dem Mord an Wolfgang Stremplin zum selbsternannten Rächer aufschwingt, sieht sich Paul Pokriefke mit der Frage konfrontiert, inwiefern die gestörte Beziehung zwischen Vater und Sohn für Konrads rechtsradikale Exzesse mitverantwortlich ist. Als sich die drei Gutachter im Gerichtsprozess allesamt auf das »desolate Familienleben« konzentrieren und Konrads Tat auf eine »Jugend ohne Vater« (10, S. 183) zurückführen, weist Paul zunächst einmal alle Schuld von sich und klagt aus Abwehr aufkommender Schamgefühle, als Vater versagt zu haben, stattdessen Tulla und seine Exfrau an. Erst als die Gutachter vor Gericht immer wieder dem Vater die Schuld zusprechen, Konrad hingegen die Auffassung vertritt, das Gericht solle seinen Vater »schnell vergessen, wie ich das seit Jahren tue, ihn glatt vergessen« (10, S. 184), wird Paul schmerzhaft bewusst, wie sehr er seinen Sohn mit seiner Indifferenz verletzt und beschämt hat: »Wohl deshalb bestand jemand darauf, [ihn] einen ›verspäteten Vater‹ zu nennen« (10, S. 167). Psychologisch betrachtet heißt das: Dass Konrad im Grunde ohne Vater aufwächst, löst in ihm Körper-/Intimitäts-, traumatische und Anpassungs-Scham aus: das Gefühl, nicht geliebt zu werden, das er in Form der Verleugnung und Verdrängung seines Vaters abwehrt. Die verkrampft linksliberale Erziehung seiner Mutter dürfte ebenfalls dazu beigetragen haben, dass er so offen für die Geschichten Tullas gewesen ist: Sie ist in Konrads Augen die Einzige, sie sich für ihn interessiert und sich liebevoll um ihn kümmert. Die Auslegung des Verteidigers, der die durch die Großmutter »verursachte Fixierung [Konrads] auf Wilhelm Gustloff zur Suche nach einem Vaterersatz umdeutete« (10, S. 185), erscheint aus dieser Perspektive plausibel: »Er gab zu bedenken, daß die Ehe der Gustloffs kinderlos gewesen sei. Dem suchenden Konrad [...] habe sich somit eine virtuell aufzufüllende Lücke geboten« (10, S. 185).

Ausschließlich die Generationen- und Familiengeschichte der Pokriefkes für Konrads Tat verantwortlich zu machen, wäre jedoch ebenfalls ein zu einseitiger Ansatz. Zu berücksichtigen ist darüber hinaus die analog verlaufende Radikalisierung des Schülers Wolfgang Stremplin, dessen überaus verständnisvolle und liberale Eltern am Aufbegehren ihres Sohnes gleichfalls nicht unschuldig sind. Das wirft die Frage auf, ob es bei Konrad und Wolfgang trotz gegensätzlicher politischer Ansichten nicht eine tiefere Übereinstimmung in ihrem Wunsch nach Freund- und Feindbildern und nach eindeutiger Orientierung gibt. Teilen doch beide die Erfahrung, dass ihre Eltern sich gegenüber den geschichtlichen Ereignissen der NS-Zeit gleichgültig oder tabuisierend verhalten. Das häusliche Milieu, in dem Konrad aufgewachsen ist, enttarnt sich während des Gerichtsprozesses als eines, das eine wirkliche Auseinandersetzung mit dem rechtsradikalen Gedankengut des Jugendlichen schlichtweg vermieden hat. Herr Stremplin sieht die Ursache von Wolfgangs Radikalität in »seine[r] allzu distanzierte[n] Beurteilung geschichtlicher Vorgänge [...], in seine[r] relativ kühle[n] Betrachtungsweise der nationalsozialistischen Herrschaftsperiode« (10, S. 175), wohingegen seine Frau sich Vorwürfe macht, »zu früh aufgehört [zu haben] erzieherisch auf [ihren Sohn] einzuwirken« (10, S. 176). Weil die Eltern als Vorbilder versagen und die NS-Geschichte nicht angemessen thematisieren, werden ihre Kinder in diesem Vakuum zu fehlgeleiteten Idealisten.

Halt und Orientierung sucht Konrad aber nicht nur bei seinen Eltern, sondern auch im privaten und schulischen Bereich vergeblich, da er zahlreichen Beschämungen ausgesetzt ist. Wahrt er in Mölln, wo er mit seiner Mutter wohnt, noch »Distanz« zur rechten Szene, so hat der »Einzelgänger« (10, S. 78) in Schwerin »lockeren Umgang mit Skins« (10, S. 77). Der Vortrag, den er im Hinterzimmer einer Schweriner Gaststätte »vor einer Horde Glatzen« über den »Blutzeugen und großen

Sohn der Stadt« hält, gerät ihm allerdings »zu langatmig« und löst infolgedessen »Hohngelächter« (10, S. 77) bei seinen Zuhörern aus. In Konrad ruft diese Erfahrung Körper-/Intimitäts- und Anpassungs-Scham hervor. Zum einen fühlt er sich in seinem Denken missverstanden, zum anderen hat er das Gefühl, die an ihn gestellten Anforderungen nicht zu erfüllen. Obwohl er seinen Vortrag daraufhin spontan zu kürzen versucht, geht das anfängliche Gelächter in massive Beschimpfungen und Bedrohungen über: »Rufe wie ›Aufhören!‹ und ›Was soll das Gesülze!‹ sowie Lärm, verursacht durch das Auftrumpfen mit Bierflaschen, führten dazu, daß er das weitere Schicksal des Schiffes [...] grad noch bis zur Torpedierung vortragen konnte« (10, S. 78). Konrad bleibt »ein Fremdkörper« (10, S. 79) im rechten Milieu und findet weder Verständnis noch Anerkennung für seine Verehrung des ›Blutzeugen‹. Dass er den gescheiterten Vortrag und die damit verbundenen Beschämungen »mit Fassung getragen« (10, S. 79) und einfach »weggesteckt« hat, ist daher nur das Wunschdenken seines Vaters. Während der Gerichtsverhandlung kommt nämlich ans Licht, dass Konrad im Anschluss an seinen – einigen Zuhörern wohl zu anspruchsvollen – Vortrag »von rechtsradikalen Jugendlichen aus dem mecklenburgischen Umland bedroht worden« ist: »Von etlichen Schlägertypen sei er später als ›Russenfreund‹ beschimpft und auf offener Straße wiederholt bedroht und auch tätlich angegriffen worden« (10, S. 173). Angesichts solcher Demütigungen mag es zunächst irritierend erscheinen, dass Konrad nicht weint, »kain bißchen« (10, S. 188), und vor Gericht auch die Namen der Täter nicht nennt: »Ehemalige Kameraden verrate ich nicht!« (10, S. 173) Konrad hält sich lieber an die mediale Welt, das Internet steht ihm »jederzeit« (10, S. 79) offen und besonders im Chat findet er den Halt und die vermeintliche Anerkennung, die ihm im realen Leben verwehrt bleiben.

Die erlittene Schmach hinsichtlich des Vortrags, den er abbrechen muss, ist eingebettet in weitere zentrale Schamerfahrungen, denen Konrad ausgesetzt ist: Sowohl die Schule, die er in Mölln besucht, als auch das Gymnasium in Schwerin gestatten es ihm nicht, seine vorbereiteten Referate zu halten. Wird ihm die geplante Rede mit dem Untertitel »Die positiven Aspekte der NS-Gemeinschaft ›Kraft durch Freude‹« in Mölln »wegen abwegiger Tendenz« (10, S. 174) verboten, so wird ihm in Schwerin entgegnet, sein Text sei auf recht subtile Art »vordringlich von nationalsozialistischem Gedankengut infiziert« (10, S. 178). Beide vor Gericht geladenen Lehrer sind sich einig, dass man »[d]ie Verbreitung solch gefährlichen Unsinns [...] aus pädagogischer Verantwortung [habe] verhindern müssen, zumal es – an beiden Schulen – in wachsender Zahl Schüler und Schülerinnen mit rechtsradikaler

Neigung gebe« (10, S. 178). Ähnlich wie Joachim Mahlke in der Novelle *Katz und Maus* vom Schulleiter Klohse der Vortrag als Ritterkreuzträger schlichtweg untersagt wird, schneiden die Lehrer Konrad das Wort ab. Bei beiden löst der gescheiterte Versuch, in der Schule Akzeptanz zu finden, immense Körper-/Intimitäts- und Anpassungs-Scham aus, vor allem auch deshalb, weil man nicht bereit ist, sich mit ihnen über die problematischen Inhalte ihrer Beiträge in angemessener Weise auseinanderzusetzen. So ist es nicht verwunderlich, dass Mahlke auf dem Weg zum Wrack Pilenz zum einzigen Zuhörer seines Vortrags macht, wohingegen Konrad vor Gericht der Bitte, »das Motiv seiner Tat zu beleuchten, [...] ausgiebig und hungrig nach freiem Vortrag« (10, S. 179) nachkommt.

Als Konrad vor der großen Jugendkammer des Schweriner Landgerichts in epischer Breite die Geschichte der ›Wilhelm Gustloff‹ ausführen will, wird er dabei mitunter von dem »Kürze anmahnenden Blick des Richters« (10, S. 180) getroffen: Selbst vor Gericht zeigt man augenscheinlich wenig Interesse an seinen Erläuterungen. Wenn er den Mord an Wolfgang umstandslos zugibt, »Ich tat, was ich tun mußte!« (10, S. 169), lässt sich bei Konrad keinerlei Schuldeinsicht oder Gewissens-Scham konstatieren. Stattdessen betont er mehrmals, »aus innerer Notwendigkeit« (10, S. 180) zu seiner Tat zu stehen, und bittet das Gericht, »die von [ihm] vollzogene Hinrichtung als etwas zu bewerten, das nur in größerem Zusammenhang zu begreifen ist« (10, S. 182). Nicht nur Wolfgangs Eltern, alle im Gerichtssaal Anwesenden hören seinen »in der Regel zu langatmigen Ausführungen zu, als hofften sie, von ihm [...] Erhellendes [zum Mordmotiv] zu erfahren« (10, S. 177). Ähnlich wie das Gericht bezeichnet auch Paul Konrads Rede als »in sich schlüssigen Irrsinn« (10, S. 183); für die Erhellung seiner Tat aus Abwehr peinigender Scham ist sie aber recht aufschlussreich.

Wie stark sich die traumatischen Erlebnisse Tullas und ihr daraus resultierender Drang, mit der (vermeintlichen) Tabuisierung des Schiffsunglücks zu brechen, auf ihren Enkelsohn tradiert haben, macht Konrad gleich zu Beginn seines Vortrags deutlich: »›Im Saal befindet sich die siebzigjährige Frau Ursula Pokriefke, in deren Namen ich hier und heute Zeugnis ablege‹« (10, S. 181). Eng mit dieser transgenerationellen Überlieferung verbunden ist die Familiengeschichte: Da die Eltern – insbesondere Paul als Vater – versagen, finden die Endloserzählungen der Großmutter bei Konrad ein offenes Ohr. Auf seiner Suche nach Halt und Orientierung, die er weder bei seiner Mutter noch bei seinem Vater findet, entdeckt er schließlich ein Vorbild in der Geschichte. Angeregt durch Tullas Erzählungen, identifiziert sich Konrad immer mehr mit Wilhelm Gustloff: »Dem Blutzeugen verdanke ich meine innere Haltung.« (10, S. 185) Vor diesem Hintergrund vergleicht er seine Tat an Wolfgang Stremplin mehrmals mit der David Frankfurters an Wilhelm Gustloff: »Wie ich, so hat David Frankfurter vier Mal getroffen« (10, S. 179). Parallel setzt er ebenso die Begründung seiner ›Bluttat‹: »Ich habe geschossen, weil ich Deutscher bin – und weil aus David der ewige Jude sprach« (10, S. 169). Demnach beschämt ihn auch sein mildes Urteil: »Einfach schwer zu kapieren, daß ich nur sieben Jahre bekommen habe. Den Juden Frankfurter haben sie damals zu achtzehn Jahren verknackt« (10, S. 187). Konrad hat in seiner Identifikation mit dem ›Blutzeugen‹ jeden Bezug zur Realität verloren.

Eine weitere Teilschuld daran trägt gewiss das Medium Internet, das er nutzt, um seine rechtsradikalen Ansichten zu verbreiten, und über das er sein späteres Opfer kennenlernt. Im realen Leben ein Einzelgänger und Außenseiter, immer wieder Demütigungen und Niederlagen ausgesetzt, kann er seine erlittene Körper-/ Intimitäts- und Anpassungs-Scham, womöglich auch traumatische Scham, mit dem Betreiben seiner Website und im Chat – kurzzeitig – abwehren. Da Wolfgang alias David aber seine Ansichten nicht teilt und zudem noch auf die Ruinen des ehemaligen Gustloff-Denkmals spuckt, wird Konrad zu einem Mörder. Die Tat geschieht nicht aus einem spontanen Affekt heraus, was nicht zuletzt der Umstand beweist, dass er die Tatwaffe bei sich trägt. Konrads Mord an Wolfgang entspringt einem vielschichtigen Zusammenspiel von zahlreichen erlittenen Beschämungen – resultierend vor allem aus nicht aufgearbeiteter individueller und kollektiver scham- und schuldbeladener deutscher NS-Geschichte.

Das Geschehen nach dem Gerichtsprozess veranschaulicht ebenfalls die in weiten Teilen der Gesellschaft noch immer fehlende Bereitschaft, die NS-Vergangenheit und die damit einhergehenden Schuld- und Schamfragen, die bis in die Gegenwart reichen, aufzuarbeiten. Zwar besucht Tulla ihr Enkelkind regelmäßig, doch hat Konrads Tat nichts an ihrer Einstellung und ihrem Zwang, an das mit dem Schiffsunglück verbundene Leid erinnern zu müssen, geändert. Sieht sich seine Mutter Gabi anfänglich »meistens durch ihren ›Gewerkschaftskram‹ verhindert« (10, S. 193), Konrad zu besuchen, so bricht sie nach einiger Zeit den Kontakt zu ihm gänzlich ab und gibt einzig Tulla und Paul die Schuld an dem Mord. Zwischen Paul und Konrad hingegen kommt es zu einer behutsamen Annäherung, weil der Ich-Erzähler bereit ist, sich mit seiner eigenen, bislang verdrängten Vergangenheit auseinanderzusetzen und damit eine Teilschuld an der Tat seines Sohnes anzuerkennen. Und auch Konny kann sich seinem Vater annähern. Hat er vor Gericht noch vehement geleugnet, überhaupt einen Vater zu haben, gibt er Paul nun eine Mitschuld, die insbesondere die Tabuisierung der ›Gustloff‹ betrifft. Was exemplarisch an Paul und Konrad angedeutet wird, der Beginn einer Aufarbeitung, ist allerdings nicht repräsentativ für die deutsche Gesellschaft in ihrer Gesamtheit zu verstehen, denn die Novelle endet damit, dass der Ich-Erzähler bei seiner Suche nach einem geeigneten Schlusswort für seinen Bericht auf einer Website namens www.kameradschaft-konrad-pokriefke.de liest: »Wir glauben an Dich, wir warten auf Dich, wir folgen Dir …« (10, S. 205)

Im Krebsgang kann somit als eine von Geschichtsskepsis und zum Scheitern verdammten didaktischen Ambitionen zeugende Novelle im Zeichen von Schuld und Scham gelesen werden, die eindrücklich vor Augen führt, dass (die deutsche) Geschichte wiederholbar ist.

Anmerkungen

1 Vgl. dazu das Novellen-Kapitel »Vom scheinheiligen Artistenevangelium zum fiktiven Bericht«. In: Dieter Stolz: Günter Grass, der Schriftsteller. Eine Einführung. Göttingen 2005, S. 163–181. Zitiert wird im laufenden Text nach Günter Grass: Werke. Göttinger Ausgabe. Göttingen 2007, Band und Seitenzahl in runden Klammern.

2 Vgl. dazu Volker Neuhaus: Günter Grass. 3., aktualisierte und erweiterte Auflage, Stuttgart 2010, S. 231. Neuhaus gibt im Rahmen seiner Monografie einen einführenden Überblick über Entstehung, Gattung, Erzählhaltung, Perspektivierung und Schuldfrage der Novelle; vgl. ebd., S. 227–239.

3 Vgl. dazu Neuhaus wie Anm. 2, hier S. 238.

4 Verwiesen sei hier nur exemplarisch auf: Stephan Braese: Tote zahlen keine Steuern. Flucht und Vertreibung in Günter Grass' *Im Krebsgang* und Hans-Ulrich Treichels *Der Verlorene*. In: Gegenwartsliteratur, Heft 2, 2003, S. 171–196, und Dieter Stolz: *Im Krebsgang* oder Das vergessene Gesicht der Geschichte. In: Norbert Honsza/Irena Swiatlowska (Hg.): Günter Grass. Bürger und Schriftsteller. Breslau 2008, S. 233–243.

5 Sigrid Weigel: Die »Generation« als symbolische Form. Zum genealogischen Diskurs im Gedächtnis nach 1945. In: Figurationen. Gender. Literatur, Kultur 1, 1999, S. 158–173, hier S. 164.

6 Michael Paaß: Kulturelles Gedächtnis als epische Reflexion. Zum Werk von Günter Grass. Bielefeld 2009, S. 430.

Peter Arnds

»Wolf und nochmals Wolf« – Zum Homo sacer in *Die Blechtrommel* und *Hundejahre*

Als ein Roman, der sich dem magischen Realismus zuordnen lässt, ist *Die Blechtrommel* (1959), wie schon Friedrichsmeyer (1965) und Diller (1974) gezeigt haben, ein mythenreicher Text, dem es auf ironische Weise gelingt, Mythos und Märchenwelt aus den ideologischen Fängen der Nazizeit zu befreien. Insbesondere auf die diversen Märchenmotive im Debütroman des Nobelpreisträgers – Däumeling, Zwerg Nase, kleiner Muck – wurde in der Forschungsliteratur immer wieder hingewiesen (vgl. Arnds, S. 28–48). Eine eingehende Untersuchung mythologischer Anspielungen, Figuren und Konzepte im Gesamtwerk von Günter Grass steht allerdings noch aus. Auch ich konzentriere mich im Folgenden auf nur ein weiteres vielsagendes Beispiel, und zwar auf die komplexe Figur des Wolfs im Kontext der von Grass bereits wiederholt thematisierten Täter/Opfer-Dualität und der Ermordung von Menschen im Dritten Reich spezifisch durch die Euthanasie und im Holocaust. Der seit Jahrhunderten für mythologische, historische und politische Konzepte instrumentalisierte Wolf nimmt nicht nur in *Hundejahre* (1963) eine zentrale Rolle ein, er tritt schon in der *Blechtrommel* in ähnlicher Funktion in Erscheinung.

Die Blechtrommel

Auch hier steht am Anfang ein Wolf:

> »Der Magen der Kuh aber wanderte mit dem gefangenen Kerlchen auf den Mist und wurde von einem Wolf verschluckt. Den Wolf aber lenkte Däumeling mit klugen Worten in seines Vaters Haus und Vorratskammer und schlug dort Lärm, als der Wolf zu rauben gerade beginnen wollte. Der Schluß war, wie's im Märchen zugeht: der Vater erschlug den bösen Wolf, die Mutter öffnete mit einer Schere Leib und Magen des Freßsacks, heraus kam Däumeling, das heißt man hörte ihn nur rufen: ›Ach, Vater, ich war in einem Mauseloch, in einer Kuh Bauch und in eines Wolfes Wanst: Nun bleib ich bei Euch.‹« (3, S. 137)[1]

Das Mythologem Wolf offenbart im Weihnachtsmärchen vom Däumeling, das Oskar sich »zum eigensten Erlebnis« macht, seine klassische Doppelnatur des Jägers und Gejagten, eine Ambivalenz, die das uralte Verhältnis zwischen Mensch und Wolf widerspiegelt. So führt eine Assoziationsspur, die zunächst vielleicht ein wenig abwegig anmutet, zum Kern des vielschichtigen Problems: Denn während der Wolf in der Antike geehrt, bei den Römern Begleiter des Kriegsgottes Mars und Begründer Roms war, wird er seit Beginn der Schafhaltung in der Jungsteinzeit gejagt und gilt gerade ob seines Schafraubs während der sich im Mittelalter verbreitenden Christianisierung und Gleichsetzung von Lamm und Christus als Inkarnation des Teufels (Wolf im Schafspelz). Aus dieser christlichen Sicht hervorgehend beschreibt die Metapher des Wolfs im germanischen Mittelalter ein biopolitisches Konzept, das impliziert, dass verbrecherische Menschen als Wölfe bezeichnet werden.[2] Seine Doppelidentität von Jäger und Gejagtem entspricht dem von Giorgio Agamben theoretisierten *homo sacer*, der sich in der germanischen Geschichte vom altnordischen *vargr*, dem Geächteten als Wolf, ableitet (Agamben, S. 114).[3] Der im germanischen Kontext auch als »vogelfrei«, »wolfsfrei« oder »friedlos« bezeichnete homo sacer – wobei *sacer* nicht die Bedeutung von »heilig,« sondern von »verflucht« hat – konnte ob seiner moralischen Unreinheit nicht geopfert, jedoch von jedem straflos getötet werden (Agamben, S. 81). Wir sehen gerade in dieser Figur, wie sich Mythologie und Historie gegenseitig widerspiegeln. Im Gegensatz zu Derrida, der in *La bête et le souverain* (2003) den Wolf lediglich mit dem Herrscher gleichsetzt, ist für Agamben der menschliche Wolf ein vor allem Gejagter. Dieses jenseits aller Menschenrechte auf sein nacktes, tierisches Leben (*nuda vita*) reduzierte Opfer von Ächtung und biopolitischer Verfolgung ist jedoch wegen seiner Position außerhalb des Rechts untrennbar mit dem über dem Gesetz stehenden Souverän verbunden, dessen Macht uneingeschränkt ist. Obwohl Agamben wie Derrida das Konzept Wolf auch auf die Tyrannen des 20. Jahrhunderts bezieht, gelten seine Ausführungen vor allem der Kontinuität zwischen den Geächteten des Mittelalters und den im Nationalsozialismus als »Ungeziefer« (im Althochdeutschen »das nicht opferbare Tier«) bezeichneten Opfern des Euthanasieprogramms und der Konzentrationslager.

Wie lässt sich dieses Konzept des Wolfs, in dem sich Mythos und Verfolgungspolitik begegnen, auf *Die Blechtrommel* übertragen? Korreliert mit dem Jagen und Gejagtsein des Wolfs steht im Zentrum des Däumelingmärchens zunächst seine mythologische Doppelnatur von Zerstörung (das Motiv des Verschlungenwerdens) und Fruchtbarkeit, die Wiedergeburt, bei der Mutter und Vater mithelfen (vgl. Douglas, S. 36). Die Mutter, die dem Wolf den Bauch aufschneidet, erinnert gerade in diesem Akt an die mythologische Holle, die dem Wolfs- und Kriegsgott Wotan zur Seite steht und die als germanische Erdgöttin eine sowohl nährende als auch zerstörerische Funktion einnimmt. Während der zwölf Nächte zwischen Weihnachten und dem 6. Januar, in denen die mythische wilde Jagd stattfindet, schneidet sie der Überlieferung nach faulen Webern den Bauch auf und legt Steine hinein (Timm, S. 9). Hans Peter Duerr zufolge ist Holle mit der römischen Diana und Artemis identisch, der Herrscherin der Wölfe und »Herrin der Vogelfreien und Fremden« (Duerr, S. 26, 48). Als in vielen indoeuropäischen Kulturen beheimatete mythische Erscheinung trat diese Göttin der Vernichtung und Fruchtbarkeit zuweilen in Gestalt einer Wölfin auf, der Gaben wie Butter und Fladen geopfert wurden (vgl. Wyrambe, S. 12).[4] Die Doppelidentität der Erdmutter, mal nährend hold (Holle = Holde, Hulda), mal verschlingende Unholde (Holle = Hölle), erscheint in der *Blechtrommel* in verschiedenen Gestalten: Tod und Wiedergeburt durch den Wolf im Däumelingsmärchen sind nur eine Variante davon, Oskars gute (Agnes) und böse (Maria) Mutter, die furchterregende schwarze Köchin und die kaschubische Demeter (vgl. Diller, S. 8) Anna Bronski sind weitere. Deren vierröckiger Schoß nimmt die von der Jagd auf Menschen ermüdeten Männer auf, zunächst Oskars Großvater, dann Oskar selbst. Ihre vier Röcke sind sowohl lebenserhaltend als auch bedrohlich: sie sind Uterussymbol, gebärend und Schutz bietend, doch zugleich verschlingend, was sich etwa in Oskars Wunsch auf Rückkehr in den Mutterleib zeigt, der sich an der Passage des Däumelings durch zwei Tierbäuche (Kuh und Wolf) orientiert.

Das Jagen des Wolfs zerstört Leben, doch es erhält dadurch das biologische Gleichgewicht der Natur. Der Wolfsbauch reflektiert diese Ambivalenz dadurch, dass er sowohl zerstörerische wie regenerierende Qualitäten besitzt. Dass er den Däumeling verschlingt, bevor dieser wiedergeboren wird, entspricht einem Initiationsritus für das Kind an der Schwelle zum Erwachsensein. Die Rückkehr des Däumlings in einen Leib, der ihn reifen lässt, weist auf eine ödipale Situation hin, die sich in Oskars Wunsch nach Rückkehr in den Mutterleib wiederholt. Dieser Wolfsleib repräsentiert Schutz und Bedrohung, Lust und Furcht in einem, eine Dichotomie, die in Oskars Familie auf den dualen Archetypus der guten und bösen Mutter verteilt ist. Übertragen auf Oskar, funktioniert jedoch die Initiation, wie sie im Märchen stattfindet, nicht, denn Oskar weigert sich, erwachsen zu werden. Er bleibt sozusagen im Wolf stecken. Da die Metapher des verschlingenden Wolfs hier im Däumelingsmärchen vor allem auch auf die noch im selben Kapitel beginnende und während des Dritten Reichs anhaltende Bedrohung Oskars durch Hitler und den Apparat des Nationalsozialismus weist, bedeutet das übersetzt, dass Oskars Symbiose mit dem Faschismus nie wirklich überwunden wird; er bleibt der »Trommler«, als den auch Feldmarschall Ewald von Kleist einst Hitler bezeichnete, und verwächst sich am Ende des Krieges, sein ihm bleibender Buckel, stets an die Hässlichkeit der Vergangenheit erinnernd. Die Initiation wie im Märchen funktioniert also nicht, weshalb *Die Blechtrommel* gattungsspezifisch gesehen auch kein Bildungsroman, sondern die Parodie eines Bildungsromans ist, ein Missbildungsroman im engen Sinne des Wortes als ein körperliches und geistiges Verwachsen und nicht Erwachsenwerden.

Die Symbiose, die der Däumeling mit dem Wolf eingeht, initiiert allegorisch Oskars kontroverse Beziehung zum Nationalsozialismus und zu Hitler, dessen Vorname sich von *Adulfr* (Edler Wolf) ableitet und der sich selbst mit Wölfen identifizierte (Waite, S. 425). Oskar verkörpert dabei exakt jene Symmetrie, die Agamben zwischen dem homo sacer (Opfer) und dem Souverän (Täter) erkennt:

> »An den beiden äußersten Grenzen der Ordnung stellen der Souverän und der *homo sacer* zwei symmetrische Figuren dar, die dieselbe Struktur haben und korreliert sind: Souverän ist derjenige, dem gegenüber alle Menschen potentiell *homines sacri* sind, und *homo sacer* ist derjenige, dem gegenüber alle Menschen als Souveräne handeln.« (Agamben, S. 94)

Wie der Däumeling ist Oskar Opfer des Wolfs (Hitler), wird aber auch zu einem Teil von diesem. Im Märchen degradiert der Täter (der Wolf) zu einem Opfer und aus dem Opfer (dem Däumeling) wird eine Tatfigur. Parallel dazu pendelt Oskar zwischen der Position des potentiellen Euthanasieopfers und, zumindest scheinbar, der eines Mittäters, eines Faschisten. Als Trommler ist er wie gesagt eine parodistische Kopie Hitlers, des Wolfs als Despot. Agambens Symmetrie zwischen dem Souverän und dem verfolgten *homo sacer*, zwischen dem Wolf als Despot und dem Wolf als Geächteten, offenbart sich also in Grass' Protagonisten, wobei das Motiv des Gefressenwerdens im Däumelingsmärchen bereits als erste metaphorische Anspielung auf die Verfolgung »lebensunwerten« Lebens verstanden werden kann. Kurz nach dem Theaterstück kommt es dann seitens Bebras, des Zirkusclowns, zu weiteren direkten Anspielungen auf die euphemistisch als *Sonderbehandlung* getarnte (Yahil, S. 309) Euthanasie.

»›Unsereins muß vorspielen und die Handlung bestimmen, sonst wird unsereins von denen da *behandelt* [mein Kursiv]. Und jene spielen uns allzu gerne übel mit!‹ Mir fast ins Ohr kriechend, flüsterte er und machte uralte Augen: ›Sie kommen! Sie werden die Festplätze besetzen! Sie werden Fackelzüge veranstalten! Sie werden Tribünen bauen, Tribünen bevölkern und von Tribünen herunter unseren Untergang predigen. Geben Sie acht, junger Freund, was sich auf den Tribünen ereignen wird! Versuchen Sie, immer auf der Tribüne zu sitzen und niemals vor der Tribüne zu stehen‹« (3, S. 144).

Nach seiner Rückkehr aus Frankreich, wo er im Bund der marginalisierten Zirkusliliputaner die Frontsoldaten mit seinen Zauberkunststücken unterhält, ist Oskar in besonderem Maße gefährdet, von den Nazis inhaftiert und vernichtet zu werden. Es liegt ausschließlich am ihn schützenden Geist seiner verstorbenen Mutter und Matzeraths Verweigerung, den Brief von der Gesundheitsbehörde zu unterzeichnen, dass er, Anführer der kriminellen Jugendbande Die Stäuber, den Fängen seiner Häscher entgehen kann. Wie im Märchen helfen hier sowohl Vater als auch Mutter dabei, den Kleinen metaphorisch gesehen aus dem Wolf zu befreien. Läge es an seiner (bösen) Stiefmutter Maria, so würde Oskar in einer jener Institutionen verschwinden, die behinderte Kinder ermordeten. Ihr Kommentar, Oskar »weiß nich zu leben und weiß nich zu sterben« (3, S. 474), spiegelt fast wortwörtlich die grausamen Worte Karl Bindings und Alfred Hoches in ihrem berüchtigten Pamphlet *Die Freigabe der Vernichtung lebensunwerten Lebens. Ihr Maß und ihre Form* (1920) wider, die geistig Behinderten hätten »weder den Willen zu leben, noch zu sterben. So gibt es ihrerseits keine beachtliche Einwilligung in die Tötung, andererseits stößt diese auf keinen Lebenswillen, der gebrochen werden müßte. Ihr Leben ist absolut zwecklos« (Klee, S. 22). Es entspricht diese neue Kategorie im 20. Jahrhundert »eines wertlosen [...] Lebens [...] exakt [...] dem nackten Leben des homo sacer« (Agamben, S. 148) in seiner auf das Mittelalter zurückgehenden Liminalität zwischen Leben und Tod (er war zwar noch am Leben, doch galt der Gemeinschaft als tot).

Oskar ist jedoch ein Geächteter, der sich zur Wehr setzt. Der unverbesserliche Ästhet agiert sozusagen aus dem Bauch des Wolfs heraus, der ihn zu verschlingen droht, und übt dabei subversiven Widerstand. Der den Bann formulierenden altnordischen Rechtsformel zufolge ist der homo sacer ein *vargr i veum* »ein Wolf im Heiligtum« (Byock, S. 35; Grönbech, Bd. 2, S. 130), und dieser Begriff lässt sich auch auf Oskar anwenden, genauer gesagt auf Oskar als Schelm. Die biopolitische Formel des *vargr i veum* findet in mittelalterlichen Karnevalsritualen wie dem Charivari sowie der Schelmenliteratur der frühen Neuzeit und über diese schließlich in der *Blechtrommel*, die durch Rabelais und Grimmelshausen inspiriert wurde, ihren Nachhall. Auch der Grimm'sche Däumeling ist solch ein Schelm, dessen körperliches Verschmelzen mit dem Wolf sein schelmenhaftes Wesen unterstreicht, denn der Wolf wurde vom Mittelalter bis ins 19. Jahrhundert immer wieder als ein *Schelm* oder *Schalk* bezeichnet. Die unter dem Bann stehenden Kriminellen und andere unerwünschte Außenseiter, die im vorchristlichen Mittelalter als Wölfe im Heiligtum galten, werden im Christentum mit dem Teufel assoziiert, den die pikareske Tradition in die heitere Form des Schelms verwandelt.[5] Die Schelmenliteratur macht sich gewissermaßen das Prinzip des Wolfs im Heiligtum zu eigen, um parodistisch-karnevalesk auf die Autorität der Machtinstitution Kirche zu reagieren, bildet also ein literarisches Echo auf den Akt der Ächtung, bei dem der Sünder aus der Gemeinschaft verbannt wurde. Die Rückkehr dieses unreinen menschlichen Wolfs in das Heiligtum, den für ihn tabuisierten menschlichen Bereich innerhalb der Bannmeile, wiederholt sich in der karnevalesken Literatur, die absichtlich Tabus verletzt, als ein Eindringen des Profanen (also des *pro-fanum*, aus dem Tempel Verbannten) in den sakralen Bereich. Konkret beobachten wir diesen Prozess in Oskars blasphemischem Treiben in diversen Kirchen, jedoch stört dieser Schelm/Wolf im Heiligtum auch immer wieder den politisch sakralen Bereich, vor allem in jener Szene, in der er unter der Tribüne sitzend durch seine arhythmische Trommelmusik den Takt der Marschmusik zersprengt, also subversiv aus dem Verborgenen handelt.

Mythologisch betrachtet ist das Verschlucktwerden des Däumelings ein Gang in die Unterwelt. Und so begibt sich auch Oskar in den Hades, unter die Tribüne, von wo aus er das Treiben der Nazis mit seinen eigenen Trommeltönen korrumpiert. Oskars zentrale Position im Leib der Tribüne, aus dem heraus er die Marschmusik der Nazis zunächst in einen Walzer, dann in Jazzmusik verwandelt, die ideologische Strenge also in Scherz auflöst, bildet zunächst im Text selbst eine Weiterführung des Motivs des Däumelings, der mittels seiner Stimme aus des Wolfes Bauch heraus den Räuber in sein Verderben treibt. Innerhalb der Bandbreite der karnevalesken Volkskultur evoziert dieses Bild jedoch in erster Instanz den Harlekin in den mittelalterlichen Diablerien, der aus dem Mittelbau der Schaubühne, ihrem Höllenrachen, hervorspringt und die Handlung bestimmt (Bachtin, sich auf Otto Driesen berufend, S. 390–392). Wir sehen an diesem Detail, wie der literarische Schelm, der mit dem Harlekin eng verwandt ist, das Zentrum seines teuflischen Umfelds bildet, mit diesem eins werden muss, um Widerstand leisten zu können und es womöglich zu besiegen. Der Däumeling / Oskar geht eine Symbiose mit dem Wolf / Hitler / Teufel ein, um ihn gleichzeitig zu überlisten und ihm zu entgehen. Dabei drückt die Trommel sowohl das Teuflische[6] als auch Subversive[7] aus, am Ende kein Gegensatz vor dem Hintergrund einer Kulturtheorie wie der des Karnevals von Bachtin, denn der Karneval ist bekanntermaßen ein von der Kirche sanktioniertes teuflisches Treiben, ein zeitbegrenzter Ausnahmezustand, der dem Staat und der Kirche als Sicherheitsventil galt, um die Massen unter Kontrolle zu behalten. Oskars subversives Trommeln auf dem Parteiaufmarsch ist ein zentraler Augenblick in Grass' Roman, der das Potential des postmodernen homo sacer für Spott und Subversion gegenüber den Mächtigen darstellt. Dabei ist er sowohl selbst ein Wolf im Heiligtum als auch im Bauche des Wolfs sitzend, zugleich homo sacer und kraft seines subversiven Handelns Souverän.

Hundejahre

Die Doppelnatur des Wolfs, Souverän und *homo sacer*, Jäger und Gejagter, fruchtbare Urwölfin, wie wir sie aus dem *Butt* kennen,[8] und alles verschlingende Bestie, begegnet uns auch in den *Hundejahren.* Wichtig in diesem Roman ist allerdings die Differenz, sind die Schattierungen zwischen Wolf und Hund: Der Hund steht zwar in den Generationen nach der litauischen gründungsmythischen Wölfin zentral, doch das Wölfische geht im Hund nie ganz verloren, ob als Verwolfung von Harras, dessen Attacken auf den Klavierlehrer Felsner Imbs immer aggressiver werden, oder im Höllenhund Prinz/Pluto, also in der Dämonisierung der Hunde.[9]

In erster Linie dienen Hund und Wolf der Metaphorisierung der Täter/Opfer-Dualität, sind somit eng an die Beziehung zwischen den beiden Blutsbrüdern Matern, als Täter, und Amsel, als Opfer, gebunden. Der Wolf begegnet uns als legendärer Räuber (»als der Wolf zu rauben gerade beginnen wollte«, 3, S. 137) zunächst in Matern, der von mittelalterlichen Räubern, also dem klassischen *vargr,* abstammt und der nach dem Kriege im Kinderfunk »als permanenter Räuber, Wolf [...] spricht, grollt, röhrt« (5, S. 614), dann allerdings auch in Amsel, dem Halbjuden, auf den nicht nur beim völkischen Schlagballspielen »Jagd gemacht« (5, S. 125) wird. Bereits rein körperlich steht Amsel den Wölfen nah. In Anlehnung an Weiningers Bild des verweiblichten Juden[10] entspricht sein zunächst verweichlichter Körper dem nationalsozialistischen Stereotyp des degenerierten jüdischen Körpers.

Als er dank des Faustballspiels einen muskulöseren Körper, einen »Tonnenleib« (5, S. 224), bekommt, ist es genau dieses Bild, mit dem wenig später im Text die Wölfe des Tiergeheges Freudenthal beschrieben werden. Um mit Bachtin zu sprechen, hat der Wolf hier nicht den klassischen Körper des deutschen Schäferhundes, der diesen allein »konsequenter Durchzüchtung« (5, S. 262) verdankt. Während der Schäferhund, der das Schaf beschützt, im moralischen Sinne wie auch hinsichtlich seiner Zucht, also der Ambition nach, von gelungener Rasse (»issen Rassehund«, 5, S. 447), edel ist, verkörpert der vom Christentum verteufelte Wolf (denn er reißt das christliche Schaf, bedroht also Christus) hier im Text die Unzucht, die als unrein empfundene Rasse. So hat in der Ahnenreihe, die sich vom Wolf über diverse Hunde erstreckt, menschliche Intervention Edles aus Unedlem entstehen lassen. Der Hund steht für Rasse, Züchtung, Kultur, der Wolf sowie die Verwolfung des Hundes für Wildheit, Rasselosigkeit bzw. Rasseverlust, Natur, Unreinheit. So gesehen gemahnen Wolf und Verwolfung des Hundes (z. B. Harras) an den *vargr*, den homo sacer, der wegen seiner Unreinheit – im Mittelalter aufgrund eines Verbrechens; im Rassismus des Nationalsozialismus wegen seines Blutes – verflucht (*sacer*), entmenschlicht, nicht geopfert, aber von jedem ungestraft getötet werden konnte.[11]

Steht der Hund für Reinrassigkeit, der Wolf für das Unreine, dann betrifft diese Dichotomie auch das sich durch den Text ziehende enge Verhältnis von Hitler zum Hund und Wolf. Obwohl Hitlers Vorname den Wolf als *ulfr* (also Wolf als mutiger Berufskrieger und daher Souverän; vgl. Fußnote 3) etymologisch in sich birgt, was ihm ohne Zweifel bewusst war, ist es am Ende denkbar, dass sich hinter dem Wolf im Namen und Denken Hitlers auch ein Komplex wegen seiner jüdischen Abstammung verbirgt. Eine weitere Spekulation sei erlaubt: Wäre es möglich, dass sich im Führer, der sich sein Leben lang mit Wölfen identifizierte, antisemitische Vorstellungen von der moralischen Unreinheit des Wolfs (der Ermordung Christus; der Wolf reißt das Schaf)[12] und damit von der Verunreinigung seines arischen Blutes durch den Wolf regten, Ahnungen, die er durch die Reinrassigkeit des Schäferhundes (Blondi/Prinz) zu verdrängen suchte? Was für Amsels jüdischen Vater zutrifft, der, um sich zu assimilieren, alles Jüdische in sich unterdrücken will, würde dann am Ende auch für Hitler gelten, nämlich die im Text markierte These Weiningers, dass »durch ihn [den Juden] er [der Nicht-Jude] weiß, wovor er sich hüte: vor dem Judentum als Möglichkeit in ihm selber« (5, S. 240). Hitlers Obsession mit Wölfen, die sich gegen Kriegsende verstärkt (5, S. 429: Lager »Werwolf«; Wolfsschanze etc.), würde so betrachtet nicht nur jener uralten Ehrfurcht vor dem Wolf als Jäger, sondern auch der anderen, sich im Mittelalter formierenden Dimension des Wolfs als parasitärem Gejagten entspringen.

Die Symmetrie zwischen homo sacer und Souverän besteht auch in diesem Buch: Über Hund und Wolf sind Täter und Opfer wie im Hegel'schen Herr-und-Knecht-Verhältnis aneinander gebunden. Insbesondere der vom Wolf abstammende Höllenhund Prinz (Pluto, der römische Gott der Unterwelt) bildet am Ende ein Bindeglied zwischen Matern und Amsel, beide selbst Wölfe im biopolitischen Sinne Agambens, der eine Täter – Matern schlägt Amsel zweiunddreißig Zähne aus –, der andere der klassisch Verfolgte, der den Vögeln ausgesetzt ist und sich vor ihnen schützend Vogelscheuchen baut, die auf einer tiefer liegenden Ebene auf den Genozid hinweisen. Ein Satz wie »Ist sie denkbar die semitische Scheuche?« (5, S. 732) evoziert bei seinem ganzen Ikonoklasmus nicht nur Heideggers berüchtigtes Gestell, hinter dem auch die Gerippe der Massengräber liegen, sondern ebenfalls jene von den Nazis als »Figuren« und von den KZ-Häftlingen selbst als »Muselmänner« bezeichneten Menschen, die sich zwischen Leben und Tod gefangen wie Muslime ihrem Schicksal überließen (Agamben, S. 194). Auch die Krähen im Text, die um den Knochenberg kreisen, weisen auf diese Vogelfreiheit der Lagerinsassen, die durch Arbeit *frei*, sprich, vernichtet werden sollten. Der berüchtigte Satz über dem Tor von Auschwitz entfaltet insbesondere im Zusammenhang mit dem seit dem 16. Jahrhundert als vogel- oder wolfsfrei bezeichneten *homo sacer* seine ganze Zynik, denn sein Ausschluss aus dem Kreis der Lebenden ist eine todgeweihte Freiheit, die an Celans *Todesfuge* erinnert: »wir schaufeln ein Grab in den Lüften da liegt man nicht eng«.

Wolf, Hunde und Krähen bilden Komponenten eines komplexen symbolischen Netzes in Grass' Roman, eines semantischen Tierfelds, zu dem auch die Ratten zu zählen sind.[13] Letztere sind, wie einst der mittelalterliche *vargr*, die Gejagten und Vergifteten, es werden »Jagdgruppen« erstellt mit dem »Tagesbefehl [...], demzufolge die Wasserratten erheblich vermindert wurden« (5, S. 394), sie werden auf Sterne »umgesiedelt« (5, S. 396) – all dies Details, die im biopolitischen Kontext der Judenverfolgung lesbar sind, vor allem, wenn man an jene antisemitische Propaganda der Nazis denkt, in der Juden mit typhusverbreitenden Ratten verglichen wurden. Es ist aber auch der Rattenfänger, der in *Hundejahre* (5, S. 395: »kein Flötenton lockte«) mit Hitler und Heidegger assoziiert wird,[14] ein ambivalenter Wolfsmensch: in der Sage ist er einerseits der Gepeinigte, Ausgenutzte, andererseits Souverän, dank seiner Macht des Flötenspiels. Auch zwischen Hund und Ratte besteht eine Verbindung, denn Harras wird von Matern mit Rattengift vergiftet. Und über den vergifteten Harras, Amsels Lieblingshund, den der Jude verdirbt (5, S. 213), indem er ihn verwolfen lässt, und Matern, der nach Kriegsende in einer öffentlichen Diskussion gesteht, dass er selbst vergiftet werden will (5, S. 639), kommt es erneut zur metaphorischen Symbiose zwischen dem Täter Matern und Amsel in Opferposition.

Wie, mag man sich fragen, lässt sich diese höchst problematische Aufhebung der Konturen um Täter und Opfer rechtfertigen? Die Symmetrie zwischen dem Despoten und dem Verbannten, wie sie Agamben beschreibt, dient wie schon in der *Blechtrommel*, wo sie allein in Oskar angelegt ist, einer verstärkten Erinnerungsarbeit und der Aufdeckung von Schuld, die nach dem Krieg der Verdrängung und dem Vergessen ausgesetzt war, ein Prozess, den Grass mittels des Totenflusses Lethe aus der griechischen Mythologie beschreibt, der die Erinnerung derjenigen, die in die Unterwelt steigen, auslöscht. »Nie hat ein Hund, der vom selbstgewählten Herrn nicht lassen wollte, soviel lernen können vom Verhältnis des Hundes zur Mythologie: keine Unterwelt, die er nicht zu bewachen hat; kein Totenfluß, dessen Wasser nicht irgendein Hund lappt; Lethe Lethe, wie wird man Erinnerungen los?« (5, S. 475) Grass' Tiermetaphern stehen in einem direkten Zusammenhang mit dem Holocaust, sie sind Teil einer Sprache, die das Schweigen um die Shoah aufbricht und Erinnerungen freisetzt, die durch den Lack des Wirtschaftswunders nach dem Krieg verdrängt wurden.

Auch für diesen Gegensatz zwischen Verdrängung und Erinnerung stehen jeweils Hund und Wolf. Am Kriegsende läuft Hitlers Hund Prinz, der von der Vergangenheit genug und die Wahl der Richtung hat, in den Westen, der weit mehr als Ostdeutschland einen Neuanfang verspricht. Während Wagners »Götterdämmerung« ertönt, findet die sogenannte »Operation Wolfsgrube« statt, die Suche nach Hitlers entlaufenem Hund Prinz, dem es zu viel geworden ist: »Wolf und nochmals Wolf: tagtäglich Bunker! [...] Da reicht es einem Hund. [...] Zurück bleiben Knochenberge, Massengräber [...] Vergessen wollen alle [...] die Schulden und die Schuld.« (5, S. 463–465) Die Heidegger'sche »Ankunft [...] der Unverborgenheit« (5, S. 391) zeigt sich konkret im Bild des Knochenbergs und des menschlichen Schädels, den Tulla findet. Es wimmelt in diesen Passagen von Heidegger-Anspielungen, für die Grass damals heftig kritisiert wurde (s. a. Sascha Kiefer), so etwa für den direkten Bezug zwischen Heidegger und dem Knochenberg als »Opferstätte« (obwohl der *homo sacer*, weil unrein, genau genommen nicht opferbar ist), auf dem »das Reine sich im Lichten ereigne, indem es das Reine umlichte und so das Licht stifte« (5, S. 409). Hund und Wolf dienen einer Thematisierung des Spannungsverhältnisses zwischen *Lethe* und der *Aletheia*, Begriffe, die Heidegger im Wintersemester 42/43 anhand des Philosophen Parmenides erläuterte, zu einer Zeit also, da sich *Lethe* in den Lagern in den drei Bedeutungen von Verbergen, Vernichten und Vergessen ereignete (Heidegger, S. 104–112).

Bereits der Rassehund ist eine Form von *Lethe* dank der konsequenten Auszüchtung seiner Wolfsnatur, die Amsel aus ihm hervorlocken will (er »verdarb unseren Hund«, 5, S. 213). Doch jetzt in der Nachkriegszeit zeigt sich *Lethe* im fliehenden Hund als Metapher für den Verdrängungsprozess. Des Hundes ausgezüchtete Wolfsnatur symbolisiert das Domestizierte, den alles Vergangene überdeckenden Firnis der Wirtschaftswunderjahre. Im Hund steckt aber auch die Nachkriegsmelancholie, jene von Alexander und Margarete Mitscherlich erst 1967 beschriebene Unfähigkeit der Deutschen, um die Vergangenheit zu trauern. So gesehen begegnet uns in ihm auch Walter Benjamins Hund als Melancholiker, der *Nasutulo* im *Ursprung des deutschen Trauerspiels* (Benjamin, S. 330), der mit »tiefer Nase« (5, S. 517) vor seiner Vergangenheit fortläuft und dem das »Vergessen« eine »produktive Tätigkeit« ist (5, S. 605).[15] Ein Vergessen, das die Produktivität der Wirtschaftswunderjahre antreibt, denn wie George Steiner es einst treffend formulierte, ist »Wohlstand ein chemisches Reinigungsmittel von unwiderstehlicher Wirkung« (Steiner, S. 183), wobei die Reinheitsambitionen des Dritten Reichs reibungslos in die Reinigung des Landes und seiner Menschen von den Spuren des Krieges, vom Geruch des Genozids, übergingen. Auch dafür steht der Hund zentral in diesem Text, während Wolf und der zum Höllenhund dämonisierte Hund die verschüttete Vergangenheit an das Tageslicht der *Aletheia* befördern: beim Klang von Wagners »Götterdämmerung« während der öffentlichen Diskussion, der sich Matern unterzieht, heult Prinz/Pluto anhaltend wie ein Wolf (5, S. 651). Als mythologisches Wesen schließt der an den Cerberus von Dante erinnernde Höllenhund Pluto den Kreis mit seiner Urahnin, der litauischen Wölfin.

Karnevalisierungsprozesse wie in der *Blechtrommel* finden auch in den *Hundejahren* statt. So wiederholt sich etwa das Motiv des »Sieg Heil«-Grußes (vgl. Arnds, 2006), wobei sich Oskar trommelnd als Führer inszeniert und Amsel sich von seinen SA-Vogelscheuchen grüßen lässt: »In des Reichskanzlers Manier nimmt Eddie Amsel den Gruß der paradierenden Sturmabteilung entgegen« (5, S. 275). Beide ernennen sich also in diesen Szenen zum Karnevalskönig, wodurch die von Agamben diskutierte Symmetrie zwischen dem homo sacer und dem Souverän in parodistisch-fiktiver Weise sichtbar wird. In beiden Romanen wird aber auch die Hölle selbst karnevalisiert, dadurch dass das Untere sich ins Obere verkehrt, ein für den Karneval typisches Prinzip. »Der Orkus ist oben« (5, S. 743), nicht in der Tribüne, sondern darauf und davor, nicht in Brauxels danteskem Kalibergwerk (vgl. Mitchell), sondern im Nachkriegsdeutschland »überall auf der Tagesoberfläche« (5, S. 718). Mittels solcher Parodien, in denen eine karnevalisierte, christliche Ikonografie auf die biopolitische Verfolgung von Menschen trifft, steht Grass in der Tradition von Anomien wie dem Charivari, die im Mittelalter die Verfolgung von Unerwünschten als volksbelustigendes Ritual nachbildeten.

Abschließend lässt sich sagen, dass die vielschichtige Figur des Wolfs eine Möglichkeit bietet, literarisch auf die als traumatisch empfundene Vergangenheit zu reagieren und die Ikonografie des Dritten Reichs durch Parodie zu entdämonisieren. In der *Danziger Trilogie* versucht Grass früh, verdrängte Erinnerungen zu wecken, die als traumatisch empfundene Vergangenheit darzustellen und sie mittels der Literatur zu verarbeiten – wobei man zögern mag, solche Begriffe wie Verarbeitung und Vergangenheitsbewältigung überhaupt zu verwenden. Sicherlich, er tut dies auf eine indirekte, metaphorische Art; er greift auf Mythisches und Märchenhaftes zurück und karnevalisiert dabei, manche seiner von der Verdrängung belasteten Leser provozierend, die tabuisierten *Hundejahre*. Dieser indirekte Bezug auf den Holocaust hat Germanisten wie Ernestine Schlant zu der Hypothese verleitet, seine Texte gehörten zu einer Literatur, die sich einer Sprache des Schweigens bediene.[16] Doch ist diese Art der Darstellung natürlich ein Privileg der Erzählliteratur, und außerdem ist Grass damit in der Nachkriegsliteratur nicht allein. Primo Levi, zum Beispiel, verfuhr ganz ähnlich und gelangte wie Grass nur über den Mythos – Dante, Odysseus und Tantalus in *Ist das ein Mensch?* (1947) – zu einer Darstellung der traumatischen Vergangenheit. Dabei bleibe die unterschiedliche Intensität der traumatischen Erfahrungen der beiden dahingestellt: Der eine überlebt Auschwitz, der andere ist heimatvertrieben auf der Flucht, doch bei beiden spielt das Eintauchen in Strukturen der europäischen Mythologie und Literaturgeschichte eine entscheidende Rolle, um eine Sprache für die Verbrechen des Dritten Reichs zu finden, die sich der Darstellbarkeit entziehen.

Anmerkungen

1 Alle Grass-Zitate beziehen sich hier und im Folgenden auf Günter Grass: Werkausgabe in 16 Bänden. Göttingen 1997 (Band, Seitenzahl in nachgestellten Klammern).

2 Insbesondere der sogenannte Vieh-Wolf (altnorwegisch/isländisch *gorvargr*) wurde im Mittelalter, vor allem in Norwegen, zur Friedlosigkeit verurteilt und galt somit als tot für die Gemeinschaft; vgl. Grönbech, Band 2, S. 24.

3 Die Isländer hatten zwei Wörter für den Wolf: Der *vargr* war der vor allem eines Mordes, aber auch des Viehraubs beschuldigte und in die Wälder verbannte Geächtete, der *ulfr* hingegen ein mutiger Berufskrieger und damit »Freund des Königs.« Vgl. Grönbech, Band 1, S. 239f.

4 Der Wolf als Symbol von Zerstörung und Fruchtbarkeit, von Tod und Wiedergeburt begegnet uns auch im Aberglauben der bäuerlichen Bevölkerung Ostpreußens als ein sogenannter Korndämon, im Roggenwolf, der die Ernte bedroht; s. a. Frazer, S. 538–541. Der Steinmetz Korneff in der *Blechtrommel* erinnert an diesen Korndämon. Im *Butt* hat Grass dann diese Ambivalenz des lebenserhaltenden und zerstörerischen Wolfs wieder aufgegriffen. Hier stiehlt die Frau der Steinzeit dem mythischen Himmelswolf das Urfeuer, wodurch sie ihn, an Lévi-Strauss' Polarität des Rohen und Gekochten erinnernd, zum Verzehr rohen Fleisches zwingt und die irdischen Wölfe zu mörderischen Menschenfeinden werden (Grass, *Der Butt*, Band 8, S. 66–69).

5 Die Identität zwischen Teufel und Schelm findet sich z.B. in Grimmelshausens *Simplicius Simplicissimus;* vgl. die Szene, in der Simplicius im Wald von Räubern aufgelauert wird, S. 155: »Der Teufel bin ich. [...] Ich aber lachte so schröcklich/daß es im ganzen Wald erschallete/welches ohne Zweiffel in einer solchen finstern Einöde förchterlich anzuhören war.«

6 In mittelalterlichen Holzschnitten erscheint der Teufel zumeist als Trommler oder Flötenspieler.

7 Oskars Subversion durch sein Trommeln lässt sich auch über den postkolonialen Diskurs verstehen, im Sinne einer Mimikry, durch die der Subalterne dem Souverän gegenüber Widerstand leisten kann; vgl. Homi K. Bhabha: Of Mimicry and Man: The Ambivalence of Colonial Discourse. In: The Location of Culture. London/New York 1994, S. 85–93.

8 Vgl. Grass, 8, S. 69: »[...] daß der himmlische Wolf – allem männlichen Aberglauben zum Trotz – eine Wölfin sei.«

9 Zur mythologischen Dimension des Romans vgl. Volker Neuhaus: Belle Tulla sans merci. In: arcadia 5, 1970, Heft 3, S. 278–95; sowie Dorothee Römhilds »kynozentrische Lesart« in »Der Hund ist scharf und hält sicher nicht viel von Künstlern«: Zur kynozentrischen Poetologie der *Hundejahre* im Spannungsfeld von Ontologie und Ästhetik. In: Anselm Weyer/Volker Neuhaus (Hg.): Von Katz und Maus und mea culpa: Religiöse Motive im Werk von Günter Grass, Kölner Studien zur Literaturwissenschaft, Bd. 20. Frankfurt a.M. 2013, S. 35–47. Römhild analysiert überzeugend, wie die Hunde in diesem Roman eine Projektionsfläche des Menschen bilden, wie Grass durch »Hundheitsgeschichte« Menschheitsgeschichte darstellt.

10 Vgl. Otto Weininger, 13. Kapitel, Das Judentum, S. 399–441, insbesondere S. 406–413.

11 Römhild weist darauf hin, dass die Domestikation des Hundes mit zunehmender Aggressivität infolge »des menschlichen Zugriffs auf Natur und Kreatur« (S. 40) einhergeht. Liest man den Schäferhund als eine Metapher für nationalsozialistische Aggressivität, sprich Täterschaft, und den Wolf als *homo sacer,* also als Opfer solcher Täterschaft, dann lässt sich die Züchtung des Hundes zu einem Rassehund als biopolitischer Angriff auf die Natur der Opfer und folglich die zunehmende Verrassung von Hunden und Menschen als Unnatur verstehen.

12 Vgl. auch Wilhelm Raabes *Der Hungerpastor,* ein Lieblingstext der Nazis, wo Moses Freudenstein als Wolf bezeichnet wird; S. 375: »Unwirsch, Sie haben den Wolf in das Haus gelassen.«

13 Ich erlaube mir an dieser Stelle, Hans Mayer zu widersprechen, der einmal sagte, dass Grass' Tiere »weder symbolisch, noch emblematisch, noch allegorisch, sondern ganz einfach Tiere« seien; vgl. Mayer, S. 77.

14 Vgl. Kiefer, S. 248: »Wie die Flötentöne des legendären Rattenfängers von Hameln können Heideggers Sprache und Denken sowohl Nagetiere als auch Kinder – bzw. jugendliche Soldaten – zu willenloser Gefolgschaft und widerstandsloser Selbstaufgabe verleiten. Die verführerische Sprache [Heideggers] wird entlarvt als eine der Melodien, die die Jugend dazu bringen, sich der Führung durch den Rattenfänger Hitler zu unterwerfen.«

15 In *Aus dem Tagebuch einer Schnecke* (1972) beschreibt Grass, sich auf Brandt beziehend, diese Melancholie mittels der Schnecke, aber auch anhand von Dürers *Melencolia I.*

16 Vgl. Schlant (2001).

Auswahlbibliografie

Agamben, Giorgio: Homo sacer: Die Souveränität der Macht und das nackte Leben. Frankfurt am Main 2002.

Arnds, Peter: Representation, Subversion and Eugenics in Günter Grass' The Tin Drum. Rochester/New York 2004.

Ders.: Send in the Clowns: Carnivalizing the Heil-Hitler Salute in German Visual Culture. In: Gail Finney (Hg.): The Text as Spectacle: Visual Culture in Twentieth-Century Germany. Bloomington 2006, S. 235–248.

Bachtin, Michail: Rabelais und seine Welt. Volkskultur als Gegenkultur. Frankfurt am Main 1987.

Benjamin, Walter: Gesammelte Schriften. Band I.1. Frankfurt am Main 1991.

Bhabha, Homi K.: Of Mimicry and Man: The Ambivalence of Colonial Discourse. In: The Location of Culture. London/New York 1994, S. 85–93.

Byock, Jesse L: The Saga of the Volsungs. The Norse Epic of Sigurd the Dragon Slayer. Hisarlik Press 1993.

Derrida, Jacques: Séminaire: La bête et le souverain. Paris 2008.

Diller, Edward: A Mythic Journey. Günter Grass's Tin Drum. Kentucky 1974.

Douglas, Adam: The Beast Within. Man, Myths and Werewolves. London 1993.

Duerr, Hans Peter: Traumzeit: Über die Grenze zwischen Wildnis und Zivilisation. Frankfurt am Main 1978.

Frazer, James: The Golden Bough. London 1996.

Friedrichsmeyer, Erhard M.: Aspects of Myth, Parody and Obscenity in Grass' *Die Blechtrommel* and *Katz und Maus*. In: The Germanic Review. Literature, Culture, Theory 40, 1965, S. 240–250.

Grönbech, Wilhelm: Kultur und Religion der Germanen. 2 Bände. Darmstadt 1976.

Heidegger, Martin: Parmenides. Gesamtausgabe. Band 54. Frankfurt am Main 1992.

Jünger, Ernst: Der Waldgang. Stuttgart 1980.

Kiefer, Sascha: Frühe Polemik und späte Differenzierung: Das Heidegger-Bild von Günter Grass in *Hundejahre* (1963) und *Mein Jahrhundert* (1999). In: Weimarer Beiträge 48, 2002, S. 242–259.

Klee, Ernst: »Euthanasie« im NS-Staat. Die »Vernichtung lebensunwerten Lebens«. Frankfurt am Main 1999.

Levi, Primo: Ist das ein Mensch? München 2010.

Mayer, Hans: Günter Grass und seine Tiere. In: text & kritik. München 1988, S. 76–83.

Mitchell, Breon: The Demonic Comedy: Dante and Grass's *Hundejahre*. In: Papers on Language and Literature IX.1, 1973, S. 65–77.

Neuhaus, Volker: Belle Tulla sans merci. In: arcadia 5.3, 1970, S. 278–295.

Raabe, Wilhelm: Der Hungerpastor. In: Sämtliche Werke. Freiburg im Breisgau/Göttingen 1951–1994, Band 9/1.

Römhild, Dorothee: »Der Hund ist scharf und hält sicher nicht viel von Künstlern«: Zur kynozentrischen Poetologie der Hundejahre im Spannungsfeld von Ontologie und Ästhetik. In: Anselm Weyer/Volker Neuhaus (Hg.): Von Katz und Maus und mea culpa: Religiöse Motive im Werk von Günter Grass, Kölner Studien zur Literaturwissenschaft, Bd. 20. Frankfurt am Main 2013, S. 35–47.

Schlant, Ernestine: Die Sprache des Schweigens. Die deutsche Literatur und der Holocaust. München 2001.

Sebald, W. G.: Konstruktionen der Trauer: Zu Günter Grass' *Tagebuch einer Schnecke* und Wolfgang Hildesheimers *Tynset*. In: Der Deutschunterricht 35.5, 1983, S. 32–46.

Steiner, George: Sprache und Schweigen. Frankfurt am Main 1973.

Timm, Erika: Frau Holle, Frau Percht und verwandte Gestalten. Stuttgart 2010.

von Grimmelshausen, Hans Jacob Christoph: Der abenteuerliche Simplicissimus. Frankfurt am Main 2009.

Waite, Robert G. L: Hitler – The Psychopathic God. New York 1993.
Weininger, Otto: Geschlecht und Charakter. Wien/Leipzig 1920.
Wyrambe, Elisabeth: Der Wolf: Fabeltier und Kinderschreck. In: Literarische Tiere. Radiomanuskript. Blatt 4. Stuttgart/SDR 1989.
Yahil, Leni: The Holocaust: The Fate of European Jewry. Oxford 1987.

»Wir vom Archiv«

Hilke Ohsoling

Die Günter und Ute Grass Stiftung

Die 2011 gegründete Günter und Ute Grass Stiftung verfolgt den Zweck, Kunst, Kultur und Bildung sowie Wissenschaft und Forschung zu fördern.

Der Stiftungszweck wird insbesondere verwirklicht durch

- die Verwaltung, Unterbringung, Ausstellung und Verbreitung des künstlerischen Werkes von Günter Grass, der Manuskripte seines schriftstellerischen Werks sowie der dazugehörenden Korrespondenz, soweit sie nicht in anderen Institutionen archiviert sind, Materialsammlungen, Belegexemplare der Veröffentlichungen von Günter Grass, seiner beruflich orientierten Fotosammlung, Dokumente, Urkunden, Preise und Medaillen, die Günter Grass während seines Lebens erhalten hat;
- die wissenschaftliche Aufarbeitung des künstlerischen und schriftstellerischen Werks;
- die Durchführung wissenschaftlicher Veranstaltungen und Forschungsvorhaben;
- die Vergabe von Forschungsaufträgen;
- Veranstaltung und Unterstützung von wissenschaftlichen und kulturellen Tagungen und Kongressen;
- die Veröffentlichung von Ergebnissen aus Forschungsprojekten,
- Druckkostenzuschüsse,
- die Unterstützung der früheren Stiftungen von Günter Grass (»Stiftung Alfred-Döblin-Preis«, »Daniel Chodowiecki-Stiftung«, »Stiftung zugunsten des Romavolks«, »Wolfgang-Koeppen-Stiftung« und »August Bebel Stiftung«)
- und die Unterstützung anderer steuerbegünstigter Körperschaften, die Zwecke im Sinne der Stiftungssatzung verfolgen.

Stiftungssitz ist Lübeck. Als Räumlichkeiten stehen der Stiftung das Sekretariat von Günter Grass im Vorderhaus und Archivräume im Hofgebäude der Glockengießerstraße 21 zur Verfügung. Tür an Tür zu Sekretariat und Archiv gibt es die von der Kulturstiftung Hansestadt Lübeck betriebene Ausstellung, ihr Büro und den Laden des »Günter Grass-Hauses«.

Neben diesem Lübecker Ausstellungsbetrieb bestehen langjährige Arbeitsverbindungen zum

- Medienarchiv Günter Grass Stiftung Bremen,
- Archiv der Akademie der Künste, Berlin,
- Literaturarchiv Sulzbach-Rosenberg e.V.,
- Steidl Verlag in Göttingen
- und vielen langjährigen Partnern, wie z. B. den Übersetzern und den ausländischen Verlegern von Günter Grass.

Im Vorstand der Stiftung sind Joachim Kersten, Per Øhrgaard, Dieter Stolz, Ute und Günter Grass. Zum Beirat der Stiftung gehören Bernd Schmidt, Jörg-Philipp Thomsa, Viktoria Krason, Torsten Stellmacher, Helene Grass und Malte Grunert.

Kontakt:
Hilke Ohsoling
Günter und Ute Grass Stiftung
Glockengießerstraße 21
23552 Lübeck
Tel.: 0451-794800
E-Mail: hohsoling@steidl.de

Jörg-Philipp Thomsa

Das Günter Grass-Haus

Das Günter Grass-Haus wurde als Forum für Literatur und bildende Kunst im Jahr 2002 in der Glockengießerstraße 21 in Lübeck eröffnet.

Die Sammlungsausstellung wurde im Jahr 2012 komplett überarbeitet. Unter dem Titel »Das Ungenaue genau treffen« bietet sie seitdem Einblicke in den Schaffensprozess des Künstlers und zeigt Verbindungslinien in seinen Wort- und Bildwelten auf. Die Schau beleuchtet in fünf Modulen Facetten aus Grass' Leben und Werk. Aktuell sind folgende Themenkreise zu sehen: Der Nationalsozialismus und seine Folgen, Politisches Engagement, Skandale, Literatur und bildende Kunst sowie Sexualität in seinem Werk. Eines der Module wird jährlich zu Grass' Geburtstag im Oktober ausgetauscht. Die Besucher können im Museum darüber abstimmen, welcher Aspekt aus seinem Leben und Werk künftig in der Ausstellung gezeigt werden soll.

Das Forum präsentiert zudem in einer viel beachteten Sonderausstellungsreihe andere Künstler, die wie Grass in mehr als einer Disziplin arbeiten. Zu den Doppel- und Mehrfachbegabungen, die das Haus bisher gezeigt hat, zählen Johann Wolfgang von Goethe, Hermann Hesse, Wilhelm Busch, Friedrich Dürrenmatt, Gottfried Keller, Arno Schmidt, Ernst Barlach, Janosch, Robert Gernhardt, John Lennon, Markus Lüpertz und Cornelia Funke.

Das Sekretariat von Günter Grass befindet sich im selben Gebäude. Trotz der räumlichen Nähe zu seinem Namensgeber arbeitet das Günter Grass-Haus wissenschaftlich unabhängig. Es beherbergt eine Präsenzbibliothek mit über 1000 Bänden zum Schaffen des Nobelpreisträgers sowie zu Werken anderer mehrfach begabter Künstler, ein Medienarchiv und ein Sammlungsarchiv, das Manuskripte des Schriftstellers und seinen bildkünstlerischen Vorlass umfasst.

Die Bibliothek enthält verschiedene Werk- und Studienausgaben der literarischen Texte von Günter Grass sowie seltene Erstpublikationen und zahlreiche fremdsprachige Veröffentlichungen. Die gesammelte Sekundärliteratur befindet sich auf dem neuesten Stand der germanistischen, kunsthistorischen und komparatistischen Forschung und wird kontinuierlich aktualisiert. Das Medienarchiv mit Audio- und Videoaufnahmen von Lesungen und Interviews sowie Filmdokumentationen ergänzt diesen Bestand. Dem Ausstellungskonzept des Hauses entsprechend bietet die Bibliothek der Doppelbegabungen Einblicke in das Schaffen anderer interdisziplinär arbeitender Künstler.

Im Sammlungsarchiv befinden sich Manuskripte von Günter Grass, die zwischen dem Umzug seines Sekretariates von Berlin nach Lübeck 1996 und der Gründung des nach ihm benannten Hauses im Jahr 2002 verfasst wurden. An diesen Dokumenten wird die Entstehung einzelner Erzählwerke und Gedichte von der ersten handschriftlichen Fassung bis zur letzten Korrekturfahne nachvollziehbar. Der im Haus bewahrte bildkünstlerische Vorlass umfasst über 1100 Zeichnungen, Druckgrafiken und Aquarelle des Künstlers, die mit seinen Texten auf das Engste verbunden sind. Bücher und bildkünstlerische Werke aus dem Sammlungsbestand können im Online-Katalog des Hauses recherchiert werden.

Kontakt:
Jörg-Philipp Thomsa
Die Lübecker Museen Kulturstiftung Hansestadt Lübeck
Günter Grass-Haus. Forum für Literatur und bildende Kunst
Glockengießerstraße 21
23552 Lübeck
Tel.: 04 51-1 22 42 31
E-Mail: joerg-philipp.thomsa@luebeck.de
www.grass-haus.de
www.facebook.com/grasshaus

Anja Hillerts-Lichtenberg

Die Medienarchiv Günter Grass Stiftung Bremen

Die Stiftung sammelt, dokumentiert und erschließt das audiovisuelle Werk von Günter Grass – seine Lesungen, Reden, Interviews und andere Beiträge in Hörfunk und Fernsehen sowie auf weiteren Ton- und Bildträgern. Damit werden die Dokumente vor dem Zerfall bewahrt, der Forschung und der interessierten Öffentlichkeit erhalten und zugänglich gemacht. Inzwischen hat die Stiftung in Zusammenarbeit mit der ARD ca. 1800 Dokumente in ihrem Bestand. Wissenschaftler aus dem In- und Ausland nutzen diesen Fundus für ihre Forschungszwecke.

Darüber hinaus setzt sich die Stiftung mit dem Leben des Schriftstellers und Bürgers Günter Grass, seinem literarischen und bildkünstlerischen Werk, auseinander und erforscht seine nationale wie internationale Wirkungsgeschichte im Kontext der Bundesrepublik Deutschland (Literatur, Kultur und Politik) und im Rahmen der Weltliteratur, soweit sie in audiovisuellen und in Printmedien dokumentiert ist, bzw. unterstützt die Erforschung und Auseinandersetzung.

Von der Stiftungsgründung an befindet sich das Archiv in der Jacobs University. Die Archiv-Arbeit ist dem Bereich Humanities, Social Sciences, Arts and Literature verbunden.

Das breite Interesse an Grass ist jedoch keineswegs nur Fachwissenschaftlern vorbehalten. Die Stiftung beschränkt sich dementsprechend nicht auf die Forschung, sondern bietet zudem einem breiten Publikum – SchülerInnen und StudentInnen, Grass-LeserInnen jeden Alters, BremerInnen und TouristenInnen – in der Stadt eine lebendige Begegnung mit Leben und Werk von Günter Grass durch Ausstellungen, Lesungen, Vorträge, Diskussionen und Konzerte. Der Leseförderung fühlt sich die Stiftung insbesondere verpflichtet und ermuntert Jugendliche mit besonderen Angeboten zum kreativen Umgang mit dem Werk von Günter Grass.

Innerhalb der partnerschaftlichen Beziehungen zwischen den Städten Bremen und Danzig (auch Riga) unterstützt oder initiiert die Medienarchiv Günter Grass Stiftung Bremen kulturelle Begegnungen und bilaterale Projekte.

Günter Grass ist der in die meisten Sprachen übersetzte deutsche Autor. Dieses nahm die Stiftung zum Anlass, zu Ehren der fremdsprachigen Literatur und der sie Übersetzenden, den internationalen Literaturpreis »ALBATROS« auszuloben.

Der Preis ist mit 40 000 Euro dotiert und wird seit 2006 alle zwei Jahre für herausragende Werke und die dem Original in besonderer Weise gerecht werdende Übersetzung verliehen.

Die Stiftung wurde 2001 von der Freien Hansestadt Bremen, Radio Bremen, der Sparkasse Bremen und zwei Bremer Kaufleuten gegründet. Neben der Geschäftsführerin und ihrer Assistentin sind als langjährige Mitarbeiter Dr. Florian Reinartz und die Dipl.-Bibliothekarin Sonja Wohllaib zu nennen. Vorsitzender des Vorstands ist heute Dr. Klaus Meier, Vorsitzender des Kuratoriums ist Hanjo Kesting (Hamburg).

Kontakt:
Geschäftsführung
Anja Hillerts-Lichtenberg
Tel.: 04 21/2 00 48 41
E-Mail: office@grass-medienarchiv.de
www.grass-medienarchiv.de

»Zunge zeigen«:

Der NSA-Skandal und die Folgen …

»Aber mal unter uns: Hast du dir noch nie vorgestellt, bei einem Spaziergang zum Beispiel, nachdem der Briefträger gerade in einem Hauseingang verschwunden ist, wie das wäre, aus dem gelben Kasten am gelben Fahrrad eine Handvoll weißer Briefe rauszuholen oder gleich aufzusteigen und wegzuradeln und den Tag mit dem Leben und den Rechnungen anderer Leute zu verbringen. Heute, im Internet, wäre das unergiebiger als zu Ditzsches Zeiten. Heute schreiben alle E-Mails. Gut, bei uns schreiben nicht alle E-Mails. Und bei den E-Mails lesen auch wieder andere mit, Viren und Amerikaner, aber da regt sich kaum einer auf. Früher hat eben nur Ditzsche gelesen. Und die Stasi. Bei uns vielleicht nur der Ditzsche. Dabei wusste und weiß hier sowieso jeder alles über jeden.«

Saša Stanišić: *Vor dem Fest* (Roman, München 2014)

»Yes, we scan. So what.«

Am Anfang der medialen Auseinandersetzung stand ein offener Brief an Angela Merkel, den die Schriftstellerin Juli Zeh gemeinsam mit über 30 Autoren verfasst und am 25. Juli 2013 in der *FAZ* veröffentlicht hatte. Dieser Brief wurde von 67 407 Menschen unterschrieben. Sie forderten die Kanzlerin darin auf, den »größten Abhörskandal in der Geschichte der Bundesrepublik« nicht hinzunehmen. Eine Antwort hat Juli Zeh bis heute nicht bekommen. Weder auf ihren Brief noch auf den Aufruf gegen die Massenüberwachung durch die NSA, den sie zusammen mit über tausend Autoren aus aller Welt unterzeichnet und am 10. 12. 2013 u. a. auf *FAZ.NET* publiziert hat. Autoren aus mehr als 80 Ländern, zu denen Umberto Eco, Tom Stoppard, Paul Auster, Jonathan Littell, J. M. Coetzee, Elfriede Jelinek, T. C. Boyle und viele andere gehören, fordern, jeder Bürger müsse das Recht haben, mitzuentscheiden, in welchem Ausmaß seine Daten gesammelt, gespeichert und ausgewertet werden. Sie erinnern an die Unschuldsvermutung als zentrale Errungenschaft unserer Zivilisation und appellieren an die Vereinten Nationen, eine »Internationale Konvention der digitalen Rechte« zu verabschieden. Am 17. Mai 2014 fragte Juli Zeh mit einem weiteren offenen Brief in der *Zeit* nach: »Warum schweigen Sie, Frau Merkel?« Wir dokumentieren einleitend die skandalöserweise nach wie vor unbeantworteten Briefe sowie den anhaltend aktuellen Aufruf der Schriftsteller.

Juli Zeh, Ilija Trojanow (u. a.)

Offener Brief an die Bundeskanzlerin (25. 7. 2013, *FAZ*)

Sehr geehrte Frau Bundeskanzlerin,

seit Edward Snowden die Existenz des Prism-Programms öffentlich gemacht hat, beschäftigen sich die Medien mit dem größten Abhörskandal in der Geschichte der Bundesrepublik. Wir Bürger erfahren aus der Berichterstattung, dass ausländische Nachrichtendienste ohne konkrete Verdachtsmomente unsere Telefonate und elektronische Kommunikation abschöpfen. Über die Speicherung und Auswertung von Meta-Daten werden unsere Kontakte, Freundschaften und Beziehungen erfasst. Unsere politischen Einstellungen, unsere Bewegungsprofile, ja, selbst unsere alltäglichen Stimmungslagen sind für die Sicherheitsbehörden transparent. Damit ist der »gläserne Mensch« endgültig Wirklichkeit geworden.

Wir können uns nicht wehren. Es gibt keine Klagemöglichkeiten, keine Akteneinsicht. Während unser Privatleben transparent gemacht wird, behaupten die Geheimdienste ein Recht auf maximale Intransparenz ihrer Methoden. Mit anderen Worten: Wir erleben einen historischen Angriff auf unseren demokratischen Rechtsstaat, nämlich die Umkehrung des Prinzips der Unschuldsvermutung hin zu einem millionenfachen Generalverdacht.

Frau Bundeskanzlerin, in Ihrer Sommer-Pressekonferenz haben Sie gesagt, Deutschland sei »kein Überwachungsstaat«. Seit den Enthüllungen von Snowden müssen wir sagen: Leider doch. Im gleichen Zusammenhang fassten Sie Ihr Vorgehen bei Aufklärung der Prism-Affäre in einem treffenden Satz zusammen: »Ich warte da lieber.«

Aber wir wollen nicht warten. Es wächst der Eindruck, dass das Vorgehen der amerikanischen und britischen Behörden von der deutschen Regierung billigend in Kauf genommen wird. Deshalb fragen wir Sie: Ist es politisch gewollt, dass die NSA deutsche Bundesbürger in einer Weise überwacht, die den deutschen Behörden durch Grundgesetz und Bundesverfassungsgericht verboten sind? Profitieren die deutschen Dienste von den Informationen der US-Behörden, und liegt darin der Grund für Ihre zögerliche Reaktion? Wie kommt es, dass BND und Verfassungsschutz das NSA-Spähprogramm XKeyScore zur Überwachung von Suchmaschinen einsetzen, wofür es keine gesetzliche Grundlage gibt?

Ist die Bundesregierung dabei, den Rechtsstaat zu umgehen, statt ihn zu verteidigen?

Wir fordern Sie auf, den Menschen im Land die volle Wahrheit über die Spähangriffe zu sagen. Und wir wollen wissen, was die Bundesregierung dagegen zu unternehmen gedenkt. Das Grundgesetz verpflichtet Sie, Schaden von deutschen Bundesbürgern abzuwenden. Frau Bundeskanzlerin, wie sieht Ihre Strategie aus?

Der Aufruf der Schriftsteller (10. 12. 2013, *FAZ.NET*)

In den vergangenen Monaten ist ans Licht gekommen, in welch ungeheurem Ausmaß wir alle überwacht werden. Mit ein paar Maus-Klicks können Staaten unsere Mobiltelefone, unsere E-Mails, unsere sozialen Netzwerke und die von uns besuchten Internet-Seiten ausspähen. Sie haben Zugang zu unseren politischen Überzeugungen und Aktivitäten, und sie können, zusammen mit kommerziellen Internet-Anbietern, unser gesamtes Verhalten, nicht nur unser Konsumverhalten, vorhersagen.

Eine der tragenden Säulen der Demokratie ist die Unverletzlichkeit des Individuums. Doch die Würde des Menschen geht über seine Körpergrenze hinaus. Alle Menschen haben das Recht, in ihren Gedanken und Privaträumen, in ihren Briefen und Gesprächen frei und unbeobachtet zu bleiben.

Dieses existentielle Menschenrecht ist inzwischen null und nichtig, weil Staaten und Konzerne die technologischen Entwicklungen zum Zwecke der Überwachung massiv missbrauchen.

Ein Mensch unter Beobachtung ist niemals frei; und eine Gesellschaft unter ständiger Beobachtung ist keine Demokratie mehr. Deshalb müssen unsere demokratischen Grundrechte in der virtuellen Welt ebenso durchgesetzt werden wie in der realen.

- Überwachung verletzt die Privatsphäre sowie die Gedanken- und Meinungsfreiheit.
- Massenhafte Überwachung behandelt jeden einzelnen Bürger als Verdächtigen. Sie zerstört eine unserer historischen Errungenschaften, die Unschuldsvermutung.
- Überwachung durchleuchtet den Einzelnen, während die Staaten und Konzerne im Geheimen operieren. Wie wir gesehen haben, wird diese Macht systematisch missbraucht.
- Überwachung ist Diebstahl. Denn diese Daten sind kein öffentliches Eigentum: Sie gehören uns. Wenn sie benutzt werden, um unser Verhalten vorherzusagen, wird uns noch etwas anderes gestohlen: Der freie Wille, der unabdingbar ist für die Freiheit in der Demokratie.

Wir fordern daher, dass jeder Bürger das Recht haben muss, mitzuentscheiden, in welchem Ausmaß seine persönlichen Daten gesammelt, gespeichert und verarbeitet werden und von wem; dass er das Recht hat, zu erfahren, wo und zu welchem Zweck seine Daten gesammelt werden; und dass er sie löschen lassen kann, falls sie illegal gesammelt und gespeichert wurden.

Wir rufen alle Staaten und Konzerne auf, diese Rechte zu respektieren.

Wir rufen alle Bürger auf, diese Rechte zu verteidigen.

Wir rufen die Vereinten Nationen auf, die zentrale Bedeutung der Bürgerechte im digitalen Zeitalter anzuerkennen und eine verbindliche *Internationale Konvention der digitalen Rechte* zu verabschieden.

Wir rufen alle Regierungen auf, diese Konvention anzuerkennen und einzuhalten.

Juli Zeh

Offener Brief an die Bundeskanzlerin (17. 5. 2014, *DIE ZEIT*)

Letztes Jahr habe ich Ihnen schon einmal geschrieben. Mein Brief reagierte auf die Enthüllungen Edward Snowdens und stellte die Frage, wie Ihre Strategie für ein digitales Zeitalter aussehe, in dem die Freiheitsrechte der Bürger mit Füßen getreten und Grundprinzipien der Demokratie auf den Kopf gestellt werden. Gefolgt wurde dieser Brief von einem internationalen Appell, der von rund tausend Schriftstellern aus über achtzig Ländern unterzeichnet wurde und einen Schutz der persönlichen Freiheit im Kommunikationszeitalter fordert.

Seitdem sind Monate vergangen, und ich habe von Ihnen keine ernst zu nehmende Antwort vernommen. Wir erleben einen Epochenwandel, der aufgrund seiner politischen, gesellschaftlichen und wirtschaftlichen Implikationen mit der industriellen Revolution verglichen werden kann. Ihr Schweigen dazu, Frau Merkel, ist das Schweigen der mächtigsten Frau Europas. Es schrillt in den Ohren wie das Geräusch von Fingernägeln auf einer Schiefertafel.

Kann es wirklich sein, dass Sie die Tragweite des Problems nicht erfassen? Es geht nicht nur um Ihr Handy. Es geht nicht einmal »nur« um die Aktivitäten der NSA, auch nicht »nur« um das Verhältnis Deutschlands zu Amerika oder darum, ob Snowden im Untersuchungsausschuss gehört werden soll oder nicht. Wir haben es mit Technologien zu tun, die unsere Lebensrealität bis in den tiefsten Kern des humanistischen Menschenbilds verändern. Es geht also um die Frage, wie wir in Deutschland und Europa in den nächsten fünfzig Jahren leben wollen.

Was NSA und Internetkonzerne wie Google oder Facebook betreiben, ist kein Datensammeln aus Spaß an der Freud. Auch hat es wenig mit dem zu tun, was Sie oder ich unter nationaler Sicherheit verstehen. Ziel des Spiels ist das Erreichen von Vorhersehbarkeit und damit Steuerbarkeit von menschlichem Verhalten im Ganzen. Das funktioniert heute schon erschreckend gut. Wer genügend Informationen über die Lebensführung eines Einzelnen miteinander verbindet und auswertet, kann mit erstaunlicher Trefferquote voraussehen, was die betreffende Person als Nächstes tun wird – ein Haus bauen, ein Kind zeugen, den Job wechseln, eine Reise machen. Bald wird das »Internet der Dinge« seine volle Wirkung entfalten. Dann wird

Ihr Kühlschrank aufzeichnen, was Sie essen, und Ihr Auto, wohin Sie fahren. Ihre Armbanduhr wird Blutdruck, Kalorienverbrauch und Schlafphasen auswerten. Rauchmelder und Alarmanlage in Ihrem Haus werden sich merken, wann Sie wie viel Zeit in welchen Räumen verbringen. Welche Bücher Sie kaufen, mit wem Sie mailen oder telefonieren, für welche Filme, Musik oder politischen Themen Sie sich interessieren, ist ja sowieso schon lange bekannt.

Das ist keine Science-Fiction, Frau Merkel. Das ist die Wirklichkeit. Wir leben in einem Zeitalter, in dem die Ergebnisse von Datenauswertung über das Schicksal des Einzelnen entscheiden können – ob er einen Kredit bekommt, ob er zu einem Vorstellungsgespräch eingeladen wird, ob er ein Flugzeug besteigen darf, vielleicht eines Tages auch darüber, ob er ins Gefängnis muss. Sämtliche Behauptungen, dass eine Verarbeitung der ungeheuren Datenmengen technisch gar nicht möglich sei oder dass sich in Wahrheit niemand für unsere langweiligen Leben interessiere, sind seit Snowdens Enthüllungen obsolet. Das totale Tracking ist möglich, es wird bereits praktiziert. Mit jeder neuen technischen Erfindung von Google Glass über Fitnessarmbänder bis zum selbstfahrenden Auto verschärft sich die Situation. Internetkonzerne sammeln Informationen und gelangen dabei zu ungeheurer Machtfülle. Geheimdienste greifen diese Informationen nach Belieben ab und nutzen sie für ihre Zwecke.

Als gebildeter Mensch wissen Sie, dass Briefgeheimnis, Post- und Fernmeldegeheimnis, der Schutz von Kommunikation und Privatsphäre wichtige demokratische Errungenschaften sind, für die unsere Vorfahren erbittert gekämpft haben. Durch Edward Snowden wissen Sie auch, dass diese Rechte in der digitalen Sphäre keine Gültigkeit mehr besitzen. Trotzdem versäumt es die Politik, den Bürger zu schützen.

Mir will einfach nicht in den Kopf, warum Sie nicht reagieren. Es ist doch kein Zufall, dass in den wichtigsten deutschen Zeitungen ein Beitrag nach dem anderen zum Thema Massenüberwachung erscheint. Dass Radio und Fernsehen unablässig berichten, dass Unmengen von Podiumsdiskussionen stattfinden, Bücher geschrieben, Petitionen lanciert, Vereine gegründet werden. Worauf warten Sie denn, Frau Merkel? Auf Umfragen, die Ihnen zusichern, dass das Thema Datenschutz über den Ausgang der nächsten Wahl entscheidet? Sie können doch nicht ernsthaft glauben, dass Sie dann eine gute Politikerin sind, wenn Ihre Sympathiewerte stimmen. Verantwortungsvolles Regieren verlangt intellektuelle Anstrengung. Eine Auseinandersetzung mit den großen Fragen der Zeit.

Vielleicht fragen Sie sich jetzt, was auch andere Menschen ständig fragen. Was soll man denn tun? Kann man überhaupt etwas machen? Die einfache Antwort lautet: Ja, man kann, und für niemanden gilt das so sehr wie für Sie. Als deutsche Kanzlerin verfügen Sie über einzigartigen Einfluss in Europa. Sie regieren ein Land, in dem die Sensibilität gegenüber Grundrechtsverletzungen aus historischen Gründen so hoch ist wie nirgendwo sonst. Das sind die allerbesten Voraussetzungen, um bei der politischen Begleitung des digitalen Zeitalters voranzugehen. Die Augen der Welt sind auf Deutschland gerichtet. In anderen Ländern heißt es: Wenn die Deutschen nichts tun, dann kann überhaupt niemand etwas ändern.

Zuallererst: Sagen Sie dem Innenministerium, dass es aufhören soll, die europäische Datenschutz-Grundverordnung zu blockieren. Dieses Gesetz liegt seit zwei Jahren auf dem Tisch, und es enthält erstaunlich weitgehende Rechte für die europäischen Bürger, zum Beispiel einen Anspruch auf Löschung von personenbezogenen Daten. Die Verordnung wird extraterritorial gelten, das heißt, auch Firmen, die ihren Sitz außerhalb von Europa haben, müssen sich daran halten. Wer dagegen verstößt, muss mit empfindlichen Strafen bis zu fünf Prozent des Umsatzes rechnen. Und sagen Sie jetzt nicht, so etwas sei nicht durchsetzbar. Sie wissen, dass das nicht stimmt. In anderen Wirtschaftsbereichen existieren genauso strenge Regeln für Unternehmen, die ihre Waren oder Dienstleistungen auf dem europäischen Markt anbieten wollen. Auch in der digitalen Ökonomie ist die Etablierung von Standards möglich – wenn man es nur endlich einmal versuchen würde.

Darüber hinaus ist es natürlich immer sinnvoll, vor der eigenen Tür zu kehren. Sämtliche Regierungsprojekte, welche die Lage weiter verschlimmern, gehören vom Tisch – zum Beispiel Investitionen in die biometrische Menschenvermessung oder der gelegentlich geäußerte Wunsch, Fingerabdrücke verpflichtend in Personalausweise aufzunehmen. Der Koalitionsvertrag führt unter dem Titel »digitale Agenda« vor allem Ideen zum euphorischen Ausbau von Big Data auf – gefördert werden sollen Smart Home, Smart Grid, Smart Services, Cloud Computing, Telematik, Telearbeit, Telemedizin beziehungsweise E-Health und was der schönen neuen Weltlichkeiten mehr sind. Demgegenüber fehlt es an Vorschlägen, wie ein freiheitsverträglicher Umgang mit den hierbei ventilierten Datenmengen sichergestellt werden soll. Angesichts der beschriebenen Kollateralschäden wirkt das schon fast rührend naiv.

Was die gezielte Ausspähung durch staatliche Behörden betrifft, gibt es ebenfalls eine Menge zu tun. Zuerst gilt es dafür zu sorgen, dass sich der BND bei seiner Arbeit an die Verfassung hält – auch, wenn er Daten mit den USA austauscht. Dann muss gegenüber den USA und Großbritannien unmissverständlich klargestellt werden, dass wir grundrechtsverletzende Praktiken nicht dulden. Gerade haben Sie bei Ihrem Amerikabesuch wieder eine Möglichkeit verstreichen lassen, deutliche Worte zu finden. Wovor haben Sie Angst? Davor, dass Ihnen Obama die Freundschaft kündigt? Das wird er nicht, Amerika braucht Europa genauso sehr wie umgekehrt. Es gibt keinen Grund, sich wegzuducken, und es hat auch nichts mit Antiamerikanismus zu tun, wenn man auf der Einhaltung von demokratischen Prinzipien besteht. Holen Sie sich die Unterstützung der europäischen Partner, und zeigen Sie gemeinsam Rückgrat!

Abgesehen davon können Sie das Geheimdienstproblem gewaltig entschärfen, indem Sie die digitale Industrie an die Leine legen. NSA und GCHQ erheben große Teile der verarbeiteten Daten nicht selbst, sondern bekommen sie aus der Privatwirtschaft geliefert. Was nicht gesammelt wird, kann auch nicht an die Dienste weitergegeben werden.

Deshalb kommt jetzt der wichtigste Punkt: Sie müssen endlich eine digitale Agenda auf den Weg bringen, die diesen Namen verdient. Es sind Anpassungen und Neuregelungen in fast allen Lebensbereichen notwendig. Das ist ein Projekt, das Jahre, wenn nicht Jahrzehnte in Anspruch nehmen wird. Sie werden es nicht innerhalb dieser Legislaturperiode zum Abschluss bringen, aber Sie können einen historischen Schritt tun, indem Sie damit anfangen. Es reicht nicht, immer nur an die nächste Wahl zu denken. Wir müssen uns überlegen, welche ethischen Konsequenzen aus der Digitalisierung folgen. Soll die Gesundheitsbiografie eines Menschen für Krankenkassen, Arbeitgeber und Pharmaindustrie offenliegen? Wollen wir, dass unsere Kinder in jeder Minute ihres Schullebens Evaluierungen ausgesetzt sind, weil Lernprogramme permanent und in Echtzeit Scorings über den aktuellen Leistungsstand erstellen? Wollen wir, dass ein Mensch in Gewahrsam genommen wird, weil ein Algorithmus errechnet hat, dass er mit 87 Prozent Wahrscheinlichkeit ein Verbrechen begeht? Wollen wir, dass uns das Auto vorschlägt, welches Restaurant wir besuchen, und dass das Restaurant für diesen Vorschlag bezahlen kann? Und was machen wir mit der exponentiell wachsenden Übermacht von Google?

Die Liste der Fragen ließe sich endlos verlängern. Es müssen Antworten entwickelt und in politische, gegebenenfalls legislative Gestalt gegossen werden. Auch in der Gentechnik verbieten wir Praktiken, die technisch möglich, aber gesellschaftlich unerwünscht sind. Genauso müssen wir auch im digitalen Bereich über die Grenzen des Erlaubten und Erwünschten nachdenken. Vielleicht brauchen wir einen TÜV, der Algorithmen auf ihre Demokratiesicherheit prüft. Was wir ganz gewiss nicht brauchen, sind weitere Wochen und Monate, die mit Untätigkeit vergehen.

Ich bitte Sie, Frau Merkel, hören Sie nicht auf die Lobbyisten, die Ihnen und Ihren Leuten vorbeten, dass Regulierung im digitalen Bereich entweder nicht möglich oder nicht durchsetzbar oder am Ende ein Standortproblem für Deutschland sei. Das Gegenteil ist der Fall. Unser Land ist nicht trotz, sondern wegen der hohen Standards weltweit erfolgreich. Wir wollen eine saubere Landwirtschaft und möglichst saubere Energiegewinnung – genauso brauchen wir eine angewandte Daten-Ökologie. Nutzen Sie Ihren Einfluss, und machen Sie in Europa den Weg frei für den überfälligen politischen Prozess! Sie können die Verteidigung der Grundrechte keinen Tag länger dem Verfassungsgericht oder dem Europäischen Gerichtshof überlassen.

Man hört, dass Sie einiges Interesse daran besitzen, was später über Sie in den Geschichtsbüchern stehen wird. Vielleicht wollen Sie die Frau sein, die den Euro gerettet hat. Wenn Sie aber diese Legislaturperiode in anhaltender Ignoranz des digitalen Zeitalters zu Ende bringen, werden Sie vor allem die Kanzlerin sein, die den Epochenwandel verschlafen hat. Das wäre nicht nur peinlich für Sie, sondern eine Katastrophe für uns alle, ein Rückschlag für die Demokratie.

Frau Merkel, ich wiederhole meine Frage. Antworten Sie nicht mir, antworten Sie Ihrem Volk: Wie sieht Ihre Strategie aus?

(Wir danken Juli Zeh für die Abdruckgenehmigung der zitierten Texte.)

Steffen Kopetzky

Blackphone

Scherzhaft sprachen wir über die Sau, die die amerikanischen Agenten jüngst über die Londoner Buchmesse getrieben hatten und meine Gesprächspartnerinnen, mit denen ich am Rande eines heiter gestimmten Tisches in einem angesagten veganen Restaurant saß, amüsierten sich sehr darüber, dass die zeitgenössische amerikanische Literatur dieses Jahr nichts Aufregenderes zu bieten habe, als ein Buch über Expats in der Schweiz.

Dieses Leben war etwas, das sie ausgezeichnet kannten, es war ja ihres, und dass das Debüt der jungen Frau, die wohl selbst eine gewisse Zeit solcherart in der Schweiz zugebracht hatte, nun ausgerechnet den (auch im Original deutschen) Titel *Hausfrau* trug, machte sie auf eine ganz hintergründige Weise stolz. Meine Gesprächspartnerinnen waren selbst gar keine Hausfrauen, sie arbeiteten, die eine an der Uni, die andere beim Theater, aber sie kannten das Leben gutverdienender, meist im Bankensektor tätiger amerikanischer Staatsbürger und ihrer absolut beschäftigungslosen Gattinnen auf Schweizer Territorium genau. Regelmäßig bildeten die sexuell spektakulärsten Affären der Hausfrauen mit jungen rumänischen oder nigerianischen Künstlern und die der Ehemänner mit ihren italienischen Sekretärinnen, denen dann zwangsläufig das Engagement zuverlässiger Scheidungsanwälte folgten, die schönsten Gesprächsleckerbissen der Partys. Scheidungsanwälte, die die Kunst der Auflösung amerikanischer Eheverträge auf eidgenössischem Territorium beherrschten, seien in diesen Kreisen lebende Statussymbole. Man könne das Gefühl haben, manche der amerikanischen Hausfrauen seien überhaupt nur deshalb in die Schweiz gekommen, um sich hier erfolgreich scheiden zu lassen und mit der Apanage dann eine Galerie in Berlin, Prag oder Sofia aufzumachen.

Dann kam der Moment, an dem ich die Runde hätte verlassen müssen, um den letzten Zug nach Liestal zu bekommen. Am nächsten Morgen, sehr früh, war ich dort verabredet. In Liestal-Bubendorf befindet sich die größte Bibliothek und das umfangreichste Archiv zur afghanischen Kultur auf der Welt. Nordallianz und Taliban hatten damals zum einzigen Mal zusammengearbeitet, um Dokumente von höchster Bedeutung dort im Basler Land in Sicherheit zu bringen. Der Direktor war ein Schweizer und morgen früh hatte er genau eine Stunde Zeit für mich. Ich hatte mir ein Zimmer in einer Pension genommen, zu dem ich den Schlüssel in der Tasche trug. Nun bedauerte ich meine Planung, denn ich wäre gerne in Basel-Stadt geblieben und hätte mich weiter unterhalten. Lydia war enttäuscht. Wir hatten uns sehr lange nicht gesehen.

»Das ist wirklich schade. Vielleicht kann Nando dich nachher bringen?«

Nando, auch er ein Amerikaner, war ein Bekannter meiner alten Freundin und an jenem Abend aus Zürich nach Basel gefahren, um ein wenig auszuspannen. Nichts entspanne ihn so wie Autofahren und in Zürich komme er einfach kaum mehr dazu. Das habe man davon, wenn man fünf Fußminuten vom Büro wohne. Insofern würde er mich sehr gerne fahren. Während er so sprach, erinnerte ich mich, dass meine Freundin einmal etwas Seltsames über ihn erzählt hatte.

Der Abend ging dann noch weiter, aber immer wieder dachte ich daran, dass ich nachher mit ihm alleine in seinem Auto sitzen würde. Kurz nach halb zwei brachen wir auf. Wie viele Männer, die mit Übergewicht zu kämpfen hatten, war er umgeben von Cola-Light-Flaschen. Drei davon steckten im Fach der Fahrertür.

Auf der Konsole lag ein Smartphone, das ich noch nie gesehen hatte. Ich selbst besitze keines. Smartphones sind für mich so etwas Ähnliches wie Eheverträge oder Scheidungsanwälte, Dinge, von denen ich weiß, dass es sie gibt, für die ich mich auch interessiere, aber die ich nicht in meinem eigenen Leben haben will.

»Das ist ein Blackphone«, sagte Nando, während er irgendwo unterhalb des Bahnhofs auf die Abfahrt der Stadtautobahn wechselte.

»Spanisches Produkt. Ein Kunde von mir will wissen, ob die Dinger funktionieren, also habe ich mir eines zugelegt. Blackphone behauptet, dass man es nicht tracken und nicht hijacken kann.«

»Und?«

»Es hat von vorneherein wesentlich mehr Einstellungen, die Sicherheit bieten, als die üblichen. Aber durch Facebook, Twitter und was die Leute sonst noch so benutzen wollen, wird das wieder aufgehoben. Du kannst Sicherheitseinstellungen noch und noch anbieten. Die schwächste Stelle ist immer der Benutzer. Wenn alle wollen, dass ihre Daten unaufhörlich geteilt werden, dann kann es keine Sicherheit geben. Wer aufs Meer rausfährt, muss damit rechnen, nass zu werden. Aber es ist schon ein Schritt in die richtige Richtung.«

Ich fragte ihn, ob »Datensicherheit« der Gegenstand seiner Firma sei.

»Viele meiner Kunden legen Wert drauf, dass wir alles über Schweizer Server laufen lassen, das ja. Die Schweizer haben nichts unterschrieben, was einen einfachen Zugriff erlaubt. Ist schon ein Vorteil fürs Geschäft. Aber wir machen hauptsächlich Marketing. Wir kümmern uns um SEO.«

Natürlich hatte ich keine Ahnung, was das war. Er erklärte mir, dass SEO »Search Engine Optimization« bedeute, »Suchmaschinenoptimierung«. Dabei würde man, einfach gesprochen, dafür sorgen, dass die Seiten der Kunden bei Suchanfragen zuverlässig auf der ersten Seite von Google angezeigt würden, am besten unter den ersten fünf, sechs Treffern.

»Kaum jemand scrollt runter, wenn es nicht sein muss. Und überhaupt niemand schaut sich die dritte oder vierte Seite bei Google an. Nur die ganz oben stehenden Treffer haben irgendeinen Wert.«

Mir war nicht klar, was genau daran so bemerkenswert sei.

»Du bist Schriftsteller, richtig? Also, wenn jemand deinen Namen eingibt, ist klar, dass er bei dir auf deiner Seite landet, o.k.?« Ich nickte, verschwieg aber, dass ich gar keine Seite hatte, zumindest keine, auf der im Augenblick irgendetwas zu finden war.

»Wenn aber jemand jetzt einfach nur »Buch« eingibt und ein Thema, über das du schreibst, dann ist es wahrscheinlich überhaupt nicht so, dass er gerade dich findet. Unsere Arbeit besteht darin, dass jemand dich findet, der nichts von dir weiß, aber sich für deine Themen interessiert.«

Er leerte eine Cola-Light-Flasche, warf sie auf den Rücksitz und sprach darüber, dass man die Algorithmen kennen müsse, mit denen Google arbeite, die würden ständig geändert. Sie trugen oft Tiernamen und jedes Mal, wenn ein neuer Panda oder Pinguin seine Arbeit aufgenommen habe, verändere das zwangsläufig die Architektur der betreuten Seiten. Dadurch zwinge Google Leute wie ihn, sich gleichfalls anzupassen und auf die Veränderungen zu reagieren. Das sei ein ewiger Kampf, eine Art Pokerpartie, bei der ständig neue Asse und Könige unter die Karten gemischt würden. Kaum habe man den einen Algorithmus verstanden, käme ein neuer. Er schüttelte leicht den Kopf. Es gäbe daneben aber auch noch andere Methoden, um eine Seite nach vorne zu bringen.

Wir standen an einer Ampel. Noch waren wir in der Stadt, aber hinter der zuverlässig gesicherten Kreuzung, über die ein Zebrastreifen führte, der im gelben Licht der Ampelanlage strahlte, sah man die ersten massigen Flachbauten eines Gewerbegebiets mit ihren gewaltigen leeren Parkplätzen, auf denen in wiederkehrendem Raster Laternen standen. Basel-Land konnte nicht mehr weit sein.

»Du schreibst nicht drüber, oder?«, fragte er.

»Nein, nein«, sagte ich, »du kannst mir da voll und ganz vertrauen. Ich bin ja kein Journalist. Was soll ich schon drüber schreiben? Ich verstehe ja überhaupt nichts davon.«

Und nun erzählte er mir, dass er und seine Mitarbeiter, ein halbes Dutzend Männer und Frauen, auch immer wieder mit nicht-existierenden Personen arbeiten würden, meistens Frauen, denn Frauen würden in der Regel größere Aufmerksamkeit im Netz finden.

»Die besten Erfahrungen haben wir mit dem Namen Rachel. Wenn eine Rachel im richtigen Alter, so zwischen 25 und 35, anfängt, über irgendetwas zu schreiben, dann geht die Post ab. Aber natürlich braucht man dann noch Leute, die richtig darauf reagieren.« Die seien auch fiktiv. Dadurch könne man die richtige Art von Traffic erzeugen, die dann von Googles Suchmaschine erfasst werde und die betreffende Seite nach vorne bringe.

Während wir das weite Gewerbegebiet durchquerten, es wirkte wie ein eigenes Territorium aus Blechdächern und Asphalt, bekam ich eine seltsame Vorstellung von Nandos Methoden und den Dingen, mit denen er und seine Mitarbeiter sich beschäftigten. Sie erfanden und kreierten Persönlichkeiten, denen man – da die sozialen Netzwerke ebenso wie Google solchen Praktiken auf die Schliche zu kommen versuchten – einen qualitativen Hintergrund geben müsse.

Also so etwas wie Charakter. Persönlichkeit. Eben Hintergrund.

»Du kannst nicht einfach jemanden aus dem Boden stampfen und dann anfangen lassen, von Arschduschen aus dem Aargau begeistert zu sein. Der braucht schon Glaubwürdigkeit.« Es gab noch technische Aspekte, frei flottierende E-Mail-Accounts, Verschleierung von Ip-Adressen, Proxy-Architekturen.

»Ich meine«, sagte Nando, »es ist nicht direkt illegal, oder so. Aber wenn sie einen erwischen, dann ist man erledigt. Marketingmäßig, meine ich. Google verzeiht nicht.«

Er fuhr nicht besonders schnell, so als wolle er die kostbare Strecke, die wir mit seinem Wagen zurücklegten, auskosten wie ein Connaisseur seinen Cognac. Das Gewerbegebiet lag hinter uns. Es tauchten freie Felder auf, Dörfer, mit alten Steinhäusern, die an uns vorüberschwebten. Bald würden wir womöglich in Liestal sein.

»Sag mal, Nando«, begann ich zögernd, »stimmt das, was Lydia mir erzählt hat: du kennst Snowden?«

»E-doo-waa-do?«, fragte er lächelnd und drehte seinen auf die Fahrbahn gerichteten Blick kurz zu mir.

»Pardon?«

»Ed steht auf Japanisch«, sagte Nando, »wenn wir zusammen Tekken spielten, hat er sich manchmal seinen weißen Kampfanzug angezogen und beim Spielen Japanisch gemurmelt.«

»Tekken?«

»Kennst du nicht? Ich dachte, du bist Schriftsteller?«

Er erzählte mir die Story von Tekken, einem der ersten Beat'em-up-Spiele für die Playstation. In jeder Version gebe es ein Turnier von Kampfkünstlern, aber im Zentrum der Geschichte stehe die Rache eines Sohnes an seinem Vater, dem Besitzer des mächtigen Konzerns Mishima Zaibatsu.

»Wir sind beide Scheidungskinder, nichts Besonderes. Ich hätte meinen Vater in die Tonne treten können. Das gefiel mir bei Tekken, dass der Alte am Ende in die Schlucht geworfen wird. Da war ich elf. Vielleicht war das bei Ed auch so.«

Nando, aus einem Kaff mit dem tollen Namen New London und mit einem mittelmäßigen Abschluss in IT von der Universität Bridgeport, war im Frühling 2008 nach Genf gekommen, Praktikum in der Presseabteilung der US-Vertretung bei der UNO. Reines Glück. Er nahm eine weitere Flasche Cola-Light, schraubte sie auf und trank zwei große Schlucke.

»Ich hatte nicht mal genug Geld, um zu McDonald's zu gehen, aber ich fand es doch einfach nur großartig. Genf. Mann, die ganzen Asiatinnen in ihren Kostümen. Der See. Im Juni hat dann die Klimaanlage in der Presseabteilung gesponnen. Ed hat sich drum gekümmert, da haben wir uns kennengelernt.«

»Ich dachte, Snowden wäre bei der CIA gewesen?«

»Schon richtig, aber er war IT. Kein Spion. Die Klimaanlage war dafür ausgelegt, den Betonkasten bei einem terroristischen Angriff autonom mit Frischluft zu versorgen. War irgendwann nach 9/11 nachgerüstet worden und echt kompliziert.«

Er und Snowden hätten sich danach ab und zu in dessen Wohnung am Quai du Seujet getroffen, um Playstation zu spielen (»Ed war echt gut«). Einmal wären sie zusammen nach Italien gefahren, wo Snowden an einem Motorradrennen für Amateure teilgenommen habe.

»Wir hatten einen Leihwagen. Das erste Mal, dass ich eine S-Klasse gefahren bin. War schon toll.«

Seine Finger spielten auf dem Leder des Lenkrads. Sie waren kurz, aber geschmeidig wie die eines Pianisten. Draußen sah ich ein Schild. Noch zwei Kilometer bis Liestal.

»Und dass er bei der CIA war? Hat er da irgendwas erzählt?«

»Wenig. Bürokratenärger. Nur an eine Geschichte kann ich mich erinnern. Die Schlapphüte hatten einen Banker total betrunken gemacht, ihm ein paar Lines reingepustet und noch ein Päckchen in seine Tasche gesteckt, ihn in sein Auto gesetzt und dann die Schweizer Cops angerufen, die ihn prompt stoppten und mitnahmen. Die Schlapphüte boten ihm an, ihn rauszuholen, weil sie wollten, dass er für sie arbeitet. Darüber hat er sich total aufgeregt. Und ich weiß, dass er ständig irgendwelche Berichte an seinen Chef geschrieben hat, wegen Sicherheitslücken in den Accounts der Mitarbeiter. Hat aber nie was erreicht. Silvester 2008 haben wir noch zusammen mit ein paar Leuten gefeiert, und Ed war der Meinung, dass Obama den ganzen Wichsern kräftigt in den Arsch treten werde, und wollte unbedingt auf ihn anstoßen. Er trank eigentlich sonst nicht viel. Ich hab dann grade noch mitbekommen, dass er gekündigt und einen neuen Job bei Dell in Tokio bekommen hatte. Hat mich gefreut für ihn, von wegen Japan und so. Aber da war ich selber auch schon weg. Praktikum vorbei.«

»Was hast du gemacht?«

»Meine Mutter wollte, dass ich zurückkomme, aber ehrlich – New London, Connecticut. Kein Bedarf. In Zürich habe ich erst bei einer Versicherung gearbeitet, IT. Vor drei Jahren meinen eigenen Laden aufgemacht. Lucky me, dass das nach meiner Scheidung war.«

Er lachte, dann ließ er das Lenkrad wie das Ruder eines Seglers durch seine Hände gleiten und bremste ab.

»Stört es dich, wenn wir kurz anhalten?«

Wir waren am Ortsrand von Liestal. Ich blieb sitzen, während Nando ausstieg, um den Tank seines Mercedes mit Benzin zu füllen. Mein Blick wanderte über das Avia-Logo und dann sah ich die junge Frau, die im Lichtschein hinter der Kasse saß, den Nacken leicht gebeugt, in der typischen Haltung eines Menschen, der über die Oberfläche eines Smartphones streicht. Die silberfarbenen Etiketten der Cola-Light-Flaschen schimmerten. Das Blackphone ruhte wie eine Erinnerung an die Kaaba auf der Konsole.

Dies war die Welt. Dass ich sie nicht verstand, hieß nicht, dass ich nicht doch ein Teil von ihr war.

Eugen Ruge

NSA – No Such Affair

Wenn ich heute auf die spontane Empörung zurückblicke, die ich unmittelbar nach Bekanntwerden der sogenannten NSA-Abhöraffäre öffentlich formuliert habe, fällt es mir schwer, diese Empörung nicht naiv oder sogar peinlich zu finden. Der Grund: Es gibt keine NSA-Abhöraffäre. Um es genauer zu sagen, es handelt sich keineswegs um eine Affäre, also nicht um ein zeitlich begrenztes und isoliertes Problem, das für sich lösbar wäre – etwa indem die Verantwortlichen in den USA oder sonstwo ein Einsehen hätten; sondern um ein komplexes Ganzes, in dem sich Markt, Medien, Politik und Psychose verbinden.

Der Diskurs über die Abhörpraktiken der NSA müsste im Grunde bei der Frage nach den Ursachen und dem Umgang mit dem militanten Islamismus beginnen. Ein solcher Diskurs fehlt weitgehend in der Tagespolitik, insbesondere fehlt der Wille der westlichen Staatengemeinschaft, ihre extensiven, umweltzerstörerischen und ausbeuterischen Wirtschafts- und Wachstumskonzepte einzustellen sowie den weltweiten Export von Wertvorstellungen und Lebensweisen zu überdenken. So schrumpft der Kampf gegen den Terrorismus auf militärisch-geheimdienstliche Optionen. Im Ergebnis dieses Kampfes sterben jährlich Tausende Unbeteiligte, opferreiche Kriege werden geführt, fragwürdige Regime aufgerüstet und das Ergebnis ist, wie man gerade wieder im Irak sehen kann, nicht nur jämmerlich, sondern sogar kontraproduktiv. Wir – der Westen, aber insbesondere die USA – züchten Terrorismus mehr als wir ihn bekämpfen.

Dass die Geheimdienste in diesem Kampf mehrfach kläglich versagt haben, ist bekannt. Offenbar waren die USA weder auf den 11. September vorbereitet (obwohl ein Land, das seit 1945 mehr als 20 Kriege auf fremdem Territorium geführt hat, mit einem solchen Angriff unbedingt hätte rechnen müssen) noch imstande, die Situation im Irak (oder jetzt in Syrien) auch nur annähernd einzuschätzen. Nun wird der Eindruck verbreitet, dass solche Schlappen durch irrwitziges Datensammeln ausgeglichen werden können. Dabei geht es übrigens *nicht* um die Daten von Kanzlerinnen oder Außenministern. Dass sich Regierungen gegenseitig aushorchen, ist weder neu noch erstaunlich, und man könnte es beinahe als ein Ablenkungsmanöver betrachten, dass ausgerechnet das Abhören etwa eines Kanzlerinnen-Telefons in den Medien eine solche Bedeutung gewinnt. Darum geht es nicht. Sondern darum, dass Daten von Bürgern massenweise abgehorcht, gespeichert oder ausgewertet werden.

Allerdings kann man die Frage stellen, ob diese Sammelwut überhaupt als eine Folge des 11. September zu betrachten ist, oder ob dieses Datum möglicherweise nur einen Anlass darstellt. Denn natürlich sind Geheimdienste – und waren es schon immer – von Natur aus notorische Datensammler. Sie haben dazu schon immer alle verfügbaren technischen Mittel der Datensammlung genutzt, und es ist schwer einzusehen, warum sich das im digitalen Zeitalter ändern sollte. Dieser Drang wohnt der geheimdienstlichen Tätigkeit inne, und es würde einer ungeheuren Entschlossenheit der Politik bedürfen, um hier Schranken zu setzen, klare Richtlinien zu beschließen und vor allem diese Vorgaben dann auch durchzusetzen.

Von Seiten der USA fehlt ganz offenkundig jeglicher Wille dazu. Im Gegenteil, alle Reaktionen zeugen von unverhohlenem Nationalegoismus und von unglaublicher Ignoranz gegenüber den Interessen anderer Völker. Schon der erste spontane Kommentar des Hoffnungsträgers Barack Obama zur Ausspähaffäre war verräterisch: Er verstehe die Aufregung nicht, sagte Obama sinngemäß während seines damaligen Besuches in Afrika, denn von der Abhöraffäre seien ja keine Amerikaner betroffen. Die USA werden weiter Bürger ausspionieren. Es ist kein Zufall, dass ihre Antwort auf die Snowden-Enthüllungen darin bestand, auch noch den NSA-Untersuchungsausschuss des Bundestages auszuspionieren.

In dieser Situation wäre ein unabhängiges, starkes, entschlossenes Europa gefragt (um dessentwegen ja der ganze Brüsseler Zirkus angeblich veranstaltet wird). Aber zum einen sind mit großer Wahrscheinlichkeit auch die europäischen Geheimdienste am Geschäft des Datensammelns beteiligt. Zum anderen zeigt sich, dass die Europäische Union weder imstande noch willens ist, sich den USA wirkungsvoll zu widersetzen, schon gar nicht unter deutscher Kuratel, und schon überhaupt nicht unter Vormundschaft einer Kanzlerin, die der US-amerikanischen Administration schon seit dem Irakkrieg gefolgt ist wie Onkel Sams Pudel.

Erschwerend kommt hinzu, dass es augenscheinlich keinen ernsthaften Widerstand in der Bevölkerung gibt. Das hat verschiedene Gründe. Es beginnt mit der Angst der Menschen vor terroristischen Anschlägen. Besonders das Phänomen des Selbstmordattentäters hat die westliche Gesellschaft tief verunsichert. Dabei spielt es eine untergeordnete Rolle, wie hoch die Wahrscheinlichkeit für den Einzelnen tatsächlich ist, bei einem solchen Anschlag ums Leben zu kommen. Die Gefahr ist latent und wird durch das mediale Erleben der Welt noch um ein Vielfaches multipliziert. Das führt dazu, dass offenbar immer mehr Menschen bereit sind, im Interesse der Sicherheit Einschränkungen ihrer Rechte in Kauf zu nehmen.

Dieses Einverständnis trifft obendrein auf eine technische und ideelle Konstellation, die die Achtung vor der Privatsphäre noch weiter aufweicht. Hier spielen die sogenannten sozialen Medien eine entscheidende Rolle, die ihrem Wesen nach sehr oft Plattformen narzisstischer Selbstdarstellung bilden. Dabei geht es allerdings nicht immer und nicht nur um Geltungssucht. In einer Zeit, da die immer mehr vereinzelnden Arbeitnehmer europaweit oder sogar weltweit gegeneinander konkurrieren, wird der Zwang zur Selbstausstellung und Eigenwerbung objektiv größer. Menschen konkurrieren gegeneinander wie Unternehmen. Ein deutscher Kanzler fand dafür den bemerkenswerten Euphemismus Ich-AG.

Darüber hinaus tragen die sogenannten sozialen – in Wirklichkeit natürlich eher unsozialen – Medien zur weiteren Beschleunigung des Arbeits- und des gesellschaftlichen Lebens bei. Es besteht für viele Menschen gar nicht mehr die realistische Möglichkeit, auf den Gebrauch moderner, ständig weiterentwickelter Kommunikationsmittel zu verzichten. Sowohl Arbeitnehmer als auch Freie, sowohl kleine als auch große Unternehmen haben Angst, den Anschluss zu verpassen, wenn sie nicht auf allen möglichen Plattformen präsent sind und bleiben. Kurz, Informationen über sich selbst ins Netz zu stellen oder zumindest zu hinterlassen ist unvermeidbar, wenn man nicht zum Außenseiter und Loser abgestempelt werden will.

Zu allem Überfluss gibt es noch den wirtschaftlichen Aspekt. Das Internet hat sich längst zu einem Wachstumsfaktor entwickelt, und wo es um Wachstum geht, verliert das Kapital bekanntlich jede Zurückhaltung. Auch wenn uns das Wachstum – also die fortwährende Steigerung *nicht des Bruttosozialprodukts, sondern der Geschwindigkeit*, mit der wir es vermehren – früher oder später umbringen wird, ist das Wachstumsargument immer noch die wirksamste Keule gegen alle Kritiker. Die erfolgreichsten Firmengründungen der letzten Jahrzehnte beruhen auf digitalem Datenverkehr. Jede Einschränkung in diesem Bereich wird erbittert von den Lobbyisten großer, internationaler Konzerne bekämpft werden, und von der Politik, die diese internationalen Konzerne durch Freihandel und Deregulierung erst groß gemacht hat, ist wenig Widerstand zu erwarten: Sie ist längst zur Hure der Weltwirtschaft geworden.

Übrigens führt dieser Gedanke zurück zur Frage von Transparenz, Geheimhaltung und demokratischer Kontrolle: *Postdemokratie* – so lautet der Titel eines vielzitierten Buches des britischen Soziologen Colin Crouch, der die Folgen der Globalisierung und besonders der immer engeren Verflechtung von Politik und Wirtschaft beschreibt. Denn obgleich immer mehr von Transparenz, man muss sagen: gequatscht wird, obwohl das Private immer ungehemmter an die Öffentlichkeit gezerrt wird, obwohl es inzwischen beinahe Mode ist, seine sexuellen Neigungen zum öffentlichen Thema zu machen und sich Menschen nicht scheuen, ihre lebendigen oder sogar ihre toten Körper öffentlich auszustellen – gibt es keine Transparenz. Oder zumindest immer weniger, so wie es auch, trotz bisher kaum beschränkter Meinungs- und Quasselfreiheit, keinen wirklichen Diskurs gibt. Die Wahlplakate der großen, etablierten Parteien sind nicht umsonst leer (abgesehen von retuschierten Gesichtern). Der Politikstil von Angela Merkel ist kein Zufall (Sie kennen mich doch – alles andere überlassen Sie mir!). Nicht zufällig ist das Freihandelsabkommen mit dem Namen Europäische Union praktisch ohne Beteiligung der Bürger auf den Weg gebracht worden. Und nicht zufällig verhandelt die Europäische Kommission eines der wichtigsten, uns alle vital betreffenden Abkommen, nämlich das Transatlantische Freihandelsabkommen mit den USA, hinter verschlossenen Türen. Genau das ist Postdemokratie: Wir wählen – alle vier Jahre! Die Entscheidungen fallen anderswo (zum Beispiel in Brüssel, wo täglich 15 000 Lobbyisten ihre nichtöffentliche Arbeit machen).

Postdemokratie ist sozusagen der strukturelle Grund, warum Geheimhaltung, Geheimdiplomatie und Geheimdienste eine immer größere Rolle spielen – und in der Zukunft vermutlich eine noch größere spielen werden. Die Geheimdienste der USA werden Bürger auf allen Kontinenten nicht weniger ausspähen, sondern allenfalls geschickter, unauffälliger, »effektiver« – und dasselbe trifft im Prinzip auch auf die europäischen und alle anderen Geheimdienste zu. Die Ignoranz gegenüber der sogenannten Abhöraffäre ist nur ein Symptom für die zunehmende Entmündigung des Bürgers, der mangelnde Schutz seiner Privatsphäre nur ein Ausdruck der Missachtung seiner Souveränität. Wer etwas gegen dieses Symptom unternehmen will, muss die Krankheit bekämpfen.

Verzeichnis der Autorinnen und Autoren

Peter Arnds, Jg. 1963, studierte in München, Maine und Toronto und lehrt nach zwei Jahrzehnten in Nordamerika jetzt als Professor für Komparatistik und Literaturübersetzung am Trinity College Dublin, wo er auch Fellow ist. Er erhielt Gastprofessuren in Vermont, Afghanistan und Indien. Seine Buchveröffentlichungen bestehen aus literaturwissenschaftlichen Monografien, darunter ein Band über Dickens und Raabe sowie *Representation, Subversion and Eugenics in Günter Grass's The Tin Drum,* einem Lyrikband *(A Rare Clear Day)* und einer Romanübersetzung (Patrick Boltshauser, Rapids Dalkey Archive Press 2014). Arnds' Monografie *Lone Wolf: Lycanthropy and Biopolitics in German Literature* erscheint demnächst bei Palgrave Macmillan.

Rudolf Bussmann, 1947 in Olten/Schweiz geboren, studierte in Basel und Paris Germanistik, Romanistik und Geschichte und war nach der Promotion als Lehrer tätig. Er schreibt Lyrik und Prosa, ist als Übersetzer und Herausgeber (unter anderem von Romanen Irmtraud Morgners) tätig, führt Schreibseminare und Lesezirkel. Er lebt in Basel und im Jura. Zuletzt: *Popcorn. Texte für den kleinen Hunger* (Waldgut Verlag 2013) und *Eine Brücke für das Gedicht. 75 zeitgenössische Gedichte befragt von Rudolf Bussmann* (Offizin Verlag 2014).

Yelena Etaryan, Jg. 1973, arbeitet seit 1995 als Hochschuldozentin am Lehrstuhl für Deutsch sowie am Lehrstuhl für Weltliteratur und Kultur an der Staatlichen W. Brjussow-Universität für Linguistik und Sozialwissenschaften in Jerewan; sie studierte Germanistik und Russistik an derselben Universität und als DAAD-Stipendiatin an den Universitäten Rostock, Tübingen und Jena; sie promovierte 2007 zum Thema »Der deutsche Roman der 90er Jahre und das Werk von Günter Grass«; Forschungsaufenthalte an den Universitäten Mainz und Düsseldorf; Forschungsschwerpunkt: deutschsprachige Prosa des 19. und 20. Jahrhunderts; Arbeiten über Thomas Mann, Günter Grass, Theodor Fontane sowie zur Literaturdidaktik.

Werner Frizen, Jg. 1950, studierte Germanistik, Theologie und Philosophie, promovierte über Thomas Mann, war als Lehrer, Fachleiter und Dozent an der WWU Münster tätig, ist Herausgeber der kommentierten Neuausgabe von Thomas Manns *Lotte in Weimar,* Mitherausgeber und Kommentator der Günter Grass-Werkausgabe und Autor zahlreicher Schulbücher.

Jan Gielkens, geboren 1952 in Kerkrade; lebt in Voorburg bei Den Haag, Studium der Germanistik an der Universität Utrecht, 1998 Promotion zum Dr. phil. an der Universität Bremen, 1978–2000 Mitarbeiter des Internationalen Instituts für Sozialgeschichte in Amsterdam und seit 2000 des Huygens Instituts für niederländische Geschichte in Den Haag, Herausgeber historischer und literarischer wissenschaftlicher Editionen (Georg Weerth, Karl Marx, Georg Büchner, Ernst Meister, Willem Fredrik Hermans u.a.); Veröffentlichungen zur Editions-, Buch-, Rezeptions- und Übersetzungswissenschaft, literarische Übersetzungen seit 1979, darunter 13 Bücher von Günter Grass.

Günter Grass, geboren 1927 in Danzig, ist Schriftsteller, Bildhauer und Grafiker. 1999 wurde er mit dem Nobelpreis für Literatur ausgezeichnet. Sein Werk erscheint im Steidl Verlag, Göttingen.

Jutta Heinz, Jg. 1962, ist Privatdozentin für Neuere deutsche Literaturwissenschaft und freie Autorin. Sie studierte Journalistik (Dortmund, Deutsche Journalistenschule München) sowie Neuere deutsche Literaturwissenschaft, Kunstgeschichte und Philosophie (Erlangen). Heinz war wissenschaftliche Assistentin an der Friedrich-Schiller-Universität Jena (1995–2011) und hat einen Lehrstuhl für interkulturelle Literaturwissenschaft an der Albert-Ludwigs-Universität Freiburg vertreten (2013/14). Sie hat Werke von Johann Karl Wezel (Jenaer Wezel-Ausgabe) und von Clemens Brentano (Frankfurter Brentano-Ausgabe) ediert und ist Vorsitzende der Johann-Karl-Wezel-Gesellschaft e.V. Für die Zeitschrift »der blaue reiter. Journal für Philosophie« ist sie als Redakteurin tätig.

Anja Hillerts-Lichtenberg, geboren 1966 in Jever, seit Juli 2014 Geschäftsführerin der Medienarchiv Günter Grass Stiftung Bremen sowie des neu gegründeten Vereins »Audiovisuelles Archiv deutschsprachiger Literatur«, studierte Germanistik und Politikwissenschaft an der Carl von Ossietzky Universität Oldenburg, im Zuge des Studiums wissenschaftliche Hilfskraft, anschließend Praktika/Hospitanzen:

Nordwest-Zeitung, Landessparkasse zu Oldenburg, Österreichischer Wirtschaftsverlag, Tageszeitung *Die Presse* Wien, Österreichischer Rundfunk (ORF), Aktueller Nachrichtendienst, Abteilung Fernsehen, Wien. Nach beruflichen Tätigkeiten in Politik und Öffentlichkeitsarbeit in der Zeit von 2004–2010 Referentin beim Senator für Kultur, Bremen, 2011–2012 Pressereferentin in der Senatskanzlei, danach Projektmanagement in der Stadtbibliothek.

Steffen Kopetzky wurde 1971 in Pfaffenhofen an der Ilm geboren und arbeitete nach einem unvollendeten Philosophiestudium eine Zeitlang als Schlafwagenschaffner. Er veröffentlichte Romane, Erzählungen, Theaterstücke, Opernlibretti und Radiofeatures und wurde vielfach ausgezeichnet. Von 2003 bis 2008 war er Künstlerischer Leiter der Biennale Bonn. Nach einem Jahrzehnt in Berlin-Neukölln lebt Kopetzky mit Frau und Kindern wieder in seiner oberbayerischen Geburtsstadt.

Volker Neuhaus, Jg. 1943, Studium der Germanistik, evangelischen Theologie und der Komparatistik in Zürich und Bonn, 1967 Staatsexamen, 1968 Promotion, 1975 Habilitation, seit 1977 Professor für Neuere deutsche und Vergleichende Literaturwissenschaft an der Universität zu Köln. Forschungsschwerpunkte Goethe, Geschichte des Geheimnis- und Detektivromans, Gegenwartsliteratur, Herausgeber aller Grass-Werkausgaben von 1987 bis 2007, zahlreiche Monografien, Editionen, Sammelbände und Aufsätze zu Günter Grass.

Per Øhrgaard, Jg. 1944, Studium der deutschen Sprache und Literatur an den Universitäten Kopenhagen, (West-)Berlin und Kiel; 1980–2003 Professor für deutsche Literatur an der Universität Kopenhagen, 2003–13 für deutsche und europäische Studien an der Copenhagen Business School. Habilitation über Goethe (1978), Autor von Büchern und Aufsätzen zu deutscher Literatur, Geschichte und Gesellschaft. Übersetzer deutscher Literatur ins Dänische, darunter seit 1978 der Werke von Günter Grass. 2001 ausgezeichnet mit dem Henrik-Steffens-Preis der Alfred-Toepfer-Stiftung und 2003 mit dem Friedrich-Gundolf-Preis der Deutschen Akademie für Sprache und Dichtung; seit 2004 Mitglied der Akademie; Monografie: *Günter Grass. Ein deutscher Schriftsteller wird besichtigt* (dtv, 2007).

Hilke Ohsoling, 1960 in Westerland auf Sylt geboren, Ausbildung zur und Tätigkeit als Reiseverkehrskauffrau in Westerland und Lübeck, Studium zur Diplom-Betriebswirtin (FH) in München, Leiterin der Zimmervermittlung in Grömitz/Ostsee,

Unternehmensberatung im Bereich Tourismus in Augsburg und seit 1995 vielseitige Mitarbeiterin von Günter Grass in Lübeck, Geschäftsführerin der Günter und Ute Grass Stiftung.

Eugen Ruge, 1954 in Soswa (Ural) geboren, studierte Mathematik an der Humboldt-Universität Berlin und wurde wissenschaftlicher Mitarbeiter am Zentralinstitut für Physik der Erde. Seit er 1988 aus der DDR in den Westen ging, ist er hauptberuflich fürs Theater und für den Rundfunk als Autor und Übersetzer tätig. Für seine dramatischen Arbeiten erhielt Eugen Ruge den Schiller-Förderpreis des Landes Baden-Württemberg; 2009 wurde sein erstes Prosamanuskript *In Zeiten des abnehmenden Lichts* mit dem Alfred-Döblin-Preis ausgezeichnet, für den daraus entstandenen Roman erhielt er den Aspekte-Literaturpreis und den Deutschen Buchpreis 2011.

Beate Schirrmacher, Jg. 1973, Dozentin in Literaturwissenschaft an der Linné-universität Växjö und Postdoktorin an der Ästhetischen Forscherschule der Universität Stockholm, arbeitet auch als Kulturjournalistin für deutschsprachige und schwedische Medien. M.A. in Allgemeiner und Vergleichender Literaturwissenschaft, Skandinavistik und Linguistik an der Freien Universität Berlin im Jahr 2000, Promotion 2012 an der Germanistik der Universität Stockholm. Buchpublikation: *Musik in der Prosa von Günter Grass. Intermediale Bezüge – Transmediale Perspektiven* (Stockholm 2012).

Saša Stanišić wurde 1978 in Visegrád in Bosnien-Herzegowina geboren und lebt seit 1992 in Deutschland. Sein Debütroman *Wie der Soldat das Grammofon repariert* begeisterte Leser und Kritik gleichermaßen; er wurde bisher in 30 Sprachen übersetzt. Stanišić erhielt zahlreiche Auszeichnungen, u.a. den Adelbert-von-Chamisso-Preis. Auszüge seines neuen Romans *Vor dem Fest* wurden bereits vor Erscheinen mit dem Alfred-Döblin-Preis sowie dem Hohenemser Literaturpreis ausgezeichnet. Zum Erscheinen im März 2014 erhielt *Vor dem Fest* den Preis der Leipziger Buchmesse.

Dieter Stolz, Jg. 1960, arbeitet als Hochschullehrer und freier Lektor, studierte in Münster, war Wissenschaftlicher Assistent an der TU Berlin und promovierte mit einer Arbeit über das literarische Werk von Günter Grass, der ihn anschließend als »verdeckten Ermittler« für seinen Roman *Ein weites Feld* engagierte. Stolz ist Mitherausgeber und Kommentator der Günter Grass-Werkausgabe, war Redakteur der Zeitschrift »Sprache im technischen Zeitalter« und Programmleiter beim LCB. Er publizierte Bücher und Essays zur Gegenwartsliteratur, gibt die Reihe »Leben in Bildern« im Deutschen Kunstverlag heraus, erhielt Gastdozenturen an Universitäten im In- und Ausland, ist seit 2011 verantwortlich für das »Grass-Lektorat« des Steidl Verlags und wurde 2013 zum Honorarprofessor für das Fachgebiet Neuere Deutsche Literaturwissenschaft an der Universität zu Lübeck ernannt.

Jörg-Philipp Thomsa, Jg. 1979, seit 2009 Leiter des Günter Grass-Hauses/Forum für Literatur und Bildende Kunst; studierte Germanistik und Geschichte an der Universität Duisburg-Essen; 2002–2006 Studentische Hilfskraft, Praktika/Hospitanzen u. a. Deutscher Bundestag, Hamburger Kunsthalle, Buddenbrookhaus/Heinrich-und-Thomas-Mann-Zentrum; 2007–2008 Wissenschaftlicher Volontär im Günter Grass-Haus, Promotion (vor Abschluss): »Kulturpolitik in einer Industrie- und Arbeiterstadt. Duisburg seit 1945«; Forschungs- und Arbeitsschwerpunkte: Literatur und Bildende Kunst im 20./21. Jh., Kunst- und Literaturvermittlung, Kulturpolitik.

Katharina Wagner, Jg. 1978, studierte Allgemeine und Vergleichende Literaturwissenschaft, Hispanistik und Philosophie in München und Barcelona. Forschungsschwerpunkte: Gender Studies, Interkulturelle Literatur, Postcolonial Studies, Theorien des Performativen. Derzeit schreibt sie im Rahmen des Promotionsstudiengangs »Literaturwissenschaft« der LMU München an ihrer Dissertation zum Thema »Kritische Komik – komische (U-)topien. Die Pikara-Romane von Irmgard Keun, Irmtraud Morgner und Emine Sevgi Özdamar«.

Anselm Weyer, Jg. 1976, lebt als Kulturmanager und Kommunikationsberater in Köln, wo er auch studierte und 2005 über »Günter Grass und die Musik« promovierte. Weyer publizierte unter anderem zu Goethe, Robert Gernhardt, Hilde Domin und Franz Kafka. Er ist zusammen mit Volker Neuhaus Herausgeber der Tagungsbände *Küchenzettel. Essen und Trinken im Werk von Günter Grass* (2007) und *Von Katz und Maus und mea culpa. Religiöse Motive im Werk von Günter Grass* (2013). Weyer lehrte unter anderem an Universitäten und Hochschulen in Bremen, Frankfurt am Main und Lippstadt.

Christa Wolf wurde 1929 in Landsberg an der Warthe geboren und lebte bis zu ihrem Tod im Jahr 2011 mit ihrem Mann Gerhard Wolf in Berlin. Sie zählt zu den bedeutendsten Schriftstellerinnen der Gegenwart; ihr umfangreiches erzählerisches und essayistisches Werk wurde in alle Weltsprachen übersetzt und mit zahlreichen nationalen und internationalen Preisen ausgezeichnet.

Gerhard Wolf wurde 1928 in Bad Frankenhausen (Kyffh.) geboren, studierte Germanistik und Geschichte an der Universität Jena und heiratete 1951 Christa Wolf. Seit 1957 arbeitet er als Essayist, Kritiker, Autor von Filmdrehbüchern, Lektor und insbesondere in den sechziger Jahren als Herausgeber und Förderer der jüngeren DDR-Lyrikergeneration. 1974 erhielt er den Heinrich-Mann-Preis und 1976 gehörte er zu den Unterzeichnern der Resolution, mit der DDR-Kulturschaffende gegen die Ausbürgerung Wolf Biermanns protestierten, woraufhin Wolf aus der SED, der er seit 1946 angehört hatte, ausgeschlossen wurde. 1991 gründete er den Verlag Janus Press und wurde 1994 (gemeinsam mit Christa Wolf) mit der Rahel-Varnagen-von-Ense-Medaille des Landes Berlin ausgezeichnet. Wolf lebt in Berlin, ist Mitglied im PEN-Zentrum Deutschland und wurde 2003 zum Ehrenmitglied der Sächsischen Akademie der Künste gewählt.

Juli Zeh, 1974 in Bonn geboren, studierte von 1993 bis 1998 Jura in Passau und Leipzig. Noch vor dem ersten Staatsexamen begann sie 1996 in Leipzig außerdem ein Studium am Deutschen Literaturinstitut, abgeschlossen 2000. 2001 erschien ihr erster Roman, *Adler und Engel*, wie alle anderen, vielfach preisgekrönten Bücher, die mittlerweile in 35 Sprachen übersetzt wurden, im Verlag Schöffling & Co. Nach ihrem Diplom am DLL folgte 2003 das Zweite Staatsexamen, 2010 wurde sie an der Universität Saarbrücken zum Dr. jur. promoviert. *Alles auf dem Rasen* versammelt Essays zu Gesellschaft, Politik, Recht und Literatur. Zusammen mit Ilija Trojanow schrieb sie *Angriff auf die Freiheit* (Hanser Verlag, 2009). Letzte Buchveröffentlichungen: *Nullzeit* (Roman, 2012), *Good morning, boys and girls* (Theaterstücke, 2013), *Treideln* (Frankfurter Poetikvorlesungen, 2013) und *Nachts sind das Tiere* (Essays, 2014).

Jennifer Zimmermann, Jg. 1982, Studium der Germanistik und Romanistik in Mannheim und Paris. Seit 2010 Wissenschaftliche Mitarbeiterin am Institut für Neuere deutsche Literaturwissenschaft der Universität Mannheim. Im September 2014 Eröffnung des Promotionsverfahrens mit der Dissertation: »›Unbarmherzige Augen‹ – Eine Analyse der Scham im Erzählwerk von Günter Grass«. Forschungsschwerpunkte: Kinder- und Jugendliteratur der Aufklärung, Literatur und Psychoanalyse, Literatur und Prozess der Zivilisation, Französische Literatur, Literatur des 20. Jahrhunderts (Kafka, Grass), Nationalsozialismus in der Literatur. Vorträge und Gastdozenturen im In- und Ausland.

Abbildungsnachweis

S. 33, 93–97: Fotos von Irmtraud Morgner; © Renate von Mangoldt
S. 105–109: Fotos der Morgner-Collagen; © Rudolf Bussmann, Abbildung der Objekte mit freundlicher Genehmigung von David Morgner
S. 112: Foto von Günter Grass und Oskar Matzerath in Gdańsk; © Dieter Stolz
S. 179: Disposition zu »Vatertag« vom 26. 1. 1973; © Grass-Archiv der Akademie der Künste Berlin, Signatur: GGA 2085
S. 206, 207, 209: Zeichnungen, Günter Grass. In: Günter Grass: *Zunge zeigen.* Darmstadt 1988, S. 110–111, 130–131, 232–233; © Steidl Verlag
S. 227: Zeichnung, Günter Grass, »Bilderbogen – sitzend, stehend und gehend«, Kugelschreiber, 1993. In: Günter Grass: *Catalogue Raisonné.* Band 2: Die Lithographien. Göttingen 2007, S. 254; © Steidl Verlag
S. 229: Lithographie, Günter Grass, »Unterm Schirm«, 1995. In: Günter Grass: *Catalogue Raisonné.* Band 2: Die Lithographien. Göttingen 2007, S. 235; © Steidl Verlag

Den »Freipass« können Sie auch bei der Günter und Ute Grass Stiftung direkt bestellen, der zweite Band erscheint im Herbst 2016:

Günter und Ute Grass Stiftung
Glockengießerstraße 21
23552 Lübeck
Tel.: 04 51-79 48 00
E-Mail: hohsoling@steidl.de

Die Stiftung ist als gemeinnützig anerkannt. Spenden, frei oder auch zweckgebunden, sind herzlich willkommen. Unsere Bankverbindung lautet:

Günter und Ute Grass Stiftung
Sparkasse zu Lübeck
IBAN: DE62 2305 0101 0162 9591 00
BIC-/SWIFT-Code: NOLADE21SPL

Falls Sie möchten, dass wir Ihnen eine Spendenbestätigung zukommen lassen, bitten wir um Eintragung Ihrer Anschrift im Verwendungszweck der Überweisung. Vielen Dank!